第一香

江天雪意 著

江苏凤凰文艺出版社
JIANGSU PHOENIX LITERATURE AND ART PUBLISHING

图书在版编目（CIP）数据

第一香 / 江天雪意著 . -- 南京 : 江苏凤凰文艺出版社，2024.1
ISBN 978-7-5594-7965-5

Ⅰ . ①第… Ⅱ . ①江… Ⅲ . ①长篇小说 – 中国 – 当代 Ⅳ . ① I247.5

中国国家版本馆 CIP 数据核字 (2023) 第 165713 号

第一香

江天雪意 著

策　　划	北京记忆坊文化
特约策划	暖　暖
特约编辑	张才曰
责任编辑	白　涵
封面设计	小贾设计
版式设计	天　缈
出版发行	江苏凤凰文艺出版社
	南京市中央路 165 号，邮编：210009
网　　址	http://www.jswenyi.com
印　　刷	北京中科印刷有限公司
开　　本	880 毫米 ×1230 毫米 1/32
印　　张	14
字　　数	325 千字
版　　次	2024 年 1 月第 1 版
印　　次	2024 年 1 月第 1 次印刷
书　　号	ISBN 978-7-5594-7965-5
定　　价	68.00 元

知者创物，巧者述之，
人生如梦，天工开物。

目录

好的时候你自然爱它；

不好的时候，你不愿离开它；

离它远的时候，你惦记着它。

这样的地方，才可以被你当作家。

第一章 进京

民国十七年[1]（1928年）夏天，皖南发大水，十五岁的吴翠喜和奶奶北上投奔哥哥吴贵成。下火车后，翠喜扶着奶奶走到一个馄饨挑子前问了问路，奶奶这几年有些糊涂了，大舌头，不会说话，只会跟在翠喜后头含糊地应两句，像个孩子。

翠喜买了一碗馄饨，碴子骨白汤上漂着细葱末，喷喷的热气直往脸上扑，她使劲嗅了两下，就着碗边喝了口汤，便把碗凑向奶奶那边："奶奶，吃点东西吧。"

奶奶点点头："吃。"

"嗯，吃吧，热的。"

---

① 1928年，即民国十七年，国民政府设立北平特别市，北京更名为北平。

“热。”

奶奶只是呆呆地看着那碗馄饨，没动作，翠喜便端着碗用勺子一口口喂她吃，她一个个数着，奶奶吃了六个馄饨，最后剩下四个，她给吃了。吃完，祖孙俩便往南走，再一直往西，再往南，绕过一条臭气熏天的小河，一路问一路找，终于在黄昏时分找到了吴贵成的家。

吴贵成五年前去的北平，在广安门附近赶骆驼，人称“骆驼吴”，早成了家，有两个小闺女，住在万泉寺旁边的一个杂合院里。翠喜和奶奶一来，他家便有了五个女人。屋子很小，用简陋来形容都算是赞美它，它就像个用灰土碎砖勉强搭的一个洞，风一刮雨一淋就会垮似的。贵成让奶奶和妻子睡大床，妹妹和两个女儿挤在小床上，自己则寻了块木板，放在门前的地上，门都没法关严实，因为木板有个角伸到外头。那天晚上一家人就是这么凑合着睡的。

临睡前翠喜铰下缝在贴身衣服上的钱袋，将一直省着没用的十块钱当着哥哥的面放在嫂嫂手里，轻声说：“我们来，给大哥大嫂添麻烦。大哥大嫂你们放心，别看我小，我什么都会做，绝不白吃白喝。”

贵成媳妇道：“哎呀，客气啥呢。”又笑道，“这年头有本事就能吃饭，机灵能干的人哪里闲得住哩，想让他们白吃白喝都不成。”

贵成道：“早点睡吧，都累了。”

翠喜坐了好几天火车，躺在床上，还觉得身子在晃荡，手稍稍一动就碰到身边女娃娃毛茸茸的头发，像捂了两只小猫在怀里，真是新奇。她不敢乱动，怕把这两个小孩惊醒，吵得大家睡不好觉，便强迫自己入睡，然而一点也不困，疲极了乏极了，就是睡不着，不停打哈欠，越打越清醒。贵成睡在门口，鼾声震天响，翠喜微微抬了抬身子，想看看他，但屋子里黑得不见五指，只有浓浓的汗味和骆驼粪的气味随着鼾声一阵阵传过来，翠喜原本以为这么多年没见，哥哥应该会变得高大结实，但白天见到的他像个佝偻的老头子。翠喜很难过。

第二天贵成找了两个邻居帮忙在屋子外头用几根杉篙搭架，上头支了张席子，草草的像个凉棚的样子，头晚上他睡的那块木板被横搁在两根长凳上，贵成往屋里道："奶奶，我给翠喜找了个活儿，那儿包吃包住，今儿中午就送她走。您这几天先将就睡这外头，宽敞又凉快。等立秋您还回屋来住，跟俩丫头挤挤。"

奶奶坐在小床上，这时忽然不糊涂了，一双混浊的眼睛慢慢扫了贵成一下，又扭头瞅了瞅站在门前的贵成媳妇，颤声说："没羞！"

贵成媳妇的脸腾地红到了耳根，低头没说话，贵成倒是挺理直气壮的样子，进屋翻了一块烂布，钉在棚子门边上。

奶奶起身走出屋子，六月的大太阳晒得外面一片白茫茫，她分不清方向，就在大杂院里转了一圈，也不知道该上哪儿去。贵成不管她，锤着两颗铁钉，铁锤发出固执的敲击声，惊着了槐树上的鸣蝉，它们顿了顿，更加卖力地叫起来。

翠喜洗衣服去了，抱着一盆干净衣服回来，好像这个地方她已经十分熟悉了似的。奶奶见着她就哭了，扯着她的衣角，掀开凉棚帘子指着里头那块木板，落下两滴老泪："我造了孽了哟。"

翠喜虽然年纪小，却不是不晓事的，心里明白了大半，把盆子放下，搂着奶奶的肩膀柔声安慰道："奶奶别难过。我会挣钱的，您委屈几天，等我想办法再找个房子，把您接过去住，好不好？”

奶奶像孩子一样揉着眼睛直点头，又摇了摇头，哭得更厉害了，知道孙女儿哪里想得出什么办法。

贵成把翠喜带到了白纸坊，边走边道：“北平城东贵西富南穷北杂，妹妹啊，哥哥就混在这北平最穷最乱的地方，简直是夜不闭户，嘿嘿，夜不闭户。”他以前也识过字，此刻妹妹在身边，突然来了一瞬诗书气，但紧接下一句，“不闹贼，是完全没得偷！”便让北地粗犷之风压倒了那短暂的文雅。

走了几步，贵成回头看翠喜一眼，道：“我欠你嫂子的，我不过是个拉骆驼的，卖苦力靠畜生挣钱，一辈子娶不到媳妇也不奇怪。你嫂子是倒贴，靠她我才有了点家底，有个落脚的地方。所以妹妹，别怪我。”

“不怪哥哥。”翠喜说。

贵成笑了笑：“得走快点儿，一会儿我还得拉货去。”手指了指南边儿，翠喜看过去，隐约见到绿树环抱中灰色的瓮城箭楼，青蓝色琉璃瓦远远地发着光。

“那是右安门，到明年春天咱们一家人就从那儿出去看花。”

“看什么花？”

“到草桥一路全是花圃，牡丹芍药开得可漂亮了。”

这附近原是辽金故城，护城河两边槐树柳树郁郁葱葱，鸣蝉高唱，街巷四通开阔兼有市井气，五行八作遍布其间。白纸坊在前清时密布纸店和寿衣店，北平说得上名头的纸作坊几乎全在这儿，官办第一座印钞厂也在这里。贵成带着翠喜往东走，一路连着几家全是寿衣店，门口放着大花圈，呛人的纸钱味儿，翠喜忍不住抬手捂住鼻子，转念一想，说不定哥哥就是在寿衣店给自己找的活儿，连忙把手放了下来。

绕过一排歪歪扭扭的槐树，走到敞亮处，飘来一股香喷喷的汤面味儿，贵成停下来，指着前方一小小店面道："就是那里。"

走得近些，翠喜抬头看看幌子，那是一根棍子从鹰不落的屋檐下伸出来，下面绑着一块木板，垂着两簇黄白两色的纸流苏，在风里丝丝缕缕晃荡着，木板上刻着一只牛头，旁边三个字。

翠喜抚着垂在肩上的乌黑发辫，煞有介事地大声念道："流肉流。"

贵成听了倒没什么，却听屋子里头传来哈哈一声大笑，不一会儿，一个三十来岁的高大汉子掀开门帘子出来，身穿青色麻布对襟褂子，黝黑的脸，笑得见牙不见眼："骆驼吴，这就是你妹子？"

"哎。"

"好啊。"汉子歪着脑袋打量翠喜，直把她看得浑身发毛，瞪大了一双乌溜溜的眼睛。

"再念念。"汉子指着招牌。

翠喜低头，脸红得像石榴花，声音细如蚊吟："流肉流。"

汉子吭哧一声又笑了，对贵成一扬眉："行吧，反正也缺人，让这丫头先干着吧。"

贵成连连称谢，对翠喜说："妹妹，快谢谢刘掌柜。"

不知怎的，翠喜却不好意思再开口了，低着头不吭声，贵成着急要走，把妹妹一推："刘掌柜是好人，你在他店子里不会吃亏。快去吧！"

刘掌柜斜着嘴角，一直在笑，看看招牌，又看看翠喜，转身进了店里。

翠喜这才抬头，纳闷地看着那三个字："牛肉刘。"心想：我没念错啊，他这是笑个什么呢？

这是一家小饭馆，不大，只放了四张桌子，柜台往里是厨房，两口大铁锅煮着牛肉汤，咕咚有声，柴火烧得噼啪作响，另有一口锅架在西面墙边，小火正煨着，浓香扑鼻。一花白头发的老头子，正用一双二尺来长的竹筷从那锅里将酱得红彤彤油亮亮的牛肉夹出来，放一粗瓷青花色大盘中，盘中早就堆了一小座肉山，老头身旁是一十八九岁胖小子，抻着面，面团拉一长溜，啪啪砰砰地摔打在面板上，腾出一团雾也似的粉云。

翠喜看着看着就饿了，早上她没吃什么，哥哥家的早饭就是疙瘩菜下糙米粥，原本每人有一个糙面窝头，她咬了一口就噎得够呛，连忙把奶奶手里那个还没动的拿过来，掰开，用筷子在里头掏了掏，以为是和馒头一样，中心的部分会柔软好吞一些，结果这窝头跟馒头不一样，筷子一挖就散了，落得满桌都是。贵成立刻便把脸垮了下来，翠喜也觉得很难为情，只得将撒桌上的一堆面渣子扫自己碗里，就着稀粥搅了搅喝了。奶奶指了指她放一边的那个没散的窝头，翠喜叹了口气，拿过来也掰开了，小心翼翼撒进奶奶的粥里。

还没到饭点，店里还没有食客，刘掌柜回头对翠喜说："再过半个时辰人就多了，先跟你说一声。"

翠喜说："嗯。"

"多大了？"掌柜问，就势坐在一张方桌旁，跷起二郎腿，将袖子挽起露出古铜色的结实胳膊。翠喜把脑袋扭着说："十五。"

"多大？"刘掌柜重复问了一遍。

“十五！”翠喜把音量提高。

“你脖子没毛病吧？”

翠喜一愣，转过头看着刘掌柜，他便又笑了，露出一口整齐的白牙，细长的眼睛倒是很有神采，弯得如月亮。他说：“吓我一跳，以为找了个歪脖子小人儿呢。”

翠喜知道他在开自己玩笑，抿着嘴不说话，也没做出生气的模样，只是用一双乌黑溜圆的大眼睛瞪着他，掌柜的跟她对视了一会儿，倒好像有些不好意思了，咳了咳：“你看起来真不像十五了。”

翠喜刚想说：“我很快就满十六了。”

他又轻声接了句：“跟十一二岁差不多。唉，南方人就这样，小人儿国出来似的。”见翠喜一扬眉，把小嘴儿嘟起，终于有了生气的样子，便换了个严肃的语气，一本正经道，“我跟你长话短说。我姓刘，文刀刘，我叫刘天禄，你来了我店里，若干得长了，也就不是外人了，这个啊，大萝卜长辈儿上，我比你岁数儿大，你就叫我一声哥；厨房的王叔，我叫他叔，你也得叫叔；抻面的那胖小子，我叫他猴儿……”

“我也叫他猴儿！”翠喜很乖巧地接上话，学着刘天禄卷着舌头说话。

天禄嘿嘿一笑：“他也比你大，我叫他猴儿，你不能。你还是得叫他哥，他是王叔的儿子，叫王大力，你叫他王哥。明白？”

翠喜点点头。

天禄往厨房一指：“好，去叫吧。”

翠喜认为自己是机灵的，将辫子往脑后一甩，便往厨房里走了，先走到王叔面前，说：“王叔，我是新来的吴翠喜。”

王叔正从柜子里又拿了个碗，抬头看了她一眼，歪着脑袋：“啊？”

翠喜便又说了一遍。

王叔指指自己耳朵：“我耳背。”

翠喜便喊道：“我叫吴翠喜，新来的！王叔！”

王叔这才点点头。

王大力背着他们，拉着面呢，就跟身后什么声音都没有似的，连头都没回，翠喜很快便意识到这两父子的听力或许都有问题，于是绕过王叔，走到王大力身旁去。王大力微微一惊，放下了手中的面，他相貌很是温和可亲，露出笑容，主动招呼：“新来的啊？”

翠喜几乎被这雷鸣般的大嗓门儿震聋了，却也只好奋力用自己最大的力气喊：“我叫吴翠喜，王哥！”

“哎！哎！”王大力笑容满脸。

翠喜从厨房出来，憋出一身汗，耳朵嗡嗡直响，天禄在外头哈哈大笑。

“知道你来干什么了吗？”天禄问她。

翠喜点头：“刚我哥跟我说了，说您店里传话端盘子的小伙计走了，我来替他。”

“端盘子，傻子也会做。可传话，你觉得你行吗？”天禄又问，眼中满是捉弄之意。

翠喜咬咬牙：“请您告诉我，我该传些什么话？”

……

“加肉！一斤炒饼！

“一斤面！汆卤！再来个烧茄子。

“牛肉一斤，烧饼五个，两个花卷！”

……

翠喜那天中午便一直喊，一直喊，喊到了最后一个客人离开。

天禄点完钱，王叔和王大力把午饭端了出来，面汤里撒了点香菜末，另有一碗炒面片。

翠喜从来没有吃过炒面片，那天中午她吃了两盘，像一只饿了几天的小狗，她喝汤的时候，王叔爱怜地拍了拍她的肩膀，大声说："小闺女，慢点喝。"

翠喜含糊地应了一声，碗把她的脸都遮住了大半，她大口大口喝着。

天禄看着她，不知怎的，想笑，却笑不出来了。

晚上天禄回到家，跨进院门，就扯起了嗓子："桂芬儿，桂芬儿嘞！小芬儿哟！"一面喊，一面顺手从门边墙上取下鸡毛掸子，在腿上身上扑扑地掸灰，"刘曾氏！曾桂芬儿！小芬儿嘞……哎呀！"

一把蒲扇拍在他头上，天禄回头，见他母亲挽着袖子，一手扶腰，满面怒容，眼里却含着笑意，蒲扇抽他脸上，却挠痒痒似的，他吭的一声打了个喷嚏。

"没大没小的臭小子，抽死你！"天禄娘用蒲扇扫着儿子的脸。

天禄左躲右躲："妈，我热，借给我扇扇！"去夺母亲手里的蒲扇，天禄娘没放手，却用力摇了摇蒲扇，姿势一变，给儿子扇起了风，又哀哀地望天长叹："什么时候你找个媳妇，我也就不用伺候你这臭小子了。"

"您不伺候我伺候谁去？"

“我呸！你妈就不该享享福？不该抱孙子？”

“妈，”天禄忽然正色，一字一句地道，“这年头，谁抱孙子谁就当孙子。”

天禄娘一怔，回过神，踮起脚就要伸手拧他耳朵，天禄大笑着躲开。

一家三口十八年前从青州逃荒来的北平，还没到，天禄爹就死在了石门[①]。死的时候，天禄娘生着重病，十岁的天禄将父亲埋了，在坟堆上用石头做了个记号，对瘫坐在坟前的母亲说：“妈，等俺出息了，俺就回这儿来把爹的坟迁回青州去。”

天禄娘摇头：“迁回去做什么？等定了安家的地方再说吧，老家都没人了，让你爹回那儿当野鬼吗？”

“俺们不回去了吗？”

病得打蔫儿的天禄娘，嘴角的笑甚是倔强，她伸出颤抖的手，给儿子拍了拍他手上的黄土：“出来了，就一步一个天地，一步一个家。往回退，回去守着那片枯田饿死，对不住自己，也对不起祖宗。儿子，哪怕娘也跟你爹一样死在路上，你也不要停，哪儿有活路，你就往哪儿走。”

家安在了北平南城半步桥，靠近当年的京师第一监狱，说是半步桥，可周围谁都没见过桥是什么样子。有人说监狱北门外原有条臭水沟，上头铺几块青石板，犯人们戴着脚镣过那石板，只能半步半步地走，所以就叫半步桥了。

半步桥的南边儿是自新路，天禄的小饭铺就在自新路南的一个小胡同里。这条路是民国八年（1919年）由京师第一监狱自筹资金

① 石门：民国三十六年（1947年），石门市改名石家庄。

购买民地修建的，二百二十六丈尺长，三丈宽，从监狱南门一直通往官菜园上街，路边新植槐树近二百棵，春夏秋绿叶葳蕤，修路的人，是第一监狱的犯人，故取改过自新之意为路名。

天禄在天桥附近当了三年茶馆小厮，攒了点钱，后来在牛街学会了酱牛肉，从茶馆辞了工，挑着担子在南城卖牛肉，从陶然亭北一直卖到菜户营的农庄，那儿荒坟野地一片，也没几户人家，天禄一担牛肉作两挑，往南走，过了永定门，一直卖到天坛，才能空着担子回家去。他年纪虽小，但能说会道，勤勉机灵，手艺也好，两年下来，整个菜市口南边一带，都知道了有个小伙子牛肉酱得不错。有一年，正是在自新路，一个死刑犯人要被送去处决，刚出监狱，在囚车上闻到一股浓香的牛肉味儿，扬着脖子就大喊，说哪里的牛肉这么香，他吃不到就不会安心上路。

恰恰是天禄挑着担子经过。

天禄略顿足，挑了最好的三块牛肉送给死囚，死囚狼吞虎咽，吃到后来，眼泪流了出来，太好吃了！

“小兄弟，怎么称呼？”

天禄眨了眨眼：“叫我牛肉刘吧！”

“好，好！你的牛肉，抵得上一坛美酒，酒我是没喝到，但在死路上还能有幸吃到这么好吃的牛肉，是我的福气。”

天禄不知道这犯人会是怎么个死法，他也不是没见过杀人。刚到北平不久，那时北平还叫北京，皇帝还在紫禁城的龙座上，菜市口就在白纸坊不远，看刑场杀人跟赶大集似乎没什么区别。世道乱，每天都有犯人被处决，死法各不相同，但当血从腔子里蹿出来，殷红的色彩在半空洒出一片弧形，围观人群发出的欢呼声却每一次都是那么热烈。人犯的亲属如果想让亲人死得痛快点，只能想办法给掌刑的刽子手送点银钱酒菜，若犯人受的是“凌迟”之刑，刽子手拿了好处，提手第一刀，必然是先奔心口那儿去，接下来“片肉”的过程，于犯人而言也就算不上痛苦了。如今菜市口杀人是见不着了，刑场改到了荒郊野地，有的看守所里也可以处决犯人，死法更是简化了许多，文明社会嘛，稍微复杂一点的就是绞刑，绞刑机还有从欧洲进口的呢，“高级之处”就是可以不让人一下子死，慢悠悠绞死，三魂七魄折腾够了都上不了天。

光想想就觉得瘆得慌，那日天禄将担子里剩下的牛肉全部送给了狱警，只说了句：“如果可能的话，就关照关照他吧。”

槐花扑簌簌飘落，艳阳高照，囚车渐行渐远，天禄也没料到自己的生意便正是自那天起有了戏剧性的转折。第二天南城有好几个警察都买了他的牛肉，还让天禄包下了每月初一十五打牙祭时的熟菜，酱牛肚、牛筋、牛蹄……数年后，“牛肉刘”红遍南城。小饭铺的幌子是天禄自己设计的，木板上画个牛头，表示卖牛肉，“牛肉刘”仨字儿请了个教书先生来写，下面垂的纸条代表面条，白色是切面，黄色是杂面，再垂一串儿，是烧饼。天禄喜欢看自家的幌子在风中招摇的样子。

店面是四年前盘下来的，有三个伙计：老王父子在厨房掌灶，加一个跑堂小篮子。小篮子娶媳妇回了保定老家，店里生意好，少了人手不行，天禄因而才决定再招个人。

回到屋里，天禄在窗前吹着凉风，想着新来的小姑娘吴翠喜：小豆芽菜这般凶残吃相，简直比小篮子还狠，还是个女的，究竟能顶什么用呢？

晚上，收拾完店面的老王父子带着翠喜来了，天禄娘早知有个新伙计要住进家来，迎了出去，一见是个小姑娘，不由得愣了愣。

老王大声说："吴姑娘快见个礼，这是老板娘。"

翠喜吓了一跳，夜色中打量眼前满脸皱纹的老妇，心想：刘老板的老婆真是老啊！

老王见她呆呆的，略一回神，拍拍自个儿脑袋："瞧我，一高兴就说错话，这是老板的娘，不是老板娘。"

翠喜恍然，向天禄娘行了个礼。

天禄这时才走了出来，懒懒地对母亲说："妈，就让她跟你睡一屋吧。"

天禄娘回头看看儿子，笑着点点头。

翠喜自己去收拾被褥，天禄娘站在一旁打量了她一会儿，心里不知怎的挺高兴，笑眯眯地去厨房找儿子，天禄正调着大锅里的酱汤，下着第二天要卖的牛肉，天禄娘走过去用胳膊肘撞了撞他："会打主意，这丫头我看可以，就太单薄了些，年纪也太小了，多大啊？十三？十二？"

天禄没说话。

"你真要她当你的伙计？"

"是啊。"天禄依旧是懒懒的。

"小鸡似的，风一吹就颠着跑了，只怕连盘子也端不动。"

"力气大着呢，也能吼，一顿饭吃一整盘面片儿。"

"好，好！"天禄娘点头。

"好什么好啊？我怕亏了呢！给了她哥十块大洋！让他给我找个伶俐小子，他给我弄根黄豆芽儿！"

"不亏不亏，"天禄娘想了想，说，"这小丫头我怎么看怎么觉得有眼缘，现在细想，我觉得她像一个人。"

"像谁？"

“像你！一双眼睛贼兮兮的，猴儿精！”说完天禄娘又补充了一句，“而且，她眼里有股狠相也跟我们家投缘——是个不走回头路的！”

第二章 牛肉刘

天禄家的房子原先就一个土坯房，连遮风避雨都指不上，夏天外面下大雨，里面就下小雨，鞋子在泥汤里满处飘，到冬天，西北风卷着雪花直往屋里钻，吐口唾沫不一会儿就结成冰疙瘩。熬到家里稍宽裕了些，天禄请了工匠师傅，自己也搭了把手，把房子扩充成一个有着四间屋子的小院。

耳朵不好的王叔父子也是从山东逃荒来的，住在天禄家，包吃包住不说，天禄娘还帮这爷俩做衣服补鞋子，王叔爱喝点小酒，天禄会切一点牛肉让王大力给他爹送去下酒，薄薄的小片，看得出刀工精湛，叠在盘子里，堆成粉色雪山。

刘老板是个挺大方仗义的人，翠喜心想，不过就是有些……有些什么，她却说不上来，只是天禄结交的人，委实千奇百怪。

在他家安顿后的第一个清晨，她便见识了一个：草奶奶。

草奶奶其实不是“奶奶”，按年纪和性别来说，应该叫“草大爷”。

他是个白发苍苍的老头子，衣衫破旧，腰上系着深色腰带，紧紧的，衬得身板倒挺硬实，人看起来有七十岁了，眼神温顺如牛。他总是拖着一架烂兮兮的板车，轮子松松垮垮似一动就要滚出来。

翠喜在院子里洗漱，天禄娘对她挺好，送了她一个新盆子，天禄和王叔父子早就起了，见翠喜端着新木盆站在院子里，清水映着漫天朝霞和一张雪白的小脸盘，三个男人都有些不适应，王叔父子互看一眼，又颇有意味地瞅瞅天禄，笑了。

天禄似自言自语：“做东家的倒贴给伙计，新鲜了。”

声音很低，却让翠喜听到了，她将盆里的水倒进天禄娘的旧盆子里，说：“新的给大妈用，我用旧的。”

天禄娘在一旁扫地，直起腰：“客气什么，送你的，不要你花钱。”

翠喜不说话，只是端起旧盆子放在平日里用来洗衣的石台上，低下头洗脸，水声很轻柔，却有种莫名的倔强。

天禄娘瞪了天禄一眼，天禄木然别开了脸。

草奶奶就是这时候推着板车来的。

王叔父子是耳朵有毛病，草奶奶的毛病在嘴上。

他不爱说话，打招呼也是“嗬”“哈”“噢”几个简单的音节，脸上如果有表情，必然动静很大，一笑，眉眼弯成一线，于是整张脸就布满横线。

他和大家一起吃早饭：稀粥，馒头，咸菜。翠喜想着午饭吃得晚，自己的差事耗力气，又加上天禄娘不停地对她说：“翠喜，多吃点，吃饱点。”于是六个人中，她和草奶奶便吃得最多。草奶奶吃了四个大馒头，她吃了两个，喝了一大碗粥，她这么吃的时候，就觉得天禄在看她，目光很复杂，可她管不了那么多。

她又瞅瞅同样在狼吞虎咽的老人，那时她还不知道他的名字，老人见她看过来，笑着朝她点点头，“啲”了一声，翠喜也对他笑，他又“啲”了一声。

吃完饭，天还没有全亮，王大力从厨房里搬出一大锅酱牛肉和一罐子老汤酱料，放在老人的板车上，翠喜这才知道老人是帮店里运货的。别看他的板车破烂得跟要散架似的，东西一放上去，老人弯身一抬，只走了两步便显出了好身手：锅和罐稳稳当当，宛如平放般，一点声响都不出。

他回头，朝大家呵呵一笑，意思是先去店里了，王叔父子也跟在了板车后头。天禄也收拾妥当，向翠喜一招手：“大妹子，可吃好了？”

翠喜脸皮再厚也经不住他再三提醒，赶紧放下了碗，要待收拾，天禄娘笑着朝她摆手：“去吧，有我呢。”

小姑娘屁颠颠跟在天禄后头，他走得很快，她几乎追不上，跑了几步，他终停下来等她，待她到他身旁，他说：“吃得多就拉得多，别耽误干活。我是好心提醒你。”

翠喜觉得很羞耻，轻声说：“对不起，我知道我吃得多。”

他微微一怔，想了想，语气和缓了些：“不是嫌你吃得多，是怕你吃坏肚子，天儿热，别把自己吃病了。我不管花钱治病。”

“嗯。”

他们慢慢走着，拉板车的老人在最前面，翠喜看着老人，问天禄：“老人家不会说话吗？”

“会啊。说得少。”

“哦。”

“他姓草，”天禄似笑非笑，“给街坊邻居帮忙做点杂事，好几年了。”

翠喜道：“那我叫他草叔。”

天禄笑道：“他有个称呼，一般人不敢叫。”

“啊？”

“草奶奶。”

翠喜的脸又红了，抬头看了天禄一眼，带着丝恼怒，心想刘老板这人太不讲究，没个正经。天禄却朝着老人背后一声大喊：“草奶奶！”

老人回头就破口大骂：“×你奶奶的我就！”

囫囵着喊的，把“我就”放在最后头，“就”“你”“的”仨字被他吞在了肚里，听起来倒像“草奶奶我”，唱歌似的。

翠喜目瞪口呆。

“也不知他以前受过什么刺激，”天禄说，“只要你朝他喊草奶奶，他便会回你这句话。老人家也没个家人，好在能拉点货，想着是街坊，我挺照应他的。”

翠喜说：“您是个好心人，好心有好报。”

“嗐。”

走了一半，临近一处人家，是少有的方正规矩的庭院，石榴树从墙边探出头，繁花如火，朱红色如意门吱呀一开，听得里头洪钟般一声大喊：“大刘子，你们来啦？”

天禄赶紧回道：“哎，来了！”

草奶奶也停了下来，王大力利落地打开装牛肉的大锅，用长筷从中挑拣着。

翠喜好奇地看过去，见一中年女子利落地从影壁后面走了出来，翠绿色衣袖半挽，露出手腕，粗得如铁柱子一般，身形高大，比自己只怕高出三个头来，绾着乌黑的发髻，油亮亮的，插着两三根银簪子，脸上没施脂粉，更显得脸庞宽宽，眉眼舒朗，唇厚耳阔。一个头发稀疏的瘦弱小丫头跟在她后头，端着一大盘子，走到板车那儿，王大力将挑好的牛肉一块块夹起放进她盘子里。

天禄笑着朝那女子施礼，女子点点头。

天禄对翠喜轻声说："这是店里的大主顾，旗下人，人称'那小姐'。以后你会经常和她打交道。"

翠喜恭恭敬敬向那小姐行礼，那小姐没看她，对天禄道："小篮子真不回来啦？"她的嗓音粗重，真如男人一般，翠喜暗觉好笑。

天禄笑道："他娶了媳妇，不回来啦。"

"娶媳妇就不挣钱了？大刘子，你娶了媳妇，南城莫非就见不到牛肉刘了？嗐！什么话啊？！"那小姐这才端详起翠喜，粗胖的手指朝她一指，"这是你的小媳妇？你有了小媳妇，不要人家小篮子才是真的。"

天禄嘿嘿一笑，正待解释，翠喜红着脸抢道："我是新来的打杂的。"

那小姐笑道："我说民国就是好啊，天变了，皇上成马倌儿，北京改北平，伙计变姑娘！"

天禄见翠喜似要回嘴，忙将话岔开了，待离了那小姐的家，天禄对闷闷走着的翠喜道："那小姐是好人，刀子嘴豆腐心。你别招人家。"

“我没招她。”

“她脾气不太好，人有些糊涂，不过前些年旗人纷纷往外跑，她能留在北平，还算是有点家底的。她也有个外号，我说给你听。”

翠喜心想：又会是什么脏话？准没得好。

天禄道：“我们平日里叫她那小姐，私底下，叫她‘丈二姑娘’。”

翠喜知道“丈二和尚”，却从未听过“丈二姑娘”这种说法，联想着那小姐的相貌、牛高马大的身材和男人般的声量，扑哧笑了出来。

就这样，翠喜在南城留了下来，一晃两个月过去，入秋了。

偶尔店子里难得清闲，她会把奶奶接过来，亲手为老人下一小碗清汤面，王叔想给面里加点牛肉，翠喜笑着摆手：“吃不了，不消化。”

吃完了面，奶奶坐在凳子上，喜滋滋地看着翠喜抹桌子扫地，她的孙女真是漂亮又能干。

“吴老太太好啊。”天禄从外头回来，向奶奶打招呼。

“大牛子。”奶奶笑着回应，和翠喜的口音略有不同，奶奶把“牛肉刘”叫作“牛肉牛”，于是“大刘子”很自然地变成了“大牛子”。天禄倒也不介意，洗了洗手，去厨房给老人挑了酱得最软和的一小块牛筋，切了一点，端出来：“老太太，这个你嚼得动，尝尝。”

翠喜低头干着活，悄悄抬起头，看了天禄一眼。

奶奶叫她：“来，孙女。”

“不来。奶奶吃。”翠喜道，说到吃，她终究有些不好意思，低着头出去倒水，却见丈二姑娘和她家丫鬟石榴路过，招呼她：“大喜子，我这刚看完戏回家，肚子饿了，你给送点牛腱子过来。”

翠喜心想：你这是看戏，又不是打拳，不早不晚的想吃肉。但想着自己也总是不分时候犯馋，哪有资格说别人？丈二姑娘其实人不错，说话直爽，赏钱也给得很大方，翠喜忙答应了，回去嘱咐奶奶等她回来，去厨房叫王叔切了牛肉，自己端着送去丈二姑娘家。

天禄算了会儿账，见翠喜出去了，他便走到奶奶旁边坐下，奶奶小口小口嚼着牛筋，天禄笑道：“老太太，你孙女比你能吃多了。”

奶奶憨憨地笑了笑。

“老家现在还有人吗？”

奶奶眼圈儿慢慢红了：“她爹，给我们省吃的，饿死了；小妹给我省吃的，差一点饿死。发大水，家没了，小妹带我来找贵成。”

天禄沉默。

翠喜回来，奶奶已经走了，天禄把翠喜叫到一旁，低声说：“你哥把老太太接回家了，你别再给你哥钱了，之前你到我店里来，我给了他十块钱的。你一个月也不过一块的工钱，给了他，自己还花个什么呢？”

“我没什么要用钱的地方。”翠喜说，“奶奶住哥哥那儿，吃的用的要花钱。”

“你奶奶不是他奶奶？”

“不一样。我们来投奔他，总给他家添了麻烦的。嫂嫂有病，两个女娃娃还小，哥哥整天在外头晒太阳赶骆驼，不容易。”

“嗯，人人都不容易，就你最容易。告诉你，我可不会给你加工钱的啊。就你这小……”

翠喜打断他：“我知道你嫌我年纪小做不了什么事。”嘟起了小嘴，端着空盘子闷闷地走进厨房，把天禄晾外头。

天禄就站在柜台那儿笑，翠喜从厨房出来，他叫住她：“我是老板，你不听我话。”

翠喜根本就不怕他，偏着小脑袋问：“怎么不听话了？”

“你来的第一天，我跟你说了什么你不记得了？我让你叫我哥！”

翠喜愣了一瞬，低声道：“不叫。”转身又朝外走。

“哎哎，上哪儿去你？！”天禄用手指敲着桌子。

翠喜回头：“要账！”

店里另有个大主顾，姓钱，叫钱正光，就住在宣武门附近的胡同里，是个大学生，据说学的是政治，恰是正赶潮流风华正茂的年轻一代。前些日子，大学生不知是为了追求进步还是为了追求女人，惹了点小麻烦，躲到了南城来，每周总有四五天在“牛肉刘”吃晚饭：三两面条，三两肉。有时候还会带着他的三两个男女朋友或同学一起来，吃面念诗，谈论时事歌颂爱情，吃完了就一抹嘴：“刘老板，记账上哈！”

账记了一年还没还清。翠喜问过天禄，为什么不找大学生要钱，天禄说：“读过书的人，脸皮薄，为了这点钱让人家难堪，不近人情，也没必要。”

“老板涨工钱！”翠喜大声说。

“还真顺藤上了嗬！”天禄作势要打，翠喜头一偏，天禄的手不过虚晃了晃，收了回去，在衣襟上假意拍了拍，“你要好意思把钱从他那儿要回来，我就一个月给你两块！”

“好，你说的！”

原来她还真记下了。

翠喜找到大学生的住处，他正捧着本诗集，坐在院子的石桌前，琅琅地念着，翠喜听了半晌没听明白：什么头一翻，身子一斜，驮着夕阳回去[①]？

“钱先生！”翠喜厉声大吼，在“牛肉刘”干了没几天，她的中气倒是练了个十足。

大学生吓了一跳，定睛看了看：“哦，这不‘牛肉刘’的大喜子吗？小姑娘，有何贵干哪？”

“老娘来讨你的饭钱。”翠喜做出成熟妇人的模样，叉着腰，恶狠狠地道。

大学生哈地一笑，把小姑娘叫过去，从兜里掏出一颗洋糖：“吃过没？很好吃，给你。”

“我不要。”

“你尝尝。”

他给她剥了，递给她。

翠喜在心里冷笑：别想着收买我，我不怕。大大方方接过了

---

① 刘大白作于1923年的诗《秋晚的江上》：归巢的鸟儿，尽管是倦了，还驮着斜阳回去。双翅一翻，把斜阳掉在江上；头白的芦苇，也妆成一瞬的红颜了。

糖，放进嘴里。

大学生让她走近点，给她看自己放桌上的笔记本，笔记本摊开的一页上写着个英文词儿，旁边五个汉字：德谟克拉西。

见翠喜捧着腮认真看，他解释道："小妹妹，德谟克拉西，就是民主的意思，这就是我的追求与信仰，我将终生为之奋斗，鞠躬尽瘁死而后已。"说着站了起来，挺直了背脊，真是个玉树临风的翩翩佳公子。

翠喜头都没抬："我不信那个。"

"啊？"

"你信德谟克拉西，我信'仁义礼智信'，就是欠了钱要还。你欠了我们店里的账，快还，要不我老板抽死你。"翠喜也站直了身子，把嘴里的糖嚼得咔嚓响，大眼睛忽闪忽闪。

大学生眉毛竖起来："小姑娘家说话如此庸俗，凶巴巴的！我不跟你见识。威胁我啊？刘老板抽死我？呵呵呵，就他那样的和气人儿，连重话都不对我说一句的，他会抽我？刘老板啊，可比你知道尊重文明人！"

"文明人就不该欠钱不还！欠钱不还就是臭不要脸！"翠喜说。

"你，你……"大学生脸上一阵红一阵白，"多少钱？我给！"

"二十块！"

"这……这么多啊？"

两角钱可以买两斤猪肉，二十块，再凑点可以包个小老婆了，以前只想着在"牛肉刘"这种小饭铺包月随便吃点饭，花不了几个钱，可没想到一点点攒下来，已经累积到了这个数目，现在一下子要他拿出这些钱来，势必打乱生活中诸多计划，更难免捉襟见肘，不由得又是尴尬又是恼怒。

头一斜，见自己邻屋的房门开了一线，屏风上的镜子反射日光，明晃晃的，他便把尴尬和恼怒转移到了另一个对象上，怒声喝道："张大妈！我跟你说了多少遍、多少遍、多少遍？！镜子不能对着我的门，这在风水上有冲撞、有冲撞、有冲撞！"

他每重复一个词，翠喜就在心里数一二三。

张大妈偏偏跟他斗气，把门开得更大了，翠喜看得清楚了，屋里不是屏风，本就是一大面穿衣镜，正好对着大学生的房门。

妇人尖着嗓子道："钱先生，要是能把你门上的宝剑取下来，我就把镜子撤了！"

翠喜转头瞧，果见大学生的房门上悬着一把小短剑，大学生与张大妈斗着嘴互不相让，翠喜冲到大学生身前，手一挥："钱先生，你究竟给不给钱？"

"我现在还就不给！士可杀不可辱，我最讨厌受人逼迫，刁民！你们活该受罪，不配得到拯救！"他指着翠喜，怒目圆睁。

翠喜淡淡一笑，耸耸肩，忽然走到张大妈屋外："大妈，我教你一招儿，可以治他门上的剑！"

张大妈哈哈一笑："好啊，小姑娘，怎么治？"

"容我进来？"

"哎，快进来吧小姑娘。"

钱大学生站在外头，眼睁睁见翠喜走进了张大妈的屋子，也不过一会儿工夫，见小姑娘提着两把菜刀出来，他骇得往后连退了两步，翠喜提着刀朝他嫣然一笑，忽然背过身去，在张大妈的屋门上比画了两下，再用两绺麻绳将菜刀一一绑好，放地上，接过张大妈递给她的钉子和锤子，踮起脚，砰砰有声地在门正中钉着。

“哎哎，你干什么你干什么？”钱大学生急得团团转。

翠喜将钉子钉好了，捡起菜刀，挂了上去，再回头朝他一笑：“不给饭钱是吧？好，老娘让这两把刀天天陪你念诗！”

第三章 南方，北方

翠喜回到店里，吃晚饭的客人都走了一拨了，天禄面色不豫，淡淡瞥了她一眼，也没说什么，翠喜乖乖地走到他面前，接过他手中的两碗面，赶紧送到客人桌上。

待收了店，翠喜不急着吃晚饭，从右边衣兜里抓出一把散钱，又从怀里掏出用小布帕子包的一个小包裹，放桌上，打开来，一堆明晃晃的银圆。

王叔父子眼睛瞪得老大，天禄也怔了：“还真要回来了。”

翠喜笑着点头。

“怎么要的？”

翠喜便把下午在宣武门的事儿粗略说了说，王叔父子侧着耳朵费力听了些许，捧腹大笑，唯独天禄板着张脸：“人家是斯文人，为什么要逼得他如此难堪？刘天禄从挑担子开始，能做到今天凭的是街坊照顾和我自己的一分厚道。翠喜，你一个小姑娘家，怎么能跟那些杂合院老娘们儿一样，用这种撒泼耍赖的招数？你才多大岁数啊？以后怎么办？怎么得了？”

话说得很重，王叔和王大力对看了一眼，一人扒拉了点凉菜，端着碗去厨房吃，翠喜就站在桌边，桌上放着一大盘炒面片，那是晚饭，她就那么盯着那盘面片，静静听着天禄数落，也不还嘴，厚重的刘海遮住额头，长长的睫毛微微颤抖。

天禄说到后来收住了嘴，见小姑娘这样，他还怎么说得下去？也不去拿桌上的那三十块钱，只叹了口长气道：“听得进去就听，听不进去就当我白说。吃饭。”

翠喜便坐下，拿起筷子，从大盘子里扒面片到自个儿碗里，也就两口的分量，大不是她以往的风格。

天禄垮下了脸：“嘿，耍起小性子了啊？吃这么少？！”

翠喜把碗一推，忽然趴在桌子上，肩膀一耸一耸，低声抽泣起来。

天禄原本要坐下吃饭的，见她这样，不免有点着急，站了起来：“怎么回事你？哭什么？不就说了你两句，还说不得你了？哎……别哭别哭，啧，哭什么！别哭了啊！”他做出凶巴巴的语气吓她，“再哭！再哭就滚！”

不得了，哭声更响了。

王叔走出来，大声说：“天禄，那钱先生油头滑脑，混吃混喝，就一个败家子，不中用的人！他不是欠了一顿两顿的钱，这是欠了一年的钱。你自己不好意思去要，小翠喜去要回来，又没做错什么，骂她干吗呀？”

“钱是小事，人情是大事。我开这牛肉面馆子，图的是长远生意，人家是读书人，钱虽然欠了，不会不还的。如今传出去像什么？即便是哪个粗人，澡堂子里打杂的，茶坊当差的，欠了饭钱我都没想过让人难堪，差不多时候我自然会找过去，也不过是小心提醒一下，谁都有张脸，人家还是明白的。为难读书人，不能够！刘天禄是大老粗，但不能欺负没钱的读书人！”

“他没钱？他去醉香楼嫖了姑娘他没钱？！”

天禄脸一板：“王叔！话不能乱说啊！你怎么知道人家去了那儿？咦……王叔！你……”

王叔老脸通红，大声道：“你别瞎想！是丈二姑娘那天说的，说她相好的在那个地方遇到了钱先生！”

天禄瞅了瞅翠喜，很轻地又叹了口气。

王叔道：“掌柜的，我知道，咱们这店是靠大家帮衬着才起来的，你重人情。但有一句话我不得不说：‘要来吃的，怎么都会来，要欠钱的，怎么都不会还！’”说着将手里的空碗一放，走到翠喜身边拍拍她的肩膀，“闺女，别哭了，你不爱吃王叔炒的面片儿了？瞧，凉了都！别哭了啊，乖闺女，掌柜的不想骂你，他是心疼你。这收账的事儿该爷们儿去做的，你去了便是委屈你了，他心里不舒服，他骂你，是拿他自个儿撒气呢！心里难受着呢！”

天禄嘴唇一动，待要反驳，王叔看了他一眼，天禄便不吭声了。

翠喜渐渐收了哭泣，坐直了身子，一双大眼睛红红的，她揉了揉眼睛，重新端起碗，将碗里的面片儿吃了，天禄把盘子往她面前推了推：“再添点儿，凉了就重新炒一盘。”这算是举白旗了。

翠喜摇摇头，天禄瞅着她，心中说不上什么滋味。

第二天，翠喜跟什么事都没发生过一样，依旧利落快活，天禄反而有点歉疚的意思，吩咐她做这样做那样，语气难得客气了许多，翠喜和往日一样勤快地去做，只是不常跟他说话了，以前他对她说一句话，她得回个两句，或者问些不着边际的问题，现在顶多就是应他一声，那些不着边际的问题也再不问了，饭量也越来越小，每餐就半碗面条或一个馒头，回家后天禄试探着问母亲："小妞儿有没有什么不对劲的地方？"

"没有啊，怎么了？"

"吃得少了，不像她啊。"

天禄娘笑道："日子过好了，自然就吃得少了。"

"啊？"天禄茫然道。

天禄娘看着儿子笑："上心了啊？上心了就自己去问问人家，问她：'我的大喜子呀，你怎么吃得少了？跟哥哥说一说，是不是害相思病了？'"

"哎我说小芬儿！你怎么也不正经了？！"天禄瞪起眼睛。

天禄娘拍拍他脑袋，忽想起一事来："你把东头那间放杂物的小屋子收拾下，弄张床。"

"干什么？"

天禄娘道："翠喜上个月跟我说，想把她奶奶接到咱家来住，入秋了，老人家住她哥那儿冷，搬过来她给房钱。"见天禄半天没反应，补了一句，"我已经答应了。"

过了许久，天禄才闷闷地嗯了一声。

发工钱那日，天禄将两块钱递给翠喜："答应过要给你加工钱的。"

翠喜接过："谢谢刘掌柜！"脸上是纯真的、毫无风霜的笑意。见她笑得甜美动人，天禄忍不住笑道："大喜子是个小财迷！”气氛轻松才跟她说的这句玩笑话，想着按她的性子准是要回嘴的，其实哪怕她用刁钻的语气反驳他，他心中或许还会高兴一点。

翠喜却没有回嘴，只是眼中瞬间闪过一丝哀伤，收了钱自去干活了，天禄叫住她：“翠喜！”

翠喜回头，乌黑的大眼睛眨了眨。

“算了，没事。”

看着她的背影，其实他想问：“小心眼儿，你是不是还在怪我啊？”

奶奶搬到了天禄家住，翠喜的心便安定了许多。晚上回去，见奶奶有时候和天禄娘一起纳鞋底，有时一起腌酱菜，翠喜发现奶奶的话渐渐多了起来，好像不似以前那么糊涂了，能记住的东西也多了。

有一天，奶奶端出自己腌的酱菜给大家尝，天禄笑道：“老太太手艺真好，瞧这颜色就让人有胃口了，赶明儿我带到店里卖去，给您钱啊！”

奶奶开心地笑起来，翠喜瞅着一种蠕虫模样的酱菜大是好奇：“这是什么？长得跟地蚕似的。”

“吃。”奶奶把碗凑过去，翠喜退了一步，骇然摇头，“好吓人！”

奶奶正色道：“这是岗楼。”

“岗楼？”

“刚喽！”奶奶清清嗓子，纠正了下自己的发音。

“刚……刚……”翠喜张口结舌，瞪大了眼睛，说不下去了。

天禄站在一旁听祖孙俩对话，哈哈大笑，天禄娘扶在厨房门边看着他们，也笑了。

深夜，天禄去厨房查看酱牛肉的火候，却发现灶台边有个小小的身影，手拿着一盏油灯，微光中不知在做什么。

他悄悄走到近前，恶作剧般大叫："被我抓到了，在偷吃？嘿嘿！"

翠喜吓了一跳，回过身来，红了脸，用手捏住灶台上的碗。天禄探过身去，碗露出一角，里头恰是奶奶做的咸菜。

"我……"翠喜羞窘地低头，"我是想瞧瞧它是不是虫子做的，你们又都不告诉我。"

天禄笑道："不敢吃？"

翠喜轻声说："我刚吃了一个，脆脆的。"

估计她一定是鼓起了莫大的勇气，才敢吃酱成黑色的"地蚕"，可她这含羞带怯的模样是这般可爱可怜，天禄不愿意再逗她，便说："这不是虫子，它是长在水里的一种东西，像水草的根。"

"真的？"翠喜抬头，灯光下眼波流动，天禄定定神，从水缸里舀了点水，用手指蘸了，就在灶台上写了两个字：甘露。

甘露。

翠喜瞧瞧碗里地蚕般的咸菜，又看看灶台上的字，呆呆地说："名字倒真美，没想到。"

其实她也很美，天禄抬眼看着小姑娘，觉得魂儿有点飘。

她与他目光对视，脸上一热，天禄柔声问："翠喜，你很厉害，会识字。丈二姑娘都不认字呢。"

翠喜笑道："我爹是教书先生，从小就教我们认字。别看我哥现在是一个赶骆驼的粗人，他也会默写千字文呢。”想起亡父和哥哥，她的笑容渐渐变得暗淡，低下头，抽了抽鼻子。

天禄说：“你等着，我去拿个东西给你看。”走了出去，不一会儿回来，手里捧着一块红布。

“打开看看。”

翠喜接过，闻到墨香和金粉的味道，展开了，却是一张幛子，龙飞凤舞，印着五个大金字儿。

她念出来：“南城第一香。第一香，说的是哪一家？”

天禄眨了眨眼，翠喜会意，眼睛亮起来：“是您这儿？！是‘牛肉刘’！”她兴奋地跺了跺脚，“掌柜的，您太厉害啦！”

天禄笑道：“这是鸭子桥一个老主顾送的，太狮会的会长秦爷，有名的吃主儿。他送我这幛子，别人没话说。”

“您为什么不挂起来？挂到咱们门外头，多威风！”

天禄没回答，掀开一旁的牛肉锅，捞出一块酱得刚刚好的牛肉，道：“来，尝尝看味道合适不？”

翠喜笑道：“南城第一香，大师傅的手艺那是没话说的，不用尝啦！”

天禄切了一块，用筷子夹着递给她：“吃吧，知道你馋了。”

翠喜笑着接过，听话地吃了牛肉，连赞好吃，问他：“您能告诉我究竟用了什么好方子，才能调出这么好的味道来？”

天禄淡淡道：“翠喜，你胆子是真大啊。”

翠喜一愣。

“我当学徒的时候，真没胆子敢这么问掌柜的。”

“……我不懂，”翠喜低下头，脸窘得通红，“掌柜的，您当年当学徒是怎么当的？”

“早上倒夜壶、买菜、做早饭、饭前摆桌，掌柜的吃饭时我就站旁边伺候，盛饭端茶倒水。晚上铺床、提夜壶，冬天还得给掌柜的和师兄们生炉子，添火封火什么都干。学手艺前两年，只兴用眼睛看，不能多问，问错了就挨打……”天禄笑了笑，“你刚才这个问题，我要拿来问我当年那掌柜的，呵呵，估计屁股早就被打开花了。”

“啊？！”

“啊，”天禄一边搅着锅里的酱汁，一边道，“你以为我开玩笑啊？不过呢，你也别泄气，我也不是不想告诉你。一耕二读三打铁，四五航船磨豆腐，六木七竹八雕花，九纺十织织布郎，十一裁缝做衣裳，十二是个修锅匠，十三卖杂货，十四打磨工，十五皮匠鞋子上……上行下行三十行，行行总出状元郎。大喜子，好行家哪儿都有，不管做什么事，成败就在一个心意上。有心意，做事情就会认真。‘牛肉刘’的牛肉要酱得好，肉要好，酱要好，火候要好，十足的味道里头，总有十足的心意和功夫。只有这样，才会有真正的好味道。只要你用心学，日子久了，自然就知道了。”

他侃侃而谈，声音爽朗，翠喜听得发了会儿呆，说：“老板。”

“啧，不是要你叫我哥吗？”

“掌柜的……”

天禄回头看了她一眼：“拿你没辙！”

翠喜嘻嘻一笑，旋即又轻声叹了口气。

“小小年纪，叹气折福啊！”

她轻声问：“你还记得你的老家吗？”

“不记得了，出来的时候小，印象里在老家就一个苦字，吃不饱饭。”

“老家话也不会说了？”

“离得久了，大多都忘了。”他见她忽然有些难过的样子，问她，“怎么，想家了？”

翠喜凄然摇头：“没有……我早就没有家了，我只是，只是有些想我爹。”

天禄沉默了一会儿，忽然将锅盖盖上，转身道：“说起我的老家话，我还真记得那么些。”他眉毛一扬，手一比，眼睛一瞪，大声道，“当里个当，当里个当！”

翠喜错愕地抬起脸。

天禄笑道：“大喜咋（读zà音，他一高兴，总这么叫翠喜）！听着啊！当里个当，当里个当，当里个当里个当里个当！闲言碎语不要讲，表一表好汉武二郎！那武松学拳到过少林寺，功夫练到八年上。回家去时大闹了东岳庙，李家的五个恶霸被他伤。在家打死李家五虎那恶霸，好汉武松难打官司奔了外乡……

“有什么酒？有什么菜？一一从头对我讲。要喝酒，有状元红，葡萄露，还有一种是烧黄，还有一种出门倒，还有一种透瓶香；要吃菜，有牛肉，咱的牛肉味道强！”

说到这里，翠喜大声插话：“咱们‘流肉流’味道强！”

“嗯，流肉流，大喜咋！”

翠喜笑得眼睛眯起来。其实她听不太懂，但心里很温暖，所以脸上一直带着甜甜的笑。

天禄一口气说完，连他自己也都惊讶，小时候随父亲就只听过那么一两次，竟然一直铭记在心，一字不忘。

翠喜用力拍着小手：“真好！真好！”看着她的笑脸，听着她清脆的笑声，天禄一颗心也变得非常快乐：“大喜子，难过的时候就唱唱歌乐一乐，记住，家在心里，跑不了！把日子过好了，哪儿不是家？”

“嗯！对了刘大哥，明天咱们把那红幛子挂到店外头去吧，那木板子哪有这个好看？”

“没到时候呢，别想了啊。”

次日一大早，天禄却没有和大家一起去店里，说有点事情要办，竟耽误了一上午工夫，差不多到午饭时分才回来。翠喜正抹着桌子，见他走进店子里，肩上仿佛落满了阳光，眉间眼角的笑意暖融融的，不知有什么好事情。

丈二姑娘洪亮的大嗓门在外面响起，喊着翠喜，她称呼翠喜和其他人不同，王叔叫翠喜“闺女”或者“小翠喜”，王大力叫她“翠翠儿”，天禄叫她“大喜咋”，丈二姑娘叫她“大喜贼”。翠喜一听就不高兴，瞪着眼睛：“我不是贼！”

丈二姑娘笑嘻嘻改口：“那我叫你妹妹？好妹妹，姐姐今天专程来看看你，别生姐姐的气了，行吗？”

翠喜没理她，挺着小腰板站在桌与桌的罅隙间，朗声为各桌客人报着菜名，昂着头走来走去，送着面点和牛肉。丈二姑娘也不生气，壮阔的脸庞上依旧带着笑容。天禄倒好奇了，不知她怎么惹了翠喜，惹了也就罢了，她是老主顾，翠喜不过是个打杂的小丫头，犯不着亲自到店里来给这小丫头赔礼道歉的啊，还这般和颜悦色的，便走过去殷切问道：“那小姐，今儿中午还是老三样？”

丈二姑娘摇头：“一会儿家吃去，我就过来瞧瞧大喜贼。”

翠喜再次大声接口：“我不是贼！”

丈二姑娘指着她笑："小丫头耳朵灵的嘿！"

翠喜又不吭声了，皱着眉头把脸转开。

陪丈二姑娘来的石榴笑着说："翠喜多了我家小姐的心，不高兴。"

天禄越发好奇了。

原来翠喜来到店里以后，勤快机灵，只差不是个男人，干不了太多的力气活儿，短短数月间早已和街坊邻居十分熟络，很是讨人喜爱，连丈二姑娘也都爱她伶俐细心。每次去丈二姑娘家送牛肉，使唤她做些家务事，翠喜也不拒绝：给厨房分蔬笋瓜果、赶走偷爬在墙上摘石榴果的小孩儿、穿针线、养花植草……只要她有时间，能做多少便帮着做多少，不为得那几角几分的赏钱，而是喜欢丈二姑娘家的四合宅院，敞亮明净，是南方家宅不常见的舒朗大方。干活儿的时候，丈二姑娘就在一边站着，端着粉盒描眉扑粉，她虽然壮硕，却是个爱漂亮的女子，衣服精致，纽扣是银模压的牡丹花。

这几日入了秋，天气并不见凉快，反而越发热了，连着几日大太阳晒得人口干舌燥。几天前，翠喜在丈二姑娘家帮着石榴摘篱笆上的黄瓜，顶花带刺儿直扎手，摘了满满一盆，打井水泡着，累得满头大汗，正和石榴坐在台阶上聊天休息，丈二姑娘站在屋檐下抱着碗炸酱面吃着，去捞了一根黄瓜嚼，嚼着嚼着就骂了句："都是那帮南方人来了，害得咱北京城的天儿变得阴阳怪气，抽风似的热。他大爷的。"

翠喜站了起来，沉着脸。丈二姑娘还在那儿骂，翠喜忍不住就回了嘴。她自来是伶牙俐齿，但面对丈二姑娘的一口北平土话，十句里有九句听不懂，而她自己的安徽口音也在迅疾的语速中加重，于是两个人各说各的，除了音量相当，攻击的目的谁都没达到，到最后都急了，都真生气了。

一连几天翠喜对丈二姑娘都不冷不热的，丈二姑娘碍于面子，也一时软不下来求和：“姑奶奶当年也是红轱辘轿车白马拉，手里捏把扇子身边一个跟妈儿，那样威风过的人！呵，现在还怕那小丫头了？”

此时，丈二姑娘用胖胖的手指，打拍子似的敲着桌边，对天禄道：“大喜贼，哦不，大喜子啥都好，就是有些小心眼、矫情。我那天顺口说出来，也没想到她就是个南方人啊？不就骂了两句街嘛，值得跟我生这么大气？”

天禄给她加了茶，笑道：“她就这性子，您别怪她。”

“我可不敢怪她。我怕她怪我！”她说着伸了个懒腰，哐地一下撞在邻桌肩膀上，食客们都是领教过这姑奶奶的泼辣的，端着碗挪了挪位置。

天禄知晓丈二姑娘定是有什么事情想让翠喜帮忙，便说会帮着她开解这小姑娘，丈二姑娘方站起来，对石榴道：“走吧。在这儿坐一会儿，肚子饿疼了。”

“您就在这儿吃了呗！”

“不了，回家包饺子。”

“带点牛肉回去。”天禄说着快步走去厨房，叫王叔切了半斤腱子肉，丈二姑娘接了肉，在衣兜上拂了拂，说没带钱，天禄连说客气客气，不急不急，直将她送出门去。丈二姑娘回头道：“大刘子，过两天我要把小莲从乡下接过来，你让翠喜常到我家来走走，她会哄小孩子开心，我家闺女就爱她编的花环。”

小莲是丈二姑娘的女儿。丈二姑娘结过一次婚，丈夫是个病秧子，在女儿刚出生不久便呜呼哀哉。有人说是丈二姑娘命硬克死了男人，也有人说是小莲命硬克死了爹，风言风语传了不少，或许是真的怕和女儿“硬碰硬”，小莲不到三岁便被母亲送到了乡下，现在已经快八岁了，在乡下放鸭子似的散养，却生性内向，和母亲性格迥异，完全不爱说话，整天愁眉苦脸，谁都逗不开心。

天禄答应了。丈二姑娘叹了口气，道：“你们家大喜子吧，真是犟啊。”

天禄目送她们的背影，想着她说“你们家大喜子”，不禁回头往店里看，那双漆黑溜圆的大眼睛正朝这儿瞧呢，他走过去道：“她说你们南方人不好？”

翠喜点点头。

天禄道：“你呀……以后她要再说，你就回她一句话，保管她还不了嘴。”

翠喜忙问：“怎么回？”

天禄却没立刻回答，将一张空桌上的碗收了，翠喜走到他身前追问，他回头看看她，低声说：“南方姑娘聪明漂亮。”

翠喜一时不知该说什么。外头响起一片沙沙声响，是秋风吹落的槐树树叶，像小小的扫帚，温柔地扫着心。

到吃午饭的时候，翠喜才知道天禄上午是因什么事耽搁了。

草奶奶来了，没拉着他的板车，手里却抱着一个木甑子，吭哧吭哧地走进店里。

翠喜忙去接，甑子到她怀中，阳光一般的温度，她闻到一股熟悉的香味，掀开盖儿，里头是新蒸好的白米饭，翠喜立时愣怔。

“吃了这么久的面条，今天中午就吃米饭吧。”天禄说，给草奶奶递过一碗凉茶，又说，“这是南方稻米蒸的饭，米是我上午去虎坊桥买的，认识那儿一老师傅，买到了送回家，让我娘蒸好了。

我猜味道该和你们徽州那儿的差不多吧，草奶奶守着时候去拿过来的，你赶紧趁热吃。”

草奶奶端着一碗茶正待要喝，条件反射般应了句：“×你奶奶的我就！”说完立时觉着自己错了，不好意思地红了老脸。

所有人都哈哈大笑起来，可我们的小翠喜啊，一颗心像灌了蜜般甜，又似伤了风般涩，大大的眼睛中涌起了晶莹的泪珠，她凝视着天禄，哽咽道：“谢谢你，刘大哥！”

她没有告诉大家，这一天是她的生日，她已经十六岁了。

第四章 街坊

重阳节快到了，这是北平最美的一段时光，也是广安门西南这一大片地域最美的一段时光。这里没什么名人雅士，多的是引车卖浆之流：窝脖的、拉骆驼的、泥瓦匠、磨刀的、卖炭的、收破烂儿的、开纸坊的、送水的……这里也并不富庶繁华，一年之中面貌光鲜的时候并不太多。唯独在秋天，没有毒辣的日头，没有铺天盖地的扬尘，也没有时不时就猛灌下来的暴雨，天空明澈如一面镜子，湛蓝湛蓝，敞亮开阔，人与街巷都显得温和、喜乐、洁净。

篱笆上的葫芦、倭瓜、扁豆、茄子全都成熟了，乐呵呵地挂在枝上，像在大声喊："快来摘了我哟！"你不摘两个就真对不起它们了。连草奶奶的板车上也多了一盆盆秋菊、蟹爪、绣球、金狮子、小铃铛、绿珠……或清丽淡雅，或艳美张扬，是替各家各户送的。从开春到晚秋，花农从丰台花乡将时令鲜花采下，用马莲捆起来，运进城中“花厂子”（卖花的店铺），所谓“丰宜门外丰台路，花担平明尽入城”，卖了花，换了银钱米粮回家去。零散的花卉，有的从花厂流向卖花的小贩，推车挑担地运进大街小巷。菜市口的下斜街和土地庙，不光花厂子多，每到每月初三、十三更是卖花人云集，若是住得离右安门不远，自有一些妇女大清早去护城河边赶个早市，从草桥来的花农那里买来鲜花装在竹篮里，冰匣子是事先预备好的，从春天的玉兰，到夏天的茉莉、玉簪、凤仙，用浸湿的蓝花布罩着，保证买到的时候花儿就跟刚刚摘下的一般新鲜可爱。若说送花这事儿，原和草奶奶没什么关系，也不知是从哪一年开始，菊花一上市，草奶奶便出了右安门去，趸[①]一车菊花回来，沿着万泉寺绕到柳村，再从柳村过鸭子桥到白纸坊，穿过半步桥，走向陶然亭，一路绣陌横芜，绀墙欹树，就那么慢悠悠推着车走，也不吆喝，一路自有街坊们问他买花，给多给少是买花的人看着办，一吊两吊钱的事儿，没有一盆贵过一块大洋，花并不名贵，但鲜艳、健康、好看，穷人家满意即可。草奶奶究竟会不会算账，买花的钱哪儿来，卖花的钱怎么用，没人太在意。草奶奶的车轱辘一响，便似有香气冒出来，胡同里那条叫斗二爷的大白狗立刻就“香”激灵了，汪汪两声报个信儿，自有妇人丫头们陆续出来，在草奶奶的板车边挑挑拣拣。草奶奶呢，半闭着眼睛，似在休息，似在打盹儿，又似沉浸在一种安逸、带着香味的恍惚里，大白狗斗二爷溜达了一会儿，便走去倚在他破烂的裤腿边，将脑袋搁在草奶奶粗糙的光脚板上，睡了。

太阳徐徐地、一点点地移动着，槐树柳树上冒起的蓝幽幽的烟

① 趸：读 dǔn，（商人）整批地买进（货物）：~货。现~现卖。

气不注意是看不出来的，那是植物在舒畅地呼吸吐纳，要离得远一点、再远一点，踩着满地的红枣，映着满树的大石榴，才看得真切。那是一种像汪洋大海中一颗水滴一般晶莹、脆弱却永恒的东西，它闪烁在看似麻木实则宁静的面容之下，它有一点沉默，谦卑却执拗；它委婉，却充满力量。这种东西不太容易被灭掉，它贯穿在每一寸光阴之中，在争斗与磨灭的过程里不断重新萌生，你很难说清它究竟是什么，但日常的生活里总能看到它的影子，你看着它，或者感觉到它，就似和一种很美的事物对视了一下，会生出一种能持续很久的、心照不宣的愉悦。

草奶奶休息得差不多，抖抖肩，继续推车前进，斗二爷会一直跟着他，过了半步桥再溜达回去，途中自会与宿敌——苏记纸铺的老猫白白干一架，谁先被爪子扇倒谁就先撤，白白撤的时候比较多，毕竟年纪大了，且个头比斗二爷小一半，斗二爷也懂得见好就收，绝不恋战。不过，你若假装替白白鸣个不平："可怜的白白哟！白白被打了嘞！"斗二爷立刻会直起它那双要耷拉不耷拉的黑花耳朵，瞪大一对黑黝黝湿漉漉的眼睛瞪着你，从喉腔里发出愤怒的昂昂啸音，以示抗议。

"吗呢，斗斗！"听到这个洪亮的声音，花耳朵瞬间耷拉下来，虽然依旧龇牙咧嘴的，但依然乖乖低着头奔到一人脚边，紧接着，一阵蜂鸣似的轻盈的铃铛声响起来，一双宽大的手将一只小小的金黄色铃铛挂在了白狗的脖子上。

斗大爷就是白狗的主人，其实大家都和斗大爷一样叫那只狗"斗斗"，不过狗主人对狗实在是太好，跟俩哥们儿似的好，所以私下里街坊们便笑称斗斗为"斗二爷"。

驼队从京郊进城，六头或九头一个队伍，领头的骆驼和收尾的骆驼各戴一个铃铛，两个铃铛发出的声音是不相同的，只有拉骆驼的人和做铃铛的人才能听出细微的区别。在白天，悠悠的驼铃声与回旋天际的鸽哨构成古都独有的韵律；而在夜里，若是走着走着，听不到后面那只骆驼的铃声，就说明肯定是有掉队的了，就得挨个儿回去找。斗大爷是南城将驼铃做得最好的匠人，住在枣林街和白纸坊交界的一个小破院子里，老光棍一个，家里就他和白狗以及满墙挂着的铜铃铛，他和气，友善，也许是因为寂寞，他并不排斥隔壁的闲汉金四爷有事没事就到他家来聊闲天儿蹭茶喝。说起金四爷，原是一家酱铺的账房先生，因为在银钱上犯了点儿事，被东家辞了，自此就守着一点儿家产混日子，每天最大的消闲就是耍嘴皮拍老腔儿，地上的事儿全知道，天上的事儿嘛，谦虚一点，他知道一半。平日里，有事儿没事儿就上斗大爷家串门，或者拿着胡琴，到“牛肉刘”坐坐，拉拉琴，唱段西皮①。金四爷的老婆在一个富人家当女佣，攒钱给儿子作学费，孩子叫金蛋，今年快十七岁了，读的倒是好中学。

金蛋是小名儿，大名金长风，去学校报到的时候，教员看到这名字也不禁愣了愣，同学拿他打趣：“金长风，你偶尔疯一下便可，别经常疯啊！”

---

① 西皮：戏曲腔调之一。以胡琴为主要伴奏乐器，拍子有原板、慢板、快三眼、导板、摇板等。唱腔明快高亢，刚劲挺拔，适于表达欢乐、激越、奔放的感情。源于西北的秦腔，明清之际，秦腔由西东传至湖北襄阳，形成襄阳调，再传到武昌、汉口一带，同当地民间曲调结合演变而成西皮。湖北方言称唱为“皮”，西皮即由西传东的唱腔；或谓西皮脱胎于秦腔的“皮子”，故名。

叫金蛋也好，还是金长风也好，金家少爷读书很用功，为人更是正派。四五岁的时候，街坊家的小孩儿上他家玩，偷了金四爷一根烟卷儿，躲在茅厕墙边抽，被他发现了，立刻告诉了私塾的于老夫子，告状不是因为人家偷了他爹的烟，而是老夫子曾训诫过：好学生决不允许沾烟酒。

这么个实诚孩子，对父亲游手好闲极为不耻，所以几乎从不回家，每次回家，父子俩必然会吵架。

比如有一次儿子质问父亲："爸爸，您整日什么都不干，连自己的生活都不管，就知道遛鸟、赌钱、耍嘴皮……家底子就这么点儿，耗干净了怎么办？"

金四爷眼睛一瞪："怎么办？有孝顺儿子在，大不了去喝西北风呗！"金蛋怒道："风停了呢？！"这倒是真问住了金四爷，便抽了金蛋几巴掌，得，大少爷回了学校，俩月没回家了。

四爷每次去找斗大爷，总会先跟白狗打招呼，虽然金四爷的家境实际上比狗主人好很多，但白狗斗二爷并不是很看得起他，由着四爷在自个儿脑门儿胡乱挠，捏它那漂亮的花耳朵，眼皮都不带抬。

"嗯，好狗，好狗！"哪怕斗二爷一个回应都没有，金四爷也有他自己的解读，"舒服吧？挠对地方了吧？别谢，知道你舒服，不用谢了哈！得嘞！"

斗二爷气得发出呜呜的警告，金四爷撒了手。

"来了啊？"斗大爷坐在门口，拿砂纸擦着一只铃铛，朝金四爷扬了扬下巴。

"哎。"

“茶在屋里炉子上。”

“正想着这口儿哪！”

热茶下肚，金四爷便叽里呱啦开始喷：“小柱子在陶然亭遇到一只黄鼠狼，捡起一石头就砸，正好砸到那东西左腿上，只听叽的一声叫唤，黄鼠狼一瘸一拐地跑了，到了远处，回头瞧了一下，挺瘆人的意思。你猜怎么着？小柱子第二天在珠市口被一辆洋车轧了，轧哪儿？左腿！”

“哦。”斗大爷继续擦着铃铛，斗二爷已经开始打呼了。

“狐黄白柳灰，最邪乎，有妖性！”金四爷抬头望天，停顿了一下，“就说咱那紫禁城里（说得就跟他住那儿似的），天儿一擦黑，什么大刺猬黄鼠狼蟒蛇乌鸦啊，全聚齐儿了！变幻人形……”

忽然住了口。原来打东边儿来了一妇人，步态袅娜，一只纤纤白手捂在嘴边，离得近了才看清是在剔牙。妇人姓姚，人称姚婶，以前在八大胡同做过领家的（近似于妓院老鸨），后来生意不行了，嫁给了一个杂货铺老板，搬到广安门，虽没重操旧业，却颇爱给人做媒——让那些被生活逼迫得毫无出路的穷人家将女儿卖去当小老婆。

斗大爷没抬头，只金四爷不错眼珠儿地盯着看，姚婶走路跟洗澡似的，一会儿挠胳肢窝一会儿捶大腿，好一股风情，四爷大声招呼：“哟，姚姐儿来啦！今儿又说和了几对儿了？”

姚婶白眼一翻：“你嘴没毛病吧？里头疔疮烂了，味儿不对啊！”

“您又没尝过，怎么知道味儿不对？”

“臭不要脸！”姚婶骂骂咧咧走了。

斗大爷看看日头，踢了踢呼呼大睡的白狗：“起来！”

斗二爷一个激灵，抬头茫然地看着主人，斗大爷伸手朝空中虚掷一下："运运气，蹿一个！"

白狗撒腿就往前冲，斗大爷起身伸伸懒腰，一手将马扎拿起来，另一手则从衣兜里掏出一把铜子儿，用大拇指在掌心里勾了勾，大概数了下，道："老四，替我去一趟'牛肉刘'，把这钱给刘掌柜。"

"干吗？"

"欠的饭钱。"

"秦瞎子欠的？"金四爷问。

"什么秦瞎子，那是我师弟，人眼睛不瞎！我先走了啊。"

"去哪儿呀？"

"鸭子桥找秦瞎子去！"

"嘿！这可是你自己说人家是瞎子啊！"金四爷笑道，斗大爷也忍不住笑，将马扎放进院子里，铃铛全码齐了挂上，朝斗斗招了招手，一人一狗往鸭子桥的方向走去，连门都不锁，倒是金四爷体贴地将茶壶里的茶全灌进自己那黑黢黢的茶盅里，把门给带上了，自去天禄的店里，将钱交给天禄。

说起秦瞎子，天禄眼中忍不住闪过一丝关切："秦爷的病还没好？"

金四爷倒是一愣："啊？真生病了？怪不得老斗去了鸭子桥。"

天禄叹了口气："害了伤风，瘦成了骨头架子。"

"那真是稀奇。"金四爷道。

秦瞎子并非等闲之辈，少年时和斗大爷结伴从东北来的北京，习过武，堪称力拔千钧，实实在在的一个壮汉，现在虽然老了，也算得上是个壮老头儿。前清的时候，广外有个摔跤行里的高手，人称“雷不动”，京师南城太狮会举办了一场摔跤大赛，“雷不动”连打三天擂台，眼看就要当武状元，孰料会长“筛子陈”多了一句嘴：“台下还有哪位不服，来和雷爷过两招儿！”

没人应声。“雷不动”已开始满台走步，拱手行礼了，却听嗡地一下，紧接着哐当一声，沉闷的声响震得旗杆不停晃荡。众人目光看过去，只见擂台西南角，一个十七八岁的少年正单手将一个石墩子拎起来，顺手画了一圈，又反手画了一圈，像放一个水桶似的稳稳放在地上，抬起头，朝会首笑了笑：“没不服，就是想和雷爷过过招。”

“雷不动”被他三招放倒。

武状元让了位，秦瞎子去了太狮会，逢年过节串街走巷地表演，算是在京城有了一个职业。他的师哥斗大爷也找到了活儿干：为太狮会的舞狮做铃铛。虽与秦瞎子以师兄弟相称，但斗大爷从来没有表现出一点习过武的迹象——就是一个憨厚老实与世无争的手艺人。久而久之，人们逐渐认为“师兄弟”这个称谓，不过是异乡人相互帮衬着在京城过活的借口。

秦瞎子并不瞎，只是在庚子年间闹拳匪时，为了保护“筛子陈”，被一支流箭射中了左眼角，那双曾十分锐利的眼睛自此总是半眯着，眯成一条缝儿，如今岁数眼见着近古稀，旁人看来，他也还真是个瞎老头儿的样儿。时代变得快，舞狮的行当越来越不规范，南城太狮会就是在秦瞎子手里解散的，老爷子守着几张狮子皮伤心许多年了，练武的人一松，那就是山倒之势，搂都搂不住，秦瞎子这些年就如同一座虚浮的肉山，每天除了吃就是睡，就这么一个人，前些时候天禄见到他，竟突然间瘦成了皮包骨，想来是病得不轻。

既然来了“牛肉刘”，也不能白来一趟，金四爷将随身带的胡琴放到膝上，习惯性地得意地左右瞧一眼，颇有鹤立鸡群、出类拔萃的优越感，调调音，摇头晃脑地拉起琴来。琴声回旋急促，好一段《贵妃醉酒》！到半途，有些食客实在受不了吵，颜料铺的周掌柜走到金四爷对面坐着，假装认真听，听了一会儿，打断了他：“四爷，您这胡琴有点讲究，这琴弓的毛还挺不一般哪。”

金四爷往手里哈哈气：“瞧出什么稀奇来了？”

“拉的这声儿不对，是驴的毛还是骡子的毛啊？又尖又沙。”

金四爷将下巴在琴轴上摩挲了两下，挠了挠痒，伸手从兜里掏出几张豆纸，塞到周掌柜手里，指着外头的大槐树。

周掌柜道：“干吗啊？”

金四爷道：“咱俩没法说话。您还是去那儿蹲着去！拉屎放屁，这纸我送您！”

天禄赶紧过来打岔，老周道：“你听听，你听听，说的什么话？那么损，什么拉屎放屁，老金，你吃屎不嫌臭别拉上旁人。”

天禄笑道：“周掌柜的，您瞧您说的，我这一小饭铺，这儿还有别的客人，您说的这话……”周掌柜也意识到话说得不合适，哑了一哑，金四爷得意了，以为天禄向着自己，晃晃身子，笑道：“老周你不是嫌闹腾吗？哎，我今儿就不走了，我这胡琴，想拉到什么时候，就拉到什么时候。你呀，没眼力见儿。人家天禄跟我是什么交情，你知不知道？”

“什么交情？”周掌柜白了他一眼。

金四爷一拍胸脯：“刘关张的交情！”

天禄笑着送客：“得了得了，两位大爷，差不多，二位好走啊，我刘天禄可是没招谁没惹谁，你们一个呢，说我这儿臭，一个呢，咒我关张。我姓刘没错，我好好开着我的店，凭什么要我关张！”

一番话，说得众人大笑起来。

这一带的街坊，有土生土长的本地人，如金四爷；也有从山东来的，如天禄；还有河南来的，关外来的，甚至云南、四川来的……寒来暑往，不知不觉就一辈子，说什么抱负，也别提什么衣锦还乡，不过就为了混口饭，端起碗扒拉几口，喜怒哀乐全在里头，谁吃谁知道，谁知道谁记得。天禄对秦瞎子和斗大爷是非常敬重的，两个老人不同于其他的外乡人，在北平已经待了超过四十年，他们照顾了天禄的生意，天禄则尽力照顾他们的胃口。“牛肉刘”虽然卖牛肉，可大部分时候做的却是烧饼面条这些廉价的吃食，毕竟牛肉不是谁都吃得起的，单就说自新路白纸坊一带，也就丈二姑娘和秦瞎子家里有点余钱，算得上真正的大主顾。丈二姑娘爱吃酱牛腱子，秦瞎子喜欢扒肉条，扒肉条的料得从牛腰窝上挑，只要秦瞎子托人带话说要来，天禄头天就去牛街的肉铺把肉订好，当日天没亮就去取，精挑细选，专给秦瞎子留着。正是天禄亲手烹饪的“扒肉条”，让秦瞎子给他送来了“南城第一香”的幛子，幛子挂上墙的那天，秦瞎子和南城太狮会的两个老弟兄以及斗大爷都来了，放了炮仗，过年似的热闹。

南线阁“马记”羊肉床子的马掌柜知道了，只道：“叫牛肉香、小刘香、小牛香什么香都好，就是叫这南城第一香吧……嘿嘿，嘿嘿，叫得不对。”

便有人道：“要说不对，也是不对。‘牛肉刘’在外城，虽在西南，但说不上是在南城里头，若说是南城香，是有些不对。”

马掌柜道：“我只是纳闷，他这第一，是跟谁比得来的呢？”

明说，不服气呗！

马掌柜的羊肉床子在广安门一带小有名气，牛羊肉新鲜肥嫩，平日也兼做熟食生意，卖点白煮羊肉羊杂羊头，到冬天还有涮锅烤肉。铺子的位置还不错，城门一开，来来往往全是人，有时十几头骆驼歇在门口，一群小孩子围着看，温顺的骆驼随你摸，眼睛还眨一眨的，看见骆驼，就知道驼队在马掌柜那儿打尖呢，炖羊肉的香味直往外蹿，诱得过路人包一嘴口水。

马掌柜抽空去了一趟“牛肉刘”。

天禄从金四爷那儿得知了他对“南城第一香”的评语，既不愿意得罪这位老街坊老前辈，也不愿意掉份儿，因此表现得不卑不亢，谦逊里带着热情。晌午饭刚过，恰是生意人的饭点，马掌柜闷声不响，欲言又止，一碗凉茶动也没动，天禄问：“马巴[1]还没用过饭吧？我给您做道下酒菜。”

马爷沉默了一会儿，道：“不劳烦刘兄弟。”

天禄又道：“马巴若肯赏脸，跟我到后厨，劳您驾指点一二。您放心，厨里用的油和肉，都是牛街来的。您放心进。”

扒肉条做起来很费工：牛肉得先炖熟了，切好装盘，保证肥瘦匀称且不走形，这便是“扒”的讲究；然后就是油锅，蒜瓣姜片葱段大料，热油里滚一圈，倒入高汤，用酱油调味调色，待汤汁香味出来，浇到装牛肉的汤盘里，上屉蒸个三道茶工夫；这还不算完，接着收拾沫子浮料，再将肉条窝进勺里勾芡，加入少许明油，轻轻抖搂抖搂再重新收入盘中，真真的鲜香热嫩。

---

① 马巴：马巴就是马爷，回族称长辈为“巴”。

马爷默不作声地看着，凑近闻了闻，又细细看了看，道：“我不把刘掌柜当外人，所以实话实说，这道菜我觉乎着，差点儿意思。”

天禄不禁笑了：“您这不还没尝哪。”

马爷道：“不必。”

“那这话有点不公允。”天禄笑道。

“改天到我铺里坐坐。”马爷拱拱手，转身离去。

次日天禄就去了南线阁，也是午饭后的时间，马爷很高兴，端出一碗白水羊头。

天禄吃了一口羊肉便闷声不响了，他觉得脸在烧，白水羊头香极了，无法用言语来形容，他的扒肉条比不过，可究竟是哪儿比不过，他自己也不明白。

“跟马巴比，刘天禄手艺太㞞，惭愧！”

“您也别这么说，”马爷道，“只是咱们中国人凡事总讲究一点儿意思，是什么意思呢，其实我也说不上来。小老百姓过得苦，能有点儿吃的不容易，咱们靠做吃的为生，想来应该更明白什么叫‘来之不易’，做起来就更会琢磨了，我寻思那点儿意思，就在这‘琢磨’里吧。”

天禄点点头。

天禄曾一直想把“南城第一香”做成招幌挂在店外，梦想着有一天，自己简陋的小饭铺也能跟大栅栏的那些老字号一样一代代传承下去。此刻，他手中提着一块牛上脑，对着光左瞧右瞧，有的地方色暗，经络交错适合炖煮，有的部位则鲜红如秋天成熟的山果，表面显得脆嫩，实则是炖一天都不会烂，只能爆炒。刀一扬，落下，唰唰几下，一盘肉丝已经码得齐齐整整。旺火高蹿，顿时葱香油香四溢，肉丝在锅中飞腾翻转。

“马爷说得对，至少得做到名副其实，我才好意思挂起那块匾。”他将葱爆牛肉丝装盘，端起来，又检视了一下。

第五章 点翠

一大早，石榴就来店里多买了两斤牛肉，说是家里有贵客。翠喜笑问：“给你说婆家了？眉开眼笑做什么？”

石榴飞了她一个白眼：“悦昌银楼的邱师傅来做客，我等了快一年，就赶着今天弄件好首饰呢。”

翠喜“哦”了一声。

石榴道：“知道廊房头条、廊房二条不？知道珠宝市不？”

翠喜摇头。

“唉，真是对牛弹琴，”石榴说，“北平最有名的金店银楼都在那儿，全天下最漂亮的首饰都从那儿出的。悦昌是老店，虽不是大银楼，当年德源兴想从悦昌把邱师傅挖了去，两家还干过仗呢！我家小姐最爱邱师傅的首饰活儿，那是一等一的好，顶得上带黄签儿的呢！”

"黄签儿？"

"就是给宫里皇上娘娘们用的！"

"呀！"

石榴笑吟吟道："今儿邱师傅来了，带来好大一箱子，全是好东西哪！咱家小姐把他当贵客招待，我能跟着讨点便宜，你说我能不眉开眼笑的？"

翠喜将牛肉递给她："那你快回去吧。"

"不来看看？"

"不去了。忙着呢。"

石榴踮起脚朝里探探头，天禄在厨房跟王叔他们在一块儿捞牛肉呢，敦实的人影在热气里朦朦胧胧，店里座位空空，因为还没到饭点。翠喜忙？她忙个屁！石榴觉得翠喜挺可怜，这小丫头没钱，也没机会戴漂亮首饰，即便戴了，在这小饭铺里擦桌子扫地吆喝端盘子，天天对着些糙老爷们儿，倒显得讽刺和凄凉，便道："别怪我没跟你说啊，先走了。"一溜烟儿地跑了。

天禄从厨房里出来，一面擦汗一面道："小石榴说啥呢？什么师傅要来，要你去她们那儿。"

"谁知道，说得糊里糊涂的。"翠喜归置着桌椅，她低着头，乌黑的发辫扎得紧紧的，颈后却仍有一圈茸茸的碎发，像小鸟的茸毛。她那天叫了他哥，是因为他对她是真好，可这好吧，却让她渐渐跟他疏远了，有时候连眼神都躲避着。他看着她想，你小小一个姑娘，心思却恁多。可他不能跟她多说什么，话说得越多，心说不定就隔得更远了，她那些小心思其实他都懂，太懂反而不好，蒙着迷糊着倒能亲近些。一颗种子不到发芽的时候，就该让它捂在土里，阳光暖它，雨水浇它，泥土滋养它，急不得，该开花结果的时候谁都挡不住。那就是火候，也叫“道法自然”，人世世代代都这样过来的。

下午，丈二姑娘带着那悦昌银楼的邱师傅来了。天禄自然殷勤款待，亲自上前捧茶递巾，翠喜则同石榴在门口门墩儿上坐着，替邱师傅看着他那个紫檀首饰箱子。

邱师傅着白色纱袜，藏青布鞋，黑色对襟褂子的排纽扣到脖根儿，皮肤白，容长脸，眉棱下一双亮闪闪的黑眼睛，年纪不到三十岁，样貌清秀，声音柔和，谈吐文雅有南音。

石榴买了一个银簪子，拿给翠喜欣赏，翠喜拈着它，雪白的小手指微微翘起，对着从槐树浓荫下透出的阳光细看，笑道：“好调皮的葫芦。”原来那簪子上錾刻着葫芦纹样，两头一边一个，胖乎乎地歪斜着。石榴也凑过去和她一起细瞧，两个小女孩便如得了什么绝世宝物，拿着那小玩意儿悄声评说着。门墩儿旁是一盆紫色蟹爪菊，映出五彩的光，光彩中少女的脸庞秀美可喜，像幅画一样。

“小妹好水灵。”邱师傅笑道。

天禄没作声，丈二姑娘笑道：“天天好肉好饭，壮着呢。”她指的是石榴。邱师傅又道：“小妹头发生得好。”石榴的头发黄稀稀的，绾成双髻，像头上顶了两根蒜。这下所有人都知道他夸的是另一位了。

“呵呵，那是大喜贼！‘牛肉刘’的宝贝。”

翠喜听到，想反驳：“我不是贼！”后来想了想，也没吭声，歪着脑袋自和石榴看簪子，又低头瞅脚边的首饰箱，上面是金丝描的牡丹菊花和螺钿拼成的明月穿云。

邱师傅吃了面，先夸赞面好吃牛肉很筋道，“牛肉刘”果真名不虚传。擦了嘴，喝了口凉茶，却起身朝翠喜走过去，问她是哪里人，多大了，翠喜站起身，很礼貌地一一回答，邱师傅笑道：“说来在下和姑娘还有些渊源。我祖籍嘉兴，手艺是南方的，悦昌的大掌柜赵先生恰是姑娘同乡。有诗言，欲识金银气，多从黄白游。一生痴绝处，无梦到徽州。徽州钟灵毓秀，人人如珠似玉，真是老天爷眷顾。”

翠喜知他在夸自己家乡，想起之前丈二姑娘对南方人鄙薄的口气，不由得觉得大是长脸，笑盈盈地谢了。不经意转头，却见天禄站在丈二姑娘桌旁，眼神很复杂。她心里突地一下，往后退了两步，离邱师傅远了些。

邱师傅弯腰，用袖口拂了拂首饰箱上的灰尘，心念一动，抬首道：“我还有些小物件，小姑娘如果喜欢，就挑一件，我按市价六成给你，都是南方人，就当作给乡亲的见面礼了。”

翠喜忙摇头道：“我不要。”

石榴使劲朝她使眼色，要她应下，翠喜只是摇头。

“要，怎么不要？”天禄大声开口，“不过也不用折价，翠喜，钱不够我给你。”语气却是恶狠狠的。

邱师傅一怔，不知他和这小姑娘什么关系，不亲不热，不远不近，倒让人不好揣摩，更不好接话了。翠喜一张小脸一会儿红一会儿白，眼睛水汪汪的，人僵着，就是不言语，得亏丈二姑娘走过来，擅自打开首饰箱，里面确已没多少东西，只剩下些发卡、银簪、宝相花的银纽扣。她抓了两颗纽扣，塞进翠喜手中：“给你，姐姐花钱，别磨叽了，拿着吧。”

邱师傅却拉开最下面一层抽屉，说：“原来姑娘叫翠喜，我瞧这件东西倒和你很相配。”

所有人的目光都凑了过来，天禄也走上前来，邱师傅将那物件小心取出，阳光下，一抹清丽无比的幽蓝，与秋日的天空交相辉映。

四下里都静了。

日光正正地照耀下来，众人眼中闪烁的却不是白晃晃的日光，而是那熠熠的蓝之华彩。这是清透的蓝，如长天之下昆明湖的碧波，翠色寒烟；是飘飞的蓝，似庭院中翩翩的蝶，自在窈窕。那蓝仿佛有磁力，会攫取人的呼吸，那蓝又仿佛会发散，将光芒从周遭空气中散开，融化了，直荡漾进心中。

单柄为簪，双柄为钗，两足并立，看形状当是钗了。长不过五寸，顶端做耳挖状，按的是时新一丈青的样子，却又分作两股，成了两个耳挖子，掏耳朵是不能了，模样却多了一份娇俏，倒似蝴蝶的触须。银鎏金的钗柄清秀纤细，镂空错层的花样，是一只蝴蝶与一只蝙蝠捧着寿字，应的是福寿的吉祥之意。

"这原是一套，二十八件里头唯独留下了这一个。"邱师傅道，"那小姐知道的，你上次那个抹额，上头就是点翠的牡丹花。"

丈二姑娘摇头道："没它俏皮。"

邱师傅笑："不一样，不一样。"

"怎么就偏留下这个了？"石榴好奇地问，"您不是说一套吗？"

邱师傅淡淡一笑："买主嫌没有镶宝，说太普通了。现在和过去不一样了，喜欢'见金不见翠，见宝不见人'。我也懒得跟人掰扯，留下便留下。"

翠喜小声问："什么是点翠？"

邱师傅轻轻旋转钗柄，众人只觉幻彩流光：“姑娘瞧瞧这蝴蝶、蝙蝠、寿字，这是翠鸟的羽毛拼成的。所谓大条十根双分左右翅，尾条八根一扫尾，一只翠鸟只用二十八根羽毛，金银做胎，剪取鸟羽粘在其上，拼成各色花样，俗称点翠。原是宫里造办处流传出来的，后来传到民间。论颜色，蕉月、湖色、深藏青三大类，翠蓝、雪青为上品。这支钗子用的是湖蓝软翠，也是上佳的翠羽，保存得当，千百年都永不会褪色。不过好看归好看，就是不太好保养，受不得热，也经不住风吹日晒，更怕潮。”将钗子放到翠喜的小白手心中，如放一片羽毛那般轻盈，翠喜小心翼翼，连呼吸都不敢了，生怕它忽地飞走。

“翠喜翠喜，邱师傅愿意折价给你，你就买了吧！”石榴赶紧摇摇翠喜的衣襟，“改天给你梳个头，你头发这么黑亮，戴上它一定美死了！”

翠喜还没开口，天禄却忽地道：“她美了，鸟儿却遭罪了，活生生被拔了毛，也是够缺德的。”

邱师傅眉头一紧，见这刘老板眼中忽然多了好些锋锐，让人看了心里不舒服，不由得笑了笑：“刘老板是做的积德行善的好事，但倒不知您锅里炖的牛羊怎么想。”

天禄也笑了：“我这随口一句话，我是粗人，您一斯文人，别跟我一般见识。这人啊，活在世上就得吃，您也得吃不是？牛啊，羊啊，鸡啊，鸭啊，舍生取义进了人肚里，您见过杀牛没有？没见过吧？牛街的师傅刀落下之前，口里是念着经的，我每年到了时候，锅边灶台也摆酒，去屠场订肉，还端着酒洒一洒。我没觉得我干这营生有多心安理得，不过为戴朵花儿就杀个生，也忒狠心了。”

邱师傅的脸沉了下来，便只看着翠喜，她站在那儿，日影之下脸显得又白又小，灼灼的大眼睛波光粼粼尽是尴尬，邱师傅心中一软，柔声说："小姑娘，你喜欢吗？喜欢我就真给你。"

"我没钱……"翠喜的声音低得不能再低。

丈二姑娘道："邱师傅，你也别难为人家，小丫头真没钱。你这点翠又不是那些小杂件，是娇贵玩意儿，没个几十块钱下不来。"

邱师傅问翠喜："若是卖给别人，二十块钱我还要掂量许久。若给你，我折一半的价，如何？"

翠喜窘极了，十块于自己也是天价，于是使劲摇头。

"八块。八块我给你。"毕竟是个生意人，白送是不能的，但这个价跟白送真是差不多了，邱师傅觉得说到这里再不行也不必强求了。

哪个女孩子不爱漂亮的首饰？翠喜长这么大从来没有如此接近过这般娇美金贵的东西，心中实是爱极了这支点翠钗。可她自来到北平后一直省吃俭用，连衣服都是把天禄娘的旧衣改改穿身上的，没舍得买件新的。每个月就那么点工钱，付了房租后也攒不了多少。八块钱是不算多，岂止不算多，和白送差不离了！翠喜犹豫了，也心动了。她求助地看着丈二姑娘，丈二姑娘却适时地把头别开，知道她动了借钱的念头，自己倒不是不愿意借，但天禄刚才说了要帮着给的，丈二姑娘乐得做个成人之美的事。

可翠喜并没有将目光转向天禄。欠谁的也不能欠他的。不能再欠了。

天禄却果然道："我给，八块，您说的哈！"说着就要掏钱。

"您慢着！"邱师傅手一抬，"您若要给，就给八两。"

天禄惊笑："我说，您不是四川人，怎么玩起变脸来了？天桥学的？这天桥也没唱川戏的呀，刚还说八块！这八块钱和八两银子，可差得忒远了啊？！简直比我还会做生意。"

"跟您是做生意，我跟翠喜姑娘，那是做人情。"邱师傅冷冷地道。

"您跟她算哪门子人情？"天禄声量一提，"她工钱是我开的，她住在我家！她奶奶也住在我家！她靠我过日子！"

丈二姑娘和石榴互瞧一眼，往后退了两步，石榴朝翠喜伸了伸舌头。

话一出口，天禄立时觉得自己说得冒失了，悄悄瞅瞅翠喜，果见小姑娘一张小脸苍白得很，他心中急悔，可说出来的话怎么收得回去？

翠喜吸口气，将点翠钗小心递还给了邱师傅，轻声说："谢谢您的好意，我还是不要了。您刚也说了，这翠鸟的羽毛娇贵，怕潮怕湿怕风吹日晒，我干的活儿您也看到了……我，我伺候不了这好东西。"

邱师傅便将钗子收进箱子里，向众人道了句叨扰，丈二姑娘道："邱师傅，等我给您叫黄包车去。"

"客气客气。"

他们人一走，翠喜便进了店子里，一股子面香肉香裹着热气卷过来，心想得亏没买邱师傅的点翠钗，店里真戴不得这玩意儿。又想起初来"牛肉刘"的时候，便是这热腾腾香喷喷的气息解了自己一路的颠簸与饥饿，俗是俗了，可俗世之中，这是最安稳的味道。想着想着，也不觉得自怜自伤，也就不怪天禄的冒失话了。

这才想起那个冒失人，往门口看去，他却不知道去哪儿了。

天禄拦下了邱师傅的黄包车，擦擦额头的汗，从身上掏出十块钱：“我身上现在就二两银子，翠喜在店里，我不好意思当着她面去拿钱。您先收着，剩下的我明天一早拿去您的首饰桌子。”

邱师傅没说话，冷眼瞧着他。

“不是八两吗？给您八两！爽快点。”天禄扬起眉毛。

邱师傅笑了：“便给我八百两，邱立云若把这钗子卖给你了，就是护城河里的王八！刘老板，你给人开工钱，就成大爷了？就可以端着架子在别人面前耍威风了？要得了这钗子，在人家小姑娘跟前不更威风上天了？我今儿还就不如你的愿！还有，您听着，我那儿不是什么首饰桌子，是首饰楼，珠宝行！”气冲冲催着车夫快步走了。

天禄愣在路口，竟没还嘴，过了许久，虚扇了自己一巴掌，骂道：“牛肉刘，你就一废物！没用！”

回到店里，吃晚饭的客人们陆陆续续来了，忙活一晚上，天禄竟没顾得上和翠喜说句话，到收店吃晚饭，可以说话了，却不知怎的，全闷回了肚子里。

临睡前他实在憋不住，打开窗户瞧了瞧，厨房的灯亮着，他知道翠喜在里头，小姑娘已会分辨酱牛肉的火候，晓得给灶里添柴减柴了。

天禄猛灌了两口浓茶到肚里，狠搓了搓眼睛。

厨房门开着，他刚要进去，听到少女轻柔的声音，倒不敢挪步了，待听得分明，脸上不自禁露出了笑容。探头进去，翠喜背对着他，挽着袖子露出白白的手腕，手里握着一把长勺，轻轻挥舞，摇头晃脑，唱的是：

“当里个当，当里个当……”

他想起他对她说的话：“大喜子，难过的时候就唱一唱，乐一乐。”

原来她不开心。

天禄脸上虽然全是笑意，眼眶里却全是湿润的雾气，一颗心更软作了一汪水，更有对自己的气恼，恨不得再抽自个儿一巴掌。

一开始翠喜还有些瑟瑟的怯意，唱着唱着，也就放开了胆子。

“当里个当，当里个当，当里个当当当！咿呀嘿！咦咦！”

天禄一愣，暗道：“不是这么说的啊。”

“哎嗨哎嗨！哎嗨咦！”

天禄又惊：“真改词儿了？”

蹑手蹑脚迈上一步，却见翠喜一巴掌拍灶沿上，打死了一只小飞虫。

“当里个当，着！

“闲言碎语不要讲！表一表好汉武二郎！嘻！”

她喜欢在每句话后头加点感叹的词儿，天禄也就听了下去。难为她不过只听了一遍，语调虽然差得不是一点半点，但内容也没错多少。

翠喜手舞足蹈，语气越来越快乐，而他，也离她越来越近。

“庙门上贴着告示一大张。告示，阳谷县有告示？咦？”

说到这儿，她回过头，见到身后立着的这一高大汉子，不由得一拍胸口：“吓死我了！”

“接着说……”天禄眼中尽是温柔。

翠喜结结巴巴道：“说，说这里有老虎，看，看来，是，是真的了……”

忽然满脸通红，将手中大勺往灶台一放，身子斜溜溜一退，拔腿就跑。

天禄手一伸就把她攥着了，他心想：你跑，你敢跑，这辈子我都不打算放了你。

她像只轻软的小兔子微微颤抖，鼓起勇气抬起脸，明净的大眼睛半是疑问半是羞怯地正视着他，天禄只觉得那一双眸子里满是潋滟波光，连带着光线昏暗的厨房都因这波光变得明亮，以至于他所有的心思再不能暧昧不清。

“那天为钱先生的事情我骂了你，心里是不是还有些怪我？”他将手拿开，让她站好。

翠喜缓缓摇头，漆黑的眼珠子更加湿润了些：“我不喜欢你说我是财迷，我希望店里好，不是为了自己能多挣钱，真不是。”

天禄的心中很温暖，带着一缕淡淡的酸楚，拼凑起一些零散的画面：衣衫褴褛的少年，扶着病弱的母亲挣扎在饥寒交迫的山野道路，一步步都走得艰难痛苦，不知何时才是尽头，不知何时才能有一片屋瓦为自己遮风避雨，不知何时才能真正有个温暖的家。而现在，光阴流过的痕迹早化作点点的涟漪，缓缓漫开。

此刻，他好似已经拥有了想要的一切。

深深吸了口气，抑制住流泪的冲动，俯首凝视眼前那张小小脸庞，天禄郑重地说：“翠喜，等你再大点，明年或者后年，我就娶你。愿意吗？”

翠喜没吭声，大眼睛眨了眨。

“不愿意？”他急问。

小姑娘白嫩的双颊泛起红晕，过了一会儿，极轻地摇摇头。

天禄更急了：“是愿意还是不愿意啊？摇头是什么意思？”

她忽然跺跺脚，口音含糊，“刘”和“牛”又分不清了：“大牛子，你是个笨蛋！”

他心中有喜悦在翻跳着，却板起了脸：“我就是笨蛋，这辈子就笨这一次！大喜子，你说，愿不愿意当我的媳妇儿。”

她狠狠瞪了他一眼，语声却婉转温柔，点点头：“愿意的……”

他脸上笑开了花，见她一派天真未泯，心中爱怜横溢，柔和光线里几乎能看到她脸上细细的茸毛，像尚未成熟却带着粉色光泽的水蜜桃，鼓起勇气，在那粉粉的脸颊上嗒的一声重重亲了一口，然后面红耳赤道了声得罪，转身就跑了出去。

翠喜抚着脸颊尚在愣怔，猛听到外头咚的一声闷响，走到门口一看，原来天禄跌了一跤，他狼狈回头，朝她笑笑。

天禄娘的声音响起：“儿子，是你吗？”

天禄疼得龇牙咧嘴，瓮声瓮气回道：“嗯。”

“吱呀”一声，天禄娘推开窗户，见儿子踉跄站起，正拍着裤子，便笑道：“大晚上的，练操哪？怎么，想舍了老娘上战场吃皇粮啊？我觉着悬，你年岁大了，只怕人家不要。”

天禄忍痛回了句：“白送皇粮我也不吃，我舍不得老娘。”又看看翠喜，把音量提高了些，“舍不得你呢！”

翠喜捂着嘴笑了。

第六章　故人

鸽子是钱记粮铺的掌柜养的，每日城外粮市开了市，跑外的伙计一拿到消息就会放只鸽子回来，这边柜上的便取下鸽哨里的纸卷，上头有当天的牌价。那钱掌柜已近七十岁，养了四十来只云盘、灰背，系上三联五联的哨子，群鸽盘旋之际真真忽如急鼓势如疾风，仿佛有一双巧手将所有杂音提炼为最纯粹的旋律，那声响说不出的轻透俏皮高远明亮。

邱立云最爱看群鸽起盘儿，也爱听这鸽哨声，他站在街边高扬着脸，凝望天际，鸽子越飞越高，一同自天疾降，鸽哨在下降时同时消音一瞬，仿佛它们在用这一瞬间提气似的，齐齐放声，宛如天乐齐鸣，这一停一放的瞬间，是最让立云心旷神怡的，试问天下有哪里的天空能有北平的动听呢？霞光时明时暗，新凉乍生的北平，它的柳岸烟波凤阙龙阁，纵横巷陌酒旗戏鼓，正在晨曦中流光溢彩。

待群鸽重新飞上云霄，立云才迈步回到悦昌银楼，进门之前，习惯性地看一看。

两串一米多的红木上漆的大珠子，高高挂在门脸儿上，稳稳垂下，金色丝绦穗子随风拂来拂去。“悦昌号”门匾并不大，下面另支着长条木头幌子，刻着俊秀的行楷“兼收金银首饰珍珠宝石”。

这是立云待了十数年的地方。

帝制推翻，宫廷作坊散了摊子，匠人流落民间，有的去了各首饰行，有的重新担起翠花挑子做零散生意，手艺人技不压身，除了心气儿被挫了不少，谋生倒不至于太过艰难。邱立云祖上是清宫造办处的名匠，串珠点翠、花丝镶嵌无不妙夺造化，立云自小跟父亲邱茂春学艺，师承邱家绝技，到十二岁已是技艺娴熟的小师傅了。民国三年（1914年），茂春带着儿子投奔故友赵柏涛，柏涛恰是悦昌银楼的东家兼大掌柜。

外城首饰行大多改做金银器，论家数是比剪发前少了许多，京城最有名的金珠店聚源楼，不过只有三间门脸，悦昌虽是老首饰楼，也只两间门脸，但里头珍玩的精细奇巧仍旧是不输当年。得邱茂春之助，悦昌多了不少遗老主顾，大多来自清宫和王府，为生活所迫，不得不变卖一点家当私藏，而手上一得了钱，赖于旧习，看到好东西又会忍不住买为己有。柏涛善谈锋，精赏鉴，学识渊博，名公贵人，多有交游，为人甚是宽和，其评断功力在京城赫赫有名，不论是在他这儿买或者卖，遇到精品赝品，当即断定，立刻有个眼明心亮的说法，来去都服气。而茂春则是一等一的匠人，做的首饰人见人爱，与柏涛携手，竟在变动之年挽救了一蹶不振的悦昌，可惜茂春在两年后便得了肺病去世，柏涛痛失股肱，将立云当亲子看待照顾。如今立云早已成年，柏涛让其挑起大梁，理所应当成了悦昌的二掌柜。

小学徒柱子正拿鸡毛掸子掸着柜台上的灰尘，见立云进来，忙朝他轻轻鞠了一躬，叫声邱师傅，又从柜台上拿起折好的一个册子，双手递给立云，立云打开看了一眼，点点头："不错，字越写越好了。"小柱子挠挠头，欲言又止，立云不看他，只说，"想学手艺是吧？觉得练字白费工夫对吧？"柱子一笑，立云道，"有点耐性，以后你就懂了。"

"我懂！我现在就懂！"小柱子急忙说，他只有十三岁，嗓音正处在要变不变的阶段。

立云瞅着他："你懂什么？"

"虽只是每天咱们大家伙儿的菜谱，您让我临不同的碑，换不同的字，是让我既识了字，又能练习耐性和眼力，还教我懂规矩，知道讲礼。您这是看重我，要栽培我。"

立云眉毛一耸："好，既然说我在栽培你，露出这么一副苦相做什么？"

小柱子噘着嘴："顺子哥、和子哥比我大不了一两岁，早有了要跟的师父，就我，东看看西看看，什么都得瞧，还得做杂事，这样下去哪有时间学手艺？"

"想学什么？"

"我，我，我什么都想学……"

日光渐渐亮起来，赵柏涛从门外走进，小柱子只得又将那鸡毛掸子放下，两手在两边衣袖上分别扫了扫，快步过去接过柏涛手里的鸟笼，朝里朗声道："大掌柜来啦！"

里院儿是作坊，顺子、和子等几个徒弟都在，出来给柏涛请安，柏涛笑眯眯将手中提着的一包东西交给小柱子："芸仙居的火烧，趁热吃。"

小柱子忙去拿了干净盘子，将烧饼装盘儿，大家也撂下手中家伙，洗手泡茶，其实都吃过了早饭，但掌柜的心意是一定要领受的，将烧饼分了，就着吃茶，权当是休息。柏涛住崇文门，每天一早先去青山居坐坐，听行情会老友，然后再到悦昌来，每次来必会带些点心，他年纪大辈分高，又是掌柜的，本不必这么做，但这就是他的规矩，也是他的习惯：料理生意如料理家事，待学徒如待家人。

老爷子早起的一杯茶是在家沏的，到了这儿，就得立云来伺候了。立云斟好了热茶，给柏涛放到茶几上，笑道："您老今儿早市赶得怎样？"

柏涛坐下，头一点一点的："好，好！"

"这个'好'从您口里出来，那是真金贵。"立云笑道，"究竟是怎么个好法？"

柏涛却抬起脸道："立云，你也该收个徒弟了。"

"不敢，手艺还不够。"

柏涛道："心高气大！既然说自己手艺不够，假如现在有人手艺比你厉害十倍，你敢不敢认人家做师父？"

这话锋转得蹊跷，立云淡淡地说："那还得瞧瞧有没有这人。"

柏涛指着他道："这还不是心高气大？"

立云忍不住笑了。

北面靠墙是一紫檀供桌，放着一对玫瑰紫钧窑笔洗，两侧挂着两对黑漆金字楹联，屋子朝南，阳光透过窗户和大门，丝丝条条，慢悠悠地扫过去："随遇而安，好领略半盏新茶，一炉宿火；会心不远，最难忘别来归雨，经过名山。""赏兰观菊贤者至，寻梅觅竹骚人来。"外头这一对，勾撇间显露锋芒，是粗看像颜柳，再看却又金石气十足的修长楷书，为前朝亲王的亲笔书赠，正是清末民初颇流行的字体。

柏涛叹了口气，说道："咱们这些物件儿，也不算什么稀罕东西，一个师傅做一个东西，那东西上就会带着一点儿他的灵气儿。一个年份就一个样子，人一走，手艺也跟着走，那灵气儿自然也跟着走，一茬一茬的人没了，好手艺也就再也见不着了。就算用模子做，同样的模子，不同的人来用，还是不一样的。人工太多，就失了天工的那点灵动，说起物件的精气神儿，真是越近越失，难得碰到让人眼睛一亮的佳品。"

立云心念一动："看来您今天定是遇到了。"

柏涛眉毛扬了扬，点点头。

立云问："那这手艺，存了个几分旧时气韵？"

柏涛想了片刻，说道："两分得有，再过些年不好说，可上可下。"

立云握着茶杯的手紧了一紧，失笑道："有一分都了不得，得您评两分，岂不是稀如星凤的人才！"

柏涛道："适才在青山居，有些个挂货铺绣货庄的掌柜也在，跟大家伙一块儿通行情，拿出一些东西让人帮忙掌眼，我纯粹凑个热闹，哪指望能看到什么好的。谁知东花市'德顺利'的李掌柜拿出一盒头花儿，我一见，心里是哐当一响。水仙、牡丹、春兰、秋菊，像生逼真不说，虚实浓淡掌握得炉火纯青，竟像是宫里造办处老师傅的手艺，只式样是时新的样子，用材也是便宜货，就一些零碎缎子、绒线通草，那灵动劲儿也看出青年人的心力，我便说：‘您若说这是捡的带黄签子的漏儿，我可不信。’李掌柜实诚，笑着说：‘哪敢糊弄赵先生，这不是宫廷旧物，别人托我代卖的，好些年没见着这么好工了，如今不比当年，戴头花儿的越来越少，我也就想着放店里图个好看招点人气儿，没想到赵先生也感兴趣。’立云，我看那东西觉着眼熟，想起了一个故人。”柏涛说到这儿，顿了顿。

立云立刻道：“是梁叔叔？”

柏涛道：“虽说当年他和你父亲有些过节，那也是陈年旧事了，论手艺活儿，他是个顶尖的人物，论情分，大家也都是患难兄弟，现在人老的老，死的死，哪能计较太多。”

立云默了半晌，道：“也不知道他现在在哪儿，过得怎样。我爹以前凡说起梁叔叔，也总是挂念和感慨。莫非头花儿是梁家人做的？”

柏涛摇头：“不好说，李掌柜说那师傅不姓梁，姓连。”

“估计是传人吧，梁叔叔有徒弟也不奇怪。”

“我要了那人住址，你哪天得空去问问。所谓最难风雨故人来，要是梁子的后代或眷属，我们帮一把也是理所应当的，更何况这一手好手艺，既然见到，就断不能让其湮灭了。她若愿意，把货放咱们这儿卖也是一样的。你代我去看看，一年轻姑娘，我一老头子去人家里探望，只怕不合适。”

立云一愣：“女的？！”

忽然一阵萧瑟之声，众人靠窗坐着，都忍不住朝外看，小柱子道：“好大的风！”将脖子缩了缩，就似立时感受到了寒意一般。

柏涛笑道：“不刮春风地不开，不刮秋风籽不来。一年又一年，真是岁月不等人，老天爷算着时候，真是没个差。”

但凡是个体面人，就连过路都不会从大栅栏往观音寺街的方向走，八大胡同的“声名”虽到现在早已大不如前，但仍是巷无闲火，莺歌燕舞。所谓梁台歌管三更罢，犹自风摇九子铃，若不从冷僻点的地方绕一下，只怕仍会“热闹”得你脸上过不去。正因为此，立云是从珠市口大街沿着胭脂胡同南口进去的，一路走到韩家潭，“人不辞路，虎不辞山，唱戏的离不开百顺韩家潭”，这儿戏班子多，三庆班当年就是在这胡同里落的脚。已过午后多时，困觉的也都醒了，走两步就听到京胡声，拐个弯又是婉转的几声吟哦，混沌的市音夹杂着顽童飞跑的脚步，贩水的山东人推着木车经过金凤楼，两个晒太阳的清倌人叫了他一声“三哥”，叽叽咯咯地笑，也不知笑个什么，待目光飘过来，立云忙转头看向灰墙上的门牌号，找到了地址上说的那一户。临街的青色磨砖对缝小楼，雕花窗外支着晾衣架，太阳正好，几件亵衣兜肚在风里荡来荡去，只不知从哪儿飞来几声女人浪笑，似就在楼上，又或许是别处，立云如芒刺在背，将脚收住不敢走，又瞅了眼手中地址，倒是没走错啊，尴尬难处之际，门一开，一人走了出来，是一五十来岁老妇人，一手拿着根甘蔗，嘴里一鼓一鼓地还嚼着，噗的一声吐将出来，颇不客气地问：“找谁？”

立云避了避，心里倒是轻松了许多：“请问，可有位连师傅住这儿？”

老妇咬了口甘蔗，包着嘴笑道：“哟，我说最近总也不见人，倒没想到她还没开始练就出师了，真是好有本事。”

立云心念一动，道：“若她不在，我便拜访一下她的师父也好。”

老妇愣了下，将甘蔗渣吐出来，道：“第一，她在这儿没什么师父；第二，即便她想要有个师父，这师父也早不见客了，你又凭什么见？”

立云正色道：“或许是在下长辈，劳烦大婶通报一声。”

妇人笑道：“听口音倒像是南班的，只看不出来也想在后头院儿做生意啊，瞧这身架谈吐，现在再来攀亲拜师也是迟了，我觉着不是做相姑的料呢。去别地儿逛逛吧，什么长辈儿短辈儿，长长短短自个儿还不知道吗！”

立云好半天才明白这话的意思，不由得勃然大怒，只待转身就走，却听里屋一女子声音道：“冯妈，别跟小伙子瞎开玩笑，来一个人你就赶，倒是想当天王奶奶还是怎的，咱这儿又不是瘟神庙。”

那冯妈回头道：“不是瘟神庙，也别让瘟神来，难得消停。”

说话的那女子走出来，瓜子脸，眼眉极秀媚，年纪却是不轻了，只怕四五十岁得有，但肤色白皙，保养极好，只是面上风尘之气甚浓，一看就是“那一行”过来的人。

立云一时不知该如何反应，那女子道：“我们这里是有人姓连。”

立云说：“我找的是位攒头花儿的师傅。”

“头花儿？”那女子沉思一瞬，道，“我明白了。她去买菜了，一会儿就回来，你要不等等？”

立云此时只觉得不管那人回还是不回，他是再不想待在这儿了：“不必了。”

正说着，那女子眼睛一眯，笑道：“她回来啦。”

从西头远远走来一女子，左手挽着个菜篮子，步伐甚快，看起来颇利落，因背着光，脸隐藏在阴影中，一头齐耳短发，倒是让立云着实惊了一惊。人一走近便看清楚了，不过二十出头年纪，是个很漂亮的姑娘，穿着过膝交领右衽蓝布衫子，青色长裤，通身上下毫无修饰，一张清水脸儿又素又净，两道眉毛乌黑，眼睛特别亮，竟有股不输须眉的英秀之气。她见到三人，面上掠过一丝诧异，向那女子微微欠身，算是行了个礼，叫她吴先生，又跟冯妈打了个招呼，冯妈只淡淡瞥了她一眼，转身就回屋了，倒是吴先生柔声道：“这位小兄弟好像是来找你的呢。”说着也进屋去了。

姑娘目光里隐有一丝波澜乍起，但很快就便回复到静水无波，虽是短短的一瞬，仍被立云捕捉到了，在之后的许多年里，他一直都没有忘记。

而在此刻，他只是程式一般，代替柏涛来做一个询问而已。

“前些日子，是不是姑娘将几朵头花儿送给德顺利的掌柜代卖？我是为这事来的。”

“您是德顺利的师傅吗？”

立云问道：“请问姑娘，您可认识梁俊安梁师傅？”

姑娘摇摇头。

“那您攒花儿的手艺是跟谁学的？”

姑娘一笑：“跟老家的姑太太学的，也不叫什么手艺，乡下人都会做一点。”

立云疑云满腹，想问清楚些，却觉得不太合适，那姑娘见他不吭声，身子轻轻动了动，是要进屋的意思，立云叫住她，深秋风大，吹得她一头短发肆意飞扬，露出白皙的颈项，天这么冷，她衣服还穿着单的，但面上一点瑟缩之意也没有，立云想了想，说：

“还有现成的花儿吗？”

她眼中有一丝喜悦的光芒闪了一闪：“我去拿。”从屋里拿出一个小小的柳条匣子。

立云打开，里面规规整整码着八朵头花儿，他看了一眼，便将匣子合上，抬头道：“以后若再攒了花儿，就送到廊坊头条悦昌首饰楼去吧。”

没更多言语，从衣兜里掏出四块银圆放到她手中：“这个权当订金。我先告辞了。打扰了。”

她没问他姓名，他也没说，但两个人都知道这并没什么必要，只因“相识虽新有故情”。

径直走出这歌馆楼台之地，迎面有三三两两衣着体面的男子，七绕八拐地往更幽静之处行去，都是些特意避开人多的大栅栏绕到八大胡同寻欢作乐之人，立云加快脚步，路口一家包子铺的伙计在剁馅儿，砰砰直响，在这么热闹的地方，一晚上得包多少包子，卖多少包子。

立云脑子里飘着些不着四六的念头，突然泛起一阵难言的情绪，像是喜悦，又像是哀伤。

第七章 知遇

既然是首饰楼的师傅，苦累差事自然是免不了，虽说有徒弟帮忙打下手，早不必抡锤打银条金块了，但花样设计、錾花、镶嵌、抛光、累丝，各道工序要么亲自上手，要么日夜督作，手艺要扎实，绝不苟且，一丝一毫马虎不得，如若接个大主顾的单子，为求细致精巧，有时拉风箱，吹火炼金银的事也还是得亲自来。

连姑娘找到悦昌来的时候，立云就在后院作坊里做活儿。

作坊狭窄细长，最外头是一个石灶，小顺子正拉着风箱，熔炉中通红的木炭冒出滚热的、带着金属味的热气，一个拳头大小的铁杯大半个身子嵌在灶洞里，杯中的碎金有一大半已被熔成了金红色的水，立云坐在最里头，右手拿着一个小巧的铜锤，将一片金叶放在模具上敲打着，叮叮当当。

小柱子将连姑娘带过来，站在门口，立时将光线挡了一挡，立云抬起头看过来，虽然光线暗，但她知道他朝她笑了笑，语声里也是有笑意的。他说：“你来了啊。”

毫不见外的语调。她亦微笑：“我来了，邱师傅。”顿了顿又说，“是这位小兄弟告诉了我您的尊姓，您先忙，我去外头等，不急的。”

他说：“好，小柱子去给姑娘泡杯好茶。”

一盏茶毕，立云走了出来，柔声笑道：“让姑娘久等。”

连姑娘站起来，那双清澈的眼睛此刻尤为明亮：“打扰邱师傅了。”

他已经洗了一把脸，呈现在她面前的，依旧是那日见到的南方青年俊秀的眉目，他将手中的东西晃了晃，正是适才用的那把小铜锤，木柄上有些部位花纹已模糊，但仍然看得出雕刻着一枝梅枝，几朵梅花疏疏落落。

“见过？”他不经意地问。

她摇头，动作迟疑的一瞬并没有逃过他的眼睛，立云笑了，她看着他，原本大方无畏的眼中终于流露出一缕小女儿的羞涩，她咬了咬嘴唇，就像做了一个决定一般，说：“原来邱师傅在试我哪。”

“你是梁叔叔的家人，一看就知道。”他微笑道。

“您见过我爹？”这算是承认了。

立云道：“我虽没见过，但那天瞧你攒头花儿的手艺，只有造办处的人才做得出来，你却骗我说是乡下姑奶奶教的。刚又拿小锤给你看，你眼睛里那一闪瞒不过我，我料定你家也有一只，这是皇家工匠才有的器物，我爹有，你爹也有。可为何那天不告诉我你是梁家后人？”

“我在八大胡同里讨生活，怕辱没梁家声名，便用名做了姓，这样万一……反正也不会有人知道。”

她的声音虽刻意压低，却仍有分傲气在里头。已近中午，没什么客人，外头光线强，屋子里就显得有点暗了，不过她发顶倒是亮亮的有一圈光，就像依着她不肯走似的，不一会儿又落下来，落在鬓边发梢，微微的金色徐徐闪着。

他想到了她住的地方，又见到这头短发，比洋学堂里女学生的还要短，在怜悯中生起了一丝隐隐的钦佩，柔声问：“姑娘怎么称呼？”

“我叫连翘。”

他将小铜锤放在桌上，亲自给连翘又斟了杯茶，做个手势：“请坐。”

“多谢您。”连翘说。

“连姑娘，恕我冒昧问一句，梁叔叔是否还健在？”

“前年去世了，葬在城西陶然亭附近，”她说，“和我母亲葬在了一起。”

“家里还有亲人吗？”

“没有了，就剩我一个。”

她告诉他，父亲去世后，她四处找活儿干，在六国饭店当过厨用，在恒庆澡堂子里烧过柴，给道士的老婆做过饭，总之什么活儿都会干一些，但也饥一顿饱一顿，没个安生。后来不得已，去韩家潭找到父亲当年的老主顾吴先生，在她家做用人，才算有了个相对安稳的落脚处。

他知道这“不得已”一定是极大的难处，不便细问，只说：“那吴先生看起来挺知书达理的，应该挺好相处。”

连翘淡淡一笑，将小锤拿过来放在手中细看，道："我爹那一只上头刻的是水仙花儿。"

"你用吗？"

连翘摇头："他只教我做花儿。"

立云叹道："我爹说梁叔叔当年不光是花儿作的名匠，还会采金为丝，嵌玉缀翠，是少有的多才多技的巧手，若只一样绝技传下来，也是有点可惜了。"

连翘抬起头来，墨黑的眼睛闪了闪，很平静地道："不可惜。"

立云心想：女孩子见识毕竟有限，哪里明白技艺失传，对于一个匠人来讲是最可悲之事，但她身陷沟渠一般的环境，尚不忘靠技艺和劳动来谋生，也算是梁家不幸中的万幸。

她看着他，嘴唇动了动，欲言又止，立云拍了拍脑袋，笑道："瞧我这记性，姑娘今天来，可是又有花儿做好了？"

连翘嗯了一声，从身后将一个小布包袱拿起来放在桌上，适才其实一直放在椅子上，立云倒没注意到。她将包袱打开，里面又是三个小布包。

打开一个，里面用麻绳系了一小束蓝白相间的花朵，白色的是水仙，蓝色的是桔梗，栩栩如生；另一个，里头是三朵红色合欢花，轻绒细羽，翩然欲飞；另一个里面则是一长串杂花，自上而下是凌霄、百合、月季、菊花，最下面是吊钟花儿，金黄的蕊心里牵出一串紫色的小葡萄，生动可爱。

她轻声说："这几天连夜做的，水仙和桔梗是给洋人太太们绑帽子上的，这三朵合欢是辫花儿，给小姑娘绑头绳儿上，用的是鹅绒，看着轻巧。另外这串是挂花儿，旗人女子喜欢别大襟上。"她站了起来，“我不能出来太久，东西放您这儿，您慢慢看，喜欢哪一个就留下……我，我不要钱。”她补了一句。

立云见她做的东西，并没有用任何奢侈昂贵的材料，全是寻常可见之物，难得的是巧手慧心、“无中生有”的本事，这一点他自愧不如，于是也站起来，心里是更重要的事：“连姑娘，大掌柜赵先生是令尊和我父亲的朋友，一直很挂念你们一家人，今天他身体有恙，没到店里来，你如果有空，还望常来坐坐，见见赵先生，就当是认一认老长辈。你的花儿，我们留下，但绝不白留，若有人看上，我替你销了，是多少钱，就给你多少钱，若主顾多了，咱们按规矩来，悦昌抽成，你拿份大的。可好？”

连翘似懂非懂，不知道该怎么回答，但脸上慢慢浮出了喜色。

立云怕她还不确定，说了声稍等，快步到作坊里拿来一个本子：“我恰好刚刚接了一个活儿，这是画样，姑娘瞧瞧。”

纸笺上用毛笔描了个月牙形状的长条带子，带子绘着各色图案，但底部是细密的网状花纹。连翘长长的睫毛垂下，仔细瞧了瞧，秀眉微微一舒，轻声说道：“这是个眉勒子，想用累丝做底，上面是双凤捧珠，又有牡丹、芙蓉在下方衬着，想来这眉勒子的主人非同一般，来自大富大贵之家。”

她每说一句，立云就笑着点点头：“料石已经有了，有一部分是主顾给的现成儿，有珍珠、玛瑙、羊脂玉花片、碧玺珠子和翡翠花片，形状我心里是有数了的，但总觉得差点儿意思。你有没有什么想法？”

连翘微微歪着脑袋，想了想，说道：“若是用累丝来做底子，虽然有富贵气，但失了灵动，要虚虚实实、有参差点缀的好，我爹曾跟我说过，做东西图个灵气，而这灵气有三分在意味之中，就像唐诗，所谓‘花远重重树，云深处处山’，大概是这个意思。”

立云忍不住鼓掌：“说得好！真不愧是梁家的传人。连姑娘，这眉勒子要怎样才能有‘云深处处山’的意味呢？”

连翘双颊微红，又道：“既然已经有黑绒做底了，不妨舍掉累丝，单点翠，这样有了留白，却又不失单调，然后再在四个边角添一些点缀，倒可以让它变得俏皮些。”

“梁叔叔也教过你贴翠？”

她点点头：“当年跟着我爹见过不少东西，记在心里了。”

“这样吧，”立云唰地一下将那页纸撕了下来，连翘一惊，还没回过神，立云已将纸叠好，塞在她手中，“你拿家去，就在这上头改一改，改了以后，我拿去给主顾看，如果人家喜欢，姑娘便来给它攒花贴翠，金银錾花累丝不用管，剩下的全部我来做，就当姑娘帮我的忙，行吗？”

她凝视着他，一句话也没说，只是那双眼睛里透出的情绪，让他看着又是感慨，又有点心疼。

“那就说定了哈？”立云道，“连姑娘，不瞒你说，这次的客人是我们悦昌的财神爷，老照顾主儿，虽说改朝换代了，但这家人依旧十分有威望，还请你多用点心，如此一来，于你于悦昌都好。”

连翘深深地点了点头，临走前忽然止步，回转过身来，朝他鞠了一躬。

“使不得！”立云急忙抬手，她已直起身子，快步奔了出去。

直走到天桥附近，连翘才放慢了脚步。虽然依旧车水马龙，人来人往，但她心中十分宁静。她的手里紧紧捏着那张花样图，又怕手心出汗，揉坏了它，只能将手掌微微蜷着，就像握着一个鸡蛋似的，又不时用指尖碰一碰纸页的边角，生怕它是个梦。连翘就这样走着，走着，充满了希望，泪水一点点储满了眼眶。

刚立冬，草奶奶给天禄家送了好几车芥菜、白菜，足有数百斤，翠喜从没见过谁家一次买这么多菜堆着，整整一面墙那么高，北平真让她长见识。

芥菜秋后熟，地上的部分叫雪里蕻，地下的根叫大头菜，冬天来临之前，将大头菜用盐腌至次年开春儿，捞出来就是“水疙瘩”或“咸疙瘩”，酱黑的色，佐以黄豆、生萝卜丝，有芥末一般极辛烈的刺激感，吃起来又脆又香。

一过深秋，菜地里就光秃秃的什么都不长了，储藏冬菜是初冬最紧要的大事。大白菜到冬天生熟荤素怎么都可口，炒疙瘩丝儿就着焦圈儿豆汁儿，则是一年四季都吃不厌。连着几天，翠喜跟着天禄娘，将完整的、圆滚滚的新鲜芥菜疙瘩认认真真洗干净，用菜刀把脏的部分刮清爽了，长刺的不平实的地方挖一挖，放进坛子里，奶奶负责撒盐，盐撒匀实了，往坛子里放清水，再封严实。天禄娘说，这疙瘩菜两天就能出水，若吃的人不喜那辛辣，十多天后得把水疙瘩捞出来放一放，把辣味儿散散，也好吃。“牛肉刘”的咸疙瘩丝儿是白送的，随客人吃多少，管够，翠喜初始觉得太咸，到后来竟吃上了瘾，天禄娘腌的咸菜，用金四爷的话来说：“不比六必居的差！”而每到初冬腌菜的时候，天禄娘也总不忘张罗给街坊四邻送点儿咸菜去，一来是心意，二来也好将坛子腾空了做新的，而街坊们呢，也是绝不会还空盘子碗儿的，礼尚往来，投桃报李。

吃晚饭的时候，翠喜给大家伙儿详细汇报送咸菜给各家时看到的情形：

白狗斗二爷和大猫白白还跟往常一样老打架，打完了又互相枕着睡在一起，谁要是走近了它们，它们便一同在梦中发出哼哼的警告声，翠喜感叹道："真是个承平世界啊。"——她从金蛋那里学来了这句新说法。斗二爷眼睛生了病，红了一只，另一只仍是乌溜溜的，可爱得不得了，斗大爷呢，隔几天就要陪秦爷遛弯儿，秦爷身体好多啦，能走了，人也不似之前那么瘦了，斗二爷就跟着他俩，两个老头子外加一只狗从枣林街溜达到永定门，再从永定门穿过陶然亭绕回枣林街，这么长的路走下来，竟不觉得累。斗大爷告诉翠喜，陶然亭的芦花一片雪白，就像一眼望不到边一样，风吹得波浪起伏，看得心里敞亮，他撅了一些拿家挂在墙上，和铃铛搁在一起，这不，送了两个铃铛来：多谢天禄娘的咸菜，俩铃铛用一枝芦苇花儿别在一起，图个漂亮好玩。

金四爷家还是老样子，翠喜去的时候，金蛋刚从学堂回来，老大不高兴的样子，不知有什么愁心事，四爷说他一句，他就呛一句。不过见到天禄娘送的咸菜，父子俩都很高兴，一致决定用刚刚买的一大兜子"半空儿"作为回礼。

瞧，就连平日里看起来有些滑头的金四爷，也还是这么讲人情。

还有那卖羊肉的马爷，好奇怪呢，天气这么冷，竹帘子早撤了换成了风门，他怎么净坐在门口儿吹风呢？眼睛直直地望着路口，就像在等着谁似的。

天禄这时候插嘴说："马巴每到深秋和初冬，总有几天，天天坐门口吹风，不知道为什么，反正自打搬到这儿这么多年，每年如此。想来是人家习俗上有什么讲究吧，咱们反正不懂。"

马爷收了翠喜送的咸菜，让她带了几个羊肉包子回来，皮薄肉厚，吃得满嘴香。对了，马爷还让翠喜给天禄带句话，说哪天有空，请刘掌柜和他一起到内城走走。

天禄知以马爷的性子，轻易不跟人套近乎，这次邀约让他有点受宠若惊。

丈二姑娘的回礼是一大篓子磨盘柿子，特意提醒翠喜：搁窗台上，但也别放太久，现在不像寒冬腊月，流了汤了就不好吃啦。这柿子上下两层圆嘟嘟叠在一起，颜色鲜艳，和翠喜家乡的小圆柿子形状不一样，翠喜爱那小姐送的柿子，觉得它们更可爱。

菜园街西口李妈一家，翠喜送酱瓜去的那天在请客，说是招待老家的亲戚。李妈在大生银行的经理家干杂活儿，平日里省吃俭用的，这次竟摆了一大桌子菜。

翠喜说到这里，听天禄娘叹了口气，天禄娘说，穷人家请客哪有什么像样的酒菜，为了面子上过得去，大菜都是去别人家借的，客人也懂规矩，有眼力见儿，一般最好的几样菜，多半都是不会碰的，一顿饭吃完，客人走了，那几样大菜还得原样儿还回去。李妈那桌饭菜，估计有些就是借的，她一个人带孩子，不容易，好在人勤快，等孩子长大，苦日子就熬到头儿了。李妈是四川人，让翠喜带了碗油辣椒回来，又香又辣。

夜很凉，但没有刮风，厨房里牛肉香一阵阵飘过来。大家围坐一起剥花生吃，说着话，奶奶牙不好，翠喜用勺子给她将两粒花生米压成了粉，她咂摸了下味道，坐了会儿就去睡了，接着是天禄娘，再然后是王叔父子，草奶奶今天借住在天禄家，和天禄睡一屋，这几天他四处送冬菜，很疲累，大家说话的时候，他挨着墙靠着，已经打呼噜了。石榴也溜过来一趟，翠喜给了她一个大柿子。

石榴小心翼翼吃着柿子，讲自己跑去吉祥戏院的杂耍场子玩，有人在那儿说相声，她钻过去想听，那说相声的大叔立刻就停了下来，说：“小姑娘，上别处去看变戏法，这儿不该你来。”

“为什么？”翠喜问。

“我也不知道。”

天禄娘笑道：“你们这些小丫头自然不能去听，那儿全是老爷们儿，相声里全是粗话。”

石榴道：“我就只听到一句，什么‘苍蝇掉进夜壶里，你替它恶心，它还以为自个儿在游湖’。”

“我为什么要替苍蝇恶心？我又不是尼姑。”翠喜不解。

“为什么尼姑会替苍蝇恶心？”石榴也不懂了，反问。

“尼姑信佛，很慈悲的啊。所以她也会替苍蝇觉得恶心。”

石榴正色道：“对佛祖大不敬，胡说八道，该被打耳光！”

“佛祖又不是开妓院的老鸨，哪能随便打人耳光。”

“谁说老鸨会随便打人耳光？她们就不会打客人的耳光。”石榴非得要跟翠喜犟嘴，两个小女孩便就这话题胡扯了下去，越扯越远了。

吃完柿子，石榴抹抹嘴走了。夜已经深了，这儿比不得前门大栅栏那里热闹，不过街巷里仍有叫卖声，远远近近。做哪一行都不容易啊。

天禄将堆在院角的煤收拾了一下，用草席盖着，煤从贵成那儿买的，火力很壮，好烧。秋冬之际是驼队最忙的时候，骆驼从张北吃草回来，开始源源不断往城里运货，煤、粮食、干果木材，一头骆驼能驮四百多斤呢。

翠喜坐在厨房的小板凳上，数着竹篮子里的大油鸡蛋，这些鸡蛋是贵成送的，怕妹子在天禄这儿受委屈，鸡蛋虽然不值几个钱，但总是一份心意。

“大喜子，给我冲下手。”天禄说。

翠喜应了，从水缸里舀了一大勺水，走到门外石阶上，就着月光给天禄倒水洗手。洗干净了，天禄把手使劲在腿边擦了擦，从怀中掏出一个布帕子包着的东西，递过来：“打开瞧瞧。”

翠喜放下葫芦瓢，接过来，摸着里面硬硬的是个盒子，将布帕子散了，盒子打开，厨房里光很弱，她有些看不清，便走进去凑近油灯细看，天禄提醒道：“小心别熏着。”

翠喜愣愣地凝视着红木盒子里那枚点翠钗子，那泛着清幽蓝光的翠羽，手腕翻转之际鎏金的底托泛着柔润的金光，她是又想哭，又想笑。

天禄倒有些不好意思了，咳了咳，装着若无其事的样子：“我去邱师傅的首饰楼找他，他一见我就笑了，说：‘我就知道你不会死心。’邱师傅人还真不错，把这簪子留着，也没多要价，还是当时说的八块钱。”

翠喜小心翼翼将盒子合上，紧紧拿在手里：“天禄哥，我会好好干活儿攒钱，攒够了就还你。”

“不用还。”

“那我更要好好干活儿了。”

“你平日怎么干活的，就怎么干，没让你多干啊，自个儿累着了别怪我。”

翠喜忍不住笑。

见她开心的样子，天禄特别高兴：“等过年的时候，穿身新衣服，也戴上它美一美。”

“天禄哥，我是今年夏天来的北平，现在不过刚刚入冬，我怎么觉得好像在这儿待了很久很久一样呢？”

“怎么，待厌了？”天禄鼓起眉毛。

翠喜摇头，很认真地说：“不，这儿就像我的家。”

天禄心头一暖：“你喜欢这里？”

“嗯！我把北平当我的家！”

天禄哈哈一笑。

翠喜皱眉：“不信？”

“大喜子，现在日子虽然艰难，过着还算安稳，假如有一天日子没有变好，反而变得更苦更难了，你要仍旧像刚才说的那样喜欢北平的话，那才算是真把北平当作家了。”

翠喜不懂，怔怔地瞅着他：“那究竟是好还是不好呢？”

天禄似乎也在琢磨，想了想，他说：“我也不知道这是好还是不好。不过我觉着吧，一个地方，好的时候你自然爱它；不好的时候，你不愿离开它；离它远的时候，你总惦记着它。这样的地方，也许才算被你当作了家。”

这时，街巷里的叫卖声又悠悠地飘来了。

“买——哎！小猫儿小狗儿小公鸡儿，狮子巴儿狗窗户花儿哎！买哎！买窗花儿哎……”

“半空儿，多给哎！”

翠喜特别爱听胡同里的吆喝声，好像所有的人都喜欢听，它们比音乐还要动人。

通县来的妇人，走街串巷卖大红皮油鸡蛋：“九斤黄，油鸡蛋儿哎嘞……”

西郊的果农有大柿子大苹果，哪怕是老人家挑着担子出来，当他的声音一扬起，你也知道那苹果“脆儿又甜嘞”。

“喝了蜜的柿子——冻酸梨！”

“葫芦——冰糖葫芦！”

“水萝卜，甜又脆！”

在平凡辛苦的日子里，这些起伏、悠远，为生活添着滋味的声音，好像永远都不会停下。它们安抚着努力求生的人们，日子虽然是匮乏的，听着心里却是稳当的。

天禄和翠喜很久以后都还能回忆起这样的夜晚，即便青春远荡，白发苍苍，这岁月不夺的温暖仍宛然如新。

第八章　技惊

马爷来了，在“牛肉刘”外头抄手站着，斑白的头发在寒风中微微飘着。天禄忙走出来，拱手行礼：“哟，马巴好啊，给您请安了，快进来坐。”

马爷笑着回了礼，却仍是站着不动：“刘掌柜有空没？咱们走走去？”

天禄想起数日前他托翠喜带的话，很爽快地应道：“但凭您吩咐！”回去跟翠喜交代了两句，随马爷走了。

前门大街太热闹了，相比起来，白纸坊就是荒郊野外。这天风有点大，街边药店的葫芦幌子跟算珠店的算盘幌子打着架，乐器铺的琵琶状幌子上，有两小捆麻绳朝下张开，就像秃头上两搓倒长的毛，原来琵琶的“弦”被风吹散了；最安全的是木头幌子，纹丝不动，但也被一些垂下的丝绦、灯笼打来打去，铺子身处闹市，怎能不图个吸眼球的花哨样儿呢，门前总有些装饰。总之，各式各样、五花八门的招牌幌子飘来晃去猎猎有声，宛如风过密林。马爷走道儿也像风一样，稳，快，直，他微微蹙眉，鼻尖有点脱皮，饱经风霜的脸上布满了沟纹。马爷有心事，天禄并不多嘴问，只随意找些话说，他知道人家肯定有事要他做，两人虽没太深交情，但马爷愿找他帮忙，便是看得起他。

啪的一声，一个油布幌子被风卷了下来，吹到两人面前，差一点蒙在天禄脸上，马爷忙伸手帮他拦着，幌子便落到他手里，天禄忍不住笑："马巴好身手。"

俩人定睛一看，油布上头画了一前朝官员，身着官服，头戴花翎帽——原来是影像铺子的幌子。

有伙计从店里跑出来，点头哈腰，从马爷手里把幌子接了过去，连声道谢，马爷笑笑："今儿风大。"

伙计道："可不，这一溜儿刮了好些幌子下来，丁零当啷的。多谢大爷。"

"把这位大爷收好啰。"马爷指了指幌子上的人像。

那伙计笑笑，哈了哈腰，跑回店里去了。

"北平的小伙计们都不错，忠厚勤快。"天禄道。

"嗯，不瞎看热闹，不说妄语，讲规矩。"马爷同意，"也是因为在皇都，气派，又有北方的朴实劲儿，人是有礼的。"他指着前方一窄小门脸儿，"那儿以前有个老掌柜，一根凳子，一张桌子，不做生意，每天就在那儿坐着，一坐坐了二十年，你知道为什么？"

"这倒奇了，哪有不做生意只坐着的掌柜？"

马爷道："那个掌柜姓胡，是一家老银号的，祖业有二百来年了，后来变乱之际歇了业，从银号出去的银票还有好些在外头没法收回来，你想，拿着银票的人兑不了钱，可不着急死？这银号也是讲信义的，哪怕房子都没了，也想办法在附近租了个破门脸儿，掌柜的满街贴告示，让拿了银票的人能找到这儿来，好把钱兑给人家，能来一个算一个，免得心里有欠，愧对别人。都改朝换代了，人还在那儿等着，我最后一次看到那个老掌柜，他背都直不起来了，满头白发，说句话就喘，哎呀，我心里又是钦佩，又是难过。你说，有这样的人在这儿撑着，其他人在这里做生意，好意思使坏心眼儿吗？”

天禄震惊：“那老掌柜还在吗？”

“过世了，当年他家里做白席，我送了一只羊。一去一看，家徒四壁，却挤满了吊丧的人。老爷子一辈子没白活。”

“绝对没白活！”

两人边走边说，马爷方向一转，拐进大栅栏对面的鲜鱼口胡同，往里走了一会儿，到了一家羊肉庄子前。这地方天禄有印象，倒不是因为是个羊肉庄子，附近“满三元”“一条龙”，都是羊肉馆子，名气要大许多，这一家呢，处在胡同很不起眼的一角，名字与众不同，有十一个字：“燕云北望继往开来羊肉庄”。

“刘兄弟，你吃过我做的白水羊头，觉着怎样？”马爷转过身来，看着天禄。

天禄竖起大拇指：“南城独一份儿。”

称赞是诚恳的，也顺带拿当年“南城第一香”之争开了开玩笑，马爷嘿嘿一笑，忽然长叹了一声，落下泪来。

天禄一头雾水，看着马爷老泪斑驳的脸，不由得有些慌，马爷擦了擦眼睛，笑道：“想起了一个朋友。走，咱们进去。”

推开厚厚的门帘，两个擦桌子的小伙计立时机敏地直起身子，见是马爷，眼睛亮了亮。

“哟，马巴来了！”

掌柜的也在柜上，大声招呼：“快请进！”

马爷向掌柜的行个礼，笑道：“撒巴！”那掌柜姓撒。

小饭庄不大，但也算窗明几净，北边摆着两张桌子，尚有三两个客人，吃着羊肉锅子，脸红扑扑的。马爷与这儿有点渊源，不止“常客”这么简单，跟伙计们打了招呼，直接领着天禄去了厨房。饭庄虽小，人家前后厨是分开的，也很干净，天禄心里有点儿复杂的滋味，也许是在拿自个儿的小饭铺和人家的饭庄在比较，奇怪的是，平日里怎么就不知道比较，也不觉得比较一下会有什么意义呢？也是，怎么才叫“香”？好吃？别人觉得好吃就是香，所有人都觉得好吃，就是排第一的香？但是，做菜仅仅就图个“好吃”吗？他脑子里跑马灯似的走了无数想法，也不过是一瞬间的事。

大厨正捧着碗在吃饭，好似就知道马爷要问什么，笑着指了下后头，说：“人在院儿里哪。”

天禄这才明白，马爷是到这儿来找人的。

后厨通向一个小院儿，有人在院儿里杀羊，准确地说，是宰羊。

那人背对着他们，身材非常高大，比天禄直高出一个头，光着后脑勺，只穿一件麻布褂子，罩上青色棉背心，袖子挽到了肘弯，手臂肌肉发达。羊的血早已经放干了，角落里放着俩盆儿，里面山楂糕似的凝着两盆羊血，旁边一个木架子上晾着好几张羊皮。马爷咳了一声，那人回头瞅了他们一眼，咧嘴一笑，哼哼了两声，立刻便转头回去，继续做他手中的事情。

这一瞬，天禄已看清其相貌：年纪四十上下，皮肤白而微胖，眼睛细长，很端正的样貌，不仅如此，他的双眼流露出单纯质朴如婴孩一般的神态，仿佛从未经历世事风霜。

可是他手里拿的是凶器，是刀，一只整羊正在被他东一刀西一刀分割。

马爷走上前，天禄跟着他，两人都看着那长长的案板，以及案板上的羊身。天禄的眼睛缓缓睁大，他被那人的刀法吸引住了。他只看到那人的手在移动，耳边是初春开河时冰块解冻发出的那种低沉的夸夸声，案板左右各放着一大铁盆，一个装着下水，不一会儿，羊头、上脑、里脊、羊尾、两只羊前蹄、两只羊后蹄逐一轻巧地跳进了另一个。就跟过年时小孩舞烟火条似的，哗哗声中，那人手腕一转，将四只羊腿分了下来，再不急不忙，双手掌心往里，捧着肋排将其放入盆中，刀背往肋排中间飞快一压，啪，啪，啪！原本弓背一样凸起的肋排断成三截，叠在了一起，那人继续移了移步子，拍巴掌似的用刀身将四只东倒西歪的羊腿并列理好。整个过程，他目不转睛，一声不吭，连呼吸都似不会牵动鼻翼，静得很，这种静，有种让人敬畏的威严在里面。

马爷拉了拉天禄的衣角，低声说：“注意看，这是羊后腿儿上最嫩的地方。”

天禄凝神静气。

只见那人放下刀，一手提着羊腿，一手往里一攥、一拉，噗的一声，一根黄瓜条似的细长瘦肉被轻轻松松拉了下来。

天禄的嘴张大了。他这是被惊到了。

“刘兄弟，我拜托你一件事，能不能答应老哥？”马爷说。

天禄定定神，说：“您别客气，只管吩咐。”

“他叫白常顺，是个傻子，却是这家羊肉庄的东家，一直以来，我和几个相熟的朋友都在照应着他，他人跟孩子一样，没人照应，就会被欺负。”马爷表情哀戚，但随即，头一扬，傲气地道，“但我可以说，常顺的刀法和分羊的手艺，能赶得上他的，北平不会超过五个人。”

“马巴……这，这常顺大哥，跟您是什么交情？”

马爷眼圈儿竟然红了，颤声道：“他就像我亲弟弟，他们一家，是我的恩人。天禄，我实话跟你说，我有病，是老毛病，心口这儿烧得疼，喘不上气儿，十几年前就为这毛病，差点死在草原上。我活不了多久了，我自个儿知道。我还有一些心愿没了，年后我就会离开北平，也许死在半路上也说不定。”

天禄大惊：“马巴，您别这么说，身体不好，咱找大夫去，这生生死死的，别挂在嘴上乱说。您长命百岁，不会有事儿！”

马爷一笑，摆摆手：“我不客套，就是拜托你：等我走了，你多来看看常顺，照应一下。平白让你多个累赘，是我不厚道，但常顺手艺好，除了脑子不太灵光，人却不是个废物，你就当多个朋友，说不定哪天也能给你当个帮手。我要是能回来自然好，要是回不来……我那两个兄弟朋友也不是神仙，谁没个病病灾灾倒霉的时候，只怕也会顾不得常顺。我放心不下他。”

“您究竟要走哪儿去啊？”天禄又是震惊，又是满腹疑问。

马爷沉默了片刻，说：“燕山的云从北边的大漠来，我要去找个人。”

那边厢，常顺仍在一心一意地做着事，充耳不闻，羊已经被分得差不多了。

第九章　世家

瓜尔佳·毓秀端坐堂前，天青色袄子温柔素淡，领边袖口用银色丝线绣了几朵水仙，衬得她珠圆玉润，秀雅雍容。她已过中年，有些发福，但容貌非常端丽，眉目慈和，是个好说话的人。她对悦昌首饰楼的客气，是有情分在里头的，当年出阁时的首饰，有一部分由皇帝特许造办处打造，做了个凤穿牡丹累丝点翠钿子，工匠中就有邱立云的父亲邱茂春，那钿子，是她青春岁月一个美好的印证。她的丈夫不到十八岁便被封为镇国将军，公公是受封铁帽王爵位的亲王，算命先生曾说她一生荣华安稳无穷尽，飞上枝头赛凤凰，那是比皇后的命都要好的意思，起初她还不太明白，丈夫虽待她还可以，却是宗室里出了名的美男子，飞扬跋扈，谁都不放在眼里，侧福晋娶了俩，王府中有名分的妾侍、没名分的姑娘，合起来也有七八个，每天变着方儿总有事让她烦心怄气，遇到谁蹬鼻子上脸来招惹，她连打骂都不敢，说句重话都还得掂量着，免得落个不贤良的名声。每当那时候她就会想，这怎么就叫“比皇后还命好了”？

风水轮流转，人的威风，得靠老天爷来煞一煞，不知从哪儿冒出来一个耿鲁的御史，在军机大臣的怂恿下参了一本，并暗通报馆，说谨王府贝子卖爵纳贿、召妓侑酒，闹得民怨沸腾。为保住宗室面子，皇太后和皇帝亲自出面干涉，革了那御史的职，几乎要无赖一般把这事儿盖了下去，尽管如此，身担清廷要职的贝子爷还是被迫辞职，气焰大削，这个家的势头也开始走上下坡路，这是气运变了，该着，换作以前，好几个御史都参过老王爷父子俩，都因后者位高权重，根本动不了。江山易主，连皇帝都被撵出紫禁城了，王府一大家子人迁往天津做起了寓公，老亲王随后病逝，爵位由长子世袭罔替，新一代的谨亲王在早已没有王朝的时代，爵位形同虚设。两个侧福晋都死得早，没名分的姑娘们也都被打发走了，王府的家事交给了毓秀，夫妻守着老本，相敬如宾地过着日子，时常一同回北平旧居住上一阵儿，为的是“故国乔木”之思。宗亲之中，谨王一系宦囊丰厚，生计饶裕，不像其他王府，卖完田产不够，还得四处求亲戚接济。毓秀渐渐明白过来，乱世中能活得安稳长久就是福气，自己确实是有福的人，比皇后还有福气。

冬月初三是她四十岁整寿，王爷发了话，福晋想要什么就买什么，想吃什么就做什么，让孩子们都从学校回来，把亲戚们也都请来，在北平的老宅子里摆几桌大席，唱几台大戏，好好热闹热闹。毓秀生怕丈夫张狂起来又惹出事端，费尽口舌才打消了其为她做寿宴的念头，将本用来做寿的钱，大部分拿来修补了王府塌掉大半的院墙，剩下的一点零头，拿来做两身衣服打点首饰。

立云将做好的眉勒子亲自送到王府。

翡翠珠攒成小葫芦，缀在眉勒子左下角，一只点翠蝙蝠头朝下双翅张开，眉心顶出了两根细细的触须，轻灵又俏皮，恰好搭在葫芦头上；牡丹荷花，原本是立云设计来簇拥中间那一对儿凤凰的，皆为点翠，被连翘改了改，将牡丹挪到了右上角，如凤来枝头，迎着春光招摇，荷花改用粉红色芙蓉石来雕作，放左下，花瓣张开，捧着碧绿的翡翠小葫芦。这种灵动的做法，立云自忖怕是也不及连翘两分。当年宫中监造首饰的官员多为宦官，或是为其后天造成的阴阳不辨，能兼顾男人的机警与女人的细腻，在审美上有独到之处，说到底，无论做哪一行，最了不得的就是那“将心比心”的技巧，男人懂女人心，女人懂男人心，深谙此理的匠人，亦莫不最终因此心而能成就炉火纯青的绝技。

福晋将眉勒子放在手上轻轻把玩，顺着两边的丝线，眼睛亮了一亮：“这东西一点呆气都没有，嬷嬷来瞧瞧，像不像当年老太后赏的那一套里头的？”

扎嬷嬷是她的奶妈，自她打小便跟着的，这时拄着拐杖，一步步挪到近前，低头看了看，赞道：“我倒想起了格格出阁时戴的钿子，金丝又细又巧。”

立云垂手站在一旁，闻言笑道：“嬷嬷眼力好，不过这次给福晋的眉勒子，将原定的累丝底子舍了，换作以点翠为主。说起做工，确实和内府近似。”

毓秀说：“莫非你们悦昌又来了新的师傅？”

立云没说是，也没说不是，只笑道：“福晋您喜欢就好。”

毓秀道：“年后我要随王爷回天津，来年开春儿又要跟着他回趟老家祭祖，你们若不怕辛苦，便再给我做一套首饰。”

“福晋什么时候要？”

“王爷正月廿一的生日，你正月二十送来即可。不看样子，也不用改了。”

照顾主儿订的新活儿：簪一对，钗一对，帽花儿一对，领花儿一对，一套八件翠饰。工细，时间紧，悦昌所有徒弟紧着这一件事来做，连小柱子都来打下手，隔两日便去广东人开的翠花作坊订翠羽，这孩子原本是跳着闹着要干活儿的，可干了没几日便有点颓了，问其原因，说：“不忍心。”

“眼睁睁看着那些小翠鸟儿一笼一笼地送进作坊里，到我手上便成了一堆毛。”小柱子噘着嘴，眼睛红红地说，“那些师傅们眼睛都不眨一下，真下得去手。”

他手上正捧着一个小竹匾，里面端端正正摆着一排幽蓝色的羽毛，清丽的光华交相辉映，长短排列整齐，看得出是从翠鸟头、颈、身分别取下的。说话的时候，小柱子仰着头，扬着下巴，这怪异的姿势不为别的，是怕呼吸间将细碎的羽毛吹走，竹匾中小如指甲尖儿的一根羽毛，比他一头黑发都要值钱许多。

立云往竹匾里瞅了瞅，点头道：“今天的翠羽不错，算近些日来最好的。”见小柱子难受的样儿，也叹了口气，说，“从古传到今一千多年，可见喜欢它的人就没断过。鸟遭罪，说来确实是人造的孽，这手艺也养活了多少代人，怕得等着翠鸟被人杀绝了，没得杀，才有个结束的时候。只是又有多少人没饭吃了。”

这时，他身边一直埋着头用剪刀剪着翠羽的人儿平静地开口了：“百行百业之兴，每论起祖上发源，总有说不清的故事，杀猪的人之所以杀猪，做寿衣的之所以给死人做衣服，做郎中的之所以治病救人，溯到源头，不就是一开始想吃那一口饭，没什么稀奇，后来人吹得神道道的，虚话多过实话。很多事其实再简单不过，人一辈子和鸟一辈子没什么区别，都是一条直线。”她用镊子夹起羽毛对着光看，那浅浅小小的蓝色映在她雪白的下巴上，“从生到死，就这么简单。”

小柱子被连翘一番话说蒙了，不知道如何接话，立云倒是若有所思，忍不住瞅了连翘一眼，她已经重新低下头了。她语毕便立时意识到什么：这是在别人家的作坊里，哪能就这么信口说话呢，真是没有分寸。其实她觉得话并没有说完，但又认为自己不能多说话了，所以心里有点憋，可立云替她补上了：“连姑娘的意思是，一件手艺没人爱了，手艺人没饭吃，也不是什么多大的事儿，总会重新找到一件事做，不会饿死。”

连翘没吭声，但嘴角忍不住弯出浅浅弧度，是几乎不让人察觉的笑意。

大家都一样，她的话其实是这个意思。

人和鸟兽没什么区别。

很多时候看着别人，你觉得你不是他们，可你从来就是他们。你看到鸟、狗、猪、牛，在屠刀下挣扎悲号，你觉得你不是它们，可是细细一想，和它们又有什么不一样呢？人为什么要把简单的事情变得越来越复杂，丑的变成了美的，冷的变成了热的，粗口白话变成了诗歌韵文，美丽的颜色上到了衣妆……如她手中的蓝羽，被裁剪，刮刷，贴熨，变成花，变成蝙蝠，变成凤凰，终究也不过是一件饰物罢了。

人就是这样一种麻烦的动物，自以为聪明，总把简单的事做得很复杂。连翘做着手中的事，心里很静又有点凄然，以及凄然之外的幸福。她有点搞不懂自己的人生，不过目前也并不希望自己能懂。人在命运的面前是无能的，不懂还好，搞懂了就得认命了。

剪好的翠羽被小心翼翼贴到鎏金底托上，用极小的刷子抹平整，那是一朵牡丹花，已经差不多完工了。

认了长辈，连翘便如柏涛的侄女儿了。柏涛请连翘和立云到家里吃过一次饭，连翘给赵家太太和小姐都带了礼物，是熬夜做的荷包和头花儿，虽然不贵重，但特别讨赵家人喜欢。柏涛家三个姑娘，小女儿小名九如，和连翘差不多年纪，还在上学。连翘一听这名字就乐了，更对这姑娘刮目相看。传统吉祥的图案里，鹤鹿同春，事事如意，三多九如。三多，是多福多寿多子的寓意；九如就更厉害了，如山，如阜，如陵，如岗，如川之方至，如月之恒，如日之升，如松柏之茂，如南山之寿，想来柏涛对这小女儿爱怜至极，将所有美好的祝愿都放入了她的名字之中。九如特别喜欢连翘做的荷包，求她再做几个她好拿去送同学，被柏涛假意喝住，九如携着连翘的手，调皮地眨了眨眼睛。

问起为什么要待在韩家潭，连翘也并不隐瞒，很坦然地说，吴先生是接济过她父亲的照顾主儿，在她最危难的时候救过她，她一为报恩，二也为有个固定收入和居所，所以不能离了人家。

“吴先生说，她没太多事让我做，也给不了多少工钱，我要能找点儿别的事儿贴补自个儿，她是不反对的。”

柏涛沉吟一会儿，问道：“那吴先生籍贯哪里？”

连翘道：“好像是安徽人，又好像是苏州人。不过来北平很早了。”

“那冯妈好凶的，和她相处起来不麻烦？”立云道。

连翘笑了笑，摇摇头：“她是看着凶，其实人并不坏。”犹豫了一下，还是说道，“前年虎坊桥有个无赖汉子来捣乱，要把我抢了去做小老婆，吴先生气得发抖，和冯妈一起护着我，那浑人还是冯妈打走的呢。吴先生等那混账一走，拉着我落了泪，说她离了风尘这么多年，还是有人把她当‘领家的’，她对不住我。其实她哪里对不住我呢，是我给她添了麻烦。”

柏涛心生恻隐，连连摇头：“你爹当年就跟我亲兄弟一样。赵伯伯只要有饭吃，就绝不会少了你这口。以后有困难，就来找赵伯伯，赵伯伯家有一碗饭，就会给你留半碗。你瞧，伯母和几个妹妹也都很喜欢你。你在北平是有亲人的。”

连翘眼圈儿红了，九如说：“连姐姐可以搬到我家来住，房钱省了不说，还可以和我爸妈做个伴儿，我姐姐们都嫁了人，我平日也要去上学，两个老人家挺寂寞的，你来了正好。”

连翘感激道：“谢谢你！如果伯父伯母不嫌弃，我会常来看望他们，不过我现在……现在暂时还不能离开吴先生她们。”

柏涛点头道：“知恩图报，这是对的。”

立云却道：“连姑娘总在韩家潭不是回事儿，想办法还是出来吧。吴先生虽然人好，但那里毕竟是个，嗯，是个是非之地。”

连翘自然知道他言外之意，咬咬嘴唇，摇头道：“我不当忘恩负义的人。邱师傅，我会想办法靠我的手艺吃饭，不会走上歪道儿的。”

立云叹了口气，不再言语。

她每天在悦昌的时间并不固定，全看韩家潭那边，活儿干得早就来得早，要一直有事，可能就来不了。立云着急也没辙，柏涛说："连丫头是个仗义孩子，宁肯自个儿辛苦两头跑，也不会耽误活计，不必担心。"

立云不禁苦笑："您老也知道她跑得苦。贴翠做花儿，最是精工细作要眼力的，您瞧她整日连觉都睡不足，我怕她人也垮了，咱们的活儿也黄了。"

柏涛哈哈笑道："也不知你是着急咱们的生意，还是着急别的，也不知你是担心生意呢，还是担心谁。"

立云脸红了："大伯伯说什么呢！"

柏涛笑着摆手："好，好，我说你就放心吧，连翘不是迎春花，胜似迎春花！结实着哪！黄不了！"

说黄不了，指的自然是生意，立云眼中却出现了一片金灿灿的景象，那是被温暖的东南风吹开的连翘花，一片又一片随风摇曳，发出淡淡的清香，这种暗暗蓄着力，能挺过无法想象的严寒的植物，倒确确实实像那位安静的小女子。有时候她看起来十分封闭冷淡，这也恰是他欣赏她的地方，若没一分傲骨和倔强，只怕她在韩家潭那种地方没有办法生存，也毫无能力自保。

他愿意帮她挺过去。

腊月的一天，毓秀来了悦昌。谨王福晋说过不看花样只看成品的，这么一来，倒让大家有点没准备。于柏涛而言，客人不分贵贱，只要来了，都是一样尊重招待，所以让徒弟给跟着福晋的嬷嬷搬凳子倒茶，自个儿则亲自招待毓秀坐下，送上点心。

立云给毓秀端了茶，转身要去作坊，毓秀知他要做什么，笑道："我就是逛街路过，来这儿歇歇脚讨口水喝，不必看了。"

立云心里也松了松，但还是笑道："我让另一个师傅来见见礼。您上次的眉勒子是她做的点翠。”

连翘这时恰好在，正用老墨胭脂合着色，忙着呢，说去给照顾主儿见礼，便摇头推辞。立云道：“要靠手艺吃饭，就得遇到好照顾主儿，这是识货的人，值得你一见的。我不坑你。”

她想了想，只得放下东西，擦擦手跟他出去。

柏涛正和毓秀说着话，连翘拣了个最不起眼的地方站着，非常安静，又或者只是漠不关心。所有的人都争先恐后上前，包括立云，毕竟机会难得，唯独连翘在往后退，起初立云想，这或许是因为自卑，但过了多年以后他才明白，这是一种看透世事的通明，一种属于她自己的礼数。而后来他也果真懂得了有时候退比进更可贵，收敛比进击更有力，只是这人生中重要的一课，竟然是一个弱女子教会他的。

桌上原摊放着一幅卷轴画，是一个客人从挂货铺淘换来，让柏涛想办法找人修补的，油渍斑驳，破烂不堪，隐见织绘的花鸟，可惜鸟儿羽翅上的柔细容貌糊成了一团，难见其细腻立体的形状。

毓秀侧着头端详了一会儿，道：“赵先生这里，就是好玩的东西多，我瞧着这缂丝画怕是乾隆爷那时候儿的。”

柏涛微笑道：“福晋眼力好。”

“花呀，鸟儿呀，越写实，倒显不出经营布局的好处了，这一幅看着不一般，倒像是临的宋画。只是损坏得狠了，不好修啊。”

柏涛道：“连修带改，只能这样了，改日我去西湖营找个绣庄试一试。”

毓秀道，可惜，可惜。

柏涛说："能脱旧出新，就是生路。"

这句话清清楚楚，由这老人说出来，别有一番气势，连翘忍不住暗暗点头。她脸上表情的变化被立云捕捉到了，就如同那日初见，他说梁家的手艺失传会可惜，连翘脱口就道"不可惜"，这其中的意味是相近的。立云不明白，怎么就不可惜了呢？柏涛也是，怎么说脱旧出新就是生路了呢？手艺没了就是死了，新的不是老的，柏涛不也一直认为现在的东西连魂儿都没了吗？

"这位姑娘看着眼生，也是悦昌的师傅吗？"福晋清冽的目光看过来，用轻柔却不失威严的声音问道。

立云醒过神儿，赶紧将连翘轻轻一推，自己则代为答道："福晋，您上次的眉勒子，就是这位连师傅做的翠花活儿。"

"呀，真是好手艺。"毓秀将连翘上下打量，见她秀慧亭匀，潜深流静，极是温润平和，心中一动，微笑道，"竟是个这么标致的大姑娘，让人刮目相看。"

连翘向毓秀行了礼，并不想多说话，只矜持地笑笑，便要退回去。毓秀却指着卷轴道："连师傅，如果你来修这幅缂丝画，会怎么修？"

连翘直言道："我不懂缂丝，不会修。"

立云忙看毓秀表情，见她并不着恼，柏涛也在捻须微笑，似要看这番对话如何进行下去。

"你们东家说要改了这幅画，可我觉得可惜了，我敢说，这幅画如果修不好就别修，改了它，就不再是以前的样子了。你是站在你们东家这一边，还是站在我这一边？"

连翘犹豫了，抬起头，见贵妇一双清亮有神的秀目颇有兴味地凝视着自己，她心里很定，自个儿不过是被这贵妇及柏涛借来评判各自观点的，想通这一点，倒并不慌张，所以鼓起勇气向前一步，仔细看了看那幅肮脏不堪的缂丝画，认真思忖了一会儿，微微垂下头，并不直视毓秀，而是将目光落在她荷花紫的袄子边缘，对着上头一小簇银色的皮球花，恭恭敬敬说道："回福晋，我觉得不可惜。只要赵先生找的人能真正让这幅画脱旧出新，那就不可惜。我不懂画，也不懂缂丝，我一家人是给人做头花儿首饰的。以前我爸爸在的时候，遇到富的主顾，就给富人用纯金做首饰，给不富裕的人，就给他们攒金子银块做包金首饰。包金活儿最巧，在银胎上包金叶，三层五层包下去，最后看起来和实金并无太大区别，我爹用尽心思，就是要让包金的和金的一样，下的力气可能比做纯金首饰还要大呢。做好了，其实穷人喜欢，富人看了也喜欢。我爹说，甭管金的银的，好的坏的，其实全是虚的，生不带来死不带去，但只要主顾喜欢，咱们就得往实里做，虚功实做，不光手艺实在，还得要灵光俏皮，贴合心意，漂亮讲究。喜欢的人多了，手艺就绝不了。福晋，古往今来，搁眼前有俩字儿是不得不认的。"

毓秀奇道："哪两个字？"

"一个是变，一个是毁，"连翘朗朗道，"从毁朽中变出生机，不论是缂丝画还是金银首饰，人们最珍爱的是那巧手灵心，只要它还在，就不可惜。"

"说得好！"一个男人大声道，紧接着就是鼓掌，这一来，几个徒弟也跟着鼓起掌，小柱子虽然听得仍懵懵懂懂的，还是使足了劲儿拍手。

这番话说得很有劲儿，让这些手艺人心里熨帖踏实。

连翘回过头，只见立云满脸笑容，那声叫好正是来自他。她一向冷冰冰的脸上，露出了明亮的笑容。

毓秀站了起来，是要走的意思，柏涛欠欠身，笑着朝她拱手一礼，是送客了。毓秀将手搭在扎嬷嬷手上，银丝甲套闪闪发光："和悦昌打交道这么多年，真是没看错人。连师傅，我喜欢你做的头花儿，也喜欢你刚才说的话。来年正月二十，请和邱师傅一同将我订的首饰送来吧。"

第十章 寒夜

日子风平浪静地过了下去。锡香炉蜡扦从箱子里拿了出来，由天禄娘擦得干干净净地摆上，奶奶将炒熟的花生杵烂了，将冰糖捣碎拌在里头，甜蜜的香气慢慢悠悠地飘来飘去，把在街头晃来逛去的斗二爷都引了过来，钻进厨房，坐到奶奶身边，咂摸着嘴目不转睛盯着瞧。

“斗斗，你也不怕冷啊，跑来跑去的，也不管你家斗大爷了。”天禄娘抱着水盆进来，从灶台捡了点馒头皮扔给大白狗，斗斗一张口就吞了，天禄娘笑道，“好小子，眼睛还瞅着吴奶奶的花生哪，馋，馋死你！”

奶奶哪里舍得把花生扔给狗吃，护着碗，认认真真对天禄娘说：“过年，吃这个，很香很甜。”

“你们南方人吃得细，我就没想过把花生捣碎了拌糖，这个倒像是花生酱了。”天禄娘道，“奶奶，你要不再放点儿芝麻一起捣，只怕更香！”

奶奶眼睛亮起来，连连点头，在厨房里转来转去找芝麻，斗二爷也在她脚边绕来绕去，天禄娘摇摇头，从柜子里拿出一罐芝麻，舀了一些进奶奶的石臼里，叹了口气：“吴奶奶，芝麻在这儿呢，跟您说了多少遍，总是记不住。”

“芝麻，芝麻好！”

“老人家呀，您要保重身体，好好享福啊。”天禄娘看了一眼窗外银装素裹的小院子，“您瞧，这日子一天天过得多快，马上就过年了，一年又一年，苦日子总会熬到头的。”

奶奶的手颤巍巍地拿着小石杵子，一下一下碾着花生：“我多做一点儿，给大家吃，再带一点儿去给贵成。”

腊月底，各家字号店铺就全结账了，东家翻账本，是赚是赔，赚多少赔多少，一清二楚，给大掌柜二掌柜、大小伙计把钱分好了，包成红包，人人有份，多少不等。大年三十晚上，凡做生意的，都讲究吃敬神酒，伙计初一给东家拜年，天禄是东家兼掌柜的，不讲繁文缛节，伙计就王叔父子加上翠喜，还都住他家，翠喜回哥哥家去不算，王叔负责每年的年菜，吃了年夜饭，稍歇一会儿，大家就一起动手包素馅儿饺子，放炮仗，每年都这么过。

翠喜买了糕点水果，给两个小外甥女一人扯了一身衣服料子，告了假，要带奶奶一起回哥哥家过年。天禄把她叫住，给她一个包裹。

“里头有一斤酱牛肉，匣子里是粮豆酱，罐子里是腊八蒜，给你哥过年下酒。你没吃过，让你哥教你怎么吃，我娘做的，味道好着呢。”

“谢谢天禄哥！谢谢大妈！”

翠喜收下了，忽然想起了一个人。

“天禄哥，草奶奶怎么办？”翠喜问，“他孤苦伶仃的，人又糊涂……”

“放心吧，一会儿你王哥会去叫他，年夜饭少不了他的。”

翠喜拍手笑道：“真好！真好！”

奶奶在一旁瞅着他俩笑，翠喜红了脸：“奶奶笑什么。”

奶奶笑嘻嘻地说：“高兴。”

翠喜的脸更红了，天禄接口道：“奶奶，以后还有更高兴的事儿呢。”奶奶鸡啄米似的点头，翠喜搀着老人走了，奶奶不忘回头对天禄道：“吃花生！”

她将她对刘家人的谢意，放在那又香又甜的花生酱里了。

贵成媳妇又怀了一个孩子，翠喜对嫂子道：“这次一定会是男孩。”

吴贵成在桌边敲着烟杆，看了一眼妹妹红润秀丽的脸庞。

“妹妹过了年有什么打算？”

翠喜和天禄之间的约定，除了他们俩和天禄娘，谁都不知道，听哥哥这么问，翠喜心里一惊，以为天禄会不会私下里跟哥哥说了什么，便低下头轻声道：“哪有……哪有什么打算，现在不挺好的，走一步说一步的话。”

贵成点头，将烟杆放在一旁，掸了掸桌上的烟灰，正色道：“你在刘天禄的饭铺里，干的是粗活儿，天禄又是个大老粗，你肯定是委屈的……”

翠喜抬头看着贵成。

贵成见她眼中有排斥之意，愕然道：“难道我说得不对？”

翠喜说：“刘大哥对我很好，店里王叔和王哥也都很照顾我，我在‘牛肉刘’能挣钱，日子可以过得安稳。我不觉得委屈。”

贵成嘴唇一动，不再说什么，只是冷冷笑了笑。

“哥哥，你是不是有什么事？”翠喜犹疑地问。

“没什么。”

奶奶和两个小女孩儿玩着窗台上一个冻柿子，手一滑，柿子滚到了地上，翠喜起身去捡，贵成漫不经心说：“人是上京城来了，还以为是个有志气有野心的，倒是我看走了眼。你那声‘刘大哥’叫得挺亲热啊。妹妹你有出息。”

翠喜心里不自在，回头道：“是哥哥你带我去人家店里干活儿的，怎么现在说这样的话？什么出息没出息？哥哥来北平这么多年，倒是真出息，让我和奶奶也跟着沾光。”

贵成背一直，贵成媳妇眼见两兄妹就要吵架，忙打岔道：“听着外头锅响，翠喜去瞧瞧是不是该下饺子了。”

翠喜掀帘出去，一颗心气得咚咚直跳。厨房就在原先奶奶住的那小片棚子里，果见锅盖被开水蹭起，噗噗地响，她下着饺子，看着锅里翻腾的热水，心乱如麻。想起哥哥当年离家上京的时候，也如自己这般年纪，那时人人都说吴家大郎眉清目秀，长得是秀才举人的好模样，可如今满面风霜，才不过二十来岁，憔悴佝偻得竟如四十岁一样。自己刚才那句话，刺了哥哥的心，也刺了自己的心，真的又是后悔又是委屈，泪水涌上，模糊了双眼。

北风刮得紧，浓云密布，细碎的雪粒子打着旋儿飘了下来，被风卷进棚中，融成水滴子，蒙在她乌黑的发上。她由着锅里的热气往面上扑，想起天禄含笑的脸，心中渐渐宁静，她决定，以后要是真和天禄成亲，一定要带着奶奶、哥哥嫂嫂和两个外甥女去逛一趟东安市场，请他们吃点儿好吃的，给他们一人做一件新衣服。虽说定是得花天禄的钱了，可天禄是不会介意的，因为她会好好努力做一个好妻子，帮天禄打理好一个家，为他生儿育女。她要把她自己的世界照顾得好好的。

这寒冬，是冷，她从未体验过北国的寒冷，如今第一次领教到北风的凛冽和冰雪的锋利。但随它怎么冷，心中有了希望，就不觉得苦了。在这个陌生的地方，她是有依靠和奔头的。

翠喜在心里对自己说："这一年就过去了。时间过得还是挺快的。一年，又一年……要是再过得快些就好了。"

开年第一天做生意，几家店铺的老板们拜着晚年，互通了一个最新的消息：广安门换了新的税官，估计这两天就要到各家店里"问好"。

众人交换了意味深长的笑意，看来，年后本来就不宽裕的荷包，又该松活松活了。

年景不好，北方战事频频，生意不好做，没有什么余钱，各家老板们都很犯愁。破五后，有两家寿衣店已经迁到了象房桥，那儿房租便宜，店主都是"牛肉刘"的常客，如今也都不怎么走动了。附近的魏记纸铺也维持得甚为艰难，这几天魏老板每次带着伙计来吃面，都只点不加肉的素面，吃完了面，就一杯接一杯地喝茶，魏老板很坦白地对翠喜说："姑娘，你别不高兴，我没办法啊，现在连茶钱也得省了。等这段时间撑过去，我买斤好茶送你跟大刘子。"

翠喜一听到有人开她和天禄的玩笑必然会别扭地躲开，这里所有的人似乎都知道了她将是天禄未来的妻子，脸上堆满了“祝您早生贵子”之类的表情，委实让她尴尬。可她心里毕竟还是很甜蜜的，每到这时候她就会和天禄飞快交换一个眼神。

他的眼睛在说：“媳妇儿。”而她的眼睛在回应：“臭美。”

魏老板往嘴上扇着风，手势夸张，天禄笑问：“怎么了老哥，辣椒放多了？”

魏老板笑嘻嘻道：“没被辣到，是被麻到了。”

天禄哈哈一笑。

翠喜一声不吭，红着脸跑进了厨房里。

魏老板取出手帕子擦擦嘴，天禄去给他加茶，他摆摆手说：“顶到脑门子了，不能再喝了。”

见他眼中难掩的忧色，天禄担心地问：“礼备完了吗？”

新的税官上任，这几天大家一直在筹备着送礼，按老规矩，卖什么送什么，同时要适当暗示各个季度会额外敬上的礼金，大概有个数就成，做生意的人，要懂事儿。天禄已经想好，去“燕云北望”羊肉庄买点儿羊肉，再雇辆骡车去趟河北，挑最好的牛肉赶最新鲜的时候给人家送去，这样才有诚意。

而魏老板呢？生意每况愈下，辞了一个伙计，眼看仅剩的一个伙计也留不起了，做纸的铺子，没有人手怎么行？捣纸、沤制湿料、调稠度、抄纸、晒纸……各个工序都需要人，没了伙计，只好让爹娘老婆孩子顶上，沙土上垒砌矮墙，堡垒一样，铺满了纸，真正是“公公抄，儿媳晒，大老爷们儿去跑外”，魏老板自己还得出去吆喝生意，说起来，过得实在艰难。

“短什么也不能短了见面礼，要不以后更难做了。”魏老板一声长叹，“我还能送什么呢？一百匹[1]豆纸早码顺了。”

天禄安慰道：“您的纸好用。”

“再好用也是擦屁股的。烂贱玩意儿，不值人惦记。”魏老板道，“可就为这一百匹破豆纸，老婆都熬病了，那天回去找半天没找着人，孩子领我去纸墙道儿旁去找，你知道的，那儿全是坟堆，孩子他娘昏倒在一个坟头上，摇半天摇不醒，醒过来就哭，骂我：‘你个老不中用的，怎么不把我直接摁进去一了百了算了！’她哭，我还想哭呢！”

天禄跟着他感叹一番，去柜上拿了点儿钱给魏老板：“也没多少余钱，您拿去给嫂子买点儿药，再给家里添些嚼谷，有什么难处，大家一起帮衬着，挺过这段时间就好了。”

魏老板千恩万谢，红着眼睛收下了。临走时问天禄：“你常跑动，关系又广，可知道这新来的官老爷人怎么样，好不好相处？”

“老哥说哪里话，我常跑动是没错，可关系，也就限于这一片胡同，七八家小老百姓。听那小姐说那官老爷姓温，家在虎坊桥，有些势力。别的就不知道了。”

魏老板沉吟半晌，唉声叹气地说：“天禄，这么多年我们都知道，越和气的人越不能得罪，笑面虎，心里毒，咬人的狗不叫，我猜估计不是善主儿。”

天禄道：“再不是善主儿，我们老老实实做生意，别冒犯人家就好。”

“唉，你说得在理。我走了啊。”

“您慢走。”

---

① 匹：按旧俗，一百六十页为一匹。

“赶明儿给你带点儿豆纸来。”

“您客气。”

小心驶得万年船，这是天禄这些年做生意奉行的真理。可天有不测风云，有些事情，不是凭“小心”就能躲得过的，更不是凭“谨慎”就能忍下去的。

天禄的脾气很好，他从来没有对客人发过火，也从来没有对客人说过一句重话。

万事都有例外。

正月二十一那天下午，丈二姑娘家请客，翠喜去送牛肉，许久都没有回来。天禄并没有太过担心，直到天刚擦黑，石榴满头大汗地跑到店里来。

“刘掌柜，不，不好啦！翠喜，翠喜……”

天禄脸色一变：“她怎么了？”

“我家小姐出去了一趟，家里那个客人就，就把翠喜……”石榴满脸通红，声音一哽。

天禄太阳穴青筋猛跳：“把她怎么啦？”

“堵，堵屋子里，要……要脱她衣服！”石榴哇的一声哭了出来，“我不知道该怎么办，你快去！呜呜，呜呜！”

天禄抄起刀就走，石榴跑到前头，一边号一边带路，稀疏的小辫子摆来摆去。

……

翠喜被堵在了西边厢房。

那个精瘦的中年男人浑身都是酒气，涎皮赖脸唱着歌：“轻轻掀开那红罗帏，观见佳人，赤身精光，睡蒙眬，好一个美人样，搂一搂啊，春风透体桃花放……”

翠喜气得发抖，男人一边唱一边凑过来："惊醒佳人，打了几巴掌，短命鬼，冒冒失失往那里去……"嗓子一提，偏着脑袋道，"小姑娘，你说你是怎么长的啊？一对眼珠子这么亮，会把人盯得冒烟儿啊知道吗？"

翠喜笑道："您喜欢？"

"喜欢！"

她顺手拿起桌上一把水果刀，对着自己的眼睛："喜欢就挖给您，拿来泡酒或者点灯照亮都行。"

那男人啧了一声，脸垮了下来："你这小妞儿真没劲儿。陪你跑了这几圈，大爷跑累了，来，给爷揉揉肩。"说着上前一步。

"你别过来！"翠喜将刀对着他，"我捅死你！"

男人眼睛半眯，啧啧笑："你捅我？还是让爷来捅你……"

话没说完，砰的一声，门被踹开，男人未及反应，被天禄一拳搂到胸脯，仰躺在身后桌上。

天禄揪住男人领口，双目赤红，只觉满腔杀意在四肢百骸乱窜，可临了仍只是将手中那把刀重重拍在了桌边，左手往那男人裤裆一攥，冷冷道："老不要脸的，挺爷们儿的呀。"声音一扬，用尽力气一捏，"不想要了是不是？！"

那男人杀猪般叫了起来，含含糊糊地嚷："你……你知不知道我是哪儿的？"

"你爱哪儿哪儿！离我媳妇远一点儿，要么碎了你命根子！我管你哪儿的，花了你个狗杂种！"

男人片刻间汗水就湿透了衣服，疼得龇牙咧嘴，连死的心都有。

"哎哟我的娘哎！"有人将天禄猛地往外头拉，是丈二姑娘，急得脖子都是红的，“天禄哦，你也不看看人啊！”

天禄手没收劲儿，闷声说：“那小姐你听着，先别来掺和，我跟你的账还在后头，你招来的什么臭杂碎，差点害了我媳妇！”

丈二姑娘直跺脚：“哎哟喂，不禁不离儿得了，放手吧祖宗！”

“不放！”

“他是温所长！”

……

天禄娘扭了腰，在家歇着没出门，见天禄不声不吭和翠喜早早就回来，心觉奇怪，天禄又红脸瘪肚的样儿，更是蹊跷，便把他们俩叫住。天禄好半晌没说话，翠喜也白着张小脸儿支支吾吾地啥也不说，天禄娘撑着椅子扶手就要站起来，天禄忙把老娘扶住，终还是开口叹了声气，说：“妈，坏醋[①]了！”

“牛肉刘”被抄了。大封条贴在门上。

纸铺的魏老板悄悄去看了看，饭铺两扇木门被贴了封条，上下两个醒目大叉，门口摆的两个花盆被砸得稀巴烂，那俩花盆还是去年秋天他送的，菊花谢了后就只剩俩空盆儿，现在泥块碎片满地都是，他看着地上发了会儿怔，叹了口长气，快步离开。

结交乱党的罪名不是开玩笑的，要真坐实了，是会被吊死的！风言风语传来传去，街坊们一开始都不太敢去细打听，以前虽和天禄交好，这紧要关头，稍有不慎就会牵累了自个儿，因而没几个人

---

① 坏醋：汉语俗语，意思是把事办坏或情况变坏。也作坏菜，指事情结局不好。

去天禄家探望，连金四爷也不敢。

其实小饭铺不是一开始就被抄了的。

先是衙门来了人，检查卫生，像模像样地里外搜罗一番，从厨房柜子里扒拉了十来个死蟑螂出来。天禄和翠喜就在旁瞅着，见到蟑螂，天禄立刻说："这不是我们这儿的。"

"不是你们这儿的是哪儿的，我一口气儿吹出来的？"

"是您生的还是吹的我不管，虫子不是我店里的。"

"说话小心啊小子！"

翠喜一言不发，舀了一勺滚热的面汤就往柜子里泼，那人躲闪不及手上被溅了好些热汤，跳脚道："哎哎，你烫着我了！"

翠喜说："虫子得烫才行，瞧那腿子还在动，我烫死它给别的虫子看看。"

"你烫着我手了！"

天禄眉头一皱，猛地上前把他的手一拉，那人袖子里又掉了好些虫子出来，天禄冷声笑了笑："这儿还有，把面汤拿来再烫烫！不够热便再烧开点儿，得用滚水。"

那人便要躲，另一个见势不妙便已经往外走了，老王把他拦着，又朝外头喊："街坊四邻来看啊，官老爷跑我们这儿栽赃来啦！冤枉啊！青天在哪儿啊！"

小王在后头跟着干号："栽赃啊！冤枉哇！"

外头的路人闻声也过来了，天禄大力拽着那人的手，把他袖子兜着，又甩了俩虫子出来："大家瞧瞧，官老爷说我店里有蟑螂，我刘天禄在白纸坊做了十来年生意，自问清清白白。这小店面值不了仨瓜俩枣儿，我若真昧良心做生意，便是抄了也不觉可惜，我也自会向各位街坊鞠躬请罪！可如果有人敢来栽赃冤枉，不怕人说我刘天禄是个硬眼子——闹翻天也要挣个公道！”

众人便跟着天禄申斥起来，金四爷家的金蛋也在，他毕竟读过书，也知道些事，大声问：“你们是哪个税所的？哪个科哪个股？”

“我们是衙门的，检查卫生！”一人凶巴巴地道，“你这里味道不对，早有人来报了，我们只是例行公事来检查。”

一食客插话笑道：“闻着啥了？只怕是你脖子短了，闻着肚子里屎味儿了吧。”

“卫生检疫是警察厅的事，你们是哪个警所的？”金蛋追问。

“警所？”天禄道，“这儿分段的巡警大哥我都见过，他们眼生！你们究竟想干吗？”

被他拽住的人用力挣脱，指着他的脸道：“刘天禄，今儿就跟你明说了，你惹了大麻烦了！好好儿数着日子，有你好看的！咱们走！”

几个人夺门而去。大家开导天禄：

“别怕，刘掌柜，就是一帮无赖混混，肯定不是衙门的人。”

“下次备点家伙，把他们打出去。”

“对，咱们一起打！”

“谢谢各位，惊扰各位了，对不住，对不住。”天禄连连道，淡定地拍拍胸脯，“咱们没做亏心事，不怕鬼上门！”眼角斜瞟到翠喜那边，她提着开水壶发愣，愁眉苦脸的。

说来奇怪，倒了霉，就如同空气里的膻味儿，一冒出来就会被人闻到。那场风波之后，“牛肉刘”的客人明显少了，街坊们不来串门了，店里的四个人也不怎么说笑了。

“还在正月里呢，家里剩饭没吃完，不会到饭铺去的。”天禄娘安慰道，“过了正月就好了。”

倒是钱大学生和他几个朋友来过一回，翠喜原本非常讨厌这个人，觉得他满口仁义道德，背地里却赖账撒谎，绝不是什么好人。但生意确实不好了，几个学生一来，又是吟诗又是唱歌，还点了不少菜，也算是给多日的冷清添了些热乎气儿。到收钱的时候，翠喜正要过去，天禄将她一拉，摇了摇头，自个儿走上前笑着说：“钱先生好久没来店里了，今天这顿算我请了，若还惦记着这儿，便多来走动走动！”

钱正光皮笑肉不笑：“哪敢让刘师傅请啊，我怕有人跑去我住处，在我对门挂刀来着。”

“嗨，您大人大量，别跟小孩子计较，大喜子跟您闹着玩的嘛！”

钱正光眼睛一翻：“别！三军可夺帅也，匹夫不可夺志也！我们知识分子，要是在古代，那是士大夫！是最要尊严的！是绝不容许别人怀疑我们的人品的！”

随钱正光一起来的那两人，穿得很寒酸，但模样端正，戴着眼镜，确实是读书人的样儿，也纷纷摸口袋，要掏钱付账，钱正光摁住他们的手：“不行不行，说了我请的，你们谁都不能掏钱。”

天禄劝道：“刚过正月十五没两天，各位就到这儿来，真是双加料地高看我。蒙各位看得起，这顿算我的，就当给大家拜个晚年，一起热闹热闹，图个喜庆。各位要是喜欢这儿，就常来照顾照顾咱的生意。”

钱正光直起身子，终于被天禄打动了，挠了挠头，说：“刘掌柜，你这样弄得我不好意思。”

“您千万千万别不好意思。”

“那么这样，您还是跟往常一样，记个账，我到时候一块儿来结。”

“要记账就以后记。今天这次不算。”天禄笑，“钱先生，您再这么客气，我才是要被弄得不好意思了，都是大老爷们儿，爽快点行不行？”

钱正光也忍不住笑，看了翠喜一眼，还是摇头，手往荷包里掏了半天，下了决心道：“这样，您给我立个字据。”

天禄一笑，想他估计是怕以后翠喜去找他麻烦，是以要从自己这儿讨个凭据，便按他说的，在一张纸条上写上了自己的名字。

“我是第一次用读书人的笔呢。”他拿着钱正光的钢笔，和气地笑道。

第二天，广安门税所的人上门了，这自然是轮不到温所长亲自出面的。

来的是熟人，窦科员。

天禄毕恭毕敬道：“窦爷您知道的，我们做的是小本生意，来这儿的都是街坊，穷人家哪能天天吃肉，更何况牛肉。我们这小饭铺，平日里不过卖个十斤二十斤牛肉，客人来也就图个嘴馋。要管填饱肚子，都只靠炒点儿小菜，抻点儿面条。挣不了大钱。”

窦科员满脸烦躁，就像摊上了一件十分倒霉的事：“说这些没用。该交的钱，一分也不能少。”

“每次都是按时交捐，从没一次漏掉过。我是本分做生意的，不贪便宜。”

“新多了几项，一个月时间，凑齐了交来。要不然……”窦科员瞅瞅天禄，“要不然……”他语气一软，“赶紧凑钱吧。要不大家都麻烦！”

扔了一张黄不溜秋的纸到桌上，转身走了。

“刘大哥，这上面写的什么？”翠喜走了过来，小眉头拧着，王叔父子早就战战兢兢望着他了，这父子俩嗓门儿大，胆子却是极小的。

“没事。”天禄认认真真看了一会儿，把纸折起来，摇头笑道，“没事，大家都别担心。钱不多，本来就预备着要送礼的，现在不送礼了，就直接送钱，还省事儿了。”

到晚上，丈二姑娘来了。

一坐下就叹气。

“人家新官上任一把火，被你给泻火泻成那样，你没见他那天疼得跟要升天了一样，天禄，你也真够狠。”

天禄不抬头，摇了摇柜台上的算盘：“那小姐，您上别处坐坐去，小心我说出不好听的话来惹您不高兴，我也在火头儿上呢！翠喜，送客！”

翠喜一言不发，朝丈二姑娘走去，朝门外抬了抬手：“您请吧。”

丈二姑娘鼻子冻得像山楂一样红，抽了抽，朝厨房努了努：“你这灶里的火灭得挺早的哈，最近生意不好吧？老王小王呢？”

“好不好您不用操心。”

“天禄！”丈二姑娘跺跺脚，指着天禄道，“你摸着良心说，这些年我待你是不是像兄弟那样？坑过你吗？你现在这样跟我说话，小心出去被雷劈！”

天禄抬起头：“好，大姐，姑奶奶，我问您，要是那天翠喜被欺负了，您会不会被雷劈？”

“我……”丈二姑娘眼睛瞪得溜圆，一时语塞，终于看了翠喜一眼，叹了口气，“我，唉，还好你那天去得及时。”

天禄道：“这不就得了！那小姐，这件事起因是您，但这事儿咱们先不提，您现在到我这儿来是做什么？您也看到了，咱们今儿打烊早，因为没客人来，大家怕了，怕惹事，怕倒霉，所以不来了。您如果想吃点儿什么，我现在生火，亲自给您做。”

丈二姑娘站了起来，脸上是从未有过的严肃表情：“天禄，我来不是为了吃饭，你也知道，‘牛肉刘’开到今天，来这里的人大多也不单单就图吃个饭。街坊们之间聊聊家常，套套近乎，发点儿牢骚，总得有个地方聚聚，时间长了，对人也好对地方也好，心里总是惦记着的。别说你这么一个小饭铺，就是胡同口一棵槐树被砍了，也会不忍心。就是因为有这情分在，过得着[1]，谁来你这儿寻不开心？我跟你说，温所长来头不小，在虎坊桥那边被称为温贝勒爷，派头大，豪横着呢，一般人不敢招惹他。”

她一提温所长，天禄的火又上来了：“贝勒爷？我说他是‘背了爷’吧！一个混账无赖，欺负良家妇女，该拿刀花了他！”

“行了行了，我是跟你说不通了。甭管人家是贝勒爷还是背了爷，人总是衙门的，在这儿一待就三五年，你现在就是他的眼中钉！好好想想怎么对付吧！”

天禄不吭声。

翠喜垂着头，眼睛红红的，她觉得这一切麻烦都是自己惹的，又愧疚难过，又不知所措。

丈二姑娘又看了她一眼，摇摇头，从衣兜里掏出一沓钱放在桌

---

① 过得着：有情义，友谊深厚。

上："如果麻烦能用钱来解决，或许就算不得什么麻烦了。这点儿钱不顶什么用，不过兴许能救点急，天禄，你收下。不着急要你还。"

"您的钱我不能要，"天禄斩钉截铁道，"对您对我都不好。"

"怎么不好？！"丈二姑娘急了。

"总之就是不好！您请拿回去。我的麻烦我会来对付。"

"你收不收？"

"不收！"

"翠喜，叫你家掌柜的收了！"

"我不叫！"翠喜哽着嗓子道，"我听刘大哥的。"

"刘天禄！我今天上你这儿来，以后可能就不好来了！以后你想让我帮你，我都可能没法帮你了。你知道我一家子也只是靠吃老底过活，只差没把棺材板儿抽出来卖了，无权无势，你要是落难，我也只能看着干着急。"丈二姑娘的眼圈儿也红了，"你应该明白。"

天禄黯然道："那小姐，您的情我心领了。'牛肉刘'今后会有麻烦，但我保证，麻烦再大，也不会牵累到街坊身上。您回去吧。今天真的对不住，连杯热茶都没法给您沏，不过只要您愿意再来，只要'牛肉刘'还……"

他话没有说下去。

丈二姑娘点点头，叹着气走了。

刚过十五，月亮还又大又圆，白亮亮的高悬在天空，积雪反着月光，将光秃秃的槐树和杨树衬得单薄枯瘦。

天禄和翠喜将饭铺的门合上，两人慢慢步行回家。

“看着路，地上滑。”天禄叮嘱。

翠喜嗯了一声，耷拉着脑袋，走了一会儿，忍不住说：“刘大哥，你是不是要拿很多钱给那温所长？”

“不算少，不过我还拿得出来。”天禄说。

他从不说瞎话，他说不算少，那就真的是数目不小，他说拿得出来，就肯定不用担心。翠喜眼睛被泪水模糊了，泪水一上来，赶紧抬手擦，可是鼻子里吸溜的声音仍被天禄听到。

他停下，转头看着她，说：“翠喜，别担心，别哭。我知道你心里不好受，这事儿跟你没关系，别背包袱。别说你，如果王叔和大力在外头吃亏，我也是一样要为他们出头的，你们都跟我自家人一样亲。”

“我知道的。”翠喜点头，眼泪流得越发多了。

“那你还哭！”天禄愁道，本能地往衣兜里掏了掏，可毕竟是个粗人，哪里有手帕子在身上，犹豫了一下，攥起衣袖的一角，给她轻轻擦了擦，“别哭了。人生在世，哪会一直平平顺顺的，都是一个坡坎一个坡坎地越过去，过去就好了。人在就好。懂吗？”

“那你要一直都在！”翠喜抬起头，泪水盈盈凝望着他，月光下俏丽的小脸雪一样白。

天禄忽然想：翠喜这样的女孩子是不会老的，即便真成了个老太太，也是轻软、明亮、快乐的老太太。星星一样亮的老太太。

“那是当然的！”天禄微笑道，“翠喜，你也要一直在！”

他们都是不会表达心意的人，也只会说这些最简单直白的话，但此刻，在这寒冷的月夜，只有这样的话语，才最令他们觉得温暖。

快走到家门口，天禄忽然忆起一件事，对翠喜道：“你先进屋，我去趟马巴那儿。”

“啊？那么远！天都黑了。”

“他这两天可能要走，我得去看看。就几步路，走着暖和。你赶紧回去。”

匆匆去了南线阁，果真不出所料，马爷的行李都收拾好了，白铜秤砣、秤链儿擦得锃亮，靠着包裹，切羊肉的刀裹在布里，露出几只刀把儿。见天禄来，马爷并不吃惊，将天禄引到北屋，那是他的卧室，除了一张床，一个橱柜，一根长凳以及一个小火炉和茶壶，屋子里几乎是空空如也。外头的铺子早就关门了，总停在院子里的骆驼也不在了。

天禄突然间觉得非常伤感。

马爷一张满是皱纹的脸上漾着温然的笑意：“天下无不散的宴席，也没有不歇业的羊肉床子。这不是什么事儿。咱们该干吗干吗去，对吧？日子照样过，指不定过得更好。”

他打开看起来很破旧的柜子，翻出两个瓷杯，自己一个，给天禄一个，笑道：“明天一大早走，你今儿即便不来，明儿我也会去跟你辞行的，正好，我可以睡个懒觉了。对不住刘兄弟，没什么好招待的，咱们就以茶代酒喝两杯！”

第十一章 燕云

不是好茶，就平日里吃饭的过路客解渴的粗茶，剩下一小包，刚够煮一茶壶，淡淡的茶香随着热气飘出来，两个大男人慢慢喝着，额头渐渐渗出了汗，窗外开始刮风了，干燥的雪粒子从树上、屋檐上沙沙飘落，击打在窗户纸上。

天禄瞅着窗户上晃动的灯影，说：“以前穷，瘦得跟猴子似的，肚子饿了，没吃的，闻着谁家蒸馒头的味儿，就觉得像过年一样，有时候实在受不了了，跑到饭铺门口，张着嘴，用力大口地吸气，就感觉吃了一顿好菜。后来终于当上了学徒，能学手艺不说，还能吃口饱饭了，有一天跟师傅告了假，说回去看老娘，就想给她做顿好吃的，当时手里也攒了点儿钱，跟师傅说，想买点儿饭馆儿里的好牛肉带回家去。马爷您想，我是要孝敬我妈，自然就得买最好的肉呀，我那时候年纪还很小，想得也刁钻——

要牛肩胛骨顺着脖子上去那一小条，爆炒，又脆又嫩！再来点儿弓后[1]炖来吃，也不错。谁知我师傅白眼一翻，就将案板上一堆乱七八糟的散肉烂筋扔给我，说，不要钱，拿回家炖吧！别的不能带走。我气得差点哭了都，这不欺负人嘛，但又不敢说不，临走，师傅将地上几根烂葱叶踢了踢，说：'一并拿走，只许用来炖！'红着眼睛回家，用家里那口烂铁锅将带回去的东西，合着酱油、大料，扎扎实实炖了一个时辰，你猜怎么着？"

马爷笑道："你师傅教了你一好招儿啊！"

天禄叹道："可不！这筋头巴脑的一锅，用我妈的话来说，是她迄今为止吃到最好吃的一锅肉。现在甭管我手艺再怎么长进，我妈都觉得没她当年吃的那锅香！"

两人都笑了起来，天禄问马爷，究竟为什么要离开北平，马爷慢慢止住了笑，露出凝重却又更似悲伤的表情。

"我吃过的最好吃的羊肉，差不多是在三十年前，那时候我十七八岁……"

他缓缓说来，沉浸在悠悠的往事之中：

我祖籍山东，也是一路逃荒，哪儿有吃的去哪儿，瞎苍蝇似的乱跑乱转，有一年随一个商团走西口，中原人在关外做生意，缺人手，我去的时候小，不过十三四岁，只能干点零碎杂活，也和你一样，有口饱饭吃就得，能学手艺更好，可毕竟太小了，不顶用。一出杀虎口，人家就嫌我累赘，把我给撵走了。为了活命，偷鸡摸狗的事儿，我也都干过，坟包子旁、粪堆子上也睡过，一路

① 弓后：现称牛腩。

流浪到了蒙旗，在那儿偷东西要是被抓住，会被吊起来打死的，我年纪小，被抓住照样打，有一次差点被打死，是一个老妈子见我号得惨，将我偷偷放了。那儿种菜的都是汉人，夏天还好，花开得漫山遍野，马群一踏，数十里之外都能闻到花香，我可以帮人收拾田地，种些葱蒜韭菜、萝卜白菜、西葫芦，下了雨，就去采口蘑，运气好，谁家要是宰了牛羊，还能跟着分碗肉汤喝，一开始觉得去那里去对了，能活下来真不错！后来觉着不对。我们数着日子，按理说是夏天，可在人家那儿，春天夏天没太大区别，更北一些地方，其实夏初河冰才解冻呢，到七月中就飘雪花了。归化城稍好一些，但夏末就要开始储备过冬用的黑松、木柴、牛粪，以及吃的。到冬天惨了，雪深数尺，滴水成冰，鸡蛋冻得能砸死一个人。刮白毛风的时候，铺天盖地的，天地茫茫，分不清东西南北，连气儿都喘不上来。你心里只会魔怔似的念叨，念叨的还全是胡话呢，什么往北五千里是乌里雅苏台，往南多少里是哪儿哪儿，其实耳朵里、心里、胸腔肺里，全灌满了风！比冰刀子割得还疼。那时候，眼前什么都能冒出来，跟见了鬼似的，哗，好像突然就会从你面前冒出又黑又高的一座山，吓死你，有时候又好像能突然到一片看不到边的大平地，你知道前头就是死，那死是没有尽头的。这片没有边儿的地就像一具死尸，冻得一点表情也没有，僵硬冰冷，可悲的是，一开春儿，这个死尸是会活起来的，而地上的人冻死了，就活不了了！我亲眼见过有一年开春，雪化了，黑泥地里露出一具尸首，哎呀，我从没见过那么新鲜的尸首！看起来就跟刚死的一样，模样都没怎么变，只是破衣烂衫光着脚，瘦得皮包骨头。我当时想，我要是运气不好，估计就是这样的下场，冻死在雪地里，等雪化了，春天到了，才重新看到太阳，可是人的魂儿已经不知道到哪儿了！

我没被饿死冻死，是幸亏遇到了当时天生魁的一个老羊倌，让我跟他去了归化城，后来救了我一命。别看归化城小小一个弹丸之地，当年十分富庶，人称“漠南大商埠，塞北旱码头”。让这个码头真正有了人气儿的，一是兵营的兵，二就是从这些中原过去的汉人商号。天生魁是其中最拔尖儿的一个，从康熙爷那时候就在那儿扎着，分号开了不知多少个，是龙卷风都刮不倒的一根铁旗杆。每年将茶、丝、粮食、糖、草药从中原运来，又将羊、皮货运到中原，运货物的叫驼队房子，赶羊的，就是羊房子，别小瞧这羊房子，一顶羊房子就是一万多只羊，每年天生魁要赶六七顶羊房子，那就是六七万只羊！我先跟着羊倌儿学赶羊放羊，真似忽然开了窍，一学就通，很快就能掌握要领，不过一开始并没有跟羊房子，能进羊房子的人都不简单，算是天生魁的自己人，没点儿资历没点儿本事，想也别想！光会赶羊有什么用？赶羊就前半年后半年的事儿，差事一完，给点儿银子就让你走人，也不是一点儿好处没有，回去的时候能带点儿捎脚，领几只羊带走。就那么过了几年，在大漠里也总算是扎根立足了，后来终于进了天生魁当羊房子的伙计，开始每年从草原往中原赶羊。

我们的羊房子，领房掌柜是最重要的人，资历最高，在队伍后头压阵，最后出发，这是最难最险的活儿，为什么？一顶房子分十批走，第一批带走数千只羊，每天六十里路没得少，病了的体力不支的羊，就留给第二批走的羊倌收，以此类推下去，到最后，由掌柜来收拾前头所有掉队的老弱病残，有的病羊就直接杀了，扒了皮冻结实了，卷在一起放骆驼上，剩下的羸羊赶回召河放养，由京师羊肉庄的人来收买。不论是羊倌还是羊房掌柜，都需要足够的精力和本事，而我呢，起初几年为了练本事，不仅学会了赶羊，还会好刀法，一双手赶得上两个人两双手，杀羊杀得又快又干净，掌柜很看得起我。

我是跟着领房掌柜走最后一批的伙计，一共三十多个人，彼此之间并不是太熟，都是掌柜从各处分号召集在一起的，各有各的擅长。刀客、狗爷、赶骆驼的、算账先生、伙夫、打杂的……这是个人的分配。随人一起的骆驼一百多头，另有数十只獒犬。掌柜之所以看得起我，可能也是看中我宰羊的本领，到最后前头留下来要杀的病羊肯定会很多，手快的人有用处，算是打杂伙计兼一个小刀客。那年我不过十七岁，但真是什么风霜都经过，结结实实地活了下来，年少气盛，得意得不得了。我们这拨人里还有比我更年轻的，我想我本本分分做好自个儿该做的，别人好歹都跟我没关系，那几个比我还嫩的，更不必把他们当回事了。我不把人家当回事，嘿，人家竟然也不把我当回事，尤其是其中一个小子，看起来瘦骨伶仃，个子也不高，十六七岁的年纪，掌柜叫他“白三儿”，他有个同父异母的弟弟叫常顺，也跟着咱们这顶房子。白三儿这小子除了跟掌柜、他弟弟说话客气点，对谁都爱理不睬，该出手干活儿的时候，他也是有一点儿没一点儿地做，掌柜也随他，其他人都是跟天生魁相熟的，处事圆滑，见掌柜有意照顾白三儿，即便再不高兴，也不会说什么。我是新去的，肚子里没二两油，有小本事却没见识，见白三儿在队伍里像个没用的饭桶，除了吃我们的干粮，一点儿作用都没有，便十分瞧不起他。他知道，但是满不在乎，总是离大家远远儿的。

这一路艰难险阻自不必说，六千里，一走就是三个月。遇到土匪，能不死便是万幸。还有三样东西是我们最怕的：狼、变天、野鬼。对前两个，倒不是一点儿准备也没有。而最后一个，草原荒漠中死于非命的人多了去了，什么邪乎事儿都有，孤魂野鬼成堆的，变着方儿地跟你闹，花样太多了。之前我跟你说过，有一次大风雪天，我眼前突然出现一座黑魆魆的高山，这未必是我脑子糊涂了，反正说不清是真是假。路上扎帐篷，三十来人睡一大通铺，“打对腿”，也就是两个人，你的头靠着他的脚，交叉着并排睡，就是担心夜里不安生。有时候大半夜的，突然听到外头男男女女说笑，发酒疯叽里咕噜骂人，可荒郊野外，除了我们这顶大帐篷里的，根本不可能有其他人！不是鬼是什么？还有些夜里，睡得正香，听到外头敲锣打鼓，马蹄踏得比打雷还响，大家伙儿惊得坐起来，抄家伙准备收拾东西跑，因为打仗是保不定的，很可能是真的，谁知出去一看，羊一只只安安稳稳地卧着，风都没刮，满天星星亮得惊人，大晴的夜，什么动静都没有！总之，这三个月，甭管两条腿的还是四条腿的，甭管遇到什么，都得见惯不惊、平平安安靠着腿走下去。说到见惯不惊，那白三儿虽然年纪小，但好像什么都不怕，比许多老人还镇定，这倒是让我有点讶异。

赶路的时候每人干粮定量，只有一碗备好的甜水，就着干饼子果腹，谁都不能说什么。到了台站，掌柜的一声令下，伙夫从骆驼身上搬下早就备好的白面馍馍，冻好了的羊肉大葱馅儿饺子、羊肉酱，大锅支起来，不一会儿，所有人就能美美地饱餐一顿了，要是吃不好吃不饱，可以一碗滚汤泼掌柜脸上，当众骂街，这是掌柜慢待你，他该着。吃是羊房子里顶重要的事儿，吃不好就干不好，所以掌柜绝不会亏待大家。羊房子里，个个儿顶能吃，肚子撑得老大，膘肥体壮，那白三儿虽然瘦，也跟大家一样猛吃，因为你要是吃得少，会被人嘲笑，骂你是小娘儿们。奇怪的是，有次我发现他躲帐篷后头，探手进嘴，使劲儿抠嗓子眼儿，抠完就嗷嗷吐，将吃的东西全吐出来了，后来又被我看到一次，我忍不住问他干吗，他白了我一眼，并没搭话。他可能也怕我说闲话，所以见我就躲，我也再没机会见他抠嗓子眼儿了，这小子！

走了三个多月，终于到了杀虎口的旱码头，这趟拔子算是快要出完了，这时候要将剩下没吃完的干饼子就地扔了，只见丐帮的人早等在路边上，那个热闹劲儿啊，跟过年一样。为了犒劳所有人，会杀十几只羊做一顿全羊宴，账算在掌柜头上，是他给大伙儿的一点儿心意。这也是刀客们露脸的时候，个个儿摩拳擦掌，拿出使了多年的刀具，擦得锃亮，就等着一会儿比赛谁最娴熟利落。我一辈子都忘不了那次宰羊大赛。十二只羊，四个刀客，每人分了三只，剩下的伙计、先生都会来帮忙烧水、递家伙。白三儿的弟弟常顺也是一个小刀客，他们那一组，就白三儿和他两人，不要其他人做帮手。大家都不免有点想看这小兄弟俩出丑的意思，尤其是我，我杀羊的本事，连好多老把式都得竖大拇哥的，至于那俩小子，这不开玩笑吗！

锣鼓一响，各就各位。白三儿兄弟俩就在我旁边，我眼睛一瞟，惊了一惊。白常顺是第一次在大家面前露手艺，这孩子虽然愣头愣脑的，可手法伶俐极了，一把刀在手中翻来翻去，快得像一团圆溜溜的白光圈儿，白三儿站在他旁边，不时低声嘱咐他刀往哪处使，就像个老行家。给我打下手的是老伙计陈大哥，他一边舀热水浇案板，一边也在啧啧称奇。我的刀快手快，却比不上白常顺快，等我宰完一只，白三儿已轻轻松松将另一只羊提起来，飞快地绑好蹄子，挂在案板旁的支架上，血都给放完了，他弱不禁风的样儿，力气却很大，等常顺将案板整理好，白三儿便将羊放到上头，从常顺手中接过刀，看来这一把兄弟俩换了换，白三儿将刀舞了朵白花儿，埋头一声不吭给羊扒皮去骨，再连削带剁，论手法，论速度，又比常顺不知利落多少，快了多少。等着看他们笑话的人全傻了，我也傻了！之前所有的得意劲儿被他们灭得干干净净。我憋足一口气，心想比速度我已经落后了不少，那就先稳住，好好地宰，毕竟光快是不够的，羊的每个部位得分好了，该扔的扔该留的留，大大小小，细细碎碎，样样归位，不能弄得难看。看热闹的人全在震天价地叫好，杀羊的人却是悄无声息，只听见刀在羊腔子里、身子上走的声音。计时的锣声响了。弄没弄完都得撂下家伙，站到一旁。我好歹是宰完了，也分完了，松了口气，左右一看，白三儿已经站到领房掌柜身边，从他手中领了一个烟卷儿，这是头名的奖励，他也不抽，将烟卷儿扔给了弟弟，脸上要笑不笑地看着大家，以前所有人都不喜欢他身上那种狂劲儿，但这一次，没一个人不服。

几个老把式有意相让，故意拖慢了速度，让我拿了个第二，但白三儿的第一名是一点水分都没掺的，让人无话可说。我有点蔫蔫儿的，整个人都颓了。更奇的事儿还在后头，简直能把你弄哭了！吃全羊宴的时候，咱们大桌子上摆了十几个铜炉，用来涮肉，只见白常顺从后厨端出一个大盘子，码着比纸还薄的羊肉片，他开口说了一句话，让整个饭厅里变得鸦雀无声，只听他说："姐姐说：'孝敬各位大哥。'"

话音刚落，一个俊俏的小姑娘走了出来，一声不吭走到掌柜身边，脸上依旧是要笑不笑的表情，眉毛弯弯，眼睛又黑又亮，露出一种顽童的神气。

只听到噼里啪啦的声音，是碗被袖子带到地上摔碎了的声音，一群大老爷们儿傻眼了。

白三儿竟然是个女的！

这时候掌柜的哈哈大笑，拍了拍胸脯，对大家说："对不住各位，瞒了大家三个多月，今天就借此正式跟大家挑明了吧，我身边这位，是我们天生魁白大掌柜的千金小姐，今后，说不定就是我们的新大掌柜，她是怕各位今后不服她，硬要跟着我们走这一程。"说着他转头问白三儿，"姑娘，你这趟也吃了不少苦，不过我还是那句话，你呀，是多虑了，哪怕不跟我们走这一趟，我们也是服你的。大家说对不对？"

众人愣了一会儿，齐声大喊："服！我们服！"

白三儿捧起一碗酒说："从今后，白三儿与各位大哥大爷同甘共苦，我敬大家三碗！"

头一仰，咕咚咕咚将酒一干而尽。

给商号做事最是受号规礼仪约束，从掌柜到伙计都以号为家，财东常年不露面，伙计们将各级掌柜看得比亲爹亲娘还要重要，实际上，商号生死存亡，全在总掌柜一人手中，总掌柜厉害，是商号上下之幸，掌柜废物，商号搞不了多久就会玩儿完，天生魁有一百来年的基业，一代又一代掌柜，都算得上是人中龙凤。白三儿是总掌柜的女儿，领房掌柜发了话，说她有可能继承总掌柜的位子，就不会是虚话。总掌柜并不用跟着羊房子出拔子，白三儿这一趟，一来是为历练，二来是为检视领房掌柜带的这帮人，三来，也是显露一下本事。她还这么年幼，就如此有能耐，将来得有多厉害，长眼睛的都看得出来，虽然是女的，但所有人对她都十分尊重。而我也是从那个时候开始，将自以为是的毛病收了起来，踏实虚心地做人。那顿全羊宴，我吃得最香的就是那道涮羊肉，那是大三叉上的肉，每一片切得飞薄，筋被白三儿剔得干干净净，我一生中从没见过这么整齐漂亮的肉片，就像是用毛笔画出来似的，一边是淡淡的红，桃花儿一样的颜色，一边是浅浅的白，像草原上下的第一场小雪，吃着鲜美极了，又有嚼劲儿，让人一辈子都忘不了，白三儿用了那么多心思，下了那么大功夫弄了这么一道，能让人忘了吗？！

白三儿后来真的当了总掌柜，那条羊道，她再也没像当年那样走过。而我，在天生魁一干就是二十年，当了十年的领房掌柜，直到民国初年，爆发了所谓的什么“丑年之乱”，不论是我还是天生魁，都在喀尔喀草原上遇到了有生以来最大的乱子。博格达格根由俄国人撑腰，带着军队扫荡买卖城，说要把汉人全部赶回口内，那两年死了不少人，天生魁被抽筋剥骨，生意一落千丈，许多分号被抢劫一空，常常是一个分号连掌柜带伙夫被杀得一干二净，最后只有归化城和库伦的数个大分号侥幸留存了下来，可惜损失惨重，只剩下苟延残喘的份儿了。

白三儿没愧对她总掌柜的身份。她发过誓，只要自个儿还在喀尔喀草原上，只要一天还是天生魁的总掌柜，她就要与商号共存亡，她立誓终身不嫁，将自己一辈子交给商号。那些年中，老掌柜去世了，她的亲人只剩下了常顺，常顺在一次乱子里被打成了傻子，连走路都不认路了，和废人也没什么区别。后来，边防军直接退出了库伦，华商再无人可以靠，也再无人为其做主，更惨的是汇兑不通，禁限出境，以前我们总觉着只要豁得出命去，就能险中求财，可到了那时候才知道，钱已不是钱，因为人家不认了，全作废了！人也再进不了出不去，人家是要你活活困死在那个绝境里，叫天天不应，叫地地不灵！

当时若说舍下一切回中原，也不是一点儿辙也没有。白三儿召集商号剩下的掌柜们，给每人分了一些钱，开诚布公地说，世道乱，大家活命最重要，收拾东西，赶紧撤走。但她也说，天生魁自康熙爷那会儿就在这喀尔喀草原搭营子建板屋，从住破庙睡野地做起来的基业，不知道经过了多少风霜，当年准噶尔从西边儿打过来，老掌柜带着伙计撤，临走前说：“谁愿意留，就请留下来看着铺面，给咱号把根基护着，大清的兵啊，最多三年两载就还会打回来的，留下的人就是咱号的大恩人！”自那以后，不论出什么乱子，“留人护着咱号根基”就成了一个习俗。说到这里，她苦笑了一下：“大清早亡了，新的政府也把兵给撤了，这儿不再是中国人的地方，要指着谁来救我们，怕是没这条命来等了。白三儿不愿意坑了大家，天生魁的根基，我留下来守。”大家劝她一起走，她执意不肯，老掌柜们不忍心，要我留下来继续劝。

我心里刀割一样疼。

我和白三儿相处已经超过二十年，那二十年的每日每夜，我心里都想着她，只是从没让她知道过。我对她，是从看不起到佩服，从佩服再到爱慕，从爱慕再到离不开，这份心思，只有我自己知道。我只是个没本事的粗人，而她说到底，是商号的掌舵人，是大家的衣食父母，我哪有资格高攀这样的女子，连动念头的资格也没有，更何况人家早就将自己的终身交给了商号，是发过誓的。那天就只剩下我和她，我想劝她跟大家一起走，但我开不了口，因为我不愿意违背她的心意。

白三儿给了我一个小包裹，里面是一些成色很好的碎银子，她苦笑着说：“我不嫁人，所以没嫁妆，银子原本就是攒来当棺材本的，现在只剩下这么些，你拿回中原，好歹能派上点儿用处。”

我大吃一惊，她的钱，怎么能给我呢？

白三儿知道我心里想什么，说：“马掌柜，钱我交给你，如果你路上无恙，就用来给我弟弟置一个小铺子，做什么都行，让大家帮着照顾照顾。我信得过你。”

我忍不住看着她说：“我留下，你带常顺回去。”

她摇头：“你头几年出拔子落下过病，现在又这么乱，熬不住的。”她那些年因为操劳过度，大是见老，但眼睛里那股精气神儿仍然还在，甚至表情都还依稀有着当年跟我们走羊道时的霸气俏皮，她笑着说，“这世上好些事真的难讲，以前大家都觉得咱们天生魁天塌了都不会倒下，可现在落到这份儿上，谁料得到呢？这次你们一走，我留在这儿赌一赌命，要是赌赢了，和天生魁一起活下来了，马爷别忘了回来看看，到时候你要是还没娶媳妇儿，我就嫁给你当老婆，要是我又能回中原了，我就去找你，还是嫁给你当老婆，你有了老婆也不要紧，我不介意做小的，大家一起好好过日子。”

她说着，哈哈大笑，好像很觉得有趣。

像她这样的女子，论豪爽泼辣，甚至胜过不少男人，她这么说，半是认真，半是玩笑。我却一字一句都听进去了，我说：“我一定会回来，我也一定会等你，除了你，我谁也不会娶。”

我是认真的，这句话我早就想对她说了。

白三儿看着我，半天都没说话，出去的时候她叫住我，她对我说：“马掌柜，你记住我的名字，我叫燕云。”

那是我这辈子最开心的一天，也是最难过的一天，她告诉我她的闺名，就是说她听进去了我说的那句话，这也是她给我的一个承诺。

我再没见过她，已经十五年了。

“这么说，那位白三儿，一直还在库伦？”天禄被马爷的故事深深打动了，不禁连带着对那位豪爽侠义的白掌柜担忧起来，“她还有可能活着吗？”

马爷含泪摇摇头：“我等着她回来，等了十五年！我都快不记得她的样子了，现在只要一想起她，说来好笑，脑子里第一个冒出来的，是她磨刀宰羊的样子，第二个，就是那顿羊肉宴的滋味儿，她长的是高是矮，是胖是瘦，竟然模模糊糊，全没有印象了。前些日子，听跑外的人带信儿到鲜鱼胡同，说出了大乱子，我……我不知道她会怎样。我现在只想在我死之前，能亲自去打听一下她的下落，即便再也进不去买卖城，即便她已经死了，至少能死在离她近一点的地方，和她埋在一个地方。所以，我一定要回去。”

天禄长长叹了一口气。

“马巴，我明白您的心思。那个地方虽然给了您这么多苦头吃，您却一直惦记了十五年，是因为那里有您最在乎的人和事，所以，那儿就是您的家。”

马爷脸上浮起一丝笑：“不论是我当年漂到草原，后来漂到北平，还是你从山东漂到这里，都是先求生存再想别的。真正能将人系在一个地儿的，是那之外的一点儿心思一点儿情分，若没了情分，没了惦记的人和事，家算个什么呢？咱们做菜不也是这样？能留住人的，哪里就光凭味道。看你用了多少心！要是老天爷能再借点儿运气给我就好了，只要能让我找到白三儿，我啊，真想给她做顿饭，羊肉床子开了那么多年，数不清多少人吃过马记的白水羊头和羊肉包子，每次看到他们来我都想，要是白三儿也能吃到就好了，万一就是这一次呢？万一她就是今天会来找我了呢？所以每天，我都用上了全部的心力在那些吃食上头。”

“马巴，我记住了。”天禄说。

“那，干了？”马爷抬了抬手，杯里的茶将将只剩一口。

“干了！祝马巴一路平安！天禄等您回来给‘牛肉刘’挂第一香的幛子！”

马爷哈哈大笑：“就知道你这小子要来这一出，记着仇哪！刘兄弟，你要多保重啊！”

“您也保重！”

两人把茶喝完，就此道别，天禄踏着夜色回家，脚步踩在松软的雪上，沙沙作响，家里还有人等着他。

“真好。”天禄感到一丝安宁，紧接着，就是对未来的担忧。

他走得很慢，街道里没有路灯，但不黑，因为有明亮的月色和雪光，将他长长的身影映出了浅浅的亮色。

那时他不会料到，马爷走后没多久，自己苦心经营多年的小饭铺就被查封了。

第十二章 半步桥

刚过去的民国十七年（1928年），并不是轻松的一年。北洋政府垮了台，首都迁往了南京，北京不再是北京，变成了北平。一朝天子一朝臣，上万京官失了业，拖家带口没了饭碗，跟这些官僚紧密相关的商业和饮食业也大受冲击，歇业的商铺超过了三千家。可所有人都在倒霉的时候，虎坊桥的贝勒爷——温梦榆，运气却好了起来，他升了官，调任广安门税所当所长，这次升迁一是时来运转，跟上了大势，二是他略施小计，扳倒了顶头上司，这是他的长处，当然，这长处以后会发挥得更好：整人这种事，不应仅仅把对手整走就算了，而是要往死里整，整到没机会翻身——现在还不够狠。他并非是旧朝皇族，除了有房表亲是给一个王爷家看坟园子的，他和皇亲国戚真是八竿子打不着的关系。好在现在的北平早已不同往日，满街要饭的人里头，指不定就有两个是当年的八旗子弟，真贝勒爷又如何？温梦榆的仕途只要一直能向上走，不是贝勒爷，胜似贝勒爷。

此刻，他瞅着镜子里自己那一张天赋异禀的脸，精瘦如猴，双眼细长，双颊深陷就好像嘬着嘴在吸溜什么，油光水滑的一小撮山羊胡子，手指顺着捋，往左掀一掀，再往右捋了捋，间隙间能看到嘴翕动着，像兔子啃萝卜，他的威严是在眼睛里的，聚在宽阔的眼白捧着的两粒黑点里头。平日里他其实是很和气的一个人，因为这和气，跟他相处的人就得多留神了，这盏灯绝对不省油。爱钱，这是温贝勒的本性，既然是本性，就算不得爱好了，提笼架鸟哼个两嗓子，虽然也喜欢，但他不在上头耽误工夫。

唯独在女色这一头，他提得起兴趣，也有经验。得亏他有个贤妻。

温邢氏是湖北一不知名小镇出身，其父当年花了点银子，捐了个小官做，民国后虽然不做官了，但倒驴不倒架，还是有点儿家底留着。邢小姐在闺中的时候便很有心气儿，常以汉口的时髦闺秀自居（实则从未去过汉口），搬到京城后，便要摇身一变成为皇城贵族，在她这样的人眼中，京城哪怕是要饭的花子，也有会摆谱的能耐。邢小姐机灵好学，不到一两年，口音差不多也变得有点接近北京话了，虽然极少数的时候，会冷不丁地冒出耐人寻味的一两句：

“哦哟，这本虚（书）儿厚！”

或者：“你个鬼，上哪儿去了？

“我没洗脸儿呢，把脸儿盆儿拿过来。每天最要紧的事就是早上洗洗脸儿，还要到东花市儿买几朵花儿戴戴儿咧。”

舌头很卷，她很骄傲。

这样的语调，混杂着两处地域的风味，也有些情趣，温梦榆初见她时，便是被这一点吸引住了。他心细，看出邢小姐除了陪嫁丰厚之外，也有融入北地的上进心，所以他勇敢地向邢老太爷提了亲，聘礼呢，他只是个普通的职员，没多少积蓄，除了在虎坊桥有个宅子，别的也拿不出来。邢家老太爷不计较，相反他很愿意成全这门亲事，因为他家姑娘正好被人悔了婚，理由说出来让人窝火：人家嫌姑娘长得不好看。

原话更难听：

“狮鼻犬目，宽额肿脸，那额头就是一面照夫镜，鼻子和眼睛，透着淫邪凶克之相。这样的女人，最好别招惹。慎之又慎，留神白虎入门！”

“白虎”就这样进了温家的门，邢姑娘出了阁变成了温邢氏，和温贝勒夫唱妇随，极为合拍，有名的贤惠，又擅交际，连吃带拿，招朋引伴，很会交游往来，没有她占不了的便宜，没她揩不了的油。温氏夫妇在虎坊桥的威风，夫妻二人各占一半，丈夫是威，妻子是风，风骚的风，碰到漂亮的小伙子，温邢氏够胆子上下其手，撩人家两三下的，反正温贝勒自有乐处，并不介意。除开这个，温邢氏还有个小缺点，身子湿气重，老淤着痰，站着坐着时，啪嗒一下给地上来那么一口，躺床上方便些，就往墙上吐，贝勒爷说了她几次，改不了，也懒得说了，大家都在“懒”字上妥协了。总之，这对夫妻也堪称天造地设的绝配。两人结婚不久，温邢氏决定在虎坊桥开个点心铺子，取名为“汉口大都会点心铺”，自知无法和北平众多的饽饽铺相比，所以剑走偏锋，要个巧劲儿，温贝勒极热情地替老婆张罗，还请报馆来人写了文章广而告之，街坊们不得不去捧捧场，买点心是小意思，给礼金才能对上路，开业第一天晚上夫妻俩数钱数得眉开眼笑，商量着这铺子过仨月就给关了它，另再开个别的。贝勒爷瞅着一桌票子，顺手捡起一沓：“看来你的人缘也不错，来来来，这一份是你那姐妹给的，理应还是得给你。我可不占宝贝老婆便宜。”温邢氏在丈夫山羊胡子上嘬了一口，钱却不接，娇声道：“我的宝贝儿，达令，贝比，是不是瞧上哪家姑娘了，可要我去帮你说和说和？”谁不会几个洋字儿，她可是顶洋派儿的人，但也寻摸着给丈夫找个二房，把他定住。

温贝勒自认是花丛高手，哪需要这婆娘来给自己出谋划策，捻须一笑，懒洋洋地道：“这种小事，不劳烦贤妻辛苦。我看女人吧，无非就这么两种：卖还是不卖。有的一见就知道卖过了，有的没有，有的呢是想卖的，也有不想的，有的你看着就知道她愿意，但也有些不那么愿意，可最后不还是个愿意！嘿，我觉着吧，给点小恩小惠呀，讲究些小情小爱呀，疼一疼，哄一哄，不论使什么招儿，总归还是有办法让她们把自个儿给打发了，这一打发，她一辈子就回不了头啰。”

温邢氏本坐在床边，听罢仰着脸，双足在地上跺了跺：“我这辈子也是回不了头了，可不见你怎么哄我疼我，什么卖不卖的，哪有自个儿拿着钱把自个儿打发了的。”

温贝勒搂着她的腰：“咱俩伉俪情深，天长地久，我这辈子不也落在你身上回不了头吗？你的钱就是我的钱，我的钱就是你的钱，什么打发不打发，我说的是外头的女人。”

心里却想：“这婆娘要来有什么用，这么些年肚子也没个动静，下不了蛋的母鸡就该杀来吃了，天天滚刀儿肉[1]似的挨家耗着。我呸。老婆如衣服，衣服旧了就换新的，穿了红的还有绿的，

---

① 滚刀儿肉：指耍无赖的人。

好在她现在看起来也算懂事，等我真找两三个小的，别闹就行。唉，愁人。”

他很少折在女色上头，懂得见好就收，要有别的打算，花个二百来块钱，一大把的小老婆子随你挑，可温家添丁是大事，要找就要找好的。前两年在韩家潭看上了一丫头，眼睛墨亮墨亮的，一头乌黑的长头发，扎着红辫根，是极漂亮的好货色，谁料让自己碰了个大钉子，其雇主是当年京城的名妓吴琦湘，和王公大员都有些瓜葛，搁现在也是惹不起的，当时就给拒了。此后两年再未看到有当年那小妞儿那般合适的人选。

如今又栽了这么个烂跟头，被一个开小饭铺的欺负到脸上！

奇耻大辱，如何忍得！

灰溜溜回去的那晚，温邢氏正蜷着腿盘坐在椅子上，清点着四处送来的贺仪，整个人像一块就要融化的黄糖，软塌塌一会儿偏向左边，一会儿又扭向右边，桌上的东西全是穷铺户孝敬来的：豆纸啊，糨糊啊，杂合面啊……堆成一座小山，苍蝇也是肉，她倒是不嫌弃。见丈夫黑着脸，她指着桌上放着的一个大提篮，笑道：“嚯！这正月十五已经过了，二月初一也还差几天，这送的倒好，什锦元宵和太阳糕[①]！”

贝勒爷一巴掌将提篮扫到地上，喘着粗气进到里屋，留下“黄糖”瞪着一对滚圆的眼睛呆坐半晌。

刘天禄在温梦榆胯下这么一捏，疼得他好几天连水都不敢喝，哪怕后来好了，不疼了，心里也带着阴影，时不时会打个哆嗦。那

---

① 北京旧俗，正月十五吃元宵；二月初一祭日吃大米馅的太阳糕，太阳糕的上面会打上小鸡形状的红戳，所以又叫小鸡糕。

几天温梦榆动了千万个恶毒的念头，每个念头都是想治死那小子。

白纸坊，半步桥，这小子待的地方倒好。

“不出了这口气老子不姓温！即便整不死他，也得送他进‘王八楼’[①]里！”

他去税所把档案本子翻来覆去地看，这些年从未像现在这样对本职如此上心过，房捐、牙税……一一看过去，连屠宰税也看了，最后又返回来看牙捐，要在这些税上头动点手脚，也不是不行，可一来牵扯的人更多，最讨厌的是会消耗时间。

何必非得自已出手，温梦榆可不是个贸然行事的莽汉，整人要成系统，要有策略。

先找了一些旧友，都是在南城混迹的地痞流氓，三天两头去“牛肉刘”闹一闹，攻心，让其心不稳。

“改动屋宅、穿壁破墙”，补交四十元，这是为了维护北平市容，啊？之前没这种税，没关系，咨文已经上报市财政局，上头说了，钱先收缴上去；铺业转移税，六十元，这钱属于补缴，若有困难，可以去找之前的铺主，让他来出。搬走了？找不着了？那对不住，钱就得你这个现铺主来交；贩卖烟酒特许牌照税，二十元，只要你卖烟，哪怕只卖一包，那也得交钱把牌照拿了，没卖烟？不认？这是临街的方驼子写的证明，说某年某日在你这儿买过一包烟，那你现在怎么说？还有这个，枣林街的许老五，也做证说在

① “王八楼”：宣统二年动工的京师模范监狱，在民国初年后改称京师第一监狱，河北第一监狱等，位于菜市口以南、北京外城南城墙以北、半步桥街附近，因其五排监舍以中心岗楼为圆心散射开去，状似王八，被百姓戏称为王八楼。

你这儿买过烟。哦，你代买的？只要人家在你手上拿了烟，又给了你钱，那就算是你卖的！你就得有牌照，补缴牌照税，顺带再交罚款！

迁都后，北平百业萧条，今年连厂甸庙会的人都寥寥无几，梳篦摊子、估衣铺子、绸缎庄子、古玩铺子，好几天没开张的多了去了，有的小铺子，一天顶多挣个两三块钱，不奇怪。

这个世界是没有道理可讲的，尤其是对这种做小买卖的，更加不必讲道理，更无需有同情心。尽管断其财路，尽管做釜底抽薪之事，好好一个大活人，给他放一半的血出去，瞧他还能走得动道儿不。忽然要交的钱，多多少少加起来几百块，可刘天禄仍是乖乖地亲自捧着送到税所，温所长在里屋办公室抽了根烟，透过门缝，看到刘天禄的脸色真是难看至极，所长掸掸烟灰，笑了，心想：大爷我现在收拾你，用的可是"挖祖坟"这招。

人与人之间是不会有真情实意的，这个世界多的是势利眼、红眼病，见到别人过得好，想的不是要和他一样好，而是琢磨着怎么把他拽下来和我一样糟，温梦榆不信白纸坊就没有人不眼红刘天禄，就没人不盼望着刘天禄栽跟头。

什么叫挖祖坟？就是把以前跟你交好的人全揪出来，让他们坏你，毁你，糟践你，让你不光破大财，还失了情，丢了人。指认过刘天禄的，以后怎敢再去"牛肉刘"吃饭？不愿意凑热闹的，就找些名目，把该交的钱全交上来，就这沿街所有小铺子，威胁他们歇业，不歇业也行，反正不让露出门脸招牌，往墙上乱打洞的，违规搭建的，全给他拆了封了，要打算继续扛下去，店门就不许朝街，你大可挂个灯笼，从窗口给人递包烟，看能扛多久。这些啊，都拜你刘天禄所赐，古时候叫株连，现在是文明社会，叫"一视同仁”，讲义气是会饿肚子的，饿了肚子，就顾不上交情了，一旦交情没了，见面就尴尬，尴尬时间长了，也就慢慢地成仇家了。只要是刘天禄的仇家，那就是温所长的朋友。

温梦榆在官场打滚很有些年头，最懂得人与人之间那些明明暗暗，他认为自己更现实，更正确。好像还真是这样。

钱正光拿着刘天禄的字条找到广安门税所，他有两个同学被当作什么党人给警察抓了，怕祸及自己，又实在没什么关系可走，可算“牛肉刘”给了他一个机会。

他希望温所长给自己当靠山，在添油加醋的一番描述里，钱正光先生既出卖了他的同学，又出卖了刘天禄。

温所长找上了警局侦缉处处长肖震声，甩着鼻腔儿，尖着嗓子道：“商业道德逐渐堕落，欺诈取巧之声日彰。中央政府虽迁往南方，但北平的繁荣，还得靠你我尽职尽责，成其中流砥柱。外城，尤其是南边这一带，疏于管理，摊贩日益嚣张，不把政府当回事，时间一长终成坏疽之害，更怕的是其背后或有不可告人的组织在撑腰，别是那些要搞什么革命的，闹起事来，你我的大好前程只怕迟早付之东流。”

前头那几句，其实轮不到温梦榆来说，唯独让听者过心的，只是最后那句提醒，简直如醍醐灌顶。肖处长虽然被人叫作“肖大锤子”，以刑罚严苛著称，实则是个极谨小慎微的细致人，他猛地想起了有一年出过的一场大乱子，绞死了三十几个乱党，这事儿虽没出在自己的管辖区，但闹得全国皆知，随后殃及了不少池鱼，好些人被革了职。上头说了，谁的辖区再出事，就找谁问罪，抓祸害，要多留意苗头，宁肯抓错也别漏放了，不能放松。年前宣南有一帮学生成立了个什么爱国文学社，肖处长一时兴起，将里头的人挨个儿查了一查，果然发现有两三个平日里喜欢乱说话，写乱七八糟文章的，便将他们抓了。

肖大锤点头道："温兄说得在理，很是在理。"

温所长将刘天禄的字条放到桌上。

"牛肉刘，刘天禄。"

粗粗大大，完全没有什么书法可言，就六个字。这原是天禄按钱大学生的意思，留的同意赊账的条子罢了。

肖锤子看得一头雾水，温所长指着字条："这个人，在白纸坊开了间小饭铺，你抓的那几个学生偶尔会去他那里吃饭，这是此人给那些学生留的条子，你瞧，他们还挺熟，哈哈。"

紧接着又说："去年东交民巷那档子事儿，那么多人都倒了霉，但还是有人得了好处的，比如那主审官，就被荐任为检察官，法院位置正好在租界里头，所以上头特意关照，除给他最高级的月薪三百元，还另给特别办公费，又多了三百元！这是光凭运气吗？还不是工作得力的缘故。"

肖大锤瞅着桌子好一会儿，很快就不糊涂了："那我抓紧！兄弟，改天喝酒！"

说着将字条揣进衣兜里。

平日笑脸相迎的邻居，陡然间全都变了一番模样。有人去税所告状，也有人平白无故地给他泼脏水，天禄委屈，愤懑，但道理是明白的，尽管心里不舒服，他也不想记仇，他认为仗义的街坊占多数，仍旧是有人不愿意落井下石的，即便他现在倒了霉，人家不上门，也一定是有为难的地方，天禄明白。

"牛肉刘"陡然间增加了一大笔开支，用的是天禄多年的积蓄。交了钱，天禄觉得不对劲：他从未像现在这样，心里这么发慌。

走在路上遇到认识的人，对方的目光都在躲着他，天禄暗暗叹气，将头低下，转念一想：我并未做什么亏心事，凭什么把脑袋垂着？因而又将头昂起来，路过金四爷家，本能地朝门口看了看，说来也巧，金四爷父子将将跨出门槛，见是他，金四爷下意识就要把脚往回一收，金蛋将父亲拽住，朝天禄一笑，叫道："刘叔！"

这声"刘叔"，让天禄听着几乎要落泪。

金蛋从小就跟他亲，以前叫他叔，直到上中学，觉得自己是男子汉了，又改称天禄为"刘哥"。天禄根本不计较，半步桥白纸坊一带，贩夫走卒居多，四爷家有金蛋这个读书人，街坊们都觉得脸上很光彩。在天禄心中，其实是把金蛋当小先生的，他之所以会识几个字，全靠金蛋一笔一画地教，现在金蛋又将称呼改了回来，叫自己"叔"，将自己认作长辈，患难之际，更显得这孩子有情有义。

金四爷一张黄瓜脸上的表情变了好几变，难堪、尴尬、恐惧、羞愧……到最后是无可奈何，回头狠狠瞪了儿子一眼，朝天禄点点头，勉强挤出一丝笑："哈，嗯，天禄，从哪儿回来哪？"

天禄说："彰仪门大街[①]。"

税所在那儿。金四爷干咳了两声。

"四爷这是忙什么去呀？"天禄问他。

---

① 彰仪门大街：北京广安门，明代称广宁门，又名彰仪门，清道光年间为避宣宗旻宁讳改为广安门，各省陆路进京的必经之路，彰仪门大街即今广安门内大街。

金四爷犹豫了一会儿，说："去钟声胡同，找，找我那没出息的弟弟。"忽地声音一提，"我是要钱去！他借我的钱拿去赌，拖了大半年没还。借钱蜜浇油，要钱结冤仇，借的时候都是哥啊，咱亲兄弟啊你不能不管啊，等你要钱，给你冷板凳坐，亲弟弟变成爷爷了，惹急了还骂街，说什么不就借你几个钱嘛，你有几个钱了不起了？"

他背着手，肩膀抖动着，忽然转头朝儿子吼道："还不快跟爸爸走？看看你那二叔，我管他帮他，你瞧他念情吗？这是爸爸的兄弟，世上多的是白眼狼！以后别跟爸爸一样当老好人，这年头好人有好日子过吗？好人的路不是靠脚走的，得爬着，装孙子！"

说完，看了眼天禄，摇摇头，拽着金蛋走了，金蛋连连回头，朝天禄挤眉弄眼，喊道："叔！我不是白眼狼，您记着！"

天禄眼眶湿润了，在原地站了好一会儿没动，抬步的同时，他做了决定："牛肉刘"的生意得歇几天。

母亲好说，但王叔父子那儿得有个交代，还有翠喜。

想到她，天禄的心沉了一沉，但咬咬牙，该做的事儿还是得做，为了大家好，这个时候心肠得硬下来，恰巧查卫生的又去了趟店里，故意捂着嘴，当着客人道："什么味儿？！"

天禄将毛巾往桌上一扔，道："什么味儿？野猫的饺子——兔崽子味儿！"

"牛肉刘"就这样关张了。

天气已经暖和多了，日头比往日要长一些，快要夕阳西下，墙上的两个铜铃，润润的发着暖光，那是斗大爷送的，只要大白狗斗斗偷偷溜过来玩，吴奶奶就会拿那对铃铛逗它。这一天斗斗也在，不过没人再逗它追着铃铛玩了。前些日子贵成过来，将奶奶接了回去，斗斗绕了一圈没找着奶奶，失望地钻进厨房，趴在一个装碎煤块的烂簸箕上头，雪白的肚子被染成了花肚子。

天禄娘炒着菜，瞅了斗斗一眼："斗二爷，你家大爷还好吗？秦爷呢？他们俩还一起遛弯儿吗？"

白狗呜了一声，抬起头，鼻子嗅了嗅，闻到了肉味，它坐了起来。

天禄娘扔了一小块肉给它，它头一扬便接住了，也没见嚼一嚼，那块肉已被吞到肚里，肉一吃，斗斗习惯性地起身要走，因为平时天禄娘只扔给它吃一口，绝不多给，这一次天禄娘却说："等着。"

又扔了一块给它，简直让斗斗受宠若惊，尾巴摇得飞快，天禄娘道："好啦，好啦，回去吧，你也算是吃了这顿散伙饭了。"

斗斗不愿走，天禄娘作势要打："走，要不揍你。"

斗斗拔腿跑了。

翠喜把草奶奶叫来，老人家走到哪里都推着他的板车，天禄特意搬了好些煤到草奶奶的空板车上，天禄娘走出来，提着一袋面，放到板车上。

饭菜很丰盛，有白菜炖肉，炒干豆角，还有饺子，过年时剩的粮豆酱拌着腊八蒜，大家还是跟往常一样边吃边聊着家常，刻意不去提那些膈应人的事儿，吃得"很高兴"。但所有人心里的感受是一样的：这顿晚饭，连同这个夜晚，实在是太漫长了。

饭后，天禄先对草奶奶说："草叔，最近前门肉市那边您先不用去了，饭铺的煤啊，柴啊，您也先不管了。这是一点儿钱，您拿着用，虽然不多，但够您过个俩月的，有什么缺的，想着上我这儿来。”

草奶奶听了，只哦了一声，将钱接过，起身推着他的板车走了，并没有丝毫惋惜与留恋之意。

翠喜瞧着老人的背影，咬着嘴唇，泪水盈盈。

天禄娘说：“翠喜，来，给大家盛点儿面汤，原汤化原食。”翠喜跟着她过去。

天禄将两个纸封放到桌上。

“王叔。”

“牛肉刘”的情况，王叔父子是最清楚的，王叔摆摆手，不让天禄说下去：“东家（这是王叔第一次这么叫天禄），我想跟您要个无赖，我们父子俩住你们家，理应给房钱和饭钱，这两份钱，一份呢，就当房钱饭钱了，另外一份先存您这儿，一年内，我和大力要缺钱用就找您要，要是没跟您要，那以后每年您在这数上稍微添一点儿，年份越多，您添越多，可好？”

王大力听父亲这么说，连连点头。

天禄哈哈一笑，竖了竖大拇指：“王叔，没想到您这么会算账。”

王叔说：“我是怕吃滚蛋包子，还好，还好，今儿吃的是大娘包的饺子。”

王大力将纸封推回去，推到天禄面前：“哥，咱们一块儿挺过去，没事儿！”

天禄也不推辞，点点头：“这几天你们俩要先歇着也行，大力如果想去别的地方做工，也别耽误，等天儿再暖和点，多问问去，生计要紧，多条路总不会出错。”

王叔说：“等等看吧。”

翠喜和天禄娘将热乎乎的面汤端到桌上。

天禄抬起头，看向翠喜，朝她笑笑。

翠喜故作轻松地抢着开口了："正好我嫂子肚子越来越大了，做事不方便，我哥哥让我过去帮着他照顾家里，奶奶在那边，我也不放心。我过几天就走。"她语速很快，恨不得一口气说完。

"牛肉刘"既然暂时歇业，她便不方便留在天禄家了，即便两人之后会谈婚论嫁，现在还什么都不是，总得讲点规矩，免得被人看不起。翠喜不愿意被人看不起，更不愿别人说天禄的闲话。

天禄说："等重新开张，你随时过来。"

"哎。"

"拿着，这是你的工钱。"虽然很艰难，但天禄还是将这句话说了出来，翠喜也有一个纸封。

翠喜接了，放到桌上，说："谢谢天禄哥，我一会儿就收起来。"

将自己那碗面汤咕咚咕咚喝了个精光，吸了口气，抬头笑道："我洗碗去！王哥王叔，你们喝完了吗？碗收了哈，大妈，您的也给我，还有天禄哥……"她喉咙一哽，来不及拿天禄的碗了，匆匆转身走到水缸旁边，还没舀水，啪嗒一声，泪水夺眶而出，落进了水缸里。

天禄被抓走的那天，翠喜已经搬回哥哥家住了，知道消息的时候是晚上，贵成回家警告她："别去他家凑热闹！"

翠喜哪里听得进去，冲了出去，贵成要去拦，被奶奶拽住，啪的一下挨了个耳光，贵成怒道："奶奶你干什么！打我做什么？"

奶奶骂道："不要没良心！"这时候说话却利索了。

翠喜一路哭，一路快跑，天已经黑了，路过菜地，在田埂上狠狠摔了个跟头，风很大，是刮的北风，卷着天生的浓云，应该又快要下雪了。她恨自己步子小，跑不快，她找到了好多理由来恨自己，如果时间能倒回去就好了，如果那天她不去那小姐家送牛肉就好了，一切都是因为她，如果不是她，天禄哥就不会被抓走。

翠喜放声哭着，前方好黑，她害怕，但这害怕绝不是因为泪水模糊得她看不清路，也绝不是因为这片菜地很荒凉，有人说这儿曾闹过鬼。翠喜不怕鬼，因为她在今天明白，这世上有比鬼还可怕的人和事。

她怕天禄出事，怕天禄被人打，他那么要强的性子，一定会吃亏的。

终于跑到了半步桥，小院子的门敞开着，屋子里亮着灯，依稀看着院子里还是老样子，并没有变得乱七八糟，翠喜竟有种虚幻的轻松，她揉揉眼，希望之前的一切仅仅是个噩梦，天禄还好好地在家里呢。

她慢慢走进去。

天禄娘一个人坐在北房里，手扶着额头。

一盏孤灯在桌上，小小火光，轻轻摇晃。

“大娘。”

翠喜走过去，坐到天禄娘身边，将她的手拉过来，放到自己手中。

天禄娘没吭声，也没动。

翠喜极力忍住不哭，虽然在外头她哭得那么厉害，但见到天禄娘，她将所有眼泪全逼了回去。

“天禄哥被抓走了？”

天禄娘点点头。

“王哥王叔呢？”

“我让他们去别的地方住，”天禄娘有气没力地说，“我现在，照应不了他们，他们也照应不了我。”

翠喜紧紧握着她的手。

“大娘，怎么办啊。”她喃喃道。

天禄娘没有抬头，只是轻声说：“大喜子，你问我该怎么办？我不知道。人一辈子遇到的事多得去了，好的歹的，落到自个儿身上就得接着，不接还不行。只要天塌不了，日子还得照常过，着急没用。”天禄娘顿了顿，接着又道，“再说这是谁定了规矩，人这一辈子一点儿不如意都不能有？一点儿大麻烦都碰不上？碰上了，你能拿它怎么办？”

翠喜喃喃道：“是啊。”

天禄娘笑了笑。

翠喜抬头瞧她，天禄娘的头发全白了。

第十三章　侯门

如此精细的一整套八件首饰，连翘是第一次上手，从头跟到尾，其中有一对点翠簪子，式样也是她设计的，初看画样，徒弟们只是觉得清艳灵巧，并不太过惊异，唯柏涛和立云一见，心中均微微震了一震，这十足的“宫样花妆”，当见设计者的心力，那不如索性大胆让其一试手艺，立云立刻带领小顺子等人赶工掐丝镏金，制作配件底托，而将剩余的步骤，全部交予连翘独自完成。

连翘熬了十几天，最后几乎数日不眠不休，簪子终于做得了，交给立云，立云并未做出评价，去给她泡了一杯热茶，说了声：“你稍等，我拿去给赵伯伯看看。”

她忐忑不安地等着，不一会儿，柏涛走了过来，对她说：“梁子后继有人，幸哉！姑娘，后生可畏，好手艺啊！”

连翘激动得说不出话来。

父亲曾对她说，弱鸟先飞，虚功实做，她从没有忘记，现在终于有了施展的机会，她岂能不全力以赴？

可全力以赴为的是什么呢？

她没过过几天好日子，出生不久，父亲的营生就没了，父亲是个心高气傲的人，不愿求人乞怜，自立门户，做些零碎翠花活儿，手艺好，要养活一家人原不难，可母亲多病，父亲挣的钱，大部分用在给母亲看病吃药上了。从她记事起，她便跟在父亲身边，再大一些，就陪父亲挑灯赶工，打打下手，学的第一件，就是画样出点子，点子好，父亲就会给她奖励。

在多少梦里，依然能回到当时的那些情景中。

“过来，”父亲朝她招招手，她放下毛笔走过去，父亲微笑着凝视着她，“小连翘心灵手巧，以后必定比爸爸强。来，爸爸给你和你娘各做一朵头花，你想要什么花儿？”

她开心地说：“我要山茶花！不是单瓣的山茶，是重瓣的，里头粉，外头白！”

“小猴儿精，在哪里看到了重瓣山茶？”

“爸爸的画本子里！”她早已熟记父亲的画样本，那是从父亲的师祖那儿传下来的。

“爸爸给你取名连翘，自然还是给你做连翘花吧。”父亲逗她。

她跺脚：“连翘花简单，随便捏两下就做得了。我不要！”

“可是连翘花开得多茂盛，多漂亮，金灿灿的，你不喜欢？”

“我要山茶花！”

父亲哈哈大笑：“那么这样吧，你既然说连翘花简单，那么你来攒一朵连翘花，爸爸呢，就做山茶花，如果你做得好，那么就让你娘来选，她挑更好的那一朵拿着。”

母亲发着高烧躺在床上，彼时亦打起精神坐起来，鼓励她：“连翘，跟爸爸比一比！”

连翘花是简单，但是要做得像，可真难哪。做花的材料，全是一些剩下的绫绢布头，父亲还给她将颜色挑好了，可她看着手心里软塌塌的几绺黄布，脑子里起初跳着蹦着要飞出来的点子，一下子全跑光了。

发呆的工夫，父亲已经将山茶花做好了，粉白相间，花瓣重重叠叠。

她急了，忍不住要哭。

父亲说：“急啥，爸爸和你一起做。”

父亲用指头轻轻蘸了冲得极淡的米浆，在布头上抹了抹，向内卷着布头捏了几捏，让其变成微微的卷曲样，然后三下两下用剪子铰了形状，将它握在拇指和食指蜷成的小圈里，另一只手从底部往下一拉，出来的，已是一朵完整的连翘花，四片花瓣嫩黄可喜，惟妙惟肖。她看得呆呆的。父亲将赭石磨成的颜料盒拿出来，说：“往花心里填一点儿颜色，记住，以前看到的花心里是什么深浅颜色，就按那来，不能做错了。”

她拼命回想，春天看到的枝头上瀑布一样的连翘花，当时只对其整体有极深的印象，一时间竟回忆不起单朵花中，那蕊心的色彩。

浅浅的，她用极小的毛刷点了一点，太淡了，再深一些，咦，好像差不多了，她拿给父亲看，父亲接过刷子，往花蕊中又添了一些颜色，再用清水在花蕊边缘点了点，如此从里到外，颜色自深变浅。

“好了。”父亲说。

她虽然不确定这是否就是连翘花蕊的真实颜色，但父亲既然这么做，自然就没得错了。后来次年春天，她特意跑到护城河岸边，在金瀑布一般的花藤旁仔细观察，一朵朵小小的连翘花，可不就是和父亲做的一模一样嘛。

父亲说：“你要记住，越简单的越难，看着容易，做着实不容易。做连翘花不比山茶花容易做呢。从容易到难，一步一步慢慢地走，千万不能急。记住颜色不能乱用，要用准了，黑为玄，黄为权，红为喜，蓝为贵，这是过去的规矩，我们要记住规矩，但到了新的时候，又要把规矩化了，一支簪花在手，要经得起反复看，反复把玩，更要受得住时间的磨砺。”

那朵连翘花被她送给了母亲，母亲却笑着将那朵花别在了她的小辫子上，母女俩依偎着，是那么温馨，父亲则继续赶工，给一户人家的小姐做簪子。那是记忆里最幸福的时光。

夜已深，母亲轻轻哼起了小曲儿：

“清晨早起梳妆罢，梳罢油头，罩上了冰纱，猛听的卖花人儿来妆楼下，他喊道：灯草花儿了翠花儿了，一分一枝不让价，叫了声丫鬟，你与我买花，我要买栀子茉莉，带着江西腊，迎风倒儿，催风篮儿，翠兰蝴蝶一嘟噜葡萄，和那颤巍巍一枝莺哥架……”这歌谣之中，唱的是旧时匠人挑着翠花担子，沿街叫卖各式头花儿的情形，那里头的头花儿和簪子，父亲全都会做。

如今她也全都会做了，可父亲母亲再也看不到了。

父亲在她十七岁那年过世，锁喉痢，三天就死了，那场病来得很快，父亲手中的活儿都没做完，她办完丧事，第一件事就是将父亲落下的活儿完成，把货给交了。那个主顾就是收留了她的吴先生。

为了不饿死，她住进了八大胡同之一的韩家潭，给吴先生做女佣。

她们住的这个套院，南北两面各有两层楼房，由跑马廊相连，连翘和吴先生、冯妈住在北楼一层的两间房里，在后院有个厨房，剩下的房间连同南面小楼归两个南班茶室——绣褥红床，丝线弹唱，是可以吃饭喝茶，兼做皮肉生意的二等妓馆。

人在胭脂巷几条，茶楼酒肆近娼寮。连翘就住在娼寮之中。

这里的妓女曾以南方人为主，在胡同往东，则是北班的，南班擅笙管丝弦，诗词曲赋，有能者更是才色俱佳，窈窕娇媚，北班则粗犷风流，质朴浓丽。过去南北班鸿沟截然互不侵越，且各有所长，如今，随着政府南迁，大多南班也都迁往南方去了，为了生存，规模小的班子则并入北班之中，空置的房子也被北班占据。如今这两年经济萧条，妓女生意不好做，打架争斗寻死觅活之事常有，这样的地方，从未有太平清净之时。冯妈脾气不好，对住在此处颇为不满，屡次劝说吴先生搬家未果，有时候若太过喧闹，实在难以忍受，推开窗户就是大骂："吵什么吵？这蛤蟆吵坑还是怎么的！能不能消停会儿？！"哪里能消停，她的声音很快就会被淹没在一阵嬉笑里。

这一切，连翘已经慢慢习惯了。

一个女人在哭，那哭声粗而干，低沉，沙哑。

那是一个广东的姑娘，叫阿莹，来北平怕是有五六年了，北平话仍旧说得十分生涩，不过二十来岁，看起来就像三十多岁，脸瘦得削尖，皮肤又糙又黑，只能用厚厚的粉盖住，这些女子用的粉，是最廉价的粉，东一块西一块地起着皮。

这条街巷，所有不堪的隐私，全瞒不了人，没有任何羞耻可言。连翘起初不习惯，宛如浑身都长了刺，后来只得强迫自己将那些杂音全部赶出脑子，变成一个聋人哑巴，或是一块坚硬的木头。不过，阿莹和她男人的那段对话，她却一字一句听了进去。说出来当真算不得什么事，可连翘心中无比难过。

阿莹与她相好的闹了别扭。做这种营生的女人，也是会有心上人的。阿莹和心上人多日没见面了，男人带话来，说会来看一看她，阿莹着意盛装打扮了一番，梳了一个特别漂亮的发髻，戴上了姐妹们借给她的首饰，收拾完，就站在门口，一直望着路口，可怜她一双小脚，生生在那儿立了有一个多时辰。等待心上人的模样，也许所有女人都是一样的，期盼中带着欢欣，等待里又有一点儿担心。终于快到黄昏时，男的大摇大摆地来了，背着手，也并不进屋，只说带阿莹去听听戏，喝喝茶，阿莹很高兴，对男人说她新发现了一个小馆子，做的饭菜极好吃，也不贵（她不舍得让男人多花钱），干脆去那里吃晚饭。

“只要一点点钱的呢，我去那里一吃，马上就想到了你，我想你肯定也会好喜欢的！那儿有道软炸肝尖，好好吃！”阿莹开心地说，嗓音有点粗，很浓的广东腔。而听口音，那男的是她的同乡。

“还是去听戏吧。”男的说，“吃什么饭？不去。听戏的地方也有东西吃。”

“可我真的想带你去，”阿莹嘻嘻一笑，“要不我来做东！”

男的不耐烦，原本家中有老婆管着，不过是溜出来玩玩罢了，吃什么饭？便道：“那你去吃吧，我听戏去了。”说完便走，阿莹追上去，满脸讨好：“行，行，我不吃饭，我陪你去听戏。我们去青云阁，你想去玉壶春吗？我……”

男的将她用力往后一推：“没兴致了！”

阿莹本来就站立不稳，这么一推，一下就倒在了地上，男的看了看，并不心疼，倒像是特别难堪，加快脚步走了，阿莹坐在地上，先是无声地流泪，然后便是号啕，号到嗓子发不出声来。行人只当作看笑话，还有小龟奴拿她取笑，是凶巴巴的冯妈走了出来，将她拽了起来，骂道：“丢人现眼做什么？！要哭回你窝里慢慢哭，这张脸还要不要？我告诉你，你得靠这张脸吃饭的啊，哭了老得快！老了就没人要了！”

阿莹拖着冯妈的手肘，一路哭，一路哑着嗓子说：“冯妈，我，我……我只是想……”

可她又能说什么呢？那个男人根本就看不起她，嫌弃她，哪怕她整颗心都在他身上，他也嫌弃，连一点都不愿意将就。

这一切被站在窗口的连翘看在了眼里，也被吴绮湘看到了。

绮湘倒是淡淡的，慢悠悠喝着茶，掠了一眼连翘手中拿着的袄子，忽然对连翘道：“你如果想离开这里，随时可以走。这儿终究不是你该留的地方。”

连翘被她看破心事，一时不知如何回应。

绮湘道：“能离开是好事。”她轻轻哼笑了一下，“你也看到了，阿莹那样子可不可怜？就连同是女子看到了，也都不忍心，不忍心又怎样呢？做这种营生的女人，即便我们同情她们，在心里也是看不起她们的，就像你，你难道看得起我？我说把我的衣服借给你穿，你为什么不要？非要穿这件旧衣服？毕竟我曾经的营生，和小莹子是一样的……”

连翘轻声道：“吴先生，您想多了，我绝没……”她苦笑了一下，“那件袄子是我爹留给我的。”

父亲做的连翘花，搬家的时候丢了，吴先生说的那件雪青色袄子，是父亲给她买的衣料，平日连过年都舍不得拿出来穿，这一次，原本是想拿出来晒晒，过几天去王府送货的时候穿。

绮湘道：“没事，我心大，你也无须解释什么。我说的是实话，女人啊，除了真是那种破罐破摔，彻底自甘下贱之辈，若为了生计卖了自个儿，打一开始她就看不起她自己了，卖一次是卖，卖一百次也是卖，开了头就止不住了。连翘，人生无凭，只能走一步说一步的话，也许你努努力，就会有出路了呢。万一有一天，你能全靠你的一双手，让自己过上好日子呢？”

连翘心中一凛，是的，为了出路——这就是她全力以赴的目的。

窗前的樟木双屉桌，上头精雕细刻着暗八仙，是曹国舅的阴阳板，韩湘子的大花篮，何仙姑花枝蔓纤的荷花，荷叶是飞燕莲。

绮湘看着花纹，缓缓说：“这几条胡同里，出过几个人物。一个被称为义妓，因她会懂洋人的话，庚子年的时候做过很了不起的事，之后被一个大官绿呢大轿娶回家去，举着大红状元纱灯的仪仗，好不威风，可丈夫一死，别说一文钱遗产没分到，灵船没到人老家，就被撵出家门，现如今听说住在崇文门的一个破屋子里，又老又病，也不知是死是活，也没人再去过问了。另一个小辈的，性子傲，有点脾气，跟自家人从来不亲，却还是云吉班的红姑娘，后来遇到一个将军，两人甚是投契，十三年前那将军反袁大头，差点丢掉性命，她想办法让那将军脱了险，出了彰仪门，从丰台离了京城，若说她也命苦，也没等到那将军回来重聚，袁大头蛤蟆投胎，归了天去，这将军呢也得了一场恶疾，早早就死了，她跑去哭灵，报馆有人写她，说她是今日的红拂女。我呢……和她们相比，不够有出息，但也还过得去，至少现在衣食不愁。在苏州进班子的时候我才十一岁，花船上出条子，只卖艺不卖身，会唱歌，会哼小曲儿昆腔，一晚上十几条花船全串完，睡一白天的觉，晚上接着又干，也不觉得累，挣了不少钱。我没什么剑胆琴心，也没有大抱负，那时候是真的天真，只想这样也好，靠本事挣钱，没卖身就好，别做一块随人翻捡的肉，堂堂正正做个人。后来才醒过来，这不过是做梦罢了，一个小孩子，哪里能给自己的命做主？等长大了，一个女人，哪里能给自个儿做主呀。来京城，伺候过前朝的大官，到民国了也跟过些人，纸醉金迷，起起落落，现在虽然从了良，可还是陷在这儿，没有归家的路可走了……”

她忽然静了下来，两行清泪缓缓落下。

“吴先生！”连翘放下袄子，向绮湘走过去，将她依旧白皙的纤手握在自己手中，看着她，“忧不在多，在乎伤心，您哪，不要伤心。”

绮湘细细的眉毛只轻轻抬了抬：“我可不知道什么是伤心，要真的会伤心，只怕也活不到现在。连翘，你也要把性子变一变，你太要强，太硬，老话说得好，持身不可太皎洁，要容纳得那些垢秽侮辱，你对人对己都要宽柔一些，不要钻牛角尖。那次虎坊桥那混账来烦你，你把好好儿的头发给铰了，差点把脸都给划了，我为了拦你，手上的伤十几天才好，明明我可以保你，你说你是何苦？真伤了自己，亏的是你自己，别人有什么损失？你要懂得求全！”

连翘轻声道：“您也明白，我那样做，正是为了求全。”

绮湘一声长叹，将手抽出，擦了擦眼，这时候，冯妈走进来，粗声粗气地道：“再不做饭，晚上就没得吃了！我这儿又是洗衣服又是买菜，是打算再养个娇小姐吗？”

“马上来！”连翘说。

临出门，绮湘叫住她：“我晓得你迟早有一天会离开我们这儿，如果当我是长辈，就记住我今天的话：千万别想着靠男人，别轻易把自个儿身子交出去。女人如果要依附男人过日子，到底是不稳当的。你可能觉着我是在说笑话。”她说到这儿，似乎也觉得好笑了，伤感变成了自嘲，“看来我真是老糊涂了，这么大半辈子靠男人挣钱的妓女，有什么资格跟你说这样的话？”摆摆手，“去吧，去做饭吧。”

连翘和冯妈去厨房，她想自己让吴先生想起了伤心往事，冯妈一定会骂她几句，谁知冯妈只是面无表情地扔了她几个干茄子：“赶紧吧，天都黑了。”

不知哪里在唱：

“七情味尽，渗透酸辛处泪湿衣襟，一生注定，又怎知人生数顷刻分明，想当年也曾撒娇使性，到如今哪怕我不信前尘。老天爷一番教训，只得收余恨、且自新，愿苦海回生早悟兰因……”

连翘听得心中怅然，却听冯妈一边刷着锅一边自言自语：“早悟兰因，要能早悟倒好，苦海回生也不是不可能，只可惜多少人迷途不知返，撞了南墙也不回头。”

谨王府订的货全部完工，连翘需在正月二十日中午前就去悦昌，这日下午，她要和立云亲自将首饰送到王府。

柏涛正好在悦昌，见她进来，微微一笑，这女孩子今天薄施粉黛，身上的袄子虽是旧衣，但很整洁雅致。要人尊重，自个儿就得尊重自己，即便是手艺人，也要时刻注意行止，气度要有，风度也不能差，要让人敬重这行当，别自矮三分。这是个自重的姑娘。

立云也在柏涛身边，柔声道："连姑娘先去小厅，首饰匣子刚送来，咱们一会儿就装匣。我先和赵伯伯理一下单子。"

"哎。"

连翘应了，正要去，外头进来三四个人，当先一人看样子是个政府官员，后面则是些随从跟差，其中一个戴眼镜的人，貌似是秘书，大声道："掌柜在不在柜上？哪位是掌柜的？经理呢？"语气极不礼貌。

柏涛走过去，拱手一礼："是在下。"

眼镜头一扬："你是赵柏涛？"

柏涛正襟而对，道："正是。"将目光落到那官员脸上，向后一让，"客人请进，请上座。"便不再赘言。

那官员见柏涛连头都不低一低，不免心里有气，一张脸立时垮了下来，那个眼镜师爷则更是挤眉弄眼龇着牙，啧啧有声，做出一副被慢待的样子。柏涛只当看不见，笑着将他们迎到会客厅，请那官员入座上首，然后微微向众人欠欠身，站到那官员斜对面。

这当口，连翘已飞快进了后面小厅，小柱子和小顺子正往首饰盒里垫天鹅绒，待连翘坐下，见她似有忧色，小柱子悄声安慰道："连姐姐，别担心，咱家掌柜的和邱师傅，不知道对付过多少刁钻客人。没事的。"

连翘眼中露出好奇的光芒，隔开小厅的珠帘微微晃动着，缝隙间依稀见到人影，不过，说的话倒是听得十分清晰。

这边厢，官员端坐椅子上，眼睛要眯不眯的，半是悠闲，半是倨傲，眼镜师爷咳了咳，从身后一听差那儿拿过一个皮包，掏出一个盒子，放到官员身旁的茶几上，对柏涛道："你打开看一看。"

柏涛微笑道："还是您来开盒吧。"

"嗬！怕我们厅长讹你啊！"眼镜师爷直接把主子抬了出来，"厅长"二字说得尤为响亮，那官员看向柏涛，似要瞧他的反应，孰知柏涛仍淡淡一笑："客人带东西来瞧，由客人开盒，这是咱们这儿首饰行的规矩。"

"你以为我们没见识过吗？"师爷怒道。

"罢了，你来打开吧，"官员懒洋洋道，"让这个赵当家瞧一瞧。"

柏涛微笑道："不敢，不敢。"待那师爷将盒子打开，恭恭敬敬上前两步，又对立云道，"你也来长长见识。"

立云走过去，只见锦盒中是两粒绿幽幽的宝石，一颗大的，拇指肚大小，表面带番儿①，另一颗呈水滴形，小指甲盖儿大小，看起来均是宝光四射，忍不住道："倒像是纯度很高的祖母绿。"

官员得意地道："小伙子有点儿眼力。赵老爷子，你觉得这两颗祖母绿怎么样？"

柏涛依旧是极谦和地挂着笑，拿了放大镜，将盒子抬起，对着光仔细看了一看，又道声得罪，将放大镜收了，从盒子里将两粒宝石各拿在手中握了握，点头道："挺好，挺好。"

师爷耸起眉毛："说点儿实在话，什么叫挺好？！"

柏涛道："老夫才疏学浅，若说错了，您别见怪。挺好，就是老夫的实在话。"

"值多少钱？你说说！"那厅长掩不住脸上喜色。

---

① 带番儿：行话，指棱角。

立云一听，面色未动，心中已顿起鄙夷，柏涛依旧是暖笑慈颜，将宝石放回锦盒，退后一步，道：“莫非先生是要将它们作价给我们悦昌？照我说，两颗一起，大概值个一千大洋上下。”

这数目并不算少，孰知那官员登时大怒：“都说赵柏涛断物没个差，今天你是脑子被驴踢了还是怎的？一千大洋？我这大的这颗帽正，就值个两千！一千？给你这颗小水滴子还差不多！”

柏涛并不生气，点头道：“鄙人一孔之见，让您见笑了。”

便又往后退了几步，抬手道：“您请喝茶。”

这便是谈话结束，生意不成，送客了。

那官员气冲冲的，朝师爷使了个眼色，想来他们来之前便商量好了，师爷立刻道：“我们厅长想处理掉这两颗祖母绿，既然长官看得起你们悦昌，也算是一场善缘，这样，大的这一颗，两千，小的这一颗，就按赵掌柜说的，一千大洋折价给你们。”

立云插话道：“三千大洋，可以买一百亩地，外加一个宅子，就这两颗指甲盖大小的石头，您……”

柏涛打断他：“立云，不许唐突。”

立云登时住口，柏涛对官员道：“蒙先生您看得起悦昌，既然说是善缘，那柏涛愿意和您结这场缘。我们柜上现洋不多，拿您这颗小的宝石都还差一点，如果您同意，这颗小的便给我们，还请让一让价，八百大洋，如此立时就可以把钱给您，若您不同意，前方左转路口是聚珍斋，他们也收的，还是请客人移步去那里吧。”

官员将手在桌上一拍，站了起来：“行！八百大洋。你把小的拿走。”

于是成交，水滴形祖母绿卖给了悦昌，官员临走指着柏涛笑着摇摇头：“你这个赵当家的，人说你见官不拜，吝啬言语，出口又极干脆，还真是名不虚传。”

柏涛依旧是笑，白发苍然，毕恭毕敬：“古语言，坐而论道，谓之王公；作而行之，谓之士大夫；审曲面势，以饬五材，以辨民物，谓之百工。国有六职，百工与居一焉。我们这行是论手艺见识和眼力的，并不是官场，所以没有上下等级之分，别说民国后没有皇帝了，即便在前朝的时候，柏涛也立了见官不拜的规矩。”

那官员面红耳赤：“这规矩立得好，好得很！”重重地哼了一声，腆着肚子，大摇大摆地走了，师爷在他身后给他拎着包，里头装着那八百大洋。

这帮人一走，里头小顺子、小柱子还有连翘，也全都一窝蜂走了出来，

柏涛笑道：“饶是我遇人无数，像这样假充外行耍威风的人，也见过许多了，不过，像今天这样托这种人的福，捡个大漏，也实在是少有。”

立云奇道：“捡了大漏？您是说这小水滴？”

柏涛不答，反问：“你刚才看了个几分？”

立云老实回答：“两颗好像差不多，都似乎是纯绿的，应当价值不菲，小水滴八百拿了，我只是觉得很划得着，不过您说这是个大漏，我还不太明白。”

“掌柜的，快说说！这是怎么回事啊？”小柱子性子急，不断催问。

柏涛笑道：“那颗大的帽正，颜色不对，手感也不对，就是颗绿的料石，做出了瑕疵和棉柳，仿得好，可还是不值几个钱，我跟那几个人说两颗一起一千大洋，只是用来试探他们，那当官的立刻就被试出来了，他认定大的那个更值钱，其实连真假都看不出。”

立云叹道："赵伯伯您老辣。我也是真没看出来，实在惭愧。"

柏涛道："你的专长不是这个，看不出来没太大关系。这颗小的，等哪天暖和点儿送到顾总长府上让顾太太看看，我估摸着六千能出手，顾太太特别爱祖母绿，这一颗是顶好的，也不知那当官的从哪儿淘换来的，估计是收的贿赂。得，便宜悦昌了。跟顾太太说，她若喜欢，想做成什么样，咱们按她的心意来，工费好说！"

徒弟们欢喜雀跃，要立云把那颗小宝石拿来看，连翘突然道："那颗大的既然是假的，赵伯伯为什么不告诉人家？"

柏涛道："我总不能说您眼睛没掌好，看错了，这不是当面撅人嘛。再怎么人家也是个体面人，说话得留点儿余地。照我看，他也不是真心要求个鉴定，若他要的只是奉承拍马，我泼他冷水伤了和气，也太没必要了！"

连翘会意，微笑着点点头。

立云将那颗祖母绿摊在手里，徒弟们围着看，啧啧称叹，发表意见。

"做成戒指？坠子？"

"什么式样更好呢？"

立云道："不妨就做一个累丝戒指，旁边嵌两颗上好红宝，红娇翠透，也雅致大方。老手艺老式样是不会出错的，百发百中。"

"好了，时候差不多了，把给谨王府的东西收拾好吧。"柏涛提醒。

说到这里，该将送往王府的首饰装入盒中，于是众人进入小厅，将一套八件，一一摆好放好。

柏涛再一次定睛看了看连翘做的那对点翠嵌宝花簪。

簪头顶部和底部用点翠的云纹与花叶进行点缀，底部角落由珊瑚米珠攒成垂垂丹果，瓜楞玛瑙与珊瑚对称放置，各据一角，蜜蜡磨成扁圆的花瓣状，按料石本身形状，在花瓣尖左右侧再各打磨出两道齿纹，再用金丝将六片花瓣编结在一起，安置在簪柄上侧中心位置，一共两朵，是几乎可以假乱真的迎春花，从这两朵小花底部牵出两根镀金银丝，每根银丝顶部附有两个红珊瑚小葫芦，活泼可爱，葫芦的亚腰上亦用极细的翠羽系成飘带，是最上等的软翠，阳光下会映出蓝宝石一样的光芒，呈盈盈飘飞之态。珊瑚丹果、玛瑙瓜楞构成对簪的重要装饰，南天竹、瓜、迎春花象征“天地长春”，葫芦又特指“福禄”，真是吉祥锦簇，富贵热闹。

“赵伯伯，您怎么了？”立云见柏涛眼中神色似是感慨，又隐含焦虑。

柏涛笑道：“我这么大岁数了，在珠宝行里摸爬滚打一辈子，原以为看遍珍宝，对再精巧的玩意儿，也不会觉得有什么稀奇。可是见到好看的，做得有灵气的，这眼珠子啊，还是会被牵住。连我这个老朽的男人都尚且如此，更何况那些太太小姐。”

连翘小心翼翼地将对簪放入锦盒中，用细细的丝线固定住簪柄，绷在衬里，立云不自觉地看了一眼她，目光尤为温暖：“我爹以前常说，身后之名何足道也，留些个好物件在世上，让人喜悦，斯已足矣。在红尘闹市中，人其实是孤零零的，能被人念想着，或有人值得去念想，其实并不容易。我们做手艺的，想窄一点是为了求生，为了吃口饭，想宽一点，其实也是结缘，做的东西若是真好，自有人会记住做的人。”

立云说话的时候，连翘一直没有抬头，但她一字一句都听到了耳里，放进了心里，乌黑的发梢在她脸颊上轻轻扫着，但那张白皙的脸蛋，渐渐透出浅浅粉色。

她生活清苦，指节凹凸不平，是多做女红之故，平日里穿得无比素净，今日虽特意打扮了一番，但仍在正月里，依旧着的是旧衣。立云琢磨着如何用一种不伤她自尊的方式，将说好要给她的酬金再添一点儿，至少能让她给自己置一件新衣服穿穿，想到这儿，心中平添了一种从未有过的柔软。

东西收拾好，小柱子先跑到外头叫车，车夫把车拉过来，停在外头，立云还是提着平日里常用的檀木箱子，连翘跟在他后头，男的长身玉立，女的苗条清秀，倒像是一对佳偶，柏涛看着他们，心里很是高兴，但不知为何，竟突然有了一丝不安。

“大侄女且留步。”柏涛忽然道。

连翘停步回头，问道：“赵伯伯有什么吩咐？”

柏涛朝她招招手，示意她到一旁说话，待连翘过来，柏涛道：“别怪伯伯多事，如果你今天不想去，可以不必去。让立云一个人去也可以的。”

连翘讶异道：“为什么？”

柏涛也觉得实在没什么理由，便笑了笑，说：“就是怕你怯，那到底是王府，不过到那儿小心说话行事便是，别太紧张。”

连翘答应了，微微屈膝一礼，转身随立云出了门去。

高高的院墙内，几株大树伸出庞然枝丫，像要在半空搭一个大网似的，连翘看着那些密密的树枝，想象夏天这里该是怎样一片繁茂的浓荫。门房通报完，不一会儿，一个男仆走了出来，四十来岁年纪，淡眉细眼，笑着问好，语气十分和蔼：“邱师傅来了，福晋刚喝完茶，还念叨着你们呢。”

立云来过数次，不算生人，便也和那男仆说了几句客套话，男仆见连翘是个女子，只不留痕迹地打量了她几眼，并不多问，笑着将他们领了进去。沿着中轴线，迎面可见一座颇有气势的前殿，房屋两侧笔直的卵石甬路，通往庭院深处，依稀能瞥到后面仍是轩阁连云，连翘目不斜视，跟在立云后头，那男仆脚步甚快，带着他们从西侧一条小路，穿过一条弯曲的游廊，通花渡壑，到达一个庭院中。王府中本甚是幽静，一路走来，越来越清晰的是鸟儿的喧闹之声，现在仍是寒气凛冽，隆冬其实尚未远离，听到这样的鸟鸣声，倒令人恍惚有一种身处暮春花开时节的错觉。

这园中之园，别有天地，雕瓮画栋，朱栏彩槛，建筑宽大规整，北侧五间当为正堂，悬着匾额“近日堂”，东西各有三间厢房，院内对称种植四棵油松，南角有一个小小的花池子，旁边是一个青石鱼缸，雕着缠枝莲花，里头白蒙蒙的凝冰还没有融化，东侧则是一个假山，底部青石，上叠湖石，兼具硬朗和柔秀。男仆将二人领到东侧耳房，说道：“两位稍坐，我家主子正在见客。茶和点心已经备好，两位不要客气。”说罢欠身一礼，走了出去，他一走，连翘抬起头，左瞧瞧，右瞧瞧，立云低声问：“怎么？”

连翘道：“怎么鸟叫声这么响？”

立云微微一笑：“王爷爱养鸟，那些鸟儿，就在一间北屋里。”

两人不敢多谈，默默看着那日影子在步步锦纹的窗格上缓缓移动，直到听见道别之声，响起脚步，两人一凛，站了起来，想来那头是送客了。等了片刻，一人掀开风帘，却仍是适才那男仆，向他们笑着招了招手，道：“二位随我到北屋去吧。”

立云和连翘对视一眼，忙跟着过去，那男仆做了个噤声的手势，带他们从北屋东侧一扇门进去。这五间屋子原是打通了的，这一进去，暖意带着花香迎面扑来，但见好生开阔的一间书房，与正堂用门帘相隔，房中铺陈简洁雅致，靠窗的月牙桌上摆着棋盘棋盒，立角花盆里是盘曲纵横的一株古梅，粉瓣盈盈。书桌上文房四宝，紫砂笔插拙趣盎然，三级台形博古架，三弯腿如意枨，雕着嵌螺钿的如意纹，中间架子上放置点翠小屏风，屏风两边各一个铜烛台，下面是一盆开得正好的重瓣水仙，黄色的花蕊就跟放着光似的；右边架子上是竹节笔筒，插着一支如意，如意上悬着的红色吉祥结的丝绦恰好垂放在几卷书册上，硬书皮上烫着金字，却是看不懂的洋文。不光博古架上放着鸟笼，这间屋子其实四处都悬挂着鸟笼，或是架子，笼子里是鸟，正发出悦耳的鸣声，架子上也栖息着几只灰色毛羽、头和翅膀则是黑色的小鸟，小嘴儿如蜡，机灵可爱。

男仆朝正堂悄然一指，低声道："里头一招呼，二位就进去。"说罢静立在门帘旁，立云和连翘亦不敢出声，安静等候。

里头人正说着话，是福晋温和的声音："房山这位的祖上，随太宗一路打入关，世祖十年的时候战死衡州，战马驮着回来，皇帝说给王爷铸个头装上吧，瞧那尸身就那么僵僵地挺着，怎么也不倒，给他铁头不要，锡的铜的也不要，银的也不要，最后做了金的，一装上，啪的一下倒下了，这才让人给装殓了，这就是金头王的来历。这一家子，也算是忠臣良将，庚子年随老太太去西安，生了场大病，指甲都掉光了，京城的王府被洋人烧成木头架子，回来只得住在房山他家祖坟边上，是荣禄后来送了一套宅子，才重新安顿下来，在宗人府当了个右宗正，不管怎么说，亲戚间原是该帮衬着。王爷可还记得那次过年，肃王府办堂会演'天水关'？"

一语声极清朗的男人道："哪里能忘，老七是魏延，管事、护军营、马圈，也不分贵贱全都有演一些角色。灯点上，菜摆上，酒倒上，就等着大家到了，才正式开演。多和气。他家老王爷过世，没个合适的墓地，怡亲王把阳宅拿出来，给他改成墓地，各家跑前跑后托关系，让市政府从火车站到广渠门铺了条临时线，就为了运个灵柩，也是给了面子了。"

福晋叹息了一声："亲族间有些传言，不太好听，说咱们只顾着自家吃喝，连别家祖坟被毁也不管。"

男人淡淡道："他们一系，食指浩繁，靠祖宗留下的那点儿碎银子过活，不思进取，一天不比一天。那些看坟户，说来也都是'从龙入关'的，现在有个十七八家人，守着满山的柿子树核桃树，人家看坟户也得过日子呀，没钱就放点儿树，公府的人睁只眼闭只眼，只说别多砍，够喝酒就得了。哪家过日子容易？到后来自个儿也没辙，几百年的油松白皮松，全放了卖给木厂，享殿的门楼塌了都没人管，还是我找人去收拾的，派的人回来说前些日子闹土匪，足有二百来人，把看坟户拘在院儿里，埋锅烧饭，干了两宿，把墓给捣空了，就剩下一块螭首龟趺碑。老福晋一提起这件事就哭，可把这气撒我身上有什么用？我管也不好，不管也不好，怎么着都担着一个骂名，我反正是宗室中出了名的不肖子，骂就骂呗，胡诌乱谤的话，就由它去吧。"

福晋笑了："明儿个是您的寿辰，亲戚们都会来，这年头能平平安安聚在一起，就是喜乐有福的事儿，您别为小事怄气，您这一怄气啊，所有人跟着受罪，何苦折腾这么一场，对吧？"

"说得我挺有能耐。"

"三天两头有人来打秋风，人家图的什么？"

男人哈哈大笑："图什么？送来一只鸟儿，说来是我图的人家的东西！好了好了，还是瞧瞧你的吧。"

福晋声音略扬了扬："扎嬷嬷，将客人请进来。"

立时有人从里头将门帘掀开，却是那日随福晋到悦昌来的那个老嬷嬷，朝他们点点头，那男仆朝里头行了个旗礼，朗声道："王爷，福晋，悦昌的两位师傅来了。"

立云和连翘忙躬身行礼："给王爷福晋问安。"

"快快进来。"毓秀微笑道。

连翘抬起头，却见一双矍铄的眼睛正瞅着自己，这是一对丹凤眼，流露出淡淡的戏谑的意味，是一双不会为任何人落泪的眼睛，这样的眼睛看人看物，不是在看，而真真是在"睥睨"，瘦脸薄唇儿，显得很刻薄，可膏粱世族的健拔气象，在此人身上却有十足十的体现。

这个坐在福晋身旁的中年男子，就是前朝赫赫有名的风流贝子，民国后袭了其父王爵的谨亲王玉田。

毓秀见连翘垂手直身站着，心里一动，正要说话，果听丈夫先开口了："没想到首饰行里竟有女师傅，又或是改朝换代了，师傅们开始夫妻合伙做工了？立云，你娶媳妇了？"

连翘不知如何应答，立云代为答道："连师傅的父亲以前和家父均是造办处的匠人，我家掌柜爱她的手艺，招她到悦昌来做翠花活儿，她和我就像是师兄妹一样，让王爷笑话了。"

他一说师兄妹，连翘的心不知为何，微微一刺。

玉田点头一笑，目光在连翘的脸上轻轻一扫，眉头微凝。

毓秀道："邱师傅，我现在可要验验货了。"

"哎，哎。"立云忙将檀木箱子抬了抬，放到南首的一张桌上，这箱子里按首饰规格，放置不同大小的锦盒，连翘和立云将锦盒一一取出打开，立云轻声对连翘道，“你拿去给王爷福晋瞧。”

连翘只得拿起一个锦盒，双手捧着，走到福晋面前。

“福晋请看。”

毓秀低头细看，耳边的银托珍珠钳子轻轻晃动，赞道：“好漂亮的对簪，王爷您快瞧，我可是好些年没见到这么有灵气的首饰活儿了。”

连翘捧着盒子走到玉田面前，玉田探身瞧了瞧，很快便又坐了回去，并未做出什么评语，这一瞬，连翘看到他本色暗花的衣肩上，绣着一朵盛放的玉兰。她依次将所有锦盒呈上，毓秀很是喜欢，让扎嬷嬷将它们收了起来，说道：“之前说的钱，已经给了你们一半，一会儿让扎嬷嬷带你们去账房，将另一半领了吧。”

“谢福晋，谢王爷，”立云无比欣喜，突然心念一动，鼓起胆子道，“还请王爷福晋再赏个跑腿钱。”

毓秀爽快地道：“给你们一人五十现洋，凑个整数。”

这原是每次来去的规矩，既是手艺人，又作为生意人，立云并不觉得有什么羞耻的，连翘却是第一次经历，整个人僵硬地站着，立云只道她高兴得傻了，从毓秀手中接过赏钱，笑道：“谢福晋赏。”

“你们歇会儿再走吧。”

毓秀拿起了茶碗，缓缓喝了口茶，立云躬身作揖，提着空空的箱子，引着连翘缓步退下。

他们一走，毓秀问道：“你觉得那小姑娘怎样？”

玉田懒洋洋地用玉扳指蹭着手，没说话，毓秀自顾自道：“我觉着挺好，和一般人不同。”

“哦？”

“按说她身份低贱，不可能给人这样的印象，但我看她做的东西，虽然喜欢，却知道这东西不是为了取悦我来做的，让人有种不可轻贱的意思，人同样如此，浑身无取悦任何人的媚态，那种满不在乎的劲儿，我很喜欢，说来奇怪，她的眉目神态，像极了一个人。”

玉田听了，极缓极缓地一笑：“福晋啊，懂你如我，你在想什么，难道我不知道？”

毓秀心里有丝暖意，又有淡淡凄楚，心道：你说你懂我，难道我不懂你？心中百转千回，面上仍是温玉一样的笑容，玉田将手盖在了她手背上，轻轻拍了一拍，站了起来，缓步走了出去。

毓秀一个人坐着，扎嬷嬷拄着拐杖回来，毓秀出了会儿神，问道：“邱师傅他们走了？”

“走了。”

毓秀轻轻叹了口气：“今时不同往日，府里和这些匠人，也打不了多少交道了。”

扎嬷嬷笑道：“吃穿不愁，格格做首饰的钱还是有的。”

第十四章 连翘

回去的路上，立云笑盈盈地对连翘道：“赶明儿你给自己做几身新衣服去。”放低了声音，“现在路上不方便，等回去，我就把福晋的赏钱全给你，这是你应得的。”

连翘摇摇头：“赵伯伯说了给我工钱的，我不要。”

“工钱照给，这额外的赏钱你也得拿着，这是靠手艺吃饭，别不好意思。”

连翘心里其实想说：既是靠手艺吃饭，何必张口跟人讨钱呢？但这句话被她咽回了肚里，她无论如何都是不愿意惹立云不高兴的，于是转开话题，说道：“这个谨王府里看着好阔气。”

立云道：“毕竟是王爷住的地方，前朝的时候更是了不得，父子俩都是权臣，一人之下万人之上。现在北京城的王府，拆的拆卖的卖，唯独这个谨王爷固执得很，不愿意卖宅子，所以人虽早跑到天津租界定了居，但时不时还会回来住些日子，只怕也撑不了多久了。”

车子跑过万宁桥[①]，一路向南，满街飘着炒栗子和烤肉的香味，立云忽道：“你饿不饿？”

连翘说：“您饿了？”

“中午吃得不多，怕的是去王府不方便，现在倒确实是有些饿了。”

立云四处一瞅，见到路边卖红薯的，便叫车夫停下，自己快步过去，买了两个红薯，用手帕子包着走回来，掰了一半递给连翘：“别烫着。”

连翘笑着接过，吹了吹，咬了一口：“好甜！”

人力车夫飞跑着，车身微微晃动，她小心翼翼坐着，一手扒在座椅上，立云现在两手拿着红薯，车子一动，他无可避免地就偏了过来，连翘只得将另一只手抬起，扶了扶他，轻声说：“您小心一点。”雪白的下巴绷得紧紧的，十分紧张的样子。

立云坐直了，一阵风吹过来，这初春的晚风，毕竟和寒冬的风不一样，竟有种淡淡的不知从哪里吹来的泥土和植物的香气，两个人的心都觉得无比宁静。

立云望着暮色中蒙蒙的高树：“越来越暖了，再过三个月桃花就开了，再等一等就是海棠、牡丹。说到牡丹，可以去崇效寺，那儿有极美的墨色牡丹和白牡丹。”

连翘又惊又喜：“您也知道崇效寺的牡丹？”

---

① 万宁桥：位于北京城中轴线上，又名后门桥、地安桥，坐落在地安门外，什刹海附近，始建于元世祖至元二十二年（1285 年）。

“怎能不知？做首饰打样儿，总要多去看看稀奇的实物。以天地为师，天工总是妙过人工的。”

“我每年春天都去崇效寺看花，却一次都没有遇见过邱师傅。”

立云笑道：“我用赵伯伯的话来回你吧：人和人没遇见的时候，就像分隔在两世，一旦遇见，便同在一世了，就像比邻而居，低头不见抬头见，只怕以后想不见到都不行啰。”

连翘笑着点头，忽然道：“邱师傅，您有没有觉得吹来的风是很香的？您说风会不会是一样的风？”

立云愕然：“啊？”

连翘笑道：“比方说，如果我在这里，而您在很远很远的地方，我这儿突然刮起了风，这风有没有可能是从您那儿吹来的同样的风呢？”

立云扑哧一声，差点被嘴里的红薯呛到，捂着嘴道：“这我可不知道。连姑娘这脑子里想的事儿，还真跟别人不太一样。”

连翘道：“我自小就爱瞎琢磨，我爹也常说我是个顶奇怪的小孩儿。”

“我倒想听听怎么个瞎琢磨法。”

连翘偏着脑袋，认真地说：“比方说咱们做头花儿，比起花瓣枝条、叶子，这些有形之物，我更在意无形的东西，或者那些奇怪的东西。”

“奇怪的东西？”立云大是好奇。

连翘微笑道：“比如令树叶沙沙作响的风，比如花瓣上一个小小的虫子，水中的花的影子，虫子的触须，我更喜欢琢磨这些东西，总想着怎样把它们做出来，就做到这些花儿啊叶儿上头。别的不说，就单说花儿，一片花瓣，早上天没亮的时候是一种颜色，正午日头下是一种颜色，夜里天凉了又是一种颜色，怎样把这些颜色给做出来呢，就在这一片花瓣上？”

她的声音变得有些急切：“这世上有许多事情比我在意的这些重要千倍万倍，我知道的，可我，可我还是想弄明白……”她顿了顿，琢磨着正确的措辞，他终于转过头专注地凝视着她，发现她线条倔强的脸庞浮着一层迷茫，她眼中也充满了疑惑，他们对视着，就似乎她希望他告诉她答案，却又很明白他给不了理想的回答。

她说：“我想弄明白一件东西之所以好看，究竟是为什么，而我又和它们有什么相干。”

按理说，听到她说出这样的话，应该如之前见识到她的手艺时那般欣赏甚至喜悦，但此时立云的心有点乱，有什么东西在心里散开又凝聚在一起，说不上是什么，但有一点确定的是，这个女子和许多人都不一样，甚至和他也不太一样，不能用奇怪来形容她。她只是不一样。

连翘双颊微红，低头瞅着手中的红薯：“我胡说八道，您别笑我。”

楚楚可爱的羞态，他还是第一次见到，平时的她，矜持淡定，是一种坚硬的美丽，但此刻就像水中的月亮，柔软又明亮。

他一时不知该说什么，又不敢多看，只好也和她一样低头瞅着手中的烤红薯，却笑出了声儿，连翘也笑了起来。

连翘轻声说：“邱师傅以后有什么打算？”

立云道：“估计就是在首饰行里待一辈子，娶妻生子，和咱们的父辈一样。”

“一直做首饰活儿？”

“那是自然。”

连翘说：“如果生活变好了，做点儿新的事情不是更好吗？”

立云大为奇怪：“连姑娘怎么会有这么奇怪的想法？去做新的，传你手上的手艺怎么办？”

“手艺还在啊，只是它变成了新的东西。”

“变成了新的就不是你的了。”

连翘安静了许久，清清楚楚地道：“邱师傅，我觉得变成了新的，也许恰恰才是真正属于我的。”

立云连连摇头：“这话要是让我爹或是你爹听到了，指不定会打你板子。”

连翘没吭声，但立云知道她正抿着嘴笑，立云心想，这是认识她以来见到她笑得最多的一天，好像也是她话最多的一天。

立云道：“我以前也曾想过做别的事，尤其是小时候，不懂事，那时一边读四书五经，一边跟父亲学手艺，其实心里顶不想当个父亲那样的手艺人，觉得低贱，不被人尊重。我还记得那会儿我偷偷写信去报馆，现在想起来就臊得慌。”

连翘奇道：“为什么？”

“我那封信哪，还有个标题，叫《我想念书》，”说到这里，立云的脸也不禁红了，“我说我想学新文化、新知识，后来被一个编辑见到，还给我回了封信，说某某学校有个算术老师是他朋友，可以义务教我数学。”

“那你去学了吗？”连翘转过头来，漆黑的眼睛里隐隐带着一丝期盼。

立云摇头：“没有，被我爹给拦了下来，也是，我要是不做手艺人了，我爹的绝技岂不是失传了？现在想来，还是我爹拦得对，人总得有一技之长先养活自个儿吧？”

连翘眼中闪动的星火，悄然暗淡了下来。

出了前门，立云望着前方笑道：“好快，我先到了。”掏出钱给了车夫，吩咐道，“把姑娘送到珠市口。”

他其实完全可以直说韩家潭胡同，但不知为何，仍改了口，连翘飞快地看了他一眼，轻声说：“我还是走着回去吧，我跟您一块儿下车。”

“那何必呢。”立云有点尴尬，直觉自己刚才那一改口，怕是伤了这姑娘的自尊。

连翘道：“没事的，走着暖和，坐在这上头反而觉得冷了。”说罢抬起手搓了搓。

立云亦不便坚持，到廊房头条，两人都下了车，立云说：“你先跟我来。”

两人走到一个僻静处，立云打开手提箱，将福晋赏的钱拿出来，全给了连翘，那本是两个红布囊，里面装着沉甸甸的银圆，连翘犹豫了一下，本不想收，但又怕扫了立云面子，只得道：“邱师傅，这赏钱是给我们两个人的，我不能要您这一份。”于是只拿了一个布囊，放进自己随身带的包裹里，挽在胳膊上，道了谢，便继续往南走，立云忍不住道：“连翘！”

这是他第一次叫她的名字，她的肩膀微微一颤，回过头来。

“你……”他嗫嚅道，咬咬牙，还是说道，“你为什么不换一个地方住？”

她淡淡一笑：“邱师傅，你的好意我明白，但我一个孤女，不论搬到哪里，都会有不如意不顺心的事儿。现在虽然住在韩家潭，听起来是不太体面，但我有吴师傅和冯妈做伴，相互总有个照应的。以后我要真能养活自个儿了，自然会搬走。”

立云道：“谨慎勤俭，不至于会被饿死，更何况你有好手艺。良禽择木而栖，要多为自己的将来想想。这是我的真心话。”

连翘嗯了一声，忽然道：“邱师傅，您不觉得要靠我们这样的手艺活下去，得在太平盛世吗？如果打起仗来，出大乱子了，这手艺管多少用呢？”

立云无言以对，连翘过意不去，向他屈膝行了一礼，转身缓步离去，立云看着她消瘦的背影，一时思绪纷乱，怔怔地站了许久。

连翘回到住处已是晚饭时分，小桌上杯盘尚未收拾，绮湘已经吃完，坐床边剔着牙，见她进来，含糊着说：“回来啦，还算顺吗？”

“还行。”连翘说。

冯妈丧着一张脸，将原本剩下的半小碗烧茄子倒在一盘饭菜残渣里，碗筷一收，硬着嗓子道：“大小姐回来晚了，这可什么都没得吃了。”

连翘过去帮她收拾，轻声道：“我不用吃了。”

冯妈冷笑道：“那是自然，看来是山珍海味吃顶了。”见连翘顺手放在桌上用手帕包着的东西，也不问一句，抬手就拿起来，打开一看，却是半个烤红薯，连翘看着她不说话，冯妈将红薯扔到桌上，哼了一声，抱着盘子出去了。连翘将红薯收起来，将桌子抹干净，又如往常一样，收拾屋子，给绮湘烧水，此后她洗脸洗脚，差不多杂事做完，回到自己那间屋子。冯妈晚上怕冷嫌麻烦，连着好几日都不洗脚，此刻人已躺到床上，裹得像个蚕茧，被面上绣的几朵花在微弱的油灯照射下显得惨白，却是连翘头日新买缝上的被面，不知何时这被子被冯妈挪到她那儿，连翘咬了咬嘴唇，看了看自己床上，是冯妈那床脏兮兮的旧被子，连翘自去柜子里拿出旧的被面，将冯妈的被子拆了，掸了掸，重新给套上被面，一针针开始缝，其间，冯妈不时冷嘲热讽，连翘概不回嘴，待冯妈疲极睡着，被面已经缝好，她坐了一会儿，然后将那半个红薯吃完了，小口小口，让温暖的甜味一点点地回来，再一点点蔓延开。

一天过去，又是一天，连翘不好意思去悦昌讨新活儿做，有时候站在窗前，四处的杂音轰轰而来，总感觉之前一切就像做梦一样，要是真像一场梦呢？以后他再不来了呢？这个他，并不一定单指某个人，或许更多的是一种方向。她的方向在哪里呢？那两天她抽空去打听了一下房子，其实最理想的地方还是这附近，离前门和大栅栏不远，店铺多，人多，机会也多，只要不住在韩家潭就好，但她还是不敢就近找，怕被绮湘或冯妈知道，闹得不开心，所以尽管附近杨梅竹斜街有家报馆空了间小北屋出来，她还是打消了去问的念头。其实心思也并不完全在找房子上面，现在虽有了一点点收入，往长远看，这点儿钱毕竟不太稳当。那几日绮湘染了风寒卧病在床，连翘陡然间多了许多事要做，买药熬药，照顾病人，买来攒花的通草和绫绢被闲置了起来，将找房子的打算，也先暂且放了放。

立云就是在这当口再次造访了韩家潭胡同。

那天是个大晴天，连翘陪绮湘坐在窗前晒太阳，绮湘先看到立云，说：“咦，这可是之前来过的那位邱师傅？”连翘定睛一瞧，可不就是，他穿着整洁的蓝布袍子，手里提着几盒点心，乌黑的头发被阳光照得发亮，也不怕阳光刺眼，竟然抬起了头往二楼窗户看，与窗前的两人正好打了个照面，一脸的笑容，牙齿又白又整齐。

他朝她们招了招手。

“连翘！”

声音很轻，但她还是听到了，他叫她的名字，就像她是他很亲的人。

冯妈莫名地没找立云的碴儿，将他让进了屋子，还给他拿了张凳子，连翘将立云带来的核桃酥、绿豆糕拿出来给大家吃，又赶紧去泡了热茶，绮湘早就听连翘说过，立云的父亲与连翘的父亲曾同在造办处的作坊当匠人，便让立云讲些父辈的逸闻趣事，又笑道：“梁子的手艺我是亲眼见着的，那时我还算宽裕，托他做了一些首饰，用巧夺天工来形容也不为过，他倒是很谦，说同门师兄弟之中，比他手艺好的人也有不少，想来你父亲也是顶厉害的师傅了，他们两人中，谁厉害些？”

连翘给立云添了点儿茶，立云谢了，笑道：“造办处又被戏称为‘揍笨处’，手艺不好，脑子不够使，甭想在里面混饭吃。我爹和梁叔叔在技艺上是各有专长。我爹擅作累丝镶嵌，梁叔叔则擅长点翠攒花，从门类来分，一个是累丝作，一个是花儿作，其实是不太相同的。但做首饰的匠人，或多或少别的东西也能做一些，散了摊子之后为了生计，也就什么都做了，比如过去，满妆汉妆截然二分，匠人是互不侵越，各做各的，到现在也是满汉都做了，区别也越来越少了。”

绮湘点了点头，略坐了会儿便要回屋休息，连翘跟过去，绮湘摆摆手：“我睡会儿觉，现在乏得很，你用不着管我了，陪邱师傅四处走走去，天儿好，也不冷。晚上我就喝点儿粥，冯妈料理得过来。”

连翘没应声，立云有点不好意思，说道：“是有点儿事想拜托连姑娘，因想去东花市的铺子里买些做头花的染色通草，连姑娘熟门熟路……”

“行啦行啦，去吧。”绮湘不耐烦地打断，将里屋的门关上了，留下立云和连翘、冯妈在外屋，你瞧瞧我，我瞧瞧他。

冯妈忽然一拍腿：“哎哟，我怎么忘了这茬。小伙子，瞧瞧我这个镯子。”一撩袖子，将手腕上的一个藤镯褪下，递给立云。

“戴久了，藤子断了几根，特扎手，要说扔了呢又不舍得，干脆你给我修一修。”

立云只觉触手腻得慌，藤镯的颜色已变得黢黑，裂成数截却又没断，张牙舞爪地散开，外面包的银管是浮雕的四段锦花纹，虽成色不错，看着也挺润的，可仍然是脏兮兮的。其实修也没得修了，只能把藤子重新给换了，好的风藤不易找，也并不便宜。

立云说：“您若信得过我，便交给我吧，过些日子再给您送来。”

“拿走拿走！”冯妈很干脆，她心情不错，立刻便对连翘吩咐道，“好好陪人家，别惹爷们生气！”

这话由她说出来，整个意思就拧了，立云十分尴尬，见连翘气得脸都白了，便赶紧往外走，冯妈却不停催促连翘：“跟着去啊，赶紧的！发什么呆啊。”

立云心里长叹一声，几乎是逃一般快步走了出去，在门口站了有一会儿，连翘才走出来。

两人对视一瞬，都没说话。立云默默走在前面，连翘不近不远跟在后头，直到走到珠市口大街，立云方停了下来，等连翘走到他身边，他语带责备地道：“瞧吧，我说你该搬出来吧！”说完蹙眉瞅着她，却忍不住笑了出来，她本一直垂着头，便抬起头，轻声道："你别笑了。"

"哎，去东花市是我瞎说的，你晓得的吧？"立云说。

连翘说："我知道。"

他带她去了煤市街一家饺子铺，连翘说："我爸爸带我来过这儿。"

立云笑道："这家饺子铺是当年他们兄弟仨常来的地方。我爹还在世的时候，也常带我来，他最爱吃……"

"鸡肉馅儿的饺子。"连翘抢着说。

立云道："你爹爱吃口蘑馅儿的。"

连翘微微一笑："看来他们的记性都挺好。"

立云感慨道："我父亲和你父亲当年情同手足，只可惜……我爹时常说，如果不是因为一时意气之争，到最后失了联系，只怕现在大家的境遇都会不同，或许会好一些也说不定。"

连翘沉默。

立云凝视着她："当年的事，梁叔叔跟你讲过吗？"

她点点头："他说自己当年太要强，在得失名利上看不开，伤了自己也伤了别人，很是不对。"

立云叹了口气："我爹也时常感慨，说当年自己心眼小眼光窄，看不到远处，因小失大，悔不当初。"

连翘眼中隐隐泛着泪光，脸上却一直在微笑着。

"梁伯伯除了那把小锤，可还有什么当年的物件留下来给你吗？"

连翘犹豫了一瞬，叹了口气，摇头道："要还有就好了，搬了好几次家，东西卖的卖，丢的丢，再没有了。"

立云连声道："可惜，可惜！"

邱梁两家均是世袭匠籍，万里挑一的名手。前朝造办处的作坊门类多而细，皇宫里有一部分，全国各地也都有厂房作坊，承接上头派下的任务，从兵器大炮到耳环簪钗，什么都做，有时做不过来，也会挑选合格的民间作坊，分摊一些活儿。一开始，连翘的父亲梁子与立云的父亲邱茂春就是在京城的作坊接宫廷和衙门递来的画样，赶制出成品，他们年少时便相识，感情与亲兄弟无二，乱世中患难与共，互相扶持。

千百年来，在世人的眼中，工匠是做哑巴活儿的，手艺手艺，凡事只要与“手”和“艺”沾了边，品阶上便落到了最下乘，哪里配得上被人尊重，哪里又配得上被人记住呢。可于匠人自己来说，靠双手吃饭却再自然不过，所有的心气儿也全靠双手来表达。连翘和立云的父辈便属于极有心气儿的匠人。

同为造办处，有“内务府造办处”与“养心殿造办处”之分，一个操办官家造办采办事宜，另一个则直接对应皇室用度。内务府大臣仅仅是个二品的官员，养心殿造办处却是直接为帝王服务的，顶头上司是御前行走的亲王，这个国家一级的衙门里集中了最顶尖的技师和匠人，甚至有西洋人，比如曾在圆明园如意馆中服务过的画师郎世宁、王致诚。茂春和梁子所处的时代，早已盛世不在，但他们依然希望有一天自己的名字能在皇宫的档案中留下记录，这“青史留名”的美梦，唯有养心殿造办处能为他们实现。

他们一同从廊房头条由返京的原江南织造举荐，选入内务府造办处的作坊，成为南匠，拼足了劲儿展示手艺，又先后被调入养心殿造办处，一个在隆宗门西的头花作，一个在白虎殿的累丝作。这一先一后，却成了两人心生嫌隙之始，到最后终因一次高下之争闹得决裂。可悲的是，他们进入内廷作坊不过数年，清王朝便大厦倾塌，皇宫匠师流落民间，梁子和茂春至死再不相往来。

往事已如云烟散去。饺子端上来，鸡肉馅儿和口蘑馅儿各一盘，虽不知是否仍和父亲当年吃的一样美味，但连翘和立云依旧吃得很香，此刻的他们，就像曾经的茂春和梁子，赤诚相待，心无芥蒂。

连翘看着立云，轻声说："邱师傅，幸亏还能遇到你。"

他给她夹了个饺子："我也幸亏遇到了你。"

两人吃得差不多，立云半开玩笑地道："那个冯妈，看着脾气真的有些不好。"

"冯妈脾气虽大，可是干杂事特干净利落，对工钱也不斤斤计较，茶室里的那些……那些女子，都还挺喜欢她的。"

"那她们也喜欢你吗？"立云立刻问。

连翘淡淡道："我和她们合不来，不过这样也挺好的。"

要合得来，岂不就是和她们一样了，立云脸上流露出了释然的笑意。

"其实我今天叫你出来，是有一件事。"他说。

原来他还是有事才来找我，连翘想。

立云思忖了片刻："谨王府的福晋，你还记得吧？"

"记得。"

"觉得她人怎么样？"

"倒是挺和气的。"

立云说："福晋很喜欢你，前两天谨王府的人来了一趟悦昌，带了福晋的话，说如果你愿意，可以到谨王府去做活儿，福晋在北平的时候，你帮着她采买衣饰，她去了别处住，你仍留在北平的宅子，跟着管家料理杂事，每个月给工钱，吃住都管，用的穿的也是好的。”

连翘说：“邱师傅，现在已经是民国了。”

他自然明白她话中的意思，说：“谨王爷在天津很有势力，家产仍然很丰厚，你不妨想想吴先生家和福晋家，哪家对你的将来更有好处？”

连翘一笑：“都是做下人，在哪家不是一样的将来？”

立云道：“福晋十分喜欢你攒的花儿，你若是去了王府，她会单给你辟间屋子做作坊，福晋还说，以后悦昌和王府可以直接通过你来联系。我倒是觉得，这不论对你还是对悦昌，都不失为一件好事。”

连翘手肘撑在桌子上，手掌托着下巴，没吭声。

立云说：“你可以考虑考虑，不过连翘，难道你愿意放弃这好差事，继续跟吴先生和那、那个冯妈一起过吗？”

连翘抬起头，直视着立云，微笑道：“您既然说是好差事，那我就相信您，有什么好考虑的。”

“那么是愿意去了？”

她点点头，他并没有察觉，她那双原本光彩熠熠的眼睛，渐渐地暗淡了下去。他倒是轻松了许多，掏钱付账，连翘道：“邱师傅，我请您吧。”

立云摆手：“哪有让姑娘家花钱的。”

连翘坚持：“您给我揽了活儿，我不该谢谢您？”

立云便道：“这样，要谢我，就陪我再去一个地方。但这顿饭还是我请。”

“去哪里？”

立云道：“就真去一趟东花市，给九如那小丫头买点儿花儿，她有个女同学过生日，买来送人。”

连翘笑道：“这您不早说，她要头花儿，我给她做呀！”

立云脱口道：“你事情够多，没必要再辛苦。”

这句话很轻易便将连翘心里的一点儿阴霾扫开了，她不好意思看他，将目光移开了。

天色刚刚变暗，绮湘已经早早睡去，冯妈不在屋里，连翘到后院厨房看了看，果然见到她，正倚在灶台边上，一手捧碗，一手拿只鸡腿，嘴边亮堂堂的一圈油光，腮帮子一鼓一鼓吃得正香，这么一个照面，两个人都定住了，连翘掉头回屋，冯妈喂了一声，说：“干吗啊？”

连翘转头看着她：“就看看您在哪儿，屋里没人。”

冯妈将嘴里的鸡肉嚼嚼吞了，说：“吴姑娘说她不消化，我才吃的。”她跟了绮湘数十年，一直称绮湘“吴姑娘”。

连翘嗯了一声。

冯妈道：“喝鸡汤吗？给你盛一碗。”

连翘摇了摇头，走了几步，又回来，对冯妈道：“冯妈，吴先生身体不好，你要多费点儿心。”

冯妈没料到她来这么一句，像是嘱咐又像是责备，脸一垮，冷笑道：“怎么着，我跟了吴姑娘半辈子，倒是轮到一个小丫头来教我该怎么伺候人了？你谁啊？什么东西！”

连翘从不跟她吵架，此刻更不想做什么解释，秀眉微蹙，转身就走。冯妈将碗往灶台上重重一放，也不知是不是心里的烦躁已经憋了许久，终于找到一个机会发泄出来，手里的鸡骨头往连翘背上一扔，破口大骂，各种污言秽语不堪入耳。以往她但凡对连翘有什么不满，哪怕真的骂她，也只是指桑骂槐一番，并不明指出来，这个时候却是将连翘一家都带了进去，上至祖辈，下及孙辈，其五脏六腑各种器官，连同头发丝儿都被她一一问候了个遍。连翘气得浑身乱颤，眼泪在眼眶里滚来转去，又怕冯妈惊扰到绮湘，只得跑到街上去，冯妈追到门口，叉着腰仍是大骂："了不起了哟，躲什么躲呀？不过就是王八盯绿豆，臭鱼找烂虾，天生一对！跟了汉子，敢在老娘面前耍威风了啊？！不要脸的贱货，忘恩负义的小婊子！我看你得意几天，被人玩腻了再回来，迟早半掩门子[1]招客的！"

来来往往都是人，寻欢作乐的男人，倚门卖笑的妓女，全都往这儿瞧，这样的场面，于他们来说不过是见惯不惊的小热闹罢了，天天上演，跟斗鸡斗蛐蛐一样平常，还有人跟着起哄。连翘宛如站在靶心被万箭乱射，掩面奔出了胡同，到路口又险些被一辆人力车撞倒，挨了车夫几句臭骂，她不想到悦昌去找立云，更不愿去打扰柏涛，游魂丧胆般在街上瞎转了一个多小时，方硬着头皮回去，只因夜已深，而自己并无他处可去。

原以为冯妈已关门睡觉了，她只打算在跑马廊下坐一晚上，待天亮向绮湘辞行，谁知门透一缝，灯光散出来，连翘咬咬牙推门进去，冯妈人在床上，朝里睡着也没动，桌上的煤油灯，大半边都是焦黑的，但仍然亮着，连翘将门轻轻合上，将灯灭了，和衣躺到床上，过了许久，她听到冯妈轻轻翻了个身。

夜已深了，连翘睡不着，但这条胡同里多的是睡不着的人，花街柳巷，何来静谧。大门上挂的玻璃灯骨碌碌转着，红绸子上写着妓女的名字，红红翠翠莲莲，在夜风里抖索，四围茶室与清吟小

---

① 半掩门子：土语，指妓女。

班、下等妓馆传来各种声响，淫声浪笑与丝竹歌吟夹杂在一起，肤浅的欢乐，刺骨的悲哀。

琵琶声如珠玉轻撞，一个娇柔的歌喉在唱着小曲儿，词是悲凉调，唱歌的人听声音却是笑嘻嘻的：“一阵凄凉一阵叹，观一回明月怨一回苍天，碧纱橱，开一扇来闭一扇，红绫被，暖一半来寒一半，剔银灯，一霎亮来一霎暗，听更鼓，听了一遍又一遍……”

连翘怔怔听着，忽然冯妈那边又翻了个身，不知道是不是她的错觉，她听到冯妈叹了口气。

一夜过去，天一亮连翘便起床，去厨房给绮湘烧洗脸水，把药温着，自己用凉水草草洗漱后，去街口切面铺买了张烙饼，快步回来，冯妈正在叠被子，转头冷冷地看了连翘一眼，粗声粗气地说：“我去热稀饭。”然后走了出去，就好像昨天什么都没发生过。

连翘将东西放到桌上，打算去里屋瞧瞧绮湘，刚要推门，听绮湘先开口了：“连翘，进来。”

绮湘已经起床了，正坐在梳妆台前理头发，连翘走过去站到她身旁，轻声说：“吴先生，昨天吵了你，真是对不住。”

绮湘转过头瞧着她，虽然仍憔悴得很，但脸色倒比昨日好了一点：“我昨儿其实醒着，冯妈最听我的话，其实我要开口劝，她不至于闹成这样，你可晓得我为什么不劝她？”

连翘迟疑了一会儿，说：“您，您知道我要走了。”

绮湘一笑：“真是个冰雪聪明的孩子……不过我虽然料到你要走，但绝不会为这件事不高兴，由着冯妈骂你。”

连翘朝她跪了下去，绮湘站起来：“别折我的寿了，受不了您这大礼。”

连翘哽咽道：“谢谢您照顾了我，谢谢您愿意让我走，也谢谢您……您不劝着冯妈，是为了让我走了以后不会再想重回韩家潭。”

绮湘将她扶起来，道：“能明白这一点，不枉相处一场。不管你将来造化如何，离这儿总是越远越好。”

连翘落下泪来。

绮湘说：“即便是想回来探望也大可不必了，要走就不应回头，哪怕走出去依然要被人欺负依然要挨饿，也不要回头。虽然是弱女子，也要对自个儿硬气一点，我就是当年不够狠，放了自己一马，所以沉沦到底，一辈子就完了。记住我的话。”

“我记住了。”连翘抬手将泪水擦干净，将昨日拿的装赏钱的布囊，双手捧着递给绮湘，“这是我春节做花儿挣的，请吴先生一定要收下。”

绮湘不接，说：“你好好攒着，放到钱庄也好，自己收着也好，多为将来打算。我有点儿积蓄，日子还能过，以后我要真短钱用，你要有本事，就那时候再来帮我吧。”

“吴先生，您的大恩大德，连翘永远不会忘。”

绮湘笑道：“别说什么恩不恩的，吃过早饭，该做什么就做什么，该去哪里就去哪里吧。”

她们到外屋去，冯妈已经将碗筷摆好了，粥也在桌上放着，冯妈没对连翘说一句话，只是在大家吃完早饭，连翘收拾行装的时候，她走过来，将一个包裹放到了连翘床上。

连翘打开一看，是那床新被面，不知冯妈什么时候将它拆了下来，又平平整整叠好的。

连翘说：“您留下它吧。”

“我不要！”冯妈硬着声音道。

连翘并不打算将它拿走，继续收拾。她要带走的东西并不多，就两个包裹，一手拎一个，绮湘撑着病体，走到门口目送她离开。冯妈跟着也追了出来，大声说：“喂，我说，你可得让你那相好的别忘了我的镯子！”

连翘听了，哭笑不得，朝她们俩深深鞠了一躬，自此别过。晨光透亮，她一路走一路在看，看那曾熟悉得不能再熟悉的屋瓦、砖雕，光秃秃的臭椿树，到夏天会垂下长长的穗子，石榴火红的花也会探出墙头。

她抬起头望向天空，群鸽在盘旋，它们飞得足够高，足够俯瞰她，俯瞰这座城微小却壮阔的悲愁。

『长亭外，古道边，芳草碧连天。
晚风拂柳笛声残，夕阳山外山。
天之涯，地之角，知交半零落。
一壶浊酒尽余欢，今宵别梦寒。』

第十五章 劫数

在广安门周边专给人做媒的姚婶有一天上门来找贵成，翠喜一见她就觉得不妙。贵成家一间屋子挤了六个人住，她避无可避，只得往外躲，姚婶将她衣袖一拽，笑道："哎哟，大妹子别走别走，正找你和你哥有事儿呢。可走不得。"滴溜溜乱滚的眼睛足足在翠喜身上滚了好几道。

"我呀，是来给咱们吴大妹子提亲的，这样的大好事，大妹子走了可怎么谈？"这妇人翻动着嘴唇，叽里呱啦说起来：有两户人家，都是好人家，都算是翠喜高攀，不过现在托她姚婶的福气，翠喜可以从中选一家，不论选哪家都是赚了。

"一家姓高，大兴人，是个茶役，带个六岁孩子，老婆死得早，现在想找个续弦。翠喜若愿意，虽说是去当后娘，那边还拖着个油瓶子，却是个不值钱的女孩，等翠喜生了儿子，那便是宝贝，那翠喜自然就是当家的了，啊，俗话说得好：母以子贵。哈哈哈。”

另一家嘛，姚婶眼睛又是一转：“吴大妹子认识的，这家人跟吴大哥也很有干系。大老爷身居高位，夫人极好说话，两人夫妻多年没孩子，是夫人张罗着想给老爷找个侧室，只要能生养，她就当认了个亲妹妹，两人是可以平起平坐的。”

贵成心里已经明白了七八分，但还是问：“这样的贵人怎么会跟我有关系？”

姚婶笑道：“温梦榆所长难道不是大妹子的熟人？他是广安门税所的，吴大哥在广安门拉骆驼，敢说跟他没关系？”

贵成哦了一声，道：“那我们真算是高攀了。”

翠喜的心沉了下去，哥哥的话，显然就是毫不拒绝的意思。她只是冷着脸不说话，姚婶几次朝她飞眼风，希望她接一接，都被她冷冷瞪了回去。

贵成笑道：“多谢姚婶子费心了，这两家人都比我们家强了不知多少，我们倒是配不上。要不再先想想。”

姚婶心里冷笑：你们兄妹俩一个白脸一个红脸，别以为我不知道是什么路数，坐地起价这种事儿，老娘见得多了，你们还真挺看得起自个儿的，呸，老娘等着瞧你们坐萝卜[①]那一天！

当下也并不多说，笑吟吟告辞了。

翠喜坐了会儿，也要走，贵成喝道：“给我家里老实待着！别整天往半步桥跑！好好一个大闺女，也不怕被人说闲话，你这样跟刘家算个什么意思。”

---

① 坐萝卜：倒霉，遇到麻烦。

翠喜道："哥哥把我送到'牛肉刘'去当跑堂的，就不怕被人说闲话，又算个什么意思。哪有女孩子去给人当茶房的？我反正没见过！哥哥在哪儿见过我可不知道！"

"还敢顶嘴！"贵成扬起手就要打，被他媳妇给拽了回去，两个女孩也是吓得不敢作声，奶奶本缩在墙角坐着，捂着耳朵呜呜叫起来，她一着急就哭叫，贵成朝翠喜吼："你瞧，你瞧，都是你招来的麻烦！全都是麻烦精！"

奶奶抄起身边的针线盒朝贵成扔了过去，翠喜趁乱夺门而出，贵成待追，人已跑不见，急得他跺脚，奶奶拍手大笑，贵成怒道："我的疯奶奶，你就惯着她吧，有你愁的日子！"

奶奶道："不愁！"大毛二毛跟着起哄，大喊："不愁不愁！"大毛还添了一句，"愁什么愁？！"她们都站在翠喜和奶奶这一边。

贵成又是气又是好笑，鼓着眼睛说不出话来。

这边厢，天禄娘见翠喜跑来，不由得叹道："孩子，你在你哥家白吃白住，也不去找事做，整天往我这儿跑，他不骂你？"

翠喜不答，只笑笑说："我陪您再去一趟警所吧，指不定今天能问到什么哪。"

若是一般传讯，顶多关个几天也就开释了，可现在距离天禄被抓走已经快一个月，时间拖得越长，越得做最坏的估计。"牛肉刘"的店面断了租被房东收了回去，天禄娘为了打点不惜砸锅卖铁，甚至打算将家里的房子作抵押借钱，当年从山东逃荒来北京原是一无所有，用血汗钱一点点攒下的家业，现在即便全部还回去也没什么，哪怕再上街头要饭去，也没什么。天禄娘宁肯家破，也不要人亡，天禄要是有个什么闪失，她是活不了的。一日王大力过来，给了天禄娘二十块现洋，这笔钱是不小的数目了，想来是父子俩的多年积蓄，王大力说在一个棚铺找到了活儿干，等天气暖和，扎天棚的活儿就多了，王叔则在一个二荤铺当伙夫，虽然比以前稍微辛苦些，但日子总算能安安稳稳过下去，这个消息让天禄娘着实高兴了好一阵。这段时间里，邻里之间的走动也多了些，想来大家也是觉得天禄娘可怜，送钱的送钱，送嚼谷的送嚼谷，连斗大爷、秦瞎子这两个孤老头，也托菜园街的李婶子给天禄娘带了一点儿钱过来。

翠喜每天都会来找天禄娘，一老一少两个弱女子，每日风雨无阻跑去警所问消息，赶不跑骂不走，时不时还会闹一番，可仍是一点儿消息也没打听出来。让天禄平安回家，成了这两个女人单纯而蛮横的信念，靠这个信念，她们挺过了一天又一天，天禄娘一次都没有哭过，可翠喜知道，老太太绷着劲儿呢，眼见着一天比一天憔悴，指不定什么时候就垮了，而她自己也不知道还能撑多久。

翠喜扶着天禄娘往警所走，走到与菜市口大街的交会处，听身后一个洪亮的声音远远传来："天禄娘，等一等！"

回头一看，却是住在鸭子桥边的秦瞎子，正坐在草奶奶的板车上，往这儿招手哪。草奶奶飞快地推着车，嘴里嗬嗬有声，轮子在土路上碌碌作响，不一会儿两人便追到面前，秦瞎子跳下车，鼓着一对眯缝眼道："我这把老骨头不行了，正好逮着草大哥让他推我来追你们，您见笑了啊。"草奶奶擦了擦汗，站在一旁，朝天禄娘和翠喜憨憨地点点头。

"秦爷，您的头发也白了。"天禄娘叹道。

闻名南城的武林高手，如今瘦得一把骨头，身架子倒依旧是挺拔的，只是头发稀疏，仅有的几根儿也是灰里透着白。

“全白也没关系，得有头发白才行。”秦爷摸摸脑门。

“您多吃点儿核桃。”

“扔核桃地里都没用了。”秦爷嘿嘿一笑，这么一笑，眯缝眼就连缝儿都笑没了。

“多谢您老捎来的钱，您生着病，还惦记着街坊，我，我……”天禄娘声音哽了，没说下去。

秦瞎子肃然道：“我虽不太出门，但你们家的事儿我听了，特别着急。天禄是个好孩子，这次绝对是被人坑害。常言道救急不救穷，我不过是做点儿力所能及的事，您可千万别客气。这两天我悄悄托太狮会的弟兄去打听了下，得到一个消息，天禄被那温所长使坏冤成了乱党，落到了警察局肖大锤子手里，只怕日子不好过。这肖大锤是管南城这一片出了名的恶警，惯会屈打成招，这次抓了好些人，天禄不过是其中一个罢了，现在紧着口风，不过是想打包给上头邀功。按这次抓人的情形来估摸，八九不离十，天禄就关在半步桥监狱里。唉，谁承想您老人家问来问去，也不知道儿子离你家就几步远。”

一听这话，天禄娘和翠喜如重锤击心。半步桥的“王八楼”是赫赫有名关押乱党的地方，各种耸人听闻的酷刑、杀人的方法早被人传来传去，天禄娘面如土色，怔住不响，双腿不听话地发起颤来。她想起儿子多年前发家，原就是挑着担子遇到从半步桥押出来的死囚，这下好了，他自个儿进去了，也不知哪辈子招来的孽缘。翠喜将她扶稳了，可怜巴巴地看着秦爷，问道：“秦大爷，我们怎样才能救天禄哥出来呢？”

秦瞎子欲言又止，想了想，说道：“你们先别太着急，因为着急没用！跟天禄结怨的，其实并不是警察局里的人，更和真正当权的大官没干系，如果要把天禄扯到乱党上去，那可是大事儿，各种根节丝丝缕缕人家都要弄清楚，一牵连就是一大片，天禄就连当个垫背的，只怕都不够格。肖大锤再想在这事儿上头立功，也得掂量着来。你们先想办法去探探监，让天禄自己稳住，别垮了，留得青山在，不怕没柴烧。余下的，大家一起再想办法救人吧。说实话，北京城这些监狱啊，关起人来没个调性，有时候抓的人多，里头不够地儿了，就会放一批人出来，指不定哪天就被糊糊涂涂放了呢。”

天禄娘和翠喜听得一颗心七上八下，但秦瞎子在北京城待的时间长，又是江湖上的人物，只怕说得在理。不敢耽误，和秦瞎子匆匆作别，她们便折返往半步桥跑。秦瞎子不放心，让草奶奶跟着，说：“老哥，您去看着点，别让她们被欺负了。受累了您嘞！”

草奶奶推起板车就追，秦瞎子在后头摇摇头，哭笑不得：“成天拖着这破板车有个什么用，也不嫌碍事儿！”草奶奶不应，咕噜噜的车轮声中，人已经跑远了，倒还挺快。

秦爷和天禄娘等人说话这当头，广安门税所里，温贝勒正在办公室里关着门养神，他的椅子是请老木工为自己专门设计的，有个机栝，扳一下就能放倒成躺椅，他往往一躺就是半天。

“娘肚子里带来的腿脚，伤着了上哪儿找回来？所以呢，能不走动就不走动。王八一动不动，活一千年，猴子上蹿下跳，活几十年。趴着不动，没毛病！”温梦榆懒洋洋地想，看了一眼窗外逐渐鲜艳的天色，那是春天才有的清透色彩，他忽然厌恶地想到老婆的嘴脸，心道：“跟那种老女人睡觉，简直和犁地一样煎熬，只有和年轻小丫头子在一块儿，那才是采花，那才叫美事。这样好的天气，我整日跟这儿废着，实在不像话，吴家小妞儿非得弄到手不可。不过这些南方女人，我还是得小心点，别弄家来，又跟那只母老虎一样，在外头发骚不说，还时不时给我整出点儿汤事儿，折腾得五脊六兽的。母老虎还说我乱来，什么叫乱来？我抽抽烟，喝喝酒，玩玩女人，就叫乱来了？黄泉路上没老少！我倒觉得那些什么都不吝的个个儿高寿，反而那些假清高真道德，短命的多！我不信这个。我连天地良心都不信！哎，这世道，就图自个儿乐呵！爱怎么怎么着。能尽其性，则能尽人之性，能尽人之性，则能尽物之性；能尽物之性，则可以赞天地之化育；可以赞天地之化育，则可以与天地参矣。我可是唯天下至诚之人！”《中庸》里的一段话，被此人如此文白夹杂、恬不知耻地解读，怕是先贤圣人万料不到的吧。

他借着困劲儿睡了过去，美梦正酣之时被敲门声惊醒，是惯会跟在他后头拍马屁的科员窦浩，探个头进来，待他醒了醒，半捂着嘴通报：“那个……那个刘家老婆子跑到半步桥去了，闹着呢，那一片有几家人也架弄着看热闹去了，说刘老婆子又哭又嚷地骂您呢，别提多难听。”

温梦榆直听到最后一句才回过神，坐起来，气急败坏地道：“臭老婆子，给脸不要脸！在我管的地盘，我就是老天！混账东西，给我抓起来！跟她儿子一块儿圈着去！”

窦浩侧身进来，反手把门关上，说：“那‘王八楼’说到底关的还都是些有名目的人，一个糟老娘们儿哪能那么容易进去？再说了，之前为了她儿子，您都欠了肖处长人情了，多一事不如省一事。她闹是因为那边得了您口信儿，即便找了去，也不让人探望，要不您就松松口，让她见见她那儿子？老婆子说要打官司，告什么官警勾结冤枉百姓，吵着卖房子请律师呢。这事儿啊，闹大了对谁都不好。”

温梦榆冷笑道：“猴骑骆驼玩高的啊？行！看我不把她那破房子拆啰！卖房子换钱？想得美！”

窦浩心想：您老人家也把自己想得忒厉害了点，一个税所的小官，说抓人就抓人，说拆房子就拆房子，把这北京城真正管事的人搁哪儿去？把那么多议员、官老爷放哪儿了？他表面上还是唯唯诺诺，劝慰道：“所长您别生气，您别操心。拆房子也罢抓人也罢，都要从长计议，您就当闲时消遣，慢慢地来，说不定还能玩出乐子来。”

温梦榆搓着胡子道：“那吴家小妞儿还跟着老婆子四处乱癫？”

“好像是。”

“刁民。”温梦榆连哼了好几声，“刁民！就是欠收拾！”

他一生气，裤裆那儿就疼得慌，对刘天禄的恨意，也加倍恶毒起来。

在一个深夜，刘天禄从菜市口警察局被悄悄送到半步桥的监狱里。其实这一带的巡警、警官几乎都认识他，甚至住在自新路新安里胡同的狱卒，也多半都去“牛肉刘”吃过饭。摊上刘天禄这一档子事儿，除了个别人，大部分下等警察其实都不太情愿，碍于肖锤子的威权，才不得不硬着头皮胡来，所以能留的余地都悄悄留了，没真下死手，万一刘天禄哪天放出去了，就照样还能做街坊。

“王八楼”是由岗楼和监舍组成的一个监狱建筑群，耸立在一片矮小的杂院平房中，以岗楼为中心，五排细长的监舍向两边四周辐射开，恰似乌龟的四肢和尾巴，这个数易其名的大监狱，政府南迁后又被改名为河北第一监狱，说来，天禄还是这个监狱的街坊——刘家离它不到一里地。那天深夜他被押送来这儿的时候，还以为是送他回家呢，结果脚没停步，绑也没松，直直仍往前走，大铁门一开一关，完了！活到现在这个岁数，他什么梦都做过，真是做梦也没想到自己会被关在“王八楼”里。这算个什么呢。

号房不在监舍的筒道里，狱卒是个瘦长脸、小眼睛的年轻人，将门打开，脚往天禄腿肚子上轻轻一踹：“进去吧，你好运气啊！”

天禄过了两天才知道运气究竟好在哪里——这仅仅是个临时号房，关押的人都是没有判罪的，有可能很快就会放出去，不过也保不定罪名落实，换到监舍里继续关着。那年轻狱卒虽然凶巴巴的，但天禄觉得他说的话却是吉利话，所以给他取了个外号，每次看到他，在心里称他：“好运气。”

他被“好运气”推进了这个黑黢黢的屋子，欢迎他的是扑鼻的体臭，即便在大冷天仍特别呛人，号房很窄，几乎无从下脚，地上横着躺了九个人。

“好运气”躲在门外朝里嚷了一声：“让出点儿地儿来！要不进来踹了！”躺在最靠外的一个人嘟哝了几句，往里挤了挤，就着过道微弱的电灯光，天禄看到地上铺了一张草席。

“明儿给你被子！”“好运气”从外头将门锁了。

天禄和衣躺下，人多而杂，但这样的寒夜，即便是在牢房里，也没谁有精力闹。天禄听了一夜北风声。

第二天狱卒就给了他一床被子，这床被子一来，天禄的心就沉到底处：牢房敢情是坐定了？还得坐多久？

关在同一个号子的人，互相称呼对方都在姓氏上加个老字。天禄自然就是“老刘”，过了两天放走了一人，又进来一人，也姓刘，于是天禄就成了“大老刘”，那人则是“小老刘”，“小老刘”论年纪比“大老刘”还要大个几岁呢，但在号子里也是论辈分的，谁进来时间最长，辈分就最高，若是关到正式监舍里去了，得，放风的时候遇见，就得称一声“爷”了。这临时号房里关的人，有偷鸡摸狗的，有猥亵良家妇女的，有拿砖头砸人窗户玩的，也有平白无故被抓进来的，起的作用就相当于“流水不腐户枢不蠹”中的“流水”和“户枢”，进进出出，给死气沉沉的监狱凑点儿活泛的人气。不过话说回来，这里头不论谁，说到怎么进来的，全都眼睛鼻子嘴里灌满了不平，没一个不喊冤的。天禄便被人问到了，他认为自己是实实在在被冤枉的，自然也喊冤，但喊冤这样的事儿，在日常对话中只是个抛砖引玉的前奏，内容还得看后头，所以天禄说：“他们说我是那什么党，要革命的那种。”

话音刚落，那些四仰八叉躺地上的、抠着脚的、挠着头的，全定了定，飞快地睃了他一眼，天禄觉得他们的眼神儿里有种肃然起敬的意思，忙道：“我哪里懂什么革不革产不产，我就是一拿锅铲的！真是被冤的！”

离他最近的老李凑过来，盯着他瞧，天禄憋了半天气，才没被尿臊味熏吐了，老李打量他半天，点点头，又摇摇头：“嗯，我看你倒挺像个那什么党。要不是的话，你得罪人了吧？那人想弄死你哪！”

另一人也说：“什么深仇大恨，至于要冤你是赤党分子？坐实了，嘿嘿。”往门外一指，过道的墙壁上还是奉军当年留下的标语，怕天禄平时没注意到，那人一字一字背给他听，“宣传赤化，不论首从，一律死刑！死也不让你好死。游了街，脖子上套个圈儿，绞你个五六次才让你断气儿！你说你早想什么来着，晚了！”

蹲角落里的是疯子老季，猛地歪着脖子叫了声好。天禄打了个哆嗦，肺腔子里凉得疼，抱膝坐着默不作声。

“你说你是拿锅铲的？”一个浑厚的声音在自己左下角的位置响起。

天禄不用看也知道是谁。

那是号房里唯一一个没有名姓的人，个子矮，左眼珠比右眼珠更凸一些，眼白上密布通红的血管，这是酗酒的人才有的眼睛，他有个硕大的脑袋，顶在矮小的身架上，就像个大蘑菇，大家伙都叫这人“大脑袋”。天禄对大脑袋的印象，始自一次午饭。

牢饭每日中午和晚上各一顿，按定量，每人一个窝头一碗粥，再结实的人，即便来的时候憋着委屈劲儿不愿吃东西，耗个两天，也能练就灵敏的嗅觉，没到开饭的时候，连粥是稀的干的都闻出来了，粥桶一挑来，一样恶狗似的往前扑。大脑袋扑得最狠，连抢带撞，有一次，碗都摔破了，捡起大的碎片就往粥桶里扎，矮桩子似的身体铜墙铁壁似的挡住所有人，大口大口地往嘴里舀粥，发出嗬嗬的野兽一样的声音，狱卒又打又骂，他不管，其他人也踹他，他纹丝不动，可终究禁不住嗷的一口又吐回去，众人骂骂咧咧将他踢开，那桶粥仍是被分吃了。

天禄没吃里头的粥，避到一旁，见大脑袋喘着气，满意地瘫坐在地，手掌被破碗划得全是血。

“你是拿锅铲的？”此时，大脑袋原本枕着手躺着，坐了起来，伸个懒腰，极有兴趣地问，“拿手菜是什么？手艺怎样？”

天禄的心情极沮丧，闷闷地道：“我开了个小饭铺，不讲究什么手艺。”

“那可不成！”大脑袋瞪着眼珠，义正词严道，“手心相连！手上功夫做不好，就甭想抓住人的心，尤其是在这吃上头，不动心思瞎对付，干不长！”

说得他好像挺懂似的。

一人插话道：“大脑袋可是惯会吃喝玩乐的主儿，行家！”

大脑袋嗨了一声，谦虚道：“不敢当！不敢当！”

他说他是八旗旧裔，搁以前，一辈子拿着皇家的钱粮，原是不愁吃穿的。

“铁杆庄稼一倒，生活便没有着落了，除了吃喝玩乐，啥事儿都不在行，于是寅吃卯粮，断顿儿成了常事，卖完田地卖宅子，一个大家族早就人丁四散，宅子卖光了，我只得住祖宗坟地上去，靠一点儿骑射的本领，打点儿野货，每到冬天就发愁，没有收入，也没得吃，硬生生挺了几年，挺不住了，将坟地的宅子也卖了，重又回到城里，又耗了几年。这几年中，因幼时好歹读过一点儿书，自己也不抽鸦片，是个本分人（他说到这里，天禄不免想起他抢粥时的凶样），愿意放下脸面去找活路，可一去，往往人一听说我是旗人，两个字便递过来：不录！我也是个有傲气的，饿死也不再去找事儿干了，年关时节，满城都是要饭的，腊月的花子赛如马，唉，最终也成了个腊月的花子。”

他说到这里，被老李粗声打断：“你那叫什么傲气？瘦驴拉硬屎，死要面子活受罪。”

大脑袋笑道：“随您怎么说，就算是瘦驴拉硬屎，不拉出这么个机缘，怎么能来这儿遇见您？”

老李骂了句粗话，便要打将过去，天禄将他拉住，把话题岔开，问大脑袋："那您是怎么进来的？"

"怕挨不过冬天，故意犯了点儿小事，被警察抓了进来，等开春儿天气一暖和，差不多也能出去了，最好等惊蛰后再放我走，日子更是好过多了，葱啊，菠菜啊，也能吃得着……"

他说得无比神往，浑然不在意自己仍身在牢房，而这牢房，真不是他想来就来想走就走的地方。提到吃，话闸一开，收不住了。

他说起老汤煮烂的酱肘子，用刚出炉的火烧夹着吃，满嘴油那个香；他说起家里曾有好几个大厨子，个个都有拿手菜，烤乳猪、熏雁翅、菊花锅子涮腰片、奶油炸糕桂花饭；他说起用烤乳猪的脆皮蘸了酸梅酱，嚼着脆响如铃，从脑门子里开始甜；他说起烧牛尾要怎么吃，得贴着骨头捡肉最薄的地方吃，又嫩又入味，下酒啊！人在这北京城，逢着太平盛世家道殷实，不知多有福气，好吃的东西就是多。都一处、天承居，他最爱吃它们的炸三角，忘不了那热腾腾的油香，广和居的潘鱼、吴鱼、江豆腐，春华楼的银丝牛肉，同和居的三不粘……

大脑袋说得唾沫横飞，周围尽是饿飘了的人，眼睛发绿，听得无比煎熬，连连抗议："大脑袋，住嘴吧你！"其实言不由衷，仍是希望大脑袋继续说下去。

大脑袋却真住了嘴，重新倒下去躺着，他刚才细数的是自己曾经做过的一个美丽的长梦，这个梦醒了好多年了。

他没有梦可做了。

夜里是最难熬的，白天干了苦活，疲倦极了，到晚上仍是睡不着，两边都是人，连曲个腿都不行。一天半夜，天禄仍很清醒，瞪着漆黑的天花板发呆，却听大脑袋轻声说："哎，老刘，你是不是想不开啊？”

天禄哼笑：“想不开有什么用？家里还有人等着我，我就得好好熬着，熬一天是一天。”

“那就是了。你啊，别觉得屈。我跟你讲个笑话吧，不过像你这样的粗人，也不指望你懂。”大脑袋说，“以前有个先生，专教小孩子做文章，这先生有点凶，问话要答不上来，就拿鞭子抽你。有一天，他给学生们讲了个故事，挨个问学生这故事说的是什么理。一个小孩说：‘是善有善报恶有恶报的理。’啪的一声鞭子就抽过去。那先生骂：‘这么简单的道理，还用得着你来说吗？’小孩儿被他打蒙了。那先生接着说，‘纵然是善有善报恶有恶报这个理，但你们也得先说个五百字左右，再用这句理来结尾，就如同故事里的人，不也是折腾了那么多年，才各得其报。再简单的道理前面，必须得多出个几百字！’”

天禄听得迷糊：“我还真不懂。”

大脑袋得意地道：“告诉你吧，就是人一辈子就得折腾，折腾折腾就出来了道理，但不是一下子就让人明白的。比如你，现在在这儿吃苦头，自当是那道理前面多出来的五百字，五百字一说完，才善恶有报，各自归位。别着急呀。”

“多出来的五百字？善恶有报？”天禄琢磨着这话的意思，想来想去，竟头一次暂时忘记了身在囹圄的烦恼，“铁大哥，你又懂吃又懂做人，何苦故意来这儿受罪，出去找个差事，怎么也不愁没口饭吃。”

大脑袋打了个哈欠：“我懒得操那份心。再说了，这牢里头，也有好吃的。”

天禄冷笑。

“你别不信，咱每隔一个月能有顿馒头吃，也不知是哪位大师傅做的，是打我出生以来，吃过的最香最好吃的馒头！那滋味儿，没法形容！”

天禄和大脑袋是聊得来的，时不时能说上个几句话。其实大脑袋让天禄想起了马掌柜，马掌柜怎么都不服他挂起那“南城第一香”的幛子，是有道理的，同样，当大脑袋说起那些美食珍馐，天禄总会暗暗惭愧：就自己那一两手，放诸南城，真好意思称第一吗？

每天都数着日子，在被关进来的第二十四天，这间牢房的人被分配去清理已经快要满了的茅房粪池，两人三人一组，每组负责一个茅房。这是件苦差事，因为粪池里头结满了冰，冻得硬，得用大铁锨用力砸才能铲碎了运走。天禄和大脑袋分到了一起，大脑袋行动不便，手是抖的，铁锨拿不稳，只能拖运装粪的大竹筐，即便这个也是干得很吃力，天禄力气大，铲一会儿，便去帮着他运一会儿，大脑袋很感激，说：“老刘，你这么帮我，我无以为报，要不告你一秘诀，怎么做……”

天禄立刻打断：“干着这事儿咱就别再说吃的了，甭管什么秘诀，明儿再说，行吗？”

大脑袋笑道：“行！行！”抬手给天禄擦了擦脑门子上的汗，“刮着北风呢，你小心点。”

正干着活，“好运气”走了过来，捂着鼻子对大脑袋吼道：“铁英！”

原来大脑袋叫铁英。天禄心道。

大脑袋走过去，满脸堆笑：“怎么了军爷？我可没偷懒，您瞧，这老糙手都磨破皮了！”

“好运气”道：“你运气好！干完活儿吃完中午饭，就放你走了。”

“别介呀！我还能再待两天啊！这……这大冷天儿的，您放了我我再上哪儿去？求您了，军爷，爷爷！再关我几天吧！”大脑袋急得满脸通红，冲上去跪下拽着狱卒的腿，苦苦哀求。

“好运气”一脚猛踹过去，骂道：“脑子有病！占便宜占到牢房里来了，还想着在这儿白吃白喝，去死吧你！”牵了牵衣服角，骂骂咧咧走了。

大脑袋眼睛血红，不住道：“出去了还能上哪儿？会饿死的，会冻死的。我不想死啊！死了连收尸的人都没有，我对不起祖宗啊。”

他摇摇晃晃站起来，也不知哪里来的劲儿，竟拿起了铁锨用力砸着粪池里的冰，一边砸一边道：“准是看到我偷懒了，我不偷懒，我干活儿，干多点儿说不定就能留下来。”

到吃午饭的时候，大脑袋第一次没有去抢粥，他累得几乎虚脱了。

天禄并不知道，就在这一天，母亲和翠喜来监狱找过他，被看守赶了出去，他也并不知道，温梦榆也在这一天突然惦记上了他，发了狠要收拾他。正啃着窝头，“好运气”带着一个方脸的狱卒来了，那人很是眼生，手里拿着警棍，满脸横肉。

“他就是刘天禄。”“好运气”对方脸狱卒道，指了指天禄。

方脸狱卒将警棍在手里拍了拍：“跟我过来。”往过道另一头走了几步。

所有人都觉得不太对劲儿，将嚼窝头的速度放慢了，盯着天禄和那狱卒。大脑袋本垂头丧气地蹲在地上，亦担心地站了起来。

天禄跟着他走过去，那人站定，冷冷地道："有人觉得你在这里头过得太舒坦了，让我替他捎个话给你。"

话音一落，一警棍就打过来，天禄心中早就戒备着，立刻用双肘护着脑袋，只觉肘弯下头的骨头都快碎了，痛得钻心。

那人骂道："孙子还挺利落嘿！"乱棍如雨点般挥下，天禄往后要跑，那人一脚将他踹倒，"好运气"奔过来将天禄摁着，天禄要挣，"好运气"死命不放，低声道："识相让他打几下，要不没个完。"天禄大声道："你们平白无故打人！我本来就是被冤来的，凭什么要白挨你们打？！这世上有没有王法，有没有天理！你们怕不怕遭报应！"

到这个时候，天禄自然能料到定是温梦榆又使了坏，他都已经在牢里了，姓温的仍不放过他，母亲和翠喜会不会也遭了温梦榆的毒手？强烈的愤怒和不安将他席卷，他老老实实本本分分了这么多年，对谁都和气，对谁都有礼，因为人性本善，没有天生的坏人，但此刻他觉得自己错了。有些人生来就是极坏的，还在娘肚子里时就坏掉了，是永远都不会变成好人的。

方脸狱卒对他连踹带踢，哪儿骨头关节多，就越往哪处使劲儿，被打的人越来越绝望，而施暴的人则来了瘾头，手收不住了，眼看着一棍子就要往天禄头上打去，天禄闭上眼睛，想今天估计得死在这里了，可那一棍子并没有下来。

"刘兄弟！"他听到大脑袋的声音。

大脑袋发了疯似的跑过来，将方脸狱卒用力推开，方脸狱卒身子一斜，差一点倒栽葱摔下去，晃了两晃才站定。大脑袋拱着手朝"好运气"连连哀求："大爷，长官！别打了！会出人命的！这正月还没过哪，别……”

“好运气”手一松，忽然大叫了一声。

大脑袋的话也并没有说完，是被嗡的一声抡断了，方脸狱卒一棍发狠击在他硕大的头上，骂了句：“找死！”

大脑袋肉多，这一下似并没什么，警棍和皮肉相接的声音都是闷的，用拳头轻轻敲一敲蒙着厚牛皮的鼓，大概就是这样的声音。

天禄仰着头，瞪大眼睛，看着那离自己不过两尺距离的硕大的脑袋，那双总带着笑容的眼睛，那一谈到吃就会闪出光芒的脸。

有什么温热的东西落下来，落到天禄的眼睛里，一片红色。血先是从大脑袋的鼻子里涌出来，然后从他的眼睛一滴滴渗出来，滑下来。大脑袋歪着倒了下去。

“铁大哥！”天禄喊，“好运气”已松了手，让天禄得以脱身，爬过去将大脑袋扶着。

“铁大哥！你没事吧！”

大脑袋有气无力地道：“我老祖宗从龙入关打过天下的，真真儿的巴图鲁，这一两下，没事！”

方脸狱卒其实知道自己这一下手重，赶紧走开了，众人纷纷放下手中饭碗，跑过来将两个东倒西歪的人扶进牢房，大脑袋靠着墙坐着喘粗气，几次抬手想擦鼻血，手却抬不起来，天禄难过到极点，将棉衣脱下卷了两卷，让大脑袋躺下枕着，又将汗衫子撕了一个角，给他擦血。

大脑袋闭着眼道：“……好歹我是不用大正月里出去了。”

“先别说话，躺着歇一会儿。看守说去叫大夫了。”

过了一会儿，大脑袋的呼吸越来越重，额头变得滚烫，出气儿多吸气儿少，胸腔抽动，浑身开始发颤。

“怕是不好了。”

“肯定没救儿了！”

“瞧脸色都变了。”

围观者悄悄议论。

天禄忽然大声道：“铁大哥，我开的饭铺叫‘牛肉刘’，我有两个伙计，是父子俩，当爹的是做馅饼的好手，儿子能把面抻得头发丝儿那么细。那天您问我拿手菜是什么，我是靠酱牛肉才发的家！酱牛肉做得不错！”

大脑袋的脚抽动了一下，问了句：“使的牛……哪一块儿？”

“前腿腱子和腰窝子上的使得多，多年老卤合着三伏老酱来熬。”

大脑袋过了好一会儿，说：“嗯……听着行。”

天禄说：“等咱们都出去了，您得尝尝我的酱牛肉！”

“那……可得说定了。”

“说定了！”

大脑袋睁开眼睛，眼白都是红的，他笑了笑：“上午打算跟你说的……你一提……酱牛肉……我想起来了。炖牛肉和拐筋儿的……汁儿，注一点儿到羊肉饺子……馅儿里……好吃啊！”

说罢，脑袋一偏，死了。

大夫没来。来的是义地①收尸的，推着一辆木板车，上面插个破木牌，用黑笔画了四个字：普渡慈航。

晚上开饭，推来一桶大馒头，每人一个。

天禄拿着馒头，雪白的馒头直有两个拳头大，掰开来，热乎乎

---

① 义地：埋葬穷人的坟场，多由社会团体或个人设置。

香喷喷，他放了一口到嘴里。

“这是我出生以来吃过的最好的馒头。”

天禄想起了大脑袋的话，可大脑袋再也吃不到这馒头了。

天禄蹲下来，摸摸脸，满脸的胡子，哪会不变呢，他真变成一个囚犯的样儿了。

四天后，天禄娘终还是想办法来探了监。这么些日子，跟打昏的兔子一样四处乱窜着求人帮忙，连菜市口的水霸、右安门的粪帮都去求过，总算见到儿子，总算人还活着，不过眼前儿子这狼狈样儿，也着实将她震住了。翠喜一直是跟着她的，自瞅到天禄第一眼，她那双大眼睛里就全是泪，可天禄一眼都没瞧她。

听母亲叙述完家里的现状，他只问了句：“妈，家里还有钱没？”

天禄娘小声道：“还有点儿。”

天禄点点头，从兜里掏出一张纸条，是大脑袋的殃书[①]，他递给母亲：“这个大哥为了救我被人抡死了，我欠了他一条命，没法还，他没有亲人，您回家后拿着这张条到湾子的义地，请人给他做场法事，立个碑吧。他是旗人，有什么讲究，您去问问那小姐。”

天禄娘应了，接过纸条，颤声道：“儿子，你受苦了。”

天禄摇头：“妈，您得保重身子，等我出来，咱还可以从头再来，再过回好日子去。”

① 殃书：又叫殃榜，原是阴阳术士为死者开具的死亡标记，注明死者死亡日期、姓名、性别等，亦被官家所用，便于鉴定死因，亦为死者家人作为丧礼的指导。后为死亡鉴定书的泛称。

天禄娘点头，将泪眼盈盈的翠喜拉过来，对天禄道："这孩子一直跟着我，她惦记着你，都瘦得皮包骨头了。你们快说说话吧。"

天禄仍是不看翠喜："以后你别来了。"

翠喜愣住："天禄哥……"

天禄说："现在饭铺没了，翠喜，咱家没你什么事儿了。好好跟着你哥，该干吗干吗去吧。"

说完这句话，他却偏着脸看着站在一旁的母亲，眼中有泪光一闪："妈，儿子对不住您了。"

天禄娘很清楚，儿子是不愿耽误翠喜，才故意说这狠心话，补上后头这句，也无非是因为翠喜若真撂开了他，母亲在这万难之际，也就没了能搭把手的贴心人。她心如刀割，却只是轻描淡写地笑了笑："我身子骨很硬，你别担心，把自个儿顾好了，记住：留得青山在，不愁没柴烧。妈等你出来。"

她拍了拍翠喜的肩膀，说："孩子，咱们走。"

翠喜的眼睛一眨不眨地瞅着天禄，眼中的泪却没了，嘴唇儿翕动了一下，挤出一丝甜甜的笑："我刚才进来见着天禄哥，就忘了该说什么，现在要走了才想起来。也没啥，就跟大娘说得差不多，你一定要好好的！以前你说过要带我去趟东安市场，还有隆福寺，别忘了呀，我在这北平走动最远的地方，还没过中华门呢！"

天禄原本背过身要走，听了这句话，终于回头看了她一眼，这一眼爱怜横溢，包含千言万语，他知道翠喜全明白。

翠喜和天禄娘走出监狱，站在外头愣了好一会儿，都有种恍如隔世的感觉，天禄好歹还算平安，她们的心暂时踏实下来。

那天晚上，翠喜做了个梦，梦到一座山，在梦中她意识到这座山似乎自己曾经来过，山巅一片白，不是雪，好像是石灰，通往山脚那条路，似也曾走过许多遍，下个坡往左边一拐，上个坡，两个池塘的尽头就是山脚。一时浓雾弥漫，连路都看不清，一时又云开雾散，天蓝得像洗过一般。附近有竹篱茅舍，一户人家里走出个农夫，见到她，愣了一愣，告诉她这山可上不得，有人上去过，回去后一家人就出了事。翠喜便往回返，浓雾却从四周冒出来，遮住退路，细密的雪粒子打在脸上，她又惊又惧，脑子里想的是必须往回走，不能上山，绝不能让天禄出事，可看不到回去的路了，她一咬牙，闭着眼睛往回冲，竟一脚踩空，掉进了深渊。

她吓醒了，浑身冷汗，睁眼一看，天色仍蒙蒙亮，身边是哥哥的两个女儿大毛二毛，还在呼呼睡着。

翠喜睡不着了，仔细回想来京后的一切，眼泪止不住流下来。刘家落到今天这个地步，说到底，和她是有直接关系的，她无时无刻不怀着深深的负罪感，更令她难受的是，现在能力弱小，实在无法为刘家做点儿真正有用的事。

她打算去找活儿干，不能给任何人添麻烦，这“任何人”中，自然也包括哥哥一家。

天刚亮她就出门，沿路的柳树已冒出鹅黄色的芽，杨树也已敷上浅浅一层绿，呼呼刮着的风，再过些日子，应当就吹面不寒了。

老耗着不是办法，天禄若不放出来，刘家就不会有活路。天禄娘决定把房子给卖了，哪怕倾家荡产也要把儿子捞出来，卖房的消息放出去不久，菜园街的李妈带着一个买主上门了，是他家远房亲戚，在菜市口开了个中药铺，正好缺个地方安置几个徒弟。谈好价钱，对方给了订金，定好七天后搬来，老太太毫不拖泥带水，立刻收拾东西准备走人。

第三天中午，吃过饭，她去了趟金四爷家。

金四爷连忙招呼。

“他金四哥，”天禄娘将一沓钱啪地放桌上，“天禄太冤了，我咽不下这口气。这些钱就是孝敬您的，只要您能帮帮我这老婆子。多年的邻居了，您行行好！”

她说着，脸色苍白，不光肩膀颤，连声音都颤了。

金四爷端条凳子，扶她坐下，连连拱手：“哎哟我说刘大妈，您可真是抬举我了。您慢慢说，别急别急！这钱我可不敢拿，怕外头打雷劈着我。”

天禄娘哽着嗓子道：“他四哥，您消息广，一定知道哪儿能找到好律师，替咱打个官司？要能把天禄捞出来，拼着老命我告御状也成！连房子都卖了！”

金四爷叹道：“告御状？北京现在叫北平啦，皇帝搬到南京去了！”

“老天爷犯邪性！不管怎样，即便这北京城没皇帝，没总统，谁给这儿的老百姓做主呢？没地儿讲理了吗？！”

金四爷只是摇头，心里犯了难。这老太太吧，是个有主张的人，儿子被囚了，她可是挺着一把老身子骨，把这南城一带的警局、巡警阁子全跑了个遍，喊冤撒泼讲理，送钱送点心送烟，能想的办法都想了，现在还能提出请律师这样的办法来，比寻常老太不知强了多少。但毕竟没什么见识，要有见识，怎么会来找他，他除了耍耍嘴皮子还能做什么。不过……金四爷仔细思忖，还是决定替天禄娘好好琢磨下，一来是多年街坊，不能不帮，二来人家上门求救，好歹也是真看得起他，不能自个儿折了面子，得有分让人看得起的样儿，再怎么也不用真的出面做什么，无非就是替人家打听打听，出出主意，若怕惹祸，悄悄的就行了，便道：“大妈，您看这么着行不？我先替您问问去，得找个管用的，对吧？您把房子都卖了，钱可不能乱花呀！这桌上的票子也得拿回去。等天禄出来，我上您家白吃几口饭就行。”

天禄娘抹抹眼角：“借您吉言！那就费心了您哪。”

金四爷道：“刘大妈，之前天禄出事儿，我躲着不敢上您家去，您别怪我。我怕呀！小老百姓，谁能不怕？我家金蛋也是个学生，家里就这一独苗，得护着。不过您记住了，金四虽然胆子小，却不是个没良心的，落井下石的事儿，姥姥！绝不干。你家有难，能帮的一定帮。”

天禄娘摆手：“四爷，您不用多说，老婆子我什么都明白。我敢厚着脸皮上门来找您帮忙，就是知道会帮我的人，怎么都会帮，白眼狼怎么都是白眼狼。您、斗大爷、秦爷、那小姐，都是好人！”

四爷一声长叹：“这世道白眼狼多，毒蛇也多呀！得嘞，请律师的事就交给我吧，好好替您张罗张罗！您卖了房，住的地方有吗？”

“就在枣林胡同曲家院子里找了间屋子，跟房主说好了，过两天就搬过去。”

金四爷竖起大拇指，朝天禄娘比了比：“您可是这个！哎不对，您这……您怎么知道请律师这招儿啊？谁给出的主意？”

“还不是你家少爷，读过书的孩子就是不一样！”

“嗨，让您笑话。”

待天禄娘一走，四爷满屋找棍子，口里喃喃道：“今儿得给金蛋这小子吃顿好的！小兔崽子，够能个儿啊！”

晚上金蛋一回家，就被父亲挥着棍子追着打，躲之不及的时候，外面突然闹哄哄响起来，有人咣咣当当地敲盆子，金四爷和儿子对视一眼，心里都叫了一声不好，出门往半步桥方向一看，只见红光隐隐，黑烟滚滚，是刘家的小院子着火了。

“刘叔家！”金蛋失声道。

“别愣着，赶紧去帮忙吧！”金四爷将棍子一扔，拍腿道，“我找水三儿弄几担水去，这要是谁放的火，丫就缺大德了！”

刘家的房子被人点着了，好在天禄娘警醒，大声呼救，四周的街坊们都赶去救火，连斗大爷和白狗斗斗都来了，斗斗急得跑来跑去汪汪大叫，脖子上还戴着它的大铃铛，映得狗脸通红。白纸坊分段的巡警老古第一时间就赶到，拖着一双夸啦夸啦响的烂皮鞋，吹着口哨指挥人救火，小巡警二墩子从东边跑来，向老古汇报：“没追着，不过瞧着眼熟，是虎坊桥那边郑大肘子手下的小混混。”

老古努着眼睛骂了句脏话，怒道：“这帮孙子，腿脚伸得够远哪！敢到咱们这儿撒野，这是纵火罪！”

二墩子挤眉弄眼朝他使个眼色，老古眼睛一偏，天禄娘披头散发，黑着一张脸走过来：“古段长，刚二墩子说是虎坊桥那边的人放的火？虎坊桥……那些人是不是温所长叫来的？”

老古道：“您听错了。”

天禄娘回头看着冒着黑烟的院子，火是灭了，房子是没塌，可也跟一堆废柴火没太大区别了，谁还会买这样的房子呢？给天禄请律师的钱，泡汤了。

天禄娘点点头：“得。”一声不吭往回走，将地上一个空盆子捡起来，拿块破瓦片往里舀灰，那些灰还很烫手，带着火星子落到她手上，她也不觉着疼，金蛋跑过来："大妈，舀这些灰做什么哪？别烫着了！"

天禄娘道："这可是好东西，烧成灰的可是我和儿子的家当啊！得留一盆送贵人呢。"

金蛋觉得这老太太是被气昏头了，他可料不到天禄娘的这盆"家当"，在第二天一大早就献给了温贝勒。

温梦榆一踏出家门，兜头兜脸挨了一盆灰，天禄娘破口大骂："杂种的臭王八羔子！出息大了去了哟，真不枉你这王八姓儿了！你是县太爷还是督军老爷？屁眼子里的小芝麻，还敢这么伤天害理，杀人放火！全家畜生！我去你亲娘祖宗！"

"背了"爷捂着头直往里躲，天禄娘一路追一路骂，追到前厅坐到凳子上，接着骂，吓得温太太和用人不敢出来，天禄娘手里还提着那装灰的盆子，骂道："姓温的，有种你就把我娘儿俩都弄死，要弄不死我们，那就等着！看是你先弄死我，还是我先闹死你！老娘天天上你这儿来！"将盆子往北面供桌上一砸，好家伙，丁零当啷一阵响，香烛蜡扦满地滚，天禄娘拍拍手，往地上重重啐了一口，走了。

自那天起，她每天一早就到温贝勒家门口铺张席子盘腿坐着，他一出来她就指着骂，翻来覆去地骂，温梦榆本就恶名远扬，听者无不拍手称快，这事很快就传遍南城。有街坊来看热闹，也有人来起哄，某一天她刚骂完，听到车轱辘响，见到了推着板车的草奶奶，车上坐着大白狗斗二爷，狗脖子系着铜铃铛，这之后他们就常来陪着天禄娘，看阵势跟保镖一样。天禄娘只得将自己带的干粮分点儿给他们吃，狗也有份，等天色一暗，温贝勒下班回来，天禄娘再送他一通好的，由草奶奶和斗二爷护送回家，草奶奶将板车拍拍，示意天禄娘坐在上头，天禄娘刚坐上去便跳下来了，笑骂道："放你娘的臭狗屁！"原来斗二爷真放了个屁，颇为悠闲地摇摇大白尾巴。

金蛋也来了，带着在一家报社实习的同学，俩人买了碗豆汁儿喝，边喝边听天禄娘骂人，同学兴致勃发，回去就画了一幅漫画，刊登在报纸副刊专栏，与"大帅遛鸟""王孙唱戏""洋太太撵猫"等一同被列入"新燕京八景"之一，单起个名儿，叫"老太太骂街"。

温贝勒没想碰到这么个硬眼子，事情闹大，倒不敢轻举妄动了，憋着气上下班，这北平城里茅房本就不多，随处可见黄白之物，一个看热闹的顽童捡了一坨屎扔到他头上，恰好贴在他后帽檐，他勃然大怒，欲待将那孩子抓着痛打一番，脚一歪，被个石头绊倒，面朝下摔下去，下巴磕在一堆软趴趴的东西上。这场景再次被金蛋那同学画成了漫画，不过却不是"新燕京八景"了，而是正正经经地附了一篇小文，指责北平政府在公共卫生上的失职，街道卫生状况堪忧，屎溺遍地，文章引起了议员们的重视，在各处勘地，准备批款子修公共茅房，这是后话。

天禄娘将卖房收的订金退了，住在熏得黢黑的北房里，门烧坏了，整天敞着，到天黑才合上。外墙上挂的一排大铃铛，也熏成了透黑，她睡不着的时候，拿进来，擦一擦，擦着擦着就睡着了，醒来的时候，也不知道是不是还在做梦，见到一个熟悉的小小的身影，晨光照得她茸茸的鬓边微微发光，长长的辫子搭在肩上，一双漆黑乌亮的大眼睛关切地凝望着自己。

"大喜子？"天禄娘揉揉眼。

"是我，大娘，"翠喜给她掖了掖被子，"您再睡会儿，我坐坐，一会儿就走。”

“上哪儿去啊？”

“去前门卖枕头，铺子里拿了货，上火车站卖，能挣一点儿钱。”

天禄娘坐起来：“那儿乱着呢！你不怕被人欺负？”

翠喜摇摇头：“在哪儿不被人欺负，再说我也不怕，谁打我我就打谁，谁骂我，我就骂谁！”

“傻丫头！你才多大点儿，别去硬碰硬，打不过就跑，骂不过也跑，知道不？别吃亏！”

翠喜眼中泪光一闪：“可您……不也是硬碰硬吗？连房子都被烧了。”

“我那是没辙！被逼的。走，大娘给你做点儿吃的去。”

翠喜摁住她的手，微笑道：“您瞧桌上。”

天禄娘一看，两碗粥还冒着热气儿，旁边是两个窝头。

“你哪儿弄的？”

“天还黑着我就悄悄来了，”翠喜嘻嘻一笑，像个孩子，“厨房塌了，不过灶还好使呢。我带了点儿糙米来，窝头是我从我哥那儿拿的，咱们一人一个，好吗？”

“你这孩子！没法说你！”

两人喝粥吃窝头，翠喜漫不经心道：“大娘，您一会儿先别出门，有裱糊匠来，把窗户给您重新糊了，老这样敞着不行。门也换换，我托金四爷找了木匠，应该今天也来。”

“大娘现在没钱啊！你别瞎胡闹。”

“我把钱给了。”

天禄娘急了：“你这小丫头哪里弄的钱？我告诉你，千万别去借高利贷，会要你命的！”

翠喜低下头：“我把天禄哥给我的钗子当了。现在拿它没有用，不如换点儿钱救急。大娘，只要人在就好，其他的都不算什么了。”

将粥喝完，窝头几口嚼了，擦擦嘴：“我走啦！您保重！抽空再来看您。”

翠喜没告诉她，两天前，她和哥哥大闹了一场。

她卖完枕头回家，看到嫂子坐在炕沿，拿块脏抹布擦着一个崭新的粉彩花瓶，大毛二毛两个小姑娘挤在旁边看，不时伸小手摸一摸，也不知这破屋子要那样漂亮的花瓶做什么。奶奶在给二毛的裤子缝补丁，抬头对翠喜笑道：“孙女，今天有肉吃呢。”

翠喜早就闻到香了，桌上放着一包酱肘子。

“我哥回来啦？今天还挺早。”翠喜坐到炕上，将二毛抱到腿上坐着，“这花瓶是嫂子买的？哥呢？”

“买酒去了。”

嫂子说，犹豫了一下，微笑道：“花瓶是姚大婶拿来的，还给了你哥二十现洋。”

翠喜装着听不懂：“哦，想不到我哥还会放债啊，姚婶是来还钱的哈？”

嫂子看着瓶上绘的牡丹花：“说是温家的心意。还说请咱们一家人吃饭，就在星期天。你哥应了。”

翠喜笑着伸手：“这瓶子倒是好看，我瞧瞧。”

嫂子把花瓶递给她，翠喜哐地就扔地上了，一声脆响。

二毛晃晃小腿，拍手道：“放炮仗！”翠喜将她放到炕上坐好，站起来，浑身发颤。

贵成拎着酒瓶子跑进来，见地上狼藉，呆了一呆，没说话，翠喜指着他骂："吴贵成，狗吃了你良心，为二十块钱你敢卖你亲妹妹？×你奶奶的我就！"她实在是气急了，也想不出什么粗话来，便借用了草奶奶惯说的那一句。

贵成面红耳赤，翻了半天白眼，硬是摁住了脾气，没回嘴。奶奶在一旁笑嘻嘻听着，但听到翠喜骂的最后一句，笑容一收，哇地哭了。

翠喜知道自己骂错了话，羞怒交加，泪水也夺眶而出，贵成将酒瓶子往桌上重重一放，这才大声道："我卖你？跟你说，吴翠喜，你出去打听，这一片哪家没有卖儿卖女过？一个黄毛丫头，一百块钱彩礼就能打发出去，嫁个粗汉子揍死你！我要卖你早卖了，还用得着等到现在？！"

翠喜哭道："那你干吗要收那老王八蛋的钱？"

"不收行吗？你自己想！人家让姚婶放了话，我要敢削他面子，他就让我拉不了骆驼！吴翠喜，你如果真还是我亲妹妹，就得替咱们家想一想，得罪了不该得罪的人，这一家老小怎么办？我吴贵成在北平干的是下三烂的营生，可你们现在就是靠我这下三烂养活，就离不开这下三烂的事儿！你说我怎么办？还想让人再来把这狗窝也给一把火烧了吗？你以为你天天去打零工，卖几个破枕头，咱家就能熬过去？做梦吧你！咱们谁都躲不过！"

贵成媳妇忍不住抽泣起来，贵成将桌下凳子踢出来，喘着粗气坐下，眼圈也是一红。大毛二毛吓得不敢出声，牵着翠喜的衣角："姑姑，别哭。"见母亲也哭了起来，又过去安慰母亲。翠喜给奶奶擦了擦泪，见嫂子大着肚子默默饮泣的样儿，不由得万般难过。

“躲不过就要认了吗？”翠喜抽噎着道，“哥，你知道那就是个流氓混账，我要跟了他就是死路一条啊。”

贵成道：“除了先应付着，没别的招儿。”

翠喜当晚又是一宿睡不着。第二天抓早儿[1]，去当铺将天禄给她的簪子当了，让金四爷帮忙给天禄家找了裱糊匠和木匠，给了工钱，剩下的钱包起来，悄悄给哥哥留下，奶奶她带不走，没法照顾老人家，还好哥哥是孝顺的。所有事安排完，这才去看望了天禄娘。

刘天禄的祸事，归根结底还是因温梦榆想霸占翠喜而起，文的武的都走了一遍，温贝勒没耐性再耗着了，纡尊降贵，亲自带人去了趟吴家。

贵成瞅着他，眼珠子发红：“您找我要人，我还想问您要人呢。我妹子跑了。”

① 抓早儿：一大早。

第十六章 孽子

山桃始华，城笳鸣春，东南风一来，四面八方的树都在响，千丘万壑都在共鸣，春天的声音是有韵律的，也是有香气的，天气暖了，万物都在攒着劲儿唱和难得的春光，花朵的响声也起来了，桃花一开，杏花玉兰泡桐花，就挤挤攘攘地赶着要来，快来吧，让香气炸起来！让那些单调的孤独的树枝，被重重花朵覆盖，轻轻地弯下来。

又一阵风起，刮下许多柏树籽打在肩膀上，男子拾起一粒，递给前方执着花锄的少女："你瞧它像不像你。"

连翘低头看，青白色的种子上凸起两个小点，像一对小眼睛，下面一个弯弯的长纹，合在一起看，恰像一人愁眉苦脸的表情，却又憨眉呆眼。连翘心想：堂堂旧朝王爷，怎么跟个小孩似的开人玩笑？

抬起头，将柏树籽捏在手中，想道谢，又觉得毫无理由，因而嘴唇动了动却终是一句话也没说。

玉田指了指自己的嘴，朝她眯了眯眼睛："别皱眉头，好好的年纪，要过得高兴一点，这样才能前途光明。憨宝儿，咱们走。"最后一句话，是对笼子里那只百灵说的。

"我没不高兴。"连翘说。

玉田静了静，扑哧一笑："性子还挺鲁，在这园子里敢这么跟我说话的女人，要搁以前……"

她心里问：搁以前怎么了？这句话却是没胆量再说出来。

"搁以前，你可福气大了去了。"

她不由得往后退了两步，玉田瞥了她一眼："吓死你！"

清朗的笑声中，拎着鸟笼，哼着小曲儿，慢悠悠地步入弧形长廊，走进花园深处。

长廊的楹联是苍劲俊秀的笔画：

"源溯白山，幸相承七叶金貂，那敢问清风明月；居邻紫禁，好位置廿年琴鹤，愿长依舜日尧天。"

悦昌首饰楼里也有同一人的墨迹，连翘记得。

柏涛曾说："谨王一系本是清宗室旁支，到光绪年间突然就发达起来，可以说是红运当头。现在的谨王爷是小王爷，爵位世袭罔替，什么叫世袭罔替？那些宗室王公，若按照清制，袭爵递减，亲王世子袭的是郡王爵，郡王世子则袭贝勒爵位，一代代下去，直到辅国公为止，除非是极个别功劳极大的亲王，才说得上按原来的等级一直传下去，清初八大铁帽王就是如此。谨亲王就是铁帽王之一，不过这个爵位，是到了光绪年间才拿过来封到现在这小王爷的父亲，老谨王爷头上的。此老王爷有两好，一个是官运好，官场上无人能及，另一个是字好。当年时人议论老谨亲王昏聩庸懦，为人贪鄙，风言风语传了不少到慈禧老太后耳朵里，老太后却是睁只眼闭只眼，一路提拔，一来是谨王爷会站队，自始至终就力挺后党，庚子年更立了大功，二来也是因为老王爷的字极招太后喜爱，甚至曾给太后代笔写谕旨。咱悦昌这幅字，是沾小谨王爷的光，向老王爷那儿讨来的。”

如今那小谨王爷也该有五十出头了吧，连翘想，看起来倒是一点都不显老。年轻时烈火烹油，鲜花着锦，那是无人能及的飞扬跋扈，到现在人近暮年，家道中落，做个整日喝茶逗鸟的旧王孙，倒是提前“颐养天年”了。

园子大得让人瘆得慌，就游廊便有数十间，曲折蜿蜒，连接着亭台轩阁。原来的仆人早被打发走了不少，现在剩下的，打杂的仆妇有四五人，主要做一点儿打扫的事，四个年轻丫头，杂役、花匠有几人，厨师有三个，大厨是南方人，跟着主人，有时在天津有时在沈阳，只要主人回北平，便也跟着回来，剩下两个厨子，带着几个徒弟，平日里要负责采购以及给所有人做饭，活儿太多，难免分配不均，所以经常吵架。管家老萨是王府的老人，平日也跟着王爷夫妇，主人不在的时候，这个大宅子交给老萨的外甥海三来管理，海三便是那日连翘和立云来时见到的男仆，轻声细语，对谁都带着几分和气：“福晋交代，你呢，刚来，先跟着大春丫头熟悉熟悉，等福晋她们从沈阳回来，你就跟着扎嬷嬷，福晋自小都由扎嬷嬷来照顾，起居上的事儿，多是扎嬷嬷来料理，你应该见过扎嬷嬷了，她会带你的。”

一个胖乎乎的高个儿姑娘走上前来，道：“跟我走吧！”将连翘带到西院，数间厢房，是用人们住的地方。

大春指着其中一间道："那儿原是成衣师傅住的地方，府里上下人的衣服都是师傅带着徒弟做的，连桌围椅垫也都做，现在人走了。"她抬起一只脚，绕过去擦了擦另一只脚的后跟，手扒在窗栏上往里看，窗板支着一缝，窗下就是一个大木台子，规规整整放着制衣的用具，要再往里瞧，却又瞧不见什么了，大春笑道："我傻了，咱们进去呀，门又没锁！"

推门进去，一边走一边道："海管事说过，衣服破了，这里头什么都有，针线啊，布匹啊。可我不会做衣服，你会吗？"

连翘将行李放下，目光落在屋内一张大案上，除去剪刀针线等，尚堆着几叠绢绡锦绣，零散的布头，和一朵尚未完成的布花，花儿的式样很普通，更像是布头堆起来的绣球，想来是某个成衣徒弟闲来弄着玩的。连翘将花儿拿起来，这才想起要回答大春的问题："做自个儿穿的衣服不是问题，但主人家的太精贵复杂，得让老师傅带我好几年，怕才敢动手呢。"

大春困惑道："那为什么海管事说让你住这屋里？我还以为你是来当成衣师傅的，看年纪也不像，正纳闷呢。"

连翘拿起案上几绺裁剪剩下的碎锦，往手里布花的花瓣里塞了几圈，比比样子，将花儿底部捏紧，缠上布条，系上了结，再拿起剪子，对着花瓣顶部四周修剪了一下，递给大春。

大春眼睛一亮："哎呀，真漂亮！白花瓣里头有紫点子，这是什么花？"

"牡丹花，"连翘说，"你平日在这大园子里都做些什么？教我吧。"

大春挠挠头："说实话，我顶多带你认认人，先熟悉王府四处。海管事说，上头吩咐，您的活儿得让福晋和扎嬷嬷来安排。"

她拣了张凳子坐着，有点颓，“别看这园子大，东边的两个套院是王爷两个兄弟的，早卖了，砌了墙隔起来，不归这儿管。余下的地方，我看也迟早要卖了。要说干活儿，打扫啊，伺候茶水啊，这些杂事也不算太麻烦，大家分一分，只做主人看得见的那部分，其他的能不干就不干了，要不为什么把那么多人都遣走？用不着啊。说来又绕到你这儿了，本来还嫌人多呢，怎么要你来了呢？”

她把那朵改造后的布花顶在下巴上，眼睛眨了眨，大为不解。

待大春离开，连翘将行李包裹解开，一件件整理，包裹中有一个小小的木匣子，她珍重地将它拿在手中，抚摩它陈旧却光滑的表面，闭上眼睛，轻声说：“爸，我离开韩家潭了，也有机会做手艺了，您在天之灵，一定放心了吧。”

谨王爷夫妇一行人是在惊蛰过后回的北平。

那天傍晚下过一场雨，台阶旁用山石砌成的浅壑，积成小小的水池。海三带着连翘去见了扎嬷嬷，扎嬷嬷又带着她去见了毓秀。

毓秀道：“连姑娘原是想一心一意做你的手艺吧？我出于私心去悦昌要人，先别说赵掌柜不情愿，只怕你自个儿也是勉强的。”

连翘道：“能到王府来，是连翘的福气。”

毓秀一笑：“不勉强，那便是乐意的了？”

连翘只说：“我会好好做事，答谢王爷和福晋的赏识。”

毓秀点点头：“我喜欢你手巧，人又干净秀气，这年头难得找一个我中意留在身边的人。好好跟着扎嬷嬷吧，若能为她分点儿心力，也就是帮了我的忙了。不会亏待你的。”

“是。”

福晋脸色蜡黄，大是憔悴，更似隐着愠怒，像发生了什么不愉快的事，扎嬷嬷给连翘使了个眼色，连翘便退下。回到西院，大春正兴冲冲往外走，拉着她就是一趟："快跟我来，有好瞧的。"

"什么事？"连翘被她拽得差点一个趔趄，大春两颗眼珠子直放光，并不回答，只是快步走着，抄了个近路，没过游廊，而是直接从园子的小路穿花拂柳，绕过一个太湖石，正好见几人迎面走来，海三在最前头带路，半躬着身走，极是热情，飞快地朝大春和连翘定了一眼，目光里带着提醒。两个女孩忙垂着头让到一边，这么一会儿工夫，那几人很快就过去了，连翘注意到，其中一年轻男子身着长袍，抿着嘴，嘴角却带着春风一样的笑意，肤色光洁，顾盼有神。连翘心里突地一跳。

大春不远不近跟在后头追，见连翘脚步甚慢，急道："那是尚小云尚老板！你要不跟我走，可看不了好戏了！"

住在韩家潭，怎不知三庆班，知道三庆班，又怎不知三庆园，尚小云是常驻三庆园的名角儿，连翘岂能不知。前几年，大栅栏各处都张贴着《摩登伽女》的海报和主演照片，万人空巷，一票难求，连翘完全没料这轰动京城的人物此刻竟然近在咫尺。

"庆有余阁"并非正式戏台，只在平日用来设宴茶憩或品诗论画，朱漆回廊，中有天井，设有数座，待尚氏一行到达，已有年长仆人将桌椅摆放规整，清茶果盘，悉数备好，连翘和大春避到茶水房，往天井那儿瞧，乐师为来客自带，已在调琴准备，尚小云则一到便在靠里的一张桌前开始扮装，不一会儿老萨从近日堂过来，尚小云见之，忙站起来拱手一礼，叫了声萨叔，音容婉妙，甚是恭敬。

老萨说："您先扮戏，王爷吸口烟就来。"

"哎，哎。"

后者便坐下，描眉梳妆，老萨自去北向一桌，检视茶盘茶具。待玉田与毓秀等人到来，尚氏再次起身，这一次，则是快步上前，请了个跪安，玉田说："坐。"

"王爷和福晋先请。"

玉田与毓秀坐下，名伶后退一步，正了正衣衫，外袍早已换成戏服，水袖轻举，在清冷的三月晚风中微微飘动，待玉田端起茶喝了一口，乐师扬琴一敲，碎珠子般的前奏伴着悠扬的胡琴，他轻启朱唇，曼声唱道："我夫妻重恩爱如宾相敬，因家贫乘吉便万里投亲，见皓月扬明辉风平浪静，理螓首画蛾眉即景生情……"

一口气连唱数段，时而婉转清亮，横风急雨，时而刚强豪健，不卑不亢，余音缭绕不绝，如那翩翩惊鸿飞过素湍绿潭，仍回清倒影。东边天空一轮明月破云而出，银波泻地，回廊上的灯笼已挨个亮起，灯火摇曳，花木芳菲，幽香阵阵，万物如同透明。曲终乐罢，名伶又施一礼："王爷，福晋，这是还没上的新戏《珍珠扇》。"

毓秀轻轻点了点头。

玉田道："从你出科开始，逢你唱大轴，只要我在京城，几乎场场不落，如今你功成名就，前途无量，不缺好座儿，更不缺捧场，听说你过两天要去上海，所以我备了些东西，都是给你路上吃的玩的，一会儿老萨会给你。"

尚小云道："王爷的垂爱，德泉铭记于心，永不敢忘。记得第一次离京，还是王爷出的川资，您送的皮箱子，我到现在都在用着，当年路上穿的那身戏服，还是福晋让府里的高师傅做的。前些日子琢磨新戏，也找了些过去的曲词唱了唱，有这么一首，倒是隽永清丽。"

仆人们都竖起耳朵，按捺不住喜悦，看来还有得听。

果然清音再起，婉转而出："黄芦岸白萍渡口，绿杨堤红蓼滩头。虽无刎颈交，却有忘机友。点秋江白鹭沙鸥。傲杀人间万户侯，不识字烟波钓叟。"

玉田缓缓点头，待他唱毕，叹道："荣华富贵，权名才色，捏在手里不如拿着一根钓竿自在，玉堂金马，终也比不过烟波钓叟。你这是元代白仁甫的双调，记得前朝朱彝尊也曾仿作一首。"清了清嗓子，唱道，"香茅屋青枫树底，小蓬门红板桥西，虽无蔗芋田，也有桑麻地，野蔷薇结个笆篱，更添种山茶绿萼梅。这便是先生锦里。"

音吐清扬，和前者的柔婉迥异，却也另有一番动人之处，毓秀给他斟了杯茶，微微一笑："我不懂词啊曲啊，只管好听还是不好听，论唱，您哪里比得过人家尚老板，但这两首曲子，听着意思倒是差不多。"

尚小云道："人生如寄，忽若风吹尘，难得的是相距数百年，一放一收，有个呼应。沧桑万变，只要知音常在，何处不是秋江锦里。王爷，您说是吗？"

待来客离去，海三回到茶房找水喝，脸上颇有轻松之意。众人仍在回味表演的精彩之处，优美的唱和之声仍萦绕耳际。大春的好奇心重，问今日尚老板怎么会亲自上门，海三白了她一眼："他要不来，估计这两天咱们头上都得顶着雷了。"

原来回府之前，王爷带着福晋先去了趟三庆戏园，赶着看尚老板的《武家坡》，被人扔了只鞋到包厢里，正好砸到胸前，王爷似乎不以为意，拍拍衣服，戏谑道："难为从一楼扔到二楼，手有劲儿不说，还挺准，要是在茶园子里递递手巾板儿[①]多好，兴许能养活一家人呢。”说罢继续看戏，福晋却气得够呛。

扔鞋的是个遗老。

“怪不得福晋看着很不高兴，竟有这么一出。”连翘恍然。

对于谨王府，连翘大多都是听的传说。除开柏涛说的那些，谨亲王父子，尤其是那老亲王，被宗室遗老目为贼子。搞洋务卖官鬻爵，力挺共和到最后逼孤儿寡母退位，哪一件似都和他有关。老亲王前几年去世，家人该讨谥号，逊帝挑了几个很难听的，是在宗室亲贵劝说下，才勉强给了个中和些的字，其中仍含着要其悔过自新之意，让老爷子到死都背着葬送清室的骂名。

现在的谨亲王玉田在天津避过几年，四个子女均留在天津，此时的他就像一条狗，本来一直打着盹儿，就那么睡过去也好，能睡多久就睡多久，却一个激灵，醒豁了，又不想睡了，只想放肆地把剩下的日子过完，爱谁谁。孤臣孽子，本就该灰溜溜躲到一隅悄无声息度过余生，偏偏玉田时不时回一趟北京，还时不时在公众场合露面，不光惹时人议论，更让一些遗老嗤之以鼻，什么难听的话都有。

那日慨然而歌，向往鸥鹭忘机，羡慕烟波钓叟之人，也是被扔鞋的人。

连翘这么想着，颇有种身在戏文中的感觉。

几天后，八铁之一某亲王旁支，人称乌爷的，上门拜访，给玉

① 手巾板儿：指热毛巾。老北京戏楼或茶园里会给客人提供干净的热毛巾，招呼一声，熟练的茶房会将毛巾“递”“掷”“飞”给客人，花样甚多。

田送礼。

“给王爷问安！”乌爷行了个旗礼。

“老乌啊，好久不见啦，这后头牵着俩长梭梭的什么玩意儿？”

乌爷哈哈一笑，身后一憨眉憨眼的胖小子往前迈了一步，手里牵着两条灰狗，狗长得尖耳长身，目光警觉，怪模怪样，蹿着要过来，胖小子低声喊了个口令，两条狗便听话地坐下，屁股两边肌肉一扭一扭，想来是在摆尾巴，可尾巴已经被齐根断去，只剩下一指来长的秃尾根儿，牵狗的绊子是暗蓝色缎子，狗脖子上套的铁环用牛皮装饰，雕刻花纹，极是漂亮。

乌爷笑道：“这是孝敬王爷的，浅灰的那条，名追云，深灰的那条叫赤兔。”

“有意思。”玉田背着手，绕着狗走了一圈，“我拿这俩宝贝做什么用呢？也不出围了，遛狗吧……怕最后成它们遛我了。这狗看着不错，可是怎么没尾巴，却有后撩儿[①]啊？”

乌爷笑道：“王爷当年可是出使过欧洲的，这种狗呀，您肯定见过。”

玉田道：“原来是洋狗，狗头上怎么没长犄角啊？”

乌爷讪笑了一下，知他语带讥讽[②]，便解释道：“这是赛狗，跑得飞快，洋人养狗跟咱们不太一样，但也能想到一块儿去，咱们

---

① 后撩儿：王世襄先生在《獾狗谱》一文中写道：养狗家对狗和犬的定义为十八个脚趾的为狗，二十个脚趾的为犬，犬在后腿上比狗多两个不着地的脚趾，名为“后撩儿”。养家通常会将这两个后撩儿剪去。

② 有歇后语，狗安犄角—羊（洋）式。玉田的话是嘲讽的意思。

呢是剪了狗的后撩儿，他们呢，就是去尾巴，都为的跑得快。您哪要喜欢，改天再给送几条来，整一个骁骑营玩玩。”

“行，多谢了。”

乌爷赖着不走。

“王爷这宅子真大。”

“不比以前了，塌的塌，垮的垮，看不下去。”

“那是您犯懒，您要一开口，多少人上赶着来给您拾掇。”

“你来啊？”

“必须来啊！”

“给你养狗啊？”

“瞧王爷说的，我哪儿敢哪！唉，三叔啊，”他突然改了称呼，“这年头日子难过啊。”

“哟，大侄子，怎么难过了？”

“前些日子我去东交民巷，给美国人送狗，领事馆外头有个守夜的，您猜是谁？豫王府的佟四爷，瘦得人干儿似的，满身飞苍蝇，洋人也敢要他，说图的就是他有身份，王府出来的人。这不是打咱们旗人的脸吗？”

玉田笑：“人家没说错啊，王府出来的，可不是有身份嘛。人家好歹能自食其力，怎么就没脸了？比裹着报纸叫街的好吧。”

乌爷眼睛一转：“三叔您这么一说，也是，也是。”

玉田嘿嘿一笑：“老乌，今儿是想替谁带话来吧？说吧，要干吗。”

乌爷道：“有个英国商人，听说您以前经常出洋，是少有的开明人士，觉得分外亲切，又听说您常住天津，在京城留着一座空园子，就想着您要不划一片地方出来给他安置一下家人，他一分价钱都不讲，您说多少他就给多少，一来替您养着园子，二来呢，您要回北平住，他还能跟您当个邻居，沾沾您的贵气。”

玉田道：“那可不敢当。”缓缓往园中一个八角亭走去，老萨正在里头给他沏茶，乌爷追上几步，笑着问：“那王爷您可有意？”

“不是不行，等几年再说吧。”

“这行情可是一年不比一年哪。”

玉田悠悠道：“我不急，你倒替我急了。是你跟他做生意呢，还是我？”

乌爷脸上的肉抽了两抽。

老萨在亭子里道：“王爷，茶沏好了。”

玉田道：“萨叔，胳膊腿儿还行吧？前些天下雨你一直嚷疼，别以为我没听到。”

老萨满头白发，脸上看不到笑容，语气却十分和蔼谦卑：“给您沏茶的力气是有的。”微微探探头，道，“替您打狗的力气，也还是有的。”

乌爷的脚步顿了顿，玉田这才回头：“天晚了，吃了饭再走吧。一会儿还有客人来，正好一起热闹。”

乌爷有点受宠若惊，愣了愣才道：“哎呀，那可真是多谢了。”

晚饭前果真又来了个客人，瘦削矮小，穿着一件暗纹藏蓝袍子，说着一口流利的北方话，目光里有种轴劲儿，谈吐举止甚是文雅礼貌，看打扮，低调中也透着殷实，只是孤身前来，并未带一个随从。

入座之前，玉田介绍道："这是池田先生。池田先生，这是我一远房亲戚，跟您一样，也是生意人，叫他老乌吧。今儿吃饭就咱仨，清净，简单，好说话儿。两位别见外。"

乌爷倒没想到这竟是个日本人，又觉得玉田很抬举自己，急忙站起来，对池田欠身道："幸会，幸会。您好！"

池田还礼："乌先生好！"

席间，玉田是一句话也没说。那日本人亦很知趣，安静得宛如没有存在感，时而向玉田举杯示意，玉田亦抬抬杯子，喝口酒，两人就跟演哑剧似的。老萨和海三立在角落，老萨主要负责给玉田换盘子、布菜，海三打下手，盯着仆人上菜，也都是屏声静气。

春天的风有劲儿，只听到外头呼呼响。这顿饭吃得瘆人，乌爷如坐针毡，起初还哼哈两句，说一两句笑话，玉田就跟没听见一样，池田倒是挺有礼，乌爷每说一句，他都似乎在认真听，该点头的时候点头，该笑的时候笑，可也是不接话。乌爷最后也只得默默吃东西了。

吃完了，喝茶，乌爷在口里涮了涮，咕咚一声吞下去，欲言又止。

玉田看着他，这才开口说了句话："这是芹斋先生送来的东洋茶。"

乌爷一头雾水："芹斋先生？"

池田微笑道："芹斋是在下的号。"

乌爷笑道："哎哟，这还学着咱们中国人，给自己弄个名号啊！厉害啊！"

"见笑，见笑。"

"老乌，茶味道怎样？"玉田道。

“好喝好喝！”乌爷忙道，“和咱们中国的茶就是不一样。”

池田眼中亦是笑意，道：“给王爷送来的是今年最新的春茶，一年中也就这么几天能喝。”

乌爷瞪着大眼珠：“了不起！好！跟中国茶一样哈，讲究时令。”

玉田晃晃茶杯：“东洋的茶，有点淡，起初第一口喝着，带着点儿干鱿鱼的腥气儿，喝到最后一泡，茶叶到嘴里变得柔滑了，却又像海菜汤。也是绿茶，哈？”

池田笑意不减：“王爷喜欢就好。”

两口茶下肚，玉田站起来，乌爷和池田也站起来，都以为玉田要送客了，池田这时道：“我的意思已经很清楚地写在信里了，还希望王爷今天也给在下一个回复。”

“先别急，咱们消消食，遛遛。”玉田吩咐老萨，“把照月轩那儿赶紧拾掇下，咱们今天来了贵客，现在这饭也吃了，茶也喝了，得来点儿乐呵才行。”

乌爷暗暗道：“今儿不对劲儿。”

毓秀吃完晚饭，扎嬷嬷正教连翘泡茶，海三气喘吁吁跑进屋：“福晋，赶紧瞧去吧……照、照月轩外头的空场子里……王、王爷……说要赛狗！”

毓秀叹口气。

扎嬷嬷跌足道：“咱们这个王爷哟，什么时候能不惹事儿！连翘，瞧着点福晋，别让她磕着绊着，我走不快。”

连翘答应了，提了一盏马灯，陪着毓秀快步往照月轩走去，那儿是整个王府最荒的地方，没铺电线，连架灯的地方都没有。

前方明明暗暗、影影绰绰的一团人影，有的拿着灯，想来府里所有人也全都在那儿。当先一人穿着浅色袍子，月光下冷冰冰的，衣服映成了白色，身材挺拔，负着手，自是玉田，他身边是老萨。毓秀叫了一声“王爷”，玉田并未回头，说：“老乌，你说你送来的狗，跑得很快？”

乌爷站在他后面，不知为何，背脊发冷：“很快，没错。”

玉田提了提嗓子：“前头的标记做好没？”

远处一盏灯晃了晃，一个男仆回道：“已经做好了，王爷！”

“那就看着点！”

“是！”

“狗呢？”玉田回头问仆人，这一瞥，连翘看到一张紧绷的脸，他的目中似含有笑意，更多的是裂帛一样的狠劲。

急促脚步声中，乌爷的随从牵着两条狗上前，因一手还拿着盏油灯，颇为不便，趔趄着过来，回道：“王爷！狗牵来了。”

“海三，你跟他一人一条，听我口令，数到三，同时放手。”

“遵命。”

“所有人把灯灭了，”玉田道，“瞧这两条狗黑灯瞎火怎么跑。”

一，二，三。

两条灰狗如箭一般往前冲去，大概十几秒钟后，听到嗷嗷两声惨叫，狗的嘴是被套住了的，所以这声音听起来是闷的，不通透。

众人在黑暗中立着，鸦雀无声，远远地，仍是那男仆的声音传过来：“王爷，狗跑得太快！撞死在墙上了。”

围观的几个仆人被好奇与兴奋吊着的心这才松下来，看来这两条狗真的跑得太快了，以至于来不及停脚就撞死了，可惜了。

是啊，前面有墙的啊，清水砖墙，砌得高高的，好像能遮住外头的尘世一般，在里面围起一个不沾世事的王国。

连翘在微光中看到毓秀苍白的脸庞。

玉田的笑声缓缓的，渐渐地蔓延开来，在暗夜里无比清晰。

“哈哈哈！找个地方，把两条倒霉畜生埋了，绊子和转环取下来，好歹是造办处做的东西，还给乌爷。”

煤油灯陆续又点上，老萨让围观的仆人散了，海三则带着一人去收拾死狗的尸体，只留下一两人掌灯。

玉田这才转身，对毓秀道：“我就知道福晋也要来瞧热闹。”

“乐呵过了，热闹完了，王爷早点歇息吧。”毓秀说，向两位来客略点头一礼，便往回走，连翘跟上，扶着她，福晋的胳膊颤抖得厉害。

玉田对着她们的背影站了片刻，转身对池田道：“芹斋先生，刚才好玩吗？”

池田道：“长见识了。第一次见到赛狗呢。”

玉田笑道：“这狗还是老乌今儿送我的呢！老乌，白瞎了你两条好狗！别见怪。”

乌爷擦擦汗，嘿了一声：“送到王爷府上来，就是王爷的，您想怎么处置就怎么处置。王爷高兴就好！”

玉田道：“这外国来的狗吧，长得挺好，可惜不认识我这儿的路数。您二位看着点路，别绊着了啊，跟着我走，这边请。”

他引着路，一边走一边道：“芹斋先生，老乌今天跟你一样，也是想盘我这宅子来着。你猜我是怎么回他的？乌爷，告诉芹斋先生。”

乌爷忙道：“您说再等几年。”说完又苦着脸道，“可我的亲王爷啊，真不瞒您说，那家英国人催得紧，怕是没那耐性。”

玉田道：“那我真没办法。”

池田心平气和地向玉田微微鞠了一躬：“您的意思，在下明白了。您是想让我也等一等。”

玉田没接话。

池田道：“在下愿意静候佳音，不急的。”

玉田道：“等几年也是等，等几十年也是等。北平的好宅子多了去了，何必守着我这破园子？别耽误您的大事。”

池田道：“你们中国人有句话：文武衣冠异旧时，王侯宅邸皆新主。这宅子也未必能跟着主人一辈子的。就像过去，您是王爷，可现在到外头，不讲旧规矩的，怕还是会叫您一声‘载先生’，不是吗？还是等等看吧，说不定三年两年，我运气一好，就等到了呢？哈哈，哈哈哈。”

说着，也缓缓地笑了起来。

到告辞的时候了，海三带路，穿过游廊，绕过前厅，众人得从一侧门出去，乌爷抢了一步，走到最前头，对池田笑道：“您先走，我给您撩着帘子。”

池田还没什么，海三一声断喝：“乌爷，谨王府的帘子，轮不到您来撩。”

乌爷手放下，池田的手上去，掀着门帘，对海三笑道：“不就是跨个门槛，没那么讲究。您留步，不必送了。”不待海三回应，走了出去，门帘子一飞，甩到乌爷脸上。

海三气得脸色发白。

乌爷追上池田，往他身边凑：“芹斋先生，我三叔荤素不吃的，您哪，死了心吧。”

池田停下："您三叔？"

"谨王爷啊！论辈分，我也该叫他叔！"

池田道："论辈分，你们的皇上也叫他叔，您，也叫他叔？"

"没错，怎么了？"

池田把乌爷从下往上看了好几眼，笑笑，走了。

乌爷脸上发烫，往地上啐了一口，骂道："都一个操行！王八蛋！"

连翘去关窗户，园中花木的香气渐浓，月色皎皎，一株杏树被照得发光，她回到梳妆台前，毓秀默然坐在那里，浓密乌黑的长发散着，如今的装束已不需要太多发饰，她平时只绾着寻常发髻，用一根錾刻着宝相花的伽南香扁方固定，极素雅，却也极雍容，顶多再来两根簪子添点儿装饰。台子上放着卸下的发簪，其中一支甚是精致，款式为银镀金点翠抱头莲，因其莲瓣仰覆，簇拥一颗柔润的梨形珍珠，有些年头了，点翠的莲瓣已有点脱翠。

连翘将它们小心收到匣子里。

"福晋，我去给您铺床。"

毓秀似没听到，心思飘在别处。

他们是受皇恩深重的一家，老王爷位列权臣首席，某年过生日，送礼的人列起长阵，光现银就收了数十万两，到如今，一个混混牵两条狗来，就想替人盘下这王府宅子，玉田当是气得毒了。

国早就没了，家也不成一个家的样子。

当年老王爷逼小皇帝退了位，惹得宗室里将他们父子俩恨得咬牙切齿，皇帝离宫，谨王一家按理在北京城已经无颜再立足了，一家人连哄带骗架着老头子去了天津。日子风平浪静了些，老人仍回来了，见王府里跟被抄了家似的乱，恨不得连瓦都快掀光了去，找下人一问，却是二阿哥五阿哥不知从哪儿雇了几个洋兵，把值钱的玩意儿一溜能拉的全拉走了。老王爷那时候才认了命，大彻大悟一般说了声：“罢了。”回了天津，没几年就死了。但玉田对这北京城，和他父亲一样存着执念。

年轻时贪嗜权财，在官运鼎盛之时被迫下野，没到东山再起，国运已尽，连从头再来的机会也没有了。他说他是舍不得，舍不得北京城，舍不得故园中一草一木。老树不知岁时，有钱可以造大园子，却买不了古树，买不了千岁的松柏银杏百岁的桃树海棠，他在这儿度过了黄金般的岁月，那些岁月，不是随便能撂下的。他一次次回来，是想留住什么，找回什么，还是找到什么？

也罢，谁都会有认命的一天，那就撒开了任性吧，再硬的性子也会被岁月磨碎的。说起来也是个可怜人。

毓秀收收神，这才想起连翘一直安静地在旁边侍候着，瞧过去，灯光柔和，映得秀丽沉着。女人的好看，是像花朵一样，把美溢出来，可这女孩特别之处在于其兼有男性的刚强与女性的柔婉，遇柔则柔，遇强则强，即便置于人群中，仍能显其出众。

扎嬷嬷走进来，拿来毓秀吩咐她找的一个藕荷色锦盒：“格格说的是这个？”

“就是了。”毓秀道，接过盒子，顺手就给了连翘，“这里头是慈禧老太后赏我的宫花儿，旧了，也不能戴了，但东西是好东西，你拿去玩吧。”

连翘莫名得了个赏，心下奇怪，却也不便拒绝，只得先收下，向毓秀鞠了一躬：“谢谢福晋。”又道，“您……您别不开心，要保重身体。”

毓秀看了她一眼，见她清秀的眼中流露出的关切并不虚假，在这一刻，她其实很想对她谈一谈自己真实的想法，但也知稍欠时机，她决定再耐心等一等。

于是微微一笑："你头发太短了，留长了才好看。"

次晨，昨日给连翘那个锦盒，端端正正地仍放在梳妆台上，毓秀不禁诧异。之前决定让连翘进府，扎嬷嬷就很清楚她的用意，当即表示了不赞同。

"福晋就是心善，俗话说戏子无情婊子无义，这八大胡同出身的女孩子，最是奸猾狐媚，引到府里来，别成了祸害，坑了您和王爷。"

她当时不过一笑："这姑娘的出身先暂且不提，就你刚才说的话，也得分人来讲。我也听过一句俗话，'仗义半从屠狗辈，负心多是读书人'，你说戏子无情，庚子之变的时候，户部尚书立山犯事被处斩，临行前平素结交的伶人都去法场跪送，有一个把自个儿老母亲的寿材都拿了出来，立山当时坚辞不受，那伶人把头都磕破了，一意要赠，最后仍是用这寿材将立山给殓了。"

扎嬷嬷嘴一撇，不置可否。

她又道："你又说婊子无义，那我且问你，也是庚子年间，那位冒死求洋人统帅勿滥杀无辜的女子，不也是勾栏出身？那时候谁不是卷着铺盖四处逃，王公大臣中，又有几个有胆子像这女子那样上前去跟洋人说句话？"

扎嬷嬷无奈摇头："格格是铁了心要收这连姑娘了。"

"我只是顺水推舟，想让王爷心里舒坦点，什么叫收了她？未必会是你想的那样。这孩子有什么造化现在还说不准，走一步瞧一步的事儿，我倒是有一种预感，咱们的王爷一直以来对这北京城都不死心，或许过两年，能让他死了这份心。”

扎嬷嬷掠了掠花白的鬓发，叹道：“这连姑娘，和庚子年殉难的麟平格格长得像。”

毓秀亦是一声长叹：“从形貌上，只能说相似，但那精气神儿，那股子劲儿，却是像极了，想来王爷也早看出来了。”

“这世上的事儿可真不是格格想让它怎样便怎样的。就说王爷吧，也早就不是当年的王爷了。”

他疼爱的一个侧福晋死前留下个女儿，跟他是亲近的，可惜过继给了他守寡的妹妹，剩下三个儿子，没一个是毓秀生的，不过香火有续，他对儿子们也很上心，送他们去国外念书。作为父亲，该做的事做了，突然间觉得一切都变得索然无味。

“不如听听戏，遛遛鸟，跟人打交道太累，没什么乐子。”

言犹在耳。

毓秀打开锦盒，里面原本是三朵小小宫花儿，现在被扎成了一小束，紫丁香从清雅的白芍药中探出头来，簇拥它们的是绿绒葡萄叶，一串淡粉色绒线小葡萄俏皮地垂在下头，这化三为一，搭配竟也奇巧可爱，花束背后配上了别针，头花变成了胸花。

果真有颗玲珑心。看来是不愿将头发留长，也不愿佩戴送她的宫花儿，拒绝之意再明白不过。

毓秀脸上浮起复杂笑意：我是看错了她呢，又或许压根儿就没看错她？

对于连翘来说，在谨王府做事并不难，福晋对她没什么要求，生活起居规律且并不烦琐，但凡有疑问或不知之处，便向扎嬷嬷询问，老人倒是知无不言，没多久，连翘便将日常紧要的细节熟记于心。有时候扎嬷嬷会犯糊涂，比如说皮货放在哪个樟木箱子里，该拿出来晒晒了，正要去找，福晋却笑："全在天津放着呢，这儿哪有皮货。"又比如扎嬷嬷说："格格的旗头想来个什么样式？"可她的格格其实早已不梳旗头了，既麻烦，出门去也扎眼，显得古怪不入时，仿佛顶着个招牌，写着落魄二字。或者又说，"天气好，王爷怕是要去骑马。"可王府中那两匹一色青大洋马，早在二十年前便送给了爱马的涛贝勒。老嬷嬷将过去久远的事情记得尤为清楚，对近前的事记性却跟不太上，有了谨慎细心的连翘，便少了不少疏漏。府中用人们各司其职，人不多，相处起来也不复杂，总之，比起在韩家潭伺候吴先生，与冯妈朝夕相对，连翘自个儿独处的时间甚至多了些。

在韩家潭时因戏班子多，伶人吊嗓子都是一大早天没亮就开始了，声音此起彼伏，被吵醒了便很难再入睡，连翘就一向起得极早，如此，一天中不知不觉便能多出时间做自己的事，做女红，攒花，就用的这些挤出来的空儿。现在天暖了，亮得早，她便起得更早，但多了一件事做——照顾东敞轩外的几株牡丹。这是福晋派给她的活儿。

"花匠走了，园子里其他的还好，就那几株凤丹白[①]特娇气，要细心人去看着点，不能晒着也不能淹着。老萨其实也懂花，但他跟扎嬷嬷一样，年纪大了，没法亲力亲为，你有不懂的就去问他，他会告诉你。"

一条曲弯的卵石甬路尽头往东，假山连绵合抱，呈负阴抱阳之

---

① 凤丹白：白色牡丹品种。多产自南方。

势，穿过山洞便是东敞轩，花木盈庭，四株牡丹立在背阴角落里，已经发出新芽，颜色看起来倒像是香椿叶一般，旁边是一棵杏树，一丛紫藤，藤蔓已经覆盖到敞轩的顶上，此刻仍是枯枝一般。牡丹的周围得不时松土，清除杂草，雨后待天一放晴，就需要尽快再松土，否则周围会很快就长出草来。连翘愿意赶早去伺候牡丹，似乎这样也会让花儿早点松口气，不紧不慢过完一天中剩下的时光，更何况春天的清晨是那么可喜，空气清净，偶尔也会有北地不常有的柔软。

不过，一大早去东敞轩的人并不仅仅是她一人，那人甚至比她去得还早。曙色微露时，薄雾飘缭在松槐荫绿间，浅浅天光敷在玲珑的透石、日晷上，她往敞轩走，而他正从那儿离开，想来他天没亮就在那儿了，手里拎着鸟笼子，穿着一件银色袍子，外罩浅灰色暗花短褂，玄狐领边柔细的风毛在晨风中微动。打照面的时候，两人都愣了愣，他很快就笑了，意味深长，而她心思何其机敏，也隐约能猜到两人心里想的怕是同样的事，或同样的人：福晋。

“王爷。”

“你也这么早。”他轻轻点了点头，“是福晋要你来的吧？”

“是。”她说完，嘴角忍不住露出一丝笑，笑意刚来，便立时收住了。她也不知道自己为什么要笑，有什么好笑？便局促地站着。

玉田朝她走过去，她注意到那紫檀木鸟笼里的那只小鸟，脖子上有一小小黑领圈儿，一双眼睛黑宝石般透亮，站在一个土台子上，依着蓝地梅花小水罐，水罐上的梅花从里头透出晶莹冷色，衬得鸟儿气定神闲中透着灵动清雅。她之前曾匆匆见过一眼，正是那只被他叫作“憨宝儿”的鸟儿。

“王爷，这是什么鸟？”她大着胆子问。

“龙鸟。”

哦，原来是“笼中鸟”的意思，她想。

他补了一句：“就是百灵。”

是百灵，那它的叫声一定极好听，连翘在心里说。

玉田说：“你要天不亮就来，就能听到它叫。”

连翘犹豫了两天，终没摁住好奇心，在第三天天没亮便去了东敞轩，一个人也没有。东边的天空已隐隐有浅灰色的光亮，青石嶙峋，月过疏松，四周无比安静，她倒是并不害怕，唯稍坐片刻就手足俱冷，又待了一会儿，假山那儿传来脚步声，这倒让心里突了一突，站起来，只见西边月亮出没云间，一时清辉如昼，照出来人的身影。

玉田做了个噤声的手势，往敞轩走来，直走到杏树下，将鸟笼挂到一根树枝上，才进轩中坐下，轻声说：“等着吧。”

连翘立在他身旁，看着花影中轻轻摇晃的鸟笼，鸟儿跃上笼中土台，似也在等待着什么，薄雾缭绕，一阵风起，粉白花瓣随风掠过，悉落地上，鸟儿轻轻扑扇了一下翅膀，稍歇，一缕清音徐徐而出。

她自然不懂，这是北派净口百灵最完美无缺的“十三套”，十三段套口，起伏有序，百转千回，一气呵成。她也不知，这只叫“憨宝儿”的百灵若在当年，定会是京城百灵中的“班头”，彼时茶楼会社，名士风流，主人与它一道出现，必如众星捧月。

鸟儿只是在这寂静的清晨独自唱着，唱那天际星光轻动，枝头调皮雀儿感知曙色，跳来跳去争相鸣喧；唱群鸡咯咯叽叽，忙活不停，小燕儿娇声呢喃，为那春暖欢喜；唱小猫儿在墙角嘤的一声，惹人爱怜。一段紧接一段，到鹰飞长空，破云乘风，声声清唳，已出乎世外，再到最后仿佛幕布一换，回到林外一小小角落，虎不拉鸟短促清脆的喳喳声……全部套口唱完，天色微微亮起来。

连翘不知该发何言，赞叹之外，是无限悲凉。

玉田道："我阿玛去世前留下不少鸟儿，有只老百灵，搁整个北城一派，没一只比得过它，真是人间天上的妙音啊。憨宝儿就是跟它排的套口，为了排好净口十三套，花了三年，每日天不亮就得遛，天一亮就得赶紧回去，白天放它到空水缸里盖住，不见光不见人，就为了出来的时候，它憋着那股气儿要吐出来，跟人憋着话恨不得一口气说出来似的。可它们是唱出来，人听着好听，于它却是声声泣血。十三套，框住了它的本性，让鸟儿学它最怕的声音，猫叫老鹰叫，怕什么学什么，学会了，还必须一个音都错不得。这么多功夫都花了，一口气全唱出来，也才一盏茶的时间，像不像人这一辈子，折腾一回，不过就是做了场短梦，天一亮就得醒。"

他转过脸，曚昽的天光中，眸子闪闪发亮，这是一双历经沧桑却依然桀骜不驯的眼睛。

杏花在地上已浅浅地铺了一层。

"你父亲曾是内务府的匠役？"玉田问。

连翘点点头。

"你本姓是什么？"

"姓梁。"

玉田沉吟半晌，似在回想什么，眉梢忽然动了动："你是梁子的女儿？"

连翘的心咯噔一跳："您知道我父亲？可……您怎么会知

道他？”

玉田淡淡一笑：“前朝入过造办处册子的匠役并不多，你父亲是一个。倒没想到如今他女儿竟到了我府里。”目光炯炯看着她，“我记得梁子是少有的多面手，你是只会攒些个通草花？”

连翘想说，攒花不分贵贱，通草和绫绢都是容易找的材料，做起来倒比点翠容易，练手也方便，话到嘴边，却只变成一句：“我和父亲不一样，他是匠人，我不是。”

玉田将鸟笼的罩子拉下，掸了掸袍角，说：“你父亲可不是个匠人。”

这句话十分出乎连翘的意料，见她愕然，玉田笑道：“你呢，既然和你父亲不一样，那你是什么？”又指了指斜靠在廊柱上的花锄，“别伤了花根，天儿旱，土是软的，好松一些。”

连翘道：“我……我什么都不是。不过我爸爸不会画样，他做东西，直接就做实物，要么让我给他画画样。”

玉田盯了她片刻，似笑非笑：“姑娘，你可忒狂啊！”哼了一声，转身走了。

待他走后，连翘小心翼翼给牡丹松土，脑子里也盘旋着一个疑问：是啊，我是什么呢？

第十七章 心饰

这年春天过得不紧不慢，像为有心人日后的回忆做足内容。

三月底，一个小姑娘的到来，让冷清的谨王府添了几分热闹，她正是玉田的四女儿，人们口中的四格格。

谨王府有两个四格格，大四格格是玉田的四妹，老亲王的爱女，用扎嬷嬷的话来说，出了名的漂亮，八旗数一数二的大美人儿，人称桂九太太。

扎嬷嬷叹道：“直隶总督拱卫京师，位列八大疆臣之首，大四格格就是直隶总督的儿媳，可以说她家世好，嫁得也好，和丈夫是琴瑟和鸣，情投意合，按理说，该和和美美一辈子。可人太出挑，也未必是好事。老太后对大四格格是宠爱有加，走哪儿都带着她，那时候四格格新婚不久，长期和姑爷分居，一分开就是三年，姑爷后来得了急病过世，四格格就没跟他过过几天好日子，旗人是不兴改嫁的，年轻轻儿地守了，很可怜。

“小四格格是王爷的四女儿，侧福晋所出，额娘死得早，王爷见妹妹过得孤单，便让小四格格跟了她姑姑。所以，小四格格是由桂九太太带大的，今年已经十二岁了，在天津上学，活泼漂亮，有年不知翻了哪处的院墙，摔折了腿，桂九太太瞧着不好，把府里请的正骨大夫骂走，坚持送她去洋人的医院，找个英国大夫，治好了，可见她对咱们的小四格格是真心疼爱。每年四月，桂九太太会回京城夫家住上几天，也会让小四格格来府里住个几天，看看亲阿玛。”

连翘有点儿好奇：“那桂九太太自己怎么不来？”

扎嬷嬷叹了口气道：“她性子强，当年逼她进宫去陪老太后的，都是这府里的人，也许一回来就会想起伤心事吧。不过每年她过生日，王爷和福晋都会送礼，都是她喜欢的吃的玩的，若是在天津，逢王爷和福晋做寿，她也会来祝寿。”

楼台也似佳人老，剩粉残脂倍可怜。园子日渐荒芜，但到了春天，依旧还是有了回光返照的亮色。小四格格打扮得像个寻常小学生，一路跑进来的，海三气喘吁吁地跟在后头，手里提着她的布书包，西府海棠已经长出嫩红的花苞，小女孩雪堆玉碾一般，比海棠花还美丽。府里上下所有人，对她都有一种宠溺的关爱，连不苟言笑的扎嬷嬷亦是如此，见她穿的蓝布长袄黑裤子，忍不住说了句：“小格格怎么穿成这样？跟个普通人家的妞子似的。”

福晋也笑：“你额娘莫不是短了钱花，别怕，只管找我要，给你银子买漂亮衣服。”

四格格却跑到玉田跟前，把衣角往外牵出来一点儿给他瞧，嘴角一扬，露出一个调皮的笑：“学堂里都这么穿。额娘说，不要和别人不一样，就得和别人一样，那才好。”

玉田的眼神是温和的，带着纵容：“她不顾我反对，给你换了学校，现在又让你穿这身衣服，这是示威来着。得了，总归你是她家的人，我管不着。我且问你，在新学堂可学到什么？”

四格格摇摇头：“才待几天，也没学到什么。不过我后天就回去了，慢慢学吧。”

玉田一惊：“这么快就走？”失望之色溢于言表。

四格格道：“额娘说怕耽误我的学业，让我别落了课。她在北平还要住几天，让您派人送我回天津。”

玉田无奈地摇摇头，对海三道：“后天你送阿宝回去。”阿宝是四格格的小名儿。

海三应了。玉田道：“书包拿来给我瞧瞧。”

海三将书包给他，阿宝叫道：“不许打开！”已然来不及，玉田的手已探进去，却猛地将书包扔得老远，人从椅子上几乎是跳一般站起来，一直悄立一旁的老萨见状，飞快地过来挡在他身前，就像要为他阻挡刺客的攻击一般。

书包着地，里头一物甩了出来，是一条金色的小蛇。

福晋见之啊的一声叫了出来，扎嬷嬷吓得也是一抖，连翘赶紧扶着。

“海三，砸死那东西！快！”玉田吼道，白着脸走去要将女儿拽住，阿宝却飞快地跑到小蛇旁边，将它抓起来晃了晃，笑道：“别怕别怕，假的！这是假的！”说着提着蛇头，甩着蛇尾巴在腿上抽了两抽，“瞧，我拿它当痒痒挠！”

玉田将信将疑，凑近了一看，果然是一条假蛇，像是用橡胶做的，他抬手在女儿小脸蛋上作势轻打了一记耳光：“混账东西！”

下一句却是，“上缴国库。”将假蛇抢过来，对着光细看，伸过去给福晋，“你瞧，跟真的似的！这孩子！”

福晋兀自惊魂未定，别过脸不看，扎嬷嬷跺脚叫道：“王爷，甭管真蛇假蛇，哪有这么玩的，赶紧撂了！”

老萨却扑哧一声，想忍又忍不住，哈哈大笑起来，喘着气道：“小四格格啊，和王爷小时候的调皮劲儿真是一模一样！真是江山代有才人出！”

阿宝嚷着要玉田还她的蛇，玉田道：“还你？可以，拿什么来换。”

“您想要什么？”阿宝眨了眨眼睛。

连翘在一旁想，身为父女却无法用父女相称，想来也是件悲哀的事。

“唱首歌吧！简单些。学堂里学的也行。”

阿宝四周瞧瞧，忽然走到连翘面前，歪着脑袋道：“你是谁？我从来没见过你。”

“我是新来的丫头，我叫连翘。”连翘看着小女孩乌亮的刘海。

“你不像个丫头。”阿宝指着连翘道，“我和你一起唱，你也是女学生，也一定会唱。”

连翘慌了：“我不是女学生。”

阿宝小嘴一撇：“那你头发为什么这么短？”

“我……”

“这蛇做得还行，缠在弓把上不勒手。”玉田道。

阿宝一把拽住连翘的手，轻声说：“你不唱，就跟我站在一起。”乌黑的大眼睛里带着一丝央求，想来也是有些羞涩。

连翘硬着头皮，由着她拉着她走到屋子中央，阿宝挺直了背脊，清了清嗓子，学着在学校里那样，朗声唱道：

长亭外，古道边，芳草碧连天。
晚风拂晓笛声残，夕阳山外山。
天之涯，地之角，知交半零落。
一壶浊酒尽余欢，今宵别梦寒。
长亭外，古道边，芳草碧连天。
晚风拂晓笛声残，夕阳山外山。

这清澈的童声，没有一点儿杂质，如此纯真，将在场所有人的心从复杂混浊的世界里拉了出来，他们很安静，不愿意搅乱那空灵与通透。一曲唱完，毓秀朝阿宝招招手，阿宝便走过去，毓秀爱怜地在她额上亲了一下：“好孩子，唱得真好。”阿宝向她行个礼：“谢谢福晋！”一双乌溜溜的大眼仍是看着玉田手中的小蛇，玉田微笑道：“接着！”将小蛇扔过来，阿宝利落地接住，像个小男孩一般，将蛇缠在脖子上，过一会儿，又盘到头上去，拍手道：“我到园子里遛遛！”奔到连翘身边，“你陪我去吗？”

连翘看着毓秀，毓秀点点头，她便跟在阿宝身后走出了屋子，远远听到玉田一声长叹，是无法言说也无可奈何的悲凉。

小女孩在花园里漫无目的地走着，小蛇被她拿在手里，不一会儿又被绾在手腕上，连翘跟在后头看，忍不住莞尔。软风新柳，春光明媚，两棵高达数丈的山海棠，从西园的院墙探出了头，再往前走，就是用人住的地方了，女孩止步，回过头：“你在西园住？”

连翘点点头，不过补充了一句：“有时候会在福晋那边的厢房住。”

“那就是和扎嬷嬷一块儿啰？”

“嗯。”

阿宝的额发被风吹得飘了飘，她仰头看着山海棠：“园子里就这两棵白海棠，其他的都是粉粉的，每次开花的时候都是一团团的样子，像大绣球。”

“你喜欢海棠花？”连翘问。

“我喜欢丁香，不用长得太高，只要晒晒太阳，也能和海棠一样开得热热闹闹的！”阿宝微微一笑，“不过，近日堂那边的海棠丁香是结着伴一起开花的，谁也不让谁。听王爷说，那几棵树比我爷爷岁数都要大呢，可惜每年它们开花的时候我都不在。”

阿宝忽然抬起手捂住了眼睛，拔腿就跑，却忘了眼睛被挡着，才跑了两步，便要撞在一块太湖石上，连翘一把将她拉住。

阿宝睁开眼睛，看看前方的石头，咬着嘴唇，仍是十分倔强的样子。

这小女孩的身份虽和自己有云泥之别，但这一刻连翘是懂她的，她轻轻放开她，任她背过身去，畅快而无声地哭泣。

杏花开败，杂生的二月蓝和金黄的连翘花也是一片灿烂，这个硕大的府邸，一头是生命力旺盛的春光，另一头却是渐渐漫延的衰败，荣华的锦绣晾得久了，自然就一点点朽了碎了，明明身在春风胜景，却让人有日暮烟笼之感。

不止一次，海三捧着拜帖，高举头顶，快步送入玉田的书房，下人们都知道，来客都是看中了这宅子，是王爷铁了心不松手。即便如此，从去年就开始传的一个消息却变成了事实，照月轩往西那个荒着的马厩，要被一个军队当作司令部，四月初就开始有军人陆陆续续进出，最后以照月轩外墙为界，将路给封了，马厩本是个三合院，里头三十来间屋子，是租是买是借，不得而知，但被占是确定的了。

虽不是包身的仆用，初到新东家处做事，连翘仍是尤为谨慎，即便玉田夫妇没回京的那些日子，她也一直待在王府，只在海三的吩咐下外出采买了些布料杂物。说起来快两个月没去悦昌，直到毓秀将一个花丝手链交给她，让她拿去悦昌修一下卡扣，手链精巧，金丝拉得极细，镶着多色随型宝石，青金、碧玺、珊瑚、翡翠，南方工艺，价格虽不菲，却也不是什么特别贵重之物，连翘将手链放回织锦的袋子里，想了想，还是说："福晋，要不让海管事跟我一起去吧。"

毓秀淡淡道："就一条链子，又不贵重，你拿着去吧，海三的事情也多。"

连翘应了。

毓秀又道："不必着急回来，有什么事要办，正好抽空办了。"

连翘心下感激，坦言道："倒没什么事，只是想去探望以前照顾我的恩人。"

毓秀目露赞许，嗯了一声。

一进悦昌，是再熟悉不过的情景：立云拿着画样，跟客人商量着首饰的样子，小顺子打下手，顺带应付散客，小柱子端茶倒水，迎客送客。前店后作坊，作坊里的雕琢之声隐约传出，平添了几分热闹。只是没见到柏涛。小柱子笑着迎上来，还是像对待寻常客人那样，一视同仁，向她行了一礼，说了声：“连姑娘快请进。”调皮地做了个鬼脸，不过，只有连翘才看得见。

立云听到她来了，忙抬起头来，两人目光相接，连翘口唇轻动，说的是先忙，他向她一笑，笑意极是温暖。

小柱子将连翘引到内屋，给她倒茶：“可是有些日子没见了，连姐姐一切都好？”

连翘微笑道：“挺好的，你们呢？”

“托您福，也都还好。”

“怎不见赵伯伯？”

“掌柜的受了点儿气，挨家歇着呢。”

连翘一惊：“怎么？”

小柱子伸伸舌头：“瞧我，总管不住嘴，一会儿让邱师傅跟您说吧。”

小顺子也进来，拿着一本画样，瞪了一眼小柱子：“又在瞎嚼了吧？外头那冯先生要茶，还不快去。”将画样递给连翘，柔声笑道，“姑娘先翻着玩，我跟师父先应付客人，一会儿来招呼您。”

“别耽误正事，快去吧，”连翘忙道，翻开画样，一望而知是立云的笔迹，写着头面的名类、色彩安排、嵌宝材料，从钿子、镯子、戒指、耳环、簪子、头花，再到压襟、配饰，都画有完整的图案，封皮甚旧，当是用了不少年了，大多是旧时式样，但细腻精致，妙趣横生，若做成实物不走样，当是巧夺天工。连翘一页一页翻看，连立云进来在她旁边站了一会儿都没察觉。

“这么入神？”立云笑道。

连翘吓了一跳，抬起头，不好意思地笑了，将册子合上，递还给他：“样子真好，过十年百年都会有人喜欢。”

“该换一本了。”立云将册子卷成一团，在掌心轻轻敲，“我父亲还有一册留下来，只是那册有些缺页，不太全，这一册也是我摹的他的。”

连翘道：“邱师傅自己画一本出来不就行啦。”

立云坐下，也给自己倒了杯茶，喝了两口，道：“新老掺和在一起不是不行，但做不到位看着不舒服，不如依照旧的法式，中规中矩不出错，也没风险。”

连翘道：“您说得是。”想到之前给福晋做过寿的首饰，他让她来画样，并就按她的画样来做，这十足的放心，让她又是感激又暗暗捏了把汗，得亏没辜负他和柏涛的信任。

她将放在身边的一个包袱往他那边轻轻推了推，说道：“我去饽饽铺买了点心给大家伙儿吃，这两包高末是给赵伯伯的，另有一包，里头是枸杞桂圆，您……您拿去泡来喝，对眼睛好。”

常做金银活计，免不了吹烧锤炼的事，匠人的眼睛一般都不好，立云心中温暖，但还是道：“以后别破费了，你又不宽裕。”

连翘便问柏涛的情况，立云苦笑了一下，道出原委。

早在去年，青山居里传言说有人往京东去收购宝物，不少首饰行的掌柜的也闻风而动，据说都大有所获，几个来回，便有买家带货来给柏涛验。柏涛看都不愿看，背地里跟徒弟们解释道，行里人要挣钱，但也需洁身自爱，不能沾脏水，他怀疑那些宝物是贼赃。果然不久就传出清室皇陵被盗的消息，事情闹大，琉璃厂有两个古玩店被查封，掌柜被抓，东西全都被扣下。这销赃的事，行内原是不耻，可对宝物不动心的人是少数，一问都讳莫如深，皇陵宝物的去处，上及军政要人，中间牵线搭桥的其实也都是行里人，柏涛曾劝过其中一位，没来头的生意少做，那人不听，被抓了以后头一个想到的不是悔过，而是认定有人告密，且告密的人就是柏涛。北平总商会玉器帮、首饰帮的行首自然是力挺柏涛，加上盗墓的事惊动全国，政府也在抓查，想报复的人怕引火烧身，也都没敢做什么，可到底在心里做上劲儿了。前几天，来了对夫妻看首饰，柜台上挑半天，什么也没看中，小顺子拿了五对宝石戒指出来，最后少了一对。当时柏涛也在，便礼貌地问了几句，谁料对方当场变脸，又是脱衣服又是翻包，骂骂咧咧，说是某议员亲戚，论起来也是相熟的。柏涛让人走了，想着过两天去议员家探探口气，虽没证据，但他认定戒指铁定是被黑了，高绿的翡翠戒面，价格不菲，失了可惜，即便真给人上了供，也得在人情上找补点儿回来。次日又来了一客人，买了点儿便宜货走，小柱子扫地的时候发现首饰柜子下有一张膏药贴，蹲下身子一瞧，桌下果然有残留的膏药印子，拿去给柏涛看，柏涛当下便明白了：那对戒指，这一日才被取走！可惜自己聪明一世，却在这上头疏忽了。报了警，侦缉队很快回话，给三千块钱，东西铁定回到悦昌柜上。事情清楚不过：警察和贼是一伙的。柏涛回去就病了。

连翘听了，连连叹息，说道："不是为损失那点儿钱生气，赵伯伯气的是如今人心不古。"

立云微笑道："搁过去，明火执仗欺负人的事倒不是没有，但见钱眼开没个顾忌，给盗墓贼销赃的却并不多见。所以，新的未必就是好的，分寸、忌讳、规矩，是不能忘的。"

连翘心里一动，立刻想跟他辩一句，却还是打住，将毓秀的手链拿出，说了来意，立云郑重接过，在专门的本子上记好链子重量、嵌宝的品类、需修补之处等，认真细致，正写着，忽然放下笔，抬起头来道：“对了，那个冯妈的藤镯已经弄好了，我找人给她送了过去，你就不要再去了。”

连翘正想着这事儿，且本就打算从悦昌一走便到韩家潭去一趟，被立云这么一说，倒是愣了一下，问：“怎的邱师傅不让我去？”

立云心想，你非得我把那不中听的话说出来，就有意思了？便有点不快，淡淡道：“你都离了那儿，再回去，不怕人说闲话？何必多事。当然，姑娘大可以不用听我的。”

连翘心里微微刺痛，却也不愿惹立云不高兴，便道：“那我就不去了。只是我买了些安神的药，邱师傅能不能再帮个忙，让谁给吴先生送去？还有，冯妈镯子的钱是多少，您合个数，我来替她给，她……她肯定是没给您钱的。”

见她似乎有点慌，立云在心里暗笑，却蹙眉道：“跟我还提钱？如果要钱来钱去，今日咱俩坐一起还说什么话？”

连翘咬着嘴唇，一时百感交集，立云忍不住拿笔在她额间点了点，扑哧一声笑了出来，道：“要是还有时间，一会儿跟我去看看赵伯伯才是正理。”

说着站起身来，连翘忽道：“邱师傅，稍等下！”起身走到他身前，从衣兜里拿出一个梅竹纹针筒，轻轻抖出一根银针，针筒帽子上倒伏莲花盖儿红玛瑙珠子晃了两晃，小铃铛嗡的一声响。

“您右边的袖子。”她轻声说，立云低头一看，原来衣袖边缘脱了线，待说没事，连翘却轻轻将衣袖一牵，用银针将线头挑了一下，再抿了抿，在内里打了个结，她鬓下岫玉环耳坠子摇了摇，一点儿微光映在白皙的侧脸，是很温柔的颜色。

立云心中不免有些悸动，道：“你……你也戴耳环。”

连翘扑哧一笑，脸微微一红，很快就往外退了一步。耳环是扎嬷嬷送给她的，其实也是毓秀的旧物，她没有拒绝，收下当日便戴上了。

“在新东家那儿，我挺好的。”她回答了他想问却没问出的问题。

灵犀通透如斯，让他放心也有点不踏实，但不踏实在什么地方，这一刻立云一时想不明白，也不愿明白了。

赵太太将立云和连翘带到柏涛的书房，轻声笑道：“九如回来了，有她哄着老头子，没事。”

果然听到里面有清脆的笑语，是赵家小妹子的声音：“怎么样，味道可还行？他家的掌灶知道您老不痛快，特意盯着火候，就要您吃了高兴。”

柏涛道：“瞎贫吧你！他家掌灶认识我？”

连翘和立云相视一笑，便走进去，室内光线昏昏，春天的日光，总是让人有些倦懒的，九如陪着柏涛坐在窗前桌旁，她转过头来，黑白分明的眼睛眨了眨：“邱哥哥和连姐姐！”

对面的柏涛慌忙放下手中一只鸡腿，九如抬起盘子给他接着，笑道：“瞧这吓的。”

柏涛瞪了她一眼，拿出手帕擦了擦嘴，朝立云和连翘笑笑，有点不好意思，像是做了错事被抓住。

立云笑道：“国强饭庄的铁排鸡，对不对？九如也是有心了，知道您爱这口。”

柏涛道：“赵小姐拿了钱去那家番菜馆，请同学喝了咖啡，吃了蛋糕点心，闲坐了俩钟头，这才给我拎着回来。得亏我牙口好，又冷又硬，嚼不烂！”

“是吗？一会儿半只鸡就没了，还嚼不烂？您的牙金刚钻做的吧。”九如嘟起嘴，将盘子收了，站起来给连翘让座，“姐姐您坐这儿来。”

连翘谢了，也不坐，只将茶包递给柏涛，向他恭恭敬敬请安，立云亦向柏涛请了安，柏涛让九如将茶沏来大家一起喝，大家这才坐下。柏涛问了问连翘在王府做得是否顺利，和东家可好相处，连翘一一答了。九如泡了茶回来，满屋都是茉莉花香，她搬个凳子坐到立云身边，见立云不说话，便朝他眨了眨眼睛。

立云忍不住笑：“你今天不去上学？”

九如摇头：“请了一天假，帮同学跑腿救人。”

“救人？”连翘奇道。

柏涛道：“是她一个男同学的街坊，得罪了一个混账，被抓进牢里去了。那男同学也是仗义，四处奔走，正好九如的同桌是一个议员的女儿，就一起商量了一下，看能不能把人救出来。”

九如道：“邱哥哥应该认得我那同学，就是白纸坊金四爷家的少爷，叫金蛋，被抓的街坊是个小饭铺的掌柜的，我还去他那儿吃过面条呢。”

立云惊了一惊：“可是那卖牛肉的刘掌柜？”

“正是。”

立云哎哟了一声，道：“这刘掌柜还买过悦昌一根点翠簪子呢。人挺好的，就是性子有点鲁。他家酱牛肉是真好吃！”

九如道：“小饭铺没了，早散伙了。”

连翘道：“那家饭铺我也知道。每年去陶然亭给我爹娘上坟，我都会顺道去刘掌柜那儿吃碗面。还好有九如这样的热心肠帮忙，希望刘掌柜能早点平安无事。”

柏涛道：“小老百姓难得过几天太平日子，你们梁家、邱家，我们赵家，手艺放一边不说，谁不是靠运气活着。”

便回到近日的糟心事上，柏涛有点丧气：“廊房头条二条这边，几百家珠宝玉器首饰铺子，挤在一起做生意，船多不碍江水流，店多不妨财源盛，和和气气，搭把手真帮忙，互相掌掌眼，搂搂货代卖，讲仁义，有份体面在。来路太脏的能不碰就不碰！哪怕古玩行也是一样。举头三尺有双眼睛看着呢，得有顾忌。现在呢？成什么事儿！”

九如摊手：“得，白瞎了一只铁排鸡，又提起这话茬儿。”

柏涛悲愤道：“乱世乱投机，人心散了聚不拢，心术不正，都开始打坏算盘，老字号没了魂儿，离散摊子不远了。”

连翘仔细琢磨了一下，说道：“传说大栅栏一带是宝地，连着的前门大街、珠宝市、西河沿、琉璃厂，是京城最富庶繁华的去处，偏生也多灾多难，那是天上有只火凤凰罩着，所以明朝的时候发过大火，乾隆年间又来了那么一下，到庚子年更惨，老德记的药房被点着了，火势蔓延，大栅栏路北一带烧光了不说，火龙从齐家胡同、观音寺、杨梅竹斜街、煤市街，再蹿到廊房头条二条，又到前门箭楼、荷包巷，最后到东交民巷。连烧带抢三个月过去，没剩下些什么。要说再起来，挺难的了，可不到一年，所有铺户字号全按原样重修，依旧富丽堂皇，生意比以前还要兴旺。我看凡事还是要往好的方向去想，铺子烧了能重建，真正让生意兴旺起来的，其实是那些烧不灭的东西，还在人心里头。走正路的人还是多的。”

她平时话不多，可只要一说，便说个痛快，就像不说出来就会很快忘掉。

柏涛一时心感，长叹连连。

立云以为他仍是在担忧，宽慰道："一时不同一时，搁以前有以前的做法，到现在，各存各的心思，也没错，谁都过得不容易。赵伯伯，您放心，什么摊子都散了，悦昌不会散。我拼尽全力也要让悦昌的牌子响当当地立着。"

柏涛道："江河大势，难以逆转，独木难成林。我得失心并不重，只是觉得可惜。"

九如道："爹，什么独木难成林，还有连姐姐呢，连姐姐聪明能干，以后要是邱哥哥当了大掌柜，连姐姐再来主个事，指不定悦昌比过去还要强呢。"

其实谁都看得出来，若是连翘和立云成了一对，定是十分默契的搭档，可这么唐突地点破，却无意间起了相反的作用，连翘窘得满脸通红不说，立云更生起了一种复杂的反感。他对连翘虽有意，但是起于一开始的怜悯以及惺惺相惜，谁要说连翘比他强，甚至能替他主事，这是他内心极为排斥的。他下意识把身子都僵着了，表情冷淡，不做回应。

柏涛斥道："小孩子胡说八道，什么都不懂。快给哥哥姐姐倒茶。"

连翘说："伯伯，我得走了，东家虽放我半天假，但还是得早点回去，免得被人说道。"

柏涛道："多谢你记挂着我。在谨王府好好干，谨王爷当年还是贝子的时候，做过一阵子造办处的郎中，是极懂行的，若能得他指点一二，是你天大的运气了。"

立云心里跳了一下，看了看柏涛。

连翘恍然，怪不得玉田知道父亲的名字，原来有这么一番渊源。便向柏涛等人告辞，立云和九如将她送到门口，叫了辆人力车，便要去给车钱，连翘忙道："不劳您破费。"立云也就不坚持，见她似乎顾忌甚多，似是对自己刚才的心事有所感觉，想跟她再多说两句话，让她别瞎想，可一来九如在场，二来也不知如何开口，便打消了念头，向她挥手道别。

往回走着，九如斜着脸瞅立云，要笑不笑的，立云皱眉："又有什么刁钻话说出来？"

"你喜欢连姐姐，却又不敢说出来，胆儿忒小。"

立云脸一沉："这小丫头真是越学越坏了。我告诉你，你连姐姐是个极要强的人，又很清高，你这样说她，就是不尊重她。"

"我没说她呀，我是说你，你怕人家。"

"我不怕她。"

"可你在人家面前拿腔拿调的。"九如昂着头。

"我什么时候拿腔拿调的了？"立云哭笑不得。

九如不理他，边走边背起诗，也不知道她从哪儿读来的："霜风呼呼地吹着，月光明明地照着，我和一株顶高的树并排立着，却没有靠着。"

背完，指着立云道："你呀，是觉得人家连姐姐没靠着你，心里不自在！"

这话莫名地戳到了立云的痛处，脸色比吃了黄连还难看，他本打算再回去陪柏涛说会儿话，猛地掉头就走，任九如在后头直道歉也无济于事。

赵太太闻声从厨房出来，见九如跺脚发急，立云却不见人影，问道："怎么着了这是？刚还好好的，人哪？"

"都走了！"

“你调皮捣蛋乱说话，把人家立云得罪了？得，晚上倒简单了，给你们爷俩馏俩馒头完事儿。”

柏涛听到，从窗口探出头来：“我是招谁惹谁了，给我行斋戒？”

九如哈哈一笑。

清晨，海三带着几个下人将几个樟木躺箱抬进西院，这是从马厩那边挪出来的。

箱子被放进制衣作坊旁的空屋子里，盖子上积满尘灰，连翘和大春打水将它们一一擦干净，老萨稍晚些过来，拿着一串钥匙，让海三挨个儿试试，海三苦笑道：“萨叔，人家早开过了。”

老萨睁大老眼费力一瞧，笑着点点头：“也是，有了枪托子，还用得着什么钥匙？要是觉得值钱的玩意儿，也不会给咱们送回来了。打开瞧瞧。”

海三把箱子打开，两箱子书，另有一箱各式鸽哨、蛐蛐儿葫芦，又一箱里，装着胡琴、笛子、箫、香炉、棋盘、笔筒、扇子、竹雕小件，多是闲余消遣之物。另一箱则是一些卷轴和纸册，不像是书，倒像是账本，也有些西洋画书。

大春和连翘在一旁看到，连翘倒没什么，大春却鼓了鼓腮帮子，像是有点失望，看来是没见着期待的珍玩宝物。老萨拄着拐杖上前，在那装卷轴和纸册的箱子前蹲下，海三提着灯给他照着，老萨拿起一册翻看，叹了口气，放进去，又翻了其他的，又叹了口气，说道：“日子过得快，一晃都三四十年了。”

大家都不知道他因何感叹，也许箱中的物品是许多年前所用。老萨再往里扒拉一下，摸到一个圆匣子，拿出来仔细瞧了瞧，放了回去，将箱子合上，颤巍巍站起来，说：“这个箱子抬去近日堂，给王爷过目一下，其他的就放在这里。”又道，“连丫头跟我一道去。”

两个小子抬着箱子，在前面飞快走着，老人则走得慢，拐杖在地上发出突突的声音，连翘尽力放慢脚步，跟在他身后。老萨是府里德高望重的管事，平时对谁都不苟言笑，唯独在王爷面前才流露出一丝温情，与扎嬷嬷恰好成个对应，扎嬷嬷虽亦很威严，在王爷面前都没什么好脸色，可对福晋是无微不至的周到。那这两位老人之间相处起来呢？连翘在脑子里仔细回想，好像自她进府，就没听过他们有过什么交流，看对方也是冷眉冷眼的，但也绝没有针锋相对的情况，反而对两位主人的各项事务默契到极点，安排得井然有序，也许已无须言语交流了吧。

快走到近日堂，老萨止住步子，转身道：“箱子里是王爷多年珍视的旧物，若需要整理收放，只有心思细致的你才合适。”

连翘应了：“萨总管放心，我会尽量不出差错。”

老萨凝视她一瞬，点了点头。

玉田将鸟笼放到小几上，走到打开的箱子前，看着里头，然后弯下身子，拿起适才老萨也拿过的那个圆匣子。这次连翘亦看清楚了，像是个砚盒，两朵牙雕梅花在遒劲的枝头绽放，与漆色明媚相涵。正在悄悄端详，笼子里的百灵“憨宝儿”在小土台上踱了两步，一对黑豆子似的眼睛瞅了过来。

玉田凝视着圆匣，自语道：“东四永乐局做的漆砂砚，和宫里的手艺相近，有自创新奇之处。当年闲逛的时候买了它，一晃就三十年过去了。”

这砚台本以木材为胎，极是轻巧，他轻轻揭开盖子，里面却夹着一页小小纸笺，画有红梅一枝，空白处是清秀的小楷：

去岁与兄在永乐局得漆砂砚，砚盖有梅花一枝，梅开百花之先，花中君子，独天下而春。妹夙慕椽笔，今日画梅于此笺，倘蒙兄不辞挥洒，感甚谢甚。

玉田将盖子合上，发了会儿呆，转身对老萨道："萨叔还真是有心，把这破烂箱子又给我抬回来了。"

老萨躬身道："即便真是破烂，也不能落到乱七八糟的人手里，既然被翻拣出来了，也不能随便撂着。"

玉田坐了一会儿，没说话，老萨和连翘默默站着，安静陪伴，绝不出言打扰。过了许久，玉田道："连丫头。"

连翘没承想他会叫她，忙应道："王爷。"

"箱子里有些旧书，你给拿出来，放到北屋书房，几幅卷轴，也一并搁在那儿。剩下的册子……你识字吗？"

连翘道："我上过几年私塾，认得字的，只是读书不多，也看不懂书法，草书一字不识。"

玉田轻轻一笑："好吧，既然认得字，那些册子一会儿亦拿到书房去，有的我要留着，有的没用处了，而于你却可能有用，分拣出来，拿走我不要的。"

说完，用衣襟上别着的银挑牙轻轻敲了下鸟笼里的水罐，憨宝儿扑闪了下翅膀，回应了一声轻灵的啾鸣。

连翘瞪大了眼睛瞅着玉田，又瞅了瞅老萨，老萨道："照王爷的吩咐做吧。"眉目间似笑非笑，连翘硬着头皮，自去搬书。

老萨对玉田道："王爷，右安门外那个庙要拆了，好歹也跟谨王府有点关系，您要不看看去？"

玉田眯了眯眼睛，脑中现出绚烂春景：车马喧喧一路，道旁海棠大过十围，繁花如云似雪，是那诗中所言"八万四千天女洗脸罢，齐向此地倾胭脂"。

小小寺庙就坐落在花海之中，原是嘉庆年间一士绅募资修建的神庙，祭祀天官水官地官，祈福农事丰收风调雨顺。与祖辈那点儿关系，说来也是形势所致，曾祖谨僖亲王在南城置产，修筑私家园林，在正厅用了楠木，造园逾制是大罪，皇帝不知听谁说了这事，便开了个玩笑，要去瞧瞧，谨僖亲王立刻连夜着人将大厅拆了，将楠木悄悄送到了庙中，做了正殿的柱子，倒让小庙稳稳矗立了百来年。庙外一带全是花田，尤产芍药，每年春天，花农常聚于庙外，文人雅士自城中而来，看那春事蹁跹，花酣马醉，因而寺庙本名"三官庙"渐被人遗忘，连农人都道是"花之寺"。

玉田道："听说路边的海棠快被砍光了，现在连庙也要拆。也罢，去看看。那就今天，让福晋也一块儿，正好散散心去。"

老萨退下，去安排车子，留下两个小伙子在门外候着抬走空箱。玉田坐着喝茶，连翘则忙着整理箱子里的物件，拿手绢擦干净灰尘。桌上陈置瓶花，都是从园子里剪来的，错落有致，胜如画中。天气好，除了陪着玉田的憨宝儿，书房里的其他鸟儿都挂到院子里去晒太阳了，连翘在正厅与书房间穿行，步履甚轻，是怕玉田觉着烦，和他单独相处，于她总有些别扭，所以尽可能加快速度。卷轴、书籍倒易于分辨，倒是那些册子，得稍微翻看一下，才能如玉田要求的那样，尽量能"将有用的留下，无用的带走"。

一看，呆了。有好几本册子在封页上注明珐琅作、玉作、瓷器作，略翻了翻，全是精细的各式画样。连翘想起柏涛的话，玉田曾做过管理造办处的郎中，这或许是内府档案也不一定。最后一拨待整理的，是几本西洋的画册，从箱子里拿出来时，一张散画飞了出来，连翘将它捡起。

这是她第一次这么近距离观看西洋人的画，画中是看似黄昏的场景，微光飘着灰尘，一群妇人在纺纱织布，背景处在相对明亮的光线之下，画面中间是一个巨大的壁毯，几个穿着西洋衣裙的女子在指着壁毯说话。而离观者最近的右下角，一个少女雪白的上衣发出珍珠色的光芒，棕褐色的浓密头发盘在头顶，丰润的手臂充满了力量，她也在纺纱，动作中带着青春无敌的自信，而与她相对的左侧坐着一个老妇人，苍老而阴郁。

玉田放下茶碗。

连翘意识到失礼，将画页放到画册上面一并抱着，准备拿去书房，玉田道："拿过来。"

连翘拿给他，玉田看了，说道："原画是西班牙的皇家馆藏，我可带不走，去买了一本纪念册，这张图就是册子里的，讲的故事有趣。你想知道是什么故事吗？"

连翘掩饰不住好奇，点点头。

玉田指着画中的少女："那是闻名天下的织女，被一个神女妒忌，神女是聪明与才艺的化身，听闻织女竟然比她的手艺还好，便变作一个老妇人去和织女比赛，这幅画应当就是她们比赛的场景。从画家的笔意来瞧，一个年轻，一个年迈，神情与姿势都暗示着输赢。传说中，这场比赛，织女仍然赢了神女。"

"赢了之后呢？"连翘忍不住问。

玉田道："神女恼羞成怒，把织女变成了一只蜘蛛，让她织到老，织到死。”

这倒是没想到。连翘愣住了。

“在洋人的神话里，一些惊才绝艳的凡人，多半都会遭到神灵的嫉妒，不懂明哲保身，爱跟强权较劲儿，所以他们多半都没什么好下场。”

玉田将鸟笼拎起来，往庭院里走去。

连翘道：“王爷，那几本画样我可以带走吗？”

玉田没回头：“拿去织你的布吧！”

其实是织心，织出来的是心情，是期盼，是念想，是血泪，是柔情，也是生计。连翘织的心，在手中怒放。做花儿的时候，是最接近她自己的时刻，能想办法将脑中的画面具象到手中，变成花瓣，变成叶子，变成璎珞和枝干，完成的时候是无比快乐的。草花绒花玉石花，都会做，平金、戳纱、堆绫，样样精。可这不够，远远不够，她总想做出点儿不一样的东西。夜里，月色染得地上一片雪白，她看着月光想着阳光，同样是光，怎么就一个让人冷，一个让人暖？可月光也有暖的时候啊。那花的颜色呢？白色就一定要清冷，红色就一定要热闹吗？如果手中花叶的颜色染得白，却能白得暖；做得红，却能红出冷静，那又会怎样？她为这想得睡不着觉，大春说：“你吃太饱了。”

也是，正因为此刻暂时不为饿肚子发愁，才有空闲琢磨这些没什么用处的怪心思。在谨王府毕竟和在韩家潭不一样。瓦当上的莲荷与蝙蝠，砖雕垂下的牡丹与菊花，随处一拐角便是可入画的景致，在别人看来是每日所见的日常，于她，也可以成为手作的灵感。这草芥一般的人儿，究竟能有什么作为呢？是草芥倒没关系，矮一点，小一点，反而觉得天地大得很了。

玉田夫妇由海三陪着出城去，一路行人甚少，到右安门外，就是光秃秃一条土路了，两边村舍凋敗，只余几棵花树错落地立着，道旁花田中夹杂菜田，早不复过去规模。

玉田看着远处花之寺的小小院落，孤零零暴露在艳阳之下，更远则是远峰连绵，离离瘦碧，但有漫山杏花层层叠叠。他很轻地叹了口气，毓秀笑道："要散心就不该到这里来。按我说，咱们就不应该再留在北京城，待在天津最好。哪怕你要去欧洲，我撑着这老身子骨也可以陪你去。"

玉田被她说得一笑："福晋，你青春美貌，更胜当年。"

毓秀白了他一眼："您只怕说的是个妖精。"

到了寺门外，海三早就先到，已安排妥当，一中年汉子陪着他候在门口，是谨王府负责管理南城田产的家仆。玉田夫妇下了车，那汉子上前请个跪安，抬起头，一双憨实的眼里露出喜悦的神色。

毓秀道："哟，这不是桂生吗？样子没怎么变呢。"

桂生道："劳您记着！桂生快有二十年没见着福晋和王爷了！您二位也还是这么精神。"

说着又是一个长揖。

玉田微笑道："日子当还过得去？"

"托王爷和福晋的福，前两年在这丰台一带买了几亩花田，守着天时，做点小生意，一家子还能吃口饭。"

"那不错，得让这北平政府给你发一封表扬状，让旗里人都瞧瞧，也不是所有旗人都在坐吃山空的。"

桂生摆手："王爷您别吓我！拿这样的表扬状，就像顶个大锅等族人朝我扔砖头，我可不敢。”众人都笑了。

他当先引路，带众人进去，却有丝桐清声从后院传来，玉田脸色微变，毓秀问：“还有谁来了？”

桂生回道：“是九爷府的攽贝子，也是听说寺庙要拆，这才过来的。”

毓秀眉头一动，倒是笑笑。

玉田道：“也是，除了雪斋，谁还能弹这么好的《鸥鹭忘机》？”

攽贝子字雪斋，是宗室近支，淳王一系，年少时与堂叔玉田是亲近的。他一向旷达天真，多才多艺，当年在御前行走，宫中失火，飞骑往救，却见烈焰将宫中油松放倒，实是火树银花，竟痴看甚久，拍腿叫好。宣统二年，族中人在花之寺茶聚，仍是翩翩少年的雪斋携着一把心爱的唐琴前来，奏的亦是一首《鸥鹭忘机》，那时他学艺不久，仍是技惊四座。

自鼎革之后，雪斋再也没和玉田见过面，乍听琴声，玉田示意众人暂勿去打扰，桂生与海三自去前殿的耳房预备茶水点心。

这庙倒是大庙，两进的院子，可门口匾额已经摘下，墙灰斑驳，青草从缝隙中长出，二月蓝这一丛那一丛开着，砖地坑坑洼洼，建筑多年失修，以前还厝过棺材，现在就等着拆了。

毓秀道：“我在外头溜达，你们那些诗啊文的，我也不懂，聊不上几句。”

玉田点点头。

庭中种植几株贴梗海棠，蓝天下满树红花。走廊尽头有面墙曾留有诗帧，现在看来，只余混浊墨迹与尘垢，正是“墙头诗榜黯尘土，繁华转眼如风镫”。

海棠树旁抚琴之人，已非当年弱冠少年，而是眉目清华的盛年男子，身着淡青色长袍，弹得浑然忘我，指下古琴就随意放在一条凳上，蛇纹纤细匀称，灰漆在斑驳阳光下隐隐透出金粉与朱砂之色。王侯已成白身，从入世庙堂到大隐于市，二十载过去，琴音随着弹奏者走过乱世风云，锤炼得越发明净纯熟。

一曲既罢，雪斋闭目垂首片刻，方缓缓抬起头来，见到廊下站立的玉田，目光一凝，道：“三叔。”

站起来，行了一礼。

玉田还礼：“你还认得我，我却认不出你了。”

雪斋抖开一块玄青色长布，麻利地将琴裹了，再用缎绳系好，玉田知他要走，说道：“看来你和其他人一样在怪我。既然如此，还来这里干什么。”

雪斋负琴而立，道：“这小庙实无甚稀奇之处，百来年却成了南城大观，我是来为它辞行，也纪念那些曾在这庙中写下诗篇，留过欢笑之人。”

走了几步，停下回头道：“我乃一小辈，哪敢断言做诛心之论，何况皇族之中，多的是万事不关闭门却帚之人，没谁有资格评议谁。只是我想问，当年三叔和老王爷堕坏朝纲，官运盈却致国运亏，如今清夜以思，可曾有愧？逍遥湖上，心可曾安？招摇过市，背脊可真挺得直吗？”

说完，雪斋径自走了出去。

玉田到他适才放琴的那张条凳上坐下，听到外厢雪斋和毓秀见礼，不一会儿，毓秀走进来，坐到他身边。

“乍一眼看到伒贝子，真不太习惯，那时候他还是个小孩儿，老跟在你后头，如今都当阿玛了。”毓秀笑道。

玉田亦是一笑，又道：“今天也是巧，遇到他，上午又看到一些旧物，有麟平的东西。”

毓秀听了，看一看他，说道：“是什么？”

玉田却瞅着身前那株海棠，胭脂色的花瓣在风中抖，他说：“那年我带麟平出去玩，也是唯一一次，在东四买了个砚盒送她，她一直没用。后来太后给她指了婚，牵涉到的几家人都不敢抗命。麟平托老萨把那盒子又还给了我。我当时生着气，看那盒子烦，就撂到一边，后来更是扔到一堆故纸里头，直到三十年过去，今儿一早，老萨从马厩那边把一个箱子抬过来，里面就有它，我这才打开看了看。里头搁着麟平写的一张条子，大概是想让我写一幅字送她，做个念想。”

玉田说到这里，笑了一下：“庚子年联军入城，麟平被她兄长带着一起自尽，她性子烈，不堪受辱是一因，但究其缘由，未必没有伤心失望在里头。前些日子我看到阿宝，想起麟平，更想起我那个四妹，她一辈子幸福葬送在深宫，都是因为我和父亲的逼迫，连着适才雪斋骂了我一通，我也觉得好像全天下的人我都对不住了……可又有什么办法，我现在还好好活着，真是罪过。其实被人骂，被人扔鞋，我不在乎，但那些骂我的话我是记得的。有时我也觉得我一无是处，不如很多人，看不惯苍生受苦，至少也能做点儿什么。”

毓秀叹了口气，心想：这都是命。

又想到自己，初嫁时人人都说是门好亲事，可嫁过来就知道，她的丈夫是不满意她的。他一直在找着什么，显然在她这儿找不到，王府里进进出出的女子很多，有名分的，没名分的，她是正房里挂着的堆绣唐卡，牡丹花簇拥的女菩萨，却只能拿来看，连镇宅都不管用，别的用处就更没有了，何况还没个生养。起初她以为，守芬含美，贞静自持，行坐不离绣床，遇春曾无怨慕，女德上她算得完美，可兴许他要的是花香月丽知游赏，伦则夫妇契兼朋友的知己，她不是，王府里所有的女人都不是。最后她渐渐明白，玉田想找的不过是他遗落的自己，找了几十年，找不着，连仅有的那点儿也快丢了，拼拼凑凑几十年。她帮不了他，她也帮不了自己。

一阵风吹来，檐下铜铃发出清脆的响声。他们到大殿里去，泥塑的神像积满了灰尘，早已看不出颜色，玉田突然想到四个字：历千万劫。佛像如此，人生何尝不如此。

玉田抬头看了看屋顶粗壮的梁架："这座小庙周围，以前全是芍药花田，花农担花入城，以此为托根之所，人们花十文钱买几枝，也能见春色如海。现在庙要拆了，福晋，这些木头，就让桂生卖了，在丰台再置几亩花田吧。"

回去的路上，毓秀试探着说："那个连翘，倒是个挺灵的丫头。"

"哦。"

"心思虽然怪，却是那种招人喜欢的怪，手艺又巧，只当个粗使丫头可惜了。"

玉田想了想，说："是挺灵的一个女孩儿，也有天赋，可天赋是得靠运气的，让她做手艺人……也差点儿意思。"

毓秀借机道："运气？她来咱们这儿，不是运气是什么。"

原来是引到别的话题上头，玉田没接话，也没兴趣接话。

毓秀不放弃："我让她进府里来，王爷应该明白是为什么。"

玉田淡淡道："和麟平长得像，性子也像。"

“既然如此……”

“始知锁向金笼听，不及人间自在啼，这样的滋味，福晋应该是懂的。”

毓秀笑道：“那把近日堂里的鸟儿全放了，你肯不肯？”

“它们就是我，我就是它们，不过一个在小笼子里，一个在大笼子里罢了。”他看似无意地瞧了她一眼，“福晋如此为我着想，我很是感激，可身边人来来去去，你真的不在意？”

毓秀语塞，眼中透露一点儿哀戚，随即叹了口气：“随你怎么说吧。我，不讨厌连丫头。”

他们对于连翘，其实都有一种朦朦胧胧的亲近。毓秀喜欢连翘，是因为后者的聪慧以及青春，让她恍惚看到一点儿过往的自己。而玉田，却是为那几分相似几分非，最关情处是依稀。

这孩子清润的眉眼，倔强的性格，在艰难时世中的个性坚硬，像一面镜子，照出他们人生中最后的一场幻境，随之而来的，理应是漫长而枯燥的迟暮了。

此时的王府中，连翘正翻看着玉田给的画样。

若说第一眼是惊艳，再看则是如获至宝之外的一种郑重。瓷器、珐琅、头面、衣饰……画样的创作者，是一个超凡的设计者。不，这不仅仅只是画样，也不仅是草稿，更像是平日的笔记，在薄薄的纸上用清隽的小楷写了许多注解，记录着疑问。

一片纱绸该如何使用，才能让它更加轻软柔丽？而粗实的棉麻，如何显出力道与轻盈的平衡？璎珞，花冠，既要富丽繁华，又要做出“动势”，即便是鼻烟壶上的图画，美人头上的簪花，也要让轻者如迎风飘舞，重者似落地有声。都说要“因材施教”，可于匠作而言，既要“因材施作”，亦要有“无中生有”，那么，如何融会贯通？

她恍若身处一个陌生又熟悉的世界，在那个世界里，有美丽的花纹，色彩斑斓的图案，五彩的花瓣发出光芒，珍珠在手中像月光一样。

丹青赭垩，雌黄白附，锡碧金银，众色炫耀。

连翘感到有什么向她迎面扑来，带着辽远的神秘的信息，它们永恒地存在着，超脱了渺小的肉身，融化在久远时光中。她心中激荡着莫名的情绪，更有感激，她感激立云将她从韩家潭拽离开来，感激柏涛、立云等人的照顾，也感激玉田对她看似无意的知遇。

虽说有“吾道不孤”这样的说法，一个人做着只有他自己能做的事，是挺“孤”的，可倘若放大了看，却又是不孤的，因为仍是有不少人在做着那些孤单的事，而最终，这些人之间或许也不是没有个呼应。

她拿出平日做的头花儿，和一沓亲手描的画样，以及一个破损的点翠簪子，那是父亲为母亲做的，她已经将脱掉的翠毛补上了，那朵蓝色的牡丹，花瓣舒卷，静静地看着她。

屋里废纸不少，她一直以来总想做一些新东西，便拿起笔随心描摹，与图案同时出现的，是如何将它变成实物的法子。日用即道，道里就是心，丑的、美的、张狂的、含蓄的、高贵的、低贱的……她画出她心中的道。团扇、衣衫、插屏、头面、头花……美丽的东西是不寻常的，但寻常之物上也会有不寻常的美。她想找到它们。她觉得快乐，但极少的时候，会被一种感觉灼伤，令人烦恼的是她不知道这种感觉是什么。

园中渐次春深似海。

第十八章 踏春

金蛋守在湖广会馆门口，有些急切地看着十字路口东边的一个四合院，那里是刘公馆，不过，往回数一百来年，那院子就是著名的“阅微草堂”。金蛋抱着一丝希望，他想，能住在纪晓岚旧宅里的人物，应当也是很有能耐吧，即便没能耐，好歹也能沾点儿纪晓岚的能耐吧？即便如今北洋政府已经垮了台，这议员也不是太能说得上话了，但能找到议员这儿去，已经是他能为天禄叔求到的最大的救星了。

等了十几分钟，两个女孩子从四合院里走出来，其中一个正是赵九如，金蛋看到九如眼中那亮亮的意思，一颗心登时放松了。他快跑几步过去，九如道：“刘姐姐，这是我同学金长风！金蛋，这是刘姐姐，刘议员家的大小姐。”身边那姑娘比他们大个一两岁，也是女学生打扮，听到金蛋的名字，忍了忍，终还是扑哧一笑，金蛋亦笑道："刘姐姐您好！您叫我金蛋就行了。"

"您好，"刘小姐忍住笑，正色道，"金同学，你朋友的情况我爸爸已经知道了。那个温贝勒就住在这附近，出了名的恶霸，不过你朋友的事情有些复杂，我爸其实不是特别方便出面……"

听到这里，金蛋的心一点点沉下来，刘小姐一笑："不过，他给他的一个朋友写了一封信，托那位朋友说几句话，打个招呼，想来你朋友虽然一时半会儿出不来，但也能少受点儿委屈。我爸说，虽然素不相识，但既然你朋友有冤屈，还是姓刘的，算是本家了，咱们能帮一点儿算一点儿。"

金蛋大喜过望，向刘小姐深深鞠了一躬，刘姑娘连说不客气，又道："不过还请你千万要保密，我爸帮忙这事别跟任何人说。九如，你也一样，要不大家都不好。"九如应了，对金蛋道："刘议员一家是很仁义的好人，咱们千万别添没必要的麻烦。"她很高兴，"走，走，我做东，请你们二妙堂吃蛋糕去！反正也不远。"

金蛋道："哪能你请，必须得我来。二位今天由我招待！"

刘姑娘婉谢，说要回家去，九如和金蛋便陪她走到她家门口，金蛋道："您先等等！有东西要给您！"

九如奇道："咦？刚才怎么不让我带去？"

金蛋道："送东西的人跟你前后脚，你去了刘姐姐家不久，他才来这儿。原本想着一会儿麻烦你再跑一趟给刘先生送去，既然现在刘姐姐在这儿，就不用啦。"说着从身上的布挎包里拿出油纸包的一包东西，双手捧着交给刘姑娘，"这是'牛肉刘'的牛肉，您拿家去。等天禄叔出来，我保证您能吃到更好吃的！现在先对付着尝尝。"

刘姑娘微笑道："那小饭铺不是都散摊子了吗？谁做的

牛肉？”

金蛋道：“是饭铺之前的掌勺王叔做的，手艺虽没天禄叔好，但方子是一样的，听说我今天有机会找刘先生，他撂下手上的活儿，做了这一斤酱牛肉让我送来，实话跟您说，这牛肉还是他老人家赊来的。您千万别客气，我的街坊们虽然大部分都是底层的穷人，但我们也懂得有来有往，有人帮了忙，咱们虽没涌泉相报的能力，心是有的。这就是大家的心意。”

刘姑娘拿着那包牛肉，非常感动，凝视着金蛋质朴真诚的脸庞：“你这么帮助那位刘掌柜，图的是什么？”

金蛋道：“您看这牛肉，是王叔做的，还有许多人也都在帮天禄叔，哪怕是草奶奶……”他纠正了一下，“草爷……反正还有一个收破烂推板车的老爷爷，也在帮他们一家。因为天禄哥平日里也没少帮大家，这是相互的。如果世上坏人多，好人不团结起来，这日子就没法过了。帮人就是帮自己。”

刘姑娘眼中露出赞许，她点点头：“那我就替我爸收下这牛肉，谢谢你们大家的心意。金蛋，你们想的做的，我认为是对的，这世上有许多事情不能用金钱来衡量，你们现在做的，就是比金子还要贵重的事。”

九如和金蛋沿着珠市口大街走着，春风拂面，心中有大事搞定的畅快，九如道：“你知道刘议员托了谁去打招呼？”

金蛋道：“我不太好意思问，人家随便找谁，对我们也是莫大的帮助了。”

九如叹道：“哪是随便找的，反正你们那刘掌柜，应当是不会有事了。人家找的天津警备司令，傅司令！你们白纸坊的面子是大了去了。”

金蛋怔住走不动道儿，过了好一会儿，吁出一口气，回过头看着远处刘家的方向："这人情，我们可怎么还哪。"

刘宅的院落深处，有一棵高大的海棠树，比屋顶还要高，探出了树冠，发着光似的开满了花，风吹动时宛如天衣飞扬。

九如亦回头看了看："刘家那棵白海棠，据说是纪昀亲自种下的呢，一百多岁了，我看足有八九丈高。北方的树，哪怕是开花的，也是威风遒劲，一点儿媚骨都没有。"

回头待继续走，眼前却多了一物，却是另一个小小纸包，带着牛肉的香气。

金蛋惭愧道："对不住，这应该一两不到，我匀出来给你留着的，请你尝尝。我啊，现在陪你去二妙堂，你想吃什么，我请你吃什么！"

九如低下头，凝视了纸包片刻，里头是薄薄的几片牛肉，虽有酱色，却显得干净清透，她拈了一片放自己嘴里，嚼了吞下，道："把这么重的心意吃了，怎么还吃得下蛋糕？来，你也吃一点儿吧！"

金蛋开心地笑了。

四天后，天禄从号房里被"好运气"叫了出去。

"把你的被子拿着，出来！""好运气"粗着嗓子道。

号房里炸了锅，狱友们嚷嚷起来。

"行哎老刘，混出来啦！"

"回家搂着媳妇儿好好睡一觉！"

"他没媳妇。"

"赶紧找一个！瞧这小子运气来了嘿！"

天禄狐疑地看着“好运气”，“好运气”拿着警棍在栏杆上狠狠敲了敲，待牢房里安静了会儿，这才朝他凶巴巴道：“跟我去伙房！今儿个起你就在那儿帮厨。”

天禄一愣，随着他往外走，老李扒在铁栅栏上朝他大声道：“老刘！想着点哥儿几个！弄点儿像样儿的粥，别掺太多水！”

天禄的心并没有定下来，他怕这只是个借口，是把他弄出去收拾，整个人都警醒着，“好运气”引着路，在长长的甬道里走着，边走边道：“有人打了招呼，你先在厨房帮工，你去和做馒头的关大馒头住一屋。”

天禄几乎不敢相信自己的耳朵：“那我……那我现在还是犯人？”

“好运气”走了几步，站住了回过头看着他：“你被审判过吗？定过罪吗？如果没有，就别问些废话。”

“既然如此，你们也都知道我是被冤枉的了？”

“好运气”转身继续走，咕哝道：“反正既然抓你进来，总不会无缘无故。你别多问，也别多想，该干什么就干什么，别惹是生非，过段时间自能放你出去。”

关大馒头住的地方其实是监狱装粮食的仓库，旁边有一个水井，这是南城少有的甜水井。关大馒头在井旁圈了一小片地，搭起棚架，种了些蔬菜瓜豆。这块地域，天禄之前从未来过。

“进去吧！有什么事问他。”“好运气”拿警棍朝仓库指了指。

天禄抱着铺盖卷儿走上前，门开着，一只大白鹅从里头冲了出来，扑着翅膀就要咬，天禄几次要踹，都被它狡猾地躲了过去，天禄手上不灵便，白鹅上蹿下跳，不依不饶，在他屁股和大腿上狠狠啄了几下，十分得意，嘎嘎笑，正难缠时，被一声喝住：“小居，回来！”大白鹅缓缓敛了翅膀，就跟叉着腰似的，后退两步，一对眼睛斜睨着，但仍然挡在门口。

天禄心想：一只鹅倒有个狗性子，也是了不起了。

一个高大汉子很轻松地跨过白鹅，走了出来，一脸横肉，很凶的样貌。

天禄道：“小居？三路居的居？”

汉子在裤子上擦擦手，又抬起来顺顺脸上的肉，引他进去，道：“车，弃卒保车的车，写出来是马车的车。”

谈吐间竟颇有文墨，这样的人物是个伙夫，也是奇了。

白鹅傲然地走来走去，监视着天禄，关大馒头说：“它陪我有些时候了，以前养的一只鸡一只鹅，从小崽子的时候养，典狱长是个文明人，由着我，后来换了个典狱长，人人都想着送礼，我没什么可送的，把鸡提着去了，留下了小车，自然是弃卒保车了，有了它，库房里连耗子都没闹过。现在更好，又多了个你。”

天禄听这话不像个意思，将被子往一块空地上一放：“我来帮厨的。”

关大馒头哦了一声，问：“你叫什么？”

“刘天禄。”

“哦，我是老关。”

“哎，关师傅！”

“你从何处来？”

天禄说：“嘻，不瞒您说，来之前就住在半步桥，几步路。”

“你往何处去？”

不待天禄回答，关大馒头径自走到一堆面粉袋旁坐下，头仰着，自言自语："我又从何处来，要上何处去呢？"

天禄头皮一紧，这人是个疯子。

好在老关只是偶尔发发疯，说点儿疯话罢了，有时诗仙附身，一边干活一边吟诗，那些诗，天禄全没听过，听了也记不住。有时大半夜，老关猛地从睡梦里坐起，用拳头捶墙捶地，抓着天禄的衣领喝问："谁派你来盯梢的？"

天禄起初不理他，关大馒头也不干什么，将天禄一放，站起身来，满屋乱走，边走边唱："大江东去，浪淘尽，千古人物，万一禅关砉然破，美人如玉剑如虹，啊，美人儿，为何啼哭，我们想啊，想哪一个？我想我姥姥。[①]"

缠七缠八，天禄实在受不了，骂了句："有病！"

老关来了劲，伸脚踹他："有病怎么了，我踢死你个囚抓的！"小车在靠门的一块草垫子上卧着，听得嘎嘎叫，很像是嘲笑。

次日一早，老关回过神，向天禄道歉："对不住刘兄弟，我犯病的时候自己也管不住。"

可隔几天就来这么一出，实在让人受不了，待某夜老关又要唱戏吟诗，天禄一翻身将他摁住，使出大力，用捆面粉袋的麻绳将他绑了，小车待要赶来营救，老关的嘴已被天禄用破布塞住了，天禄抄起一根比男人手臂还粗的擀面杖，朝小车比了比，目露凶光："来啊！小王八蛋，上来啊！"小车立时偃旗息鼓，灰溜溜跑回窝里去了。

---

① 此数句为京剧《清风寨》唱词。

天禄骂道："见屃的就横，见横的就屃，告诉你，别惹你刘大爷！"将棍子往地上一扔，倒头睡了。

就这样，天禄和一个疯子一只大肥鹅待在了一块儿。

每天，天禄去伙房和十来个厨役一起为二百来号人做吃的，没有掌勺师傅，因为每个人都掌勺，只听候一个领班的吩咐，那领班却是拿饷银的，不做饭，天天在伙房里玩警棍，大家暗地里叫他警棍猴，因他姓侯，长得也像猴子。每日犯人吃的两餐，由伙房的人分成几组去送，天禄主要负责"王八腿儿"，也就是临时关犯人的几条甬道，"王八壳"是关重犯之处，由监狱的专门人员去送饭。"王八腿儿"一向热闹，有熟人见到天禄，彼此还会开几句玩笑。老关仍时不时发疯，天禄照常拿绳子绑他，小车在一旁跳着起哄，像要给天禄帮忙的样子，老关嚷嚷道："兀那囚抓的小王八蛋，把爷爷放了！"

天禄抖了抖铺盖，心道：放了你，老子今晚又睡不好。

"孙贼，给爷爷来道菜，要是好吃，爷就不闹你。"

倒不是真做菜，不过是过一下嘴瘾，把做法说出来，每个步骤都不略掉。

老关抖了抖脚，咂嘴道："炖牛舌会做吗？"

天禄躺倒，闭上眼睛，脑子里是过往鲜活的画面。

炖牛舌平时他不常做，费时费料，卖得也贵，逢鸭子桥的秦爷过生日想吃，或是有钱的照顾主儿提前打好招呼，他方亲自去趟牛街，找相熟的牛肉床子掌柜的挑最新鲜的牛舌。

鲜牛舌在沸水中烫一烫，剥了外面那层膜，要是牛舌不新鲜，尤其是冬天，冻久了，就特别难剥，他将牛舌烫好，剥干净，切成厚片放大锅里去，武火转文火，过好几个时辰，再放黄酒、精盐、酱油、姜葱和滚刀切的胡萝卜，炖得了，切成片儿，酱香入味，嚼起来筋道不说，还有弹力。

老关好半晌没吭声，待天禄翻个身准备睡了，老关道："我知道你憋屈，觉得在这儿很冤。你得想开点，在这儿的人没一个不冤，可还得活下去，对不？譬如我，我反清，想的也是让这个国家能有点好的起色，可最后呢，被族人除了族籍不说，还被自己的同志当成奸细，我也得想开。你瞧我现在也过得挺好。"

天禄心想：反清？族人？说什么疯话呢。你过得好？你这不是疯了吗。

老关道："等你出去了，别忘了老哥我，这炖牛舌我可得尝尝。"

天禄道："得能出去才行。"

老关道："嗯，到时候做烧鹅给你饯行。"

天禄觉得他在说疯话，没理他，倒是小车嘎叫了一声，吓得抖了抖翅膀。

老关的工作比天禄简单得多，只负责给典狱长以及监狱里上班的狱卒们做馒头，每个月再给犯人们做一顿馒头，库房里的陈年老灰呛鼻，馒头却香得醒脑子。

酵子用的是陈年老酵，水，是立春前打的水，仓库里专门辟出一块地方存放，和酵的事，老关全包，拌、揉、搓、捶、抻、摔、翻，要费大工夫。给犯人做馒头的时候，伙房里所有的人都得去帮忙，连警棍猴也上了，挑水，劈柴，洗蒸笼，大部分的人则是用木杠子压面，压面最苦，谁都不愿干，想躲，躲也躲不过，都轮着来。小车乖乖地在井边吃草，不添麻烦，若搁平日里，谁要敢去打扰老关做馒头，它定然追得人哭爹喊娘不可。老关手艺不含糊，就靠这，哪怕他有点疯病，半步桥几任典狱长也都舍不得让他走，给他吃给他住，让他养鹅，兴许就为了吃这馒头。

老关有时候也会说出让人琢磨的话。

做馒头耗力气，更何况是在监狱的伙房，谁会把这当成正经事？偷懒的多了，差不多意思就得，对付过去，那面压一下就成，何苦累得浑身跟散架似的。老关每次压完面，整个人都像要瘦几斤，别人压得不好，他得去重压，几番下来，汗出得实在多，但他一声不吭。馒头上蒸笼，天禄将它们一个个码得整齐，老关在一旁看，倒了碗粗茶，大口大口地喝。

开始蒸馒头，所有人都松快了，瘫坐在地上，眼睛直愣愣看着蒸笼上的热气。老关把小车招到身边，搂在怀里，顺了顺鹅毛，自言自语："想着给这个做好点，给那个做差点，这会儿偷点懒，那会儿再钻个空儿，那才叫累，算计一辈子，累死你。做馒头就做馒头，只出出力，给谁做都把它做好了，反倒简单。"

天禄靠在一堆麻袋上，汗水从额头汩汩流下，听着这话，觉得很有些道理。

"老关，你究竟是怎么到这局子里来的？"天禄问。

老关没说话，抚着小车的脑袋，有人替天禄答了，是警棍猴，一边拿警棍捶着腿一边道："老关可是厉害了，当年还是个革命党呢，又是个旗人，反了他的列祖列宗，从京城跑到武汉，再从武汉跑到广州，最后回到京城，上哪儿都不招人待见，怕他是旗人的奸细，幸亏来了咱们这儿，当大师傅供着，对吧老关？还是咱这儿好吧。"

老关哼哼了一声。

他真是个革命党？！旗人反清，天禄觉得简直不可置信，看着老关，老关说：“他说得没错，我有病。我就是看不惯那帮没出息的尿货，要闹一闹，成，闹得连祖宗也没脸见了。”说着甚是伤感。

馒头蒸好，送走了，留下一些给大家开伙，老关捧着粥碗攥着俩馒头回了库房，对天禄道：“你跟我来。”

天禄跟着回去，老关道：“粥先别吃。”把东西放下，径自出了门去，过了一盏茶时分回来，手里捏着一把纤细嫩绿的荠菜，菜叶上还带着水珠，都没来得及见老关手指动，嫩叶已被摘了下来。老关从柜里拿了个空碗和一小瓶香油，将荠菜放进碗中，寻了小块儿生姜，搁在木板上，拳头砰一声捶下去，姜块摊开，他揪了几点儿碎粒放碗里，倒进几滴香油，小心翼翼抓拌几下。

“别看馒头普通，吃普通的东西也有讲究，粥咱们不说了，没得选，将就喝，小菜得来一点儿，配馒头的菜不能味儿太冲，也不能有腥膻，否则把麦香全赶跑了。”

老关将碗放到他和天禄中间：“这是今春‘王八楼’第一拨荠菜，给咱俩消受了。唉，就差壶酒，一浇我心中块垒！”

天禄后半句没听懂，只道：“您也说这儿是‘王八楼’，在‘王八楼’里，至于这么精细吗？”

老关拈起几根荠菜，放进嘴里，细嚼慢品，似要品足了那滋味：“出去都一样，头上顶着一片天，有个大盖子，哪儿都是‘王八楼’。过两天托人上牛街整点儿羊尾巴油，再给做一道炒麻豆腐，撒上青韭，那叫一个香，春天么，就得来点儿提气的、应季的、好玩的，别白瞎了手艺。记着了，兄弟，日子过不过得好，那是自个儿的事儿，在吃上头，要多用心，因为这是天经地义的。”

“天经地义……”天禄琢磨着这四个字，也抓了一口荠菜，配着香喷喷的馒头，那清香的滋味，真好造化！

天禄忽然想起了大脑袋，也想起了许多人。他也想到了自己，这不知怎的就倒了大霉的自己。

他咧开嘴，老关以为他在笑，可天禄在哭，那眼泪吧嗒吧嗒滚下来，滚到嘴边上，他无声地哭着，一口一口将馒头吃完了。

老关直当没看见，拿馒头蘸了碗里的菜汁儿，十分投入地吟起诗来：

“北方春蔬嚼冰雪，妍暖思采南山蕨。韭苗水饼姑置之，苦菜黄鸡羹糁滑。蓴丝色紫菰首白，蒌蒿芽甜蓴头辣。生葅入汤翻手成，芼以姜橙夸缕抹。惊雷菌子出万钉，白鹅截掌鳖解甲。琅玕森深未飘箨，软炊香秔煨短茁。万钱自是宰相事，一饭且从吾党说。公如端为苦笋归，明日青衫诚可脱！[①]老刘，你太嫩，经历世事不够多，做个厨子还欠火候，熬着吧！”

天禄本来瞪着眼睛听着，听到话头绕到自己身上，意气上来，硬声道：“我又招你什么了！”

“我吟的诗，你一句都听不懂。”

“不懂就不懂，懂诗跟抡锅铲掂勺子有什么干系？”

“这首诗是黄庭坚写的，数一数，离现在快一千年了，我们中国人，爱在舌头上找乐趣，有了乐趣，脑子就灵光，想的事儿就多起来。帝王公侯、黎民百姓，文的武的，大多都好吃。韭菜、茭白、竹笋、苦菜、蒌蒿、菌子、蕨、姜、蓴菜、莼菜，这十种菜，

① 出自宋代黄庭坚的《次韵子瞻春菜》。

怎么才算好，怎么做好吃，在这一首诗里写全了。老刘，你听不懂诗，也不懂菜，估计也不懂吃，还敢开个饭铺，你说是不是该进这‘王八楼’来，让我教化你一番？老刘啊，你可以不懂诗，也可以一字不识，但不懂吃，不懂做，你就别想……”

“别想什么？”

“别想让人家这儿念着你！”老关握着拳头，在胸口敲了两下，“反正说了也没用，袁随园怎么说的？吃喝这件事儿，不能靠‘耳餐’！兄弟，长篇大论的都不是道理，真道理特简单，就在这儿！”他又捶了捶胸口。

小车在一旁走来走去，踱步过来，伸长了脖子往菜碗里瞧了瞧，天禄飞快地擦擦泪，去井边打了水，抓了些麦麸，揪了几把嫩草尖和在里头，给小车吃了，进来对老关道：“老兄，甭管有没有用，您是个高人，快把这诗还有这些菜，都跟我说道说道！”

老关嘁了一声，身子靠在一个麻袋上，晃了晃脑袋：“德行！”

珠市口在前门外，因处在京城中轴线和珠市口东西大街交叉处，人来车往，热闹繁华，亦被称为“金十字”，十字往北叫道儿北，往南为道儿南，好的戏园子和店铺全在道儿北，因而，这“道儿”，亦是南城贫富贵贱的分水岭。

穿着素色长衫的中年男子步入了道儿南的一家小酒馆，类似这样简陋的小酒馆，连桌子都没有，就几根长凳围着两三口大酒缸，酒缸半埋着一截在地下，盖上红漆木盖，权当桌子，酒客坐在酒缸四周喝酒。往屋子里头瞧去，掌柜靠着柜台，周遭是一排排大小不一的各式酒具，亦有菜板，橱子里放着熟食，墙上挂一块木板，欠了酒账饭钱，掌柜的在木板上做个记号，逢年节算完账，用袖子一擦了事。这样的地方并不是什么高级的场所，却让人自在快乐，做小生意的也好，无赖汉也好，文人墨客也好，没那么多规矩，进来就是客，坐在一起喝喝聊聊，谈国事还是骂街，随你痛快。

素衣男子让掌柜的先来二两汾酒，跟四周酒客微微点头一礼才坐下，听到有酒客说着奇闻逸事，到热烈处，他亦半眯着眼睛，很享受这惬意轻松的氛围，刚喝了一口，有人坐到他身边来，男子不以为意，却向掌柜的又要了一个酒杯，将酒壶移到那人身前："芹斋先生，你今天可是跟了我一路了。"

"让载先生见笑了，实在抱歉。"池田给自己倒了杯酒，酒杯举了举，一饮而尽。

就在这个小酒馆不远处，是宜兴会馆，一个叫威廉·斐西瓦的英国贵族，在那里办了一个小型展览。此人不过四年前才来中国，被中国文化所迷，沉浸其中，后来捐献数千美元给故宫博物院修建陈列室，以便其安置皇宫藏品，提供给公众参观。因北平政局动荡，博物院的管理也处于不稳定的状态，有人士愿意捐钱，自然接受，后将陈列品印成英文宣传册，虽是薄薄一册，但也是对赞助人的一个交代，斐西瓦很高兴，借宣传册印发之机，就在南城找了个地方，展出他自己收藏多年的中国古物，数量不多，却都是珍品。既是以"文化交流"为初衷，日本领事馆得到消息，也送去了几件文物，同时展览，斐西瓦虽知其此举有攀比之意，但他心慕东方文化，并未拒绝，而是表示了欢迎。

会馆布局规整，轴线干脆利落，房屋高大，恰是城南祠堂标准格局，院子里丁香盛放，北房展厅辟为三个部分，一部分展览斐西瓦收藏的中国官窑瓷器以及日领馆送来的日本瓷器，一部分陈列书画，剩下一小隔间展出织物、杂件、玉石珠宝等。各国使领馆都去了人，一些重量级的遗老也都去了，琉璃厂几大斋的掌柜经理亦在场。

池田就是在这里遇到了谨亲王玉田。

“载先生！”他深深一揖。玉田向他点点头，指着前方的立轴：“你觉得怎样？”

池田细细端详：“此画无款无章，从风格来看，小斧劈皴转为大斧劈皴，边角构图，水墨层层渲染，在留白之处大做文章，水流呈迂回的之字形，总体来看，倒像是南宋院体画风。”

玉田道：“从装裱来看，倒像是从贵国那儿过过一遍手。”

池田淡淡一笑：“您猜得应该没错，自古以来，中国绘画名作传入日本不少，也备受我国藏家珍视，可惜他们过于郑重，装裱一板一眼，有些呆气，倒使得画作失了几分气势和灵动。”

玉田道：“裱得认真，虽缺了一种洒脱大气，可难得的是保存得当，原物尚好。我只是觉得南宋的山水，笔力更刚强一些，劲儿也很足，此画的墨色非常温和，背后透出的性子，有点接近贵国的性格。”

池田听了，便更认真地再看了看，然后摇摇头：“我国画者用笔，要么极刚，刚中看不到一丝柔和，要么极顺，看不到一点儿刚强，刚柔并济的平衡，在同时期，我国只怕没有画者能掌握好。这绝对是中国画家所作。”

玉田微微一笑，目中露出赞赏，此番对话被一旁阅古斋的经理黄秀听到，此人是琉璃厂数一数二的人物，国学功底深厚，又曾在同文馆就读，通晓多国语言，在青铜器和古书画的鉴定上被京城藏家推崇备至，也是斐西瓦最看重的中国古董商。这时他走上前来，对二人笑着一礼，道："王爷您适才说得有道理，不过芹斋先生，也极有眼力。此画是日本领事馆送来的，正如芹斋先生所言，虽然装裱是东洋的，但画是实打实的宋画，我们推断，当是夏圭所作。"

玉田向池田抱了抱拳："芹斋先生高见。"

池田觉得自己和玉田是谈得来的。他们品评着各件藏品，发表着意见，在此处此时，两人之间似并没有那墙一般的隔膜。池田涉猎很广，对每件物品都有着浓厚的兴趣，玉田则均是粗略看看，无甚兴味。进入瓷器的展厅，他们看到展览的发起者斐西瓦爵士，这是个年富力强的青年，三十来岁，戴着一副眼镜，相貌是极温文的，不过脸上却浮着一丝怒容，他身旁是一个独立的方形展柜，这个展柜的周围则是长方形的展台，放着一些瓷器，有几件像是永乐年间烧造的甜白瓷，扁壶、小碗、杯盏，个个纯净莹然，独立展柜里是一个局部描金、文着大红牡丹的青花五彩带把杯，尽管精美鲜艳，却显得尤为突兀。

玉田脸上仍是淡淡的，池田却有些吃惊地看着那个杯子，蹙起眉。

他低声骂了一句，用的是日语。

黄秀向玉田引见了斐西瓦，斐西瓦早就听说过这赫赫有名的谨亲王，又得知他曾在内府造办处任过职，便领着玉田，绕过那个装带把杯的展柜，去看他十分珍爱的一个藏品，玉田一眼便认出这是雍正年间内府烧造的釉里红梅瓶，脸色不由得一变，斐西瓦用生涩的中国话解释道，梅瓶是他去年从盐业银行买到的一件抵押品，是雍正年间的官窑，这次他一共买到数十件，这个瓶子是他最喜爱的一件。

斐西瓦赞叹道："它的颜色、形态，真是无可挑剔，美丽无比。"

玉田点头道："这是官窑中的极品，您非常有眼光。"

斐西瓦道："十年前，我收藏了第一个中国瓷碗，发现下面刻着一首皇帝的诗，就决定自学中文，我知道如果不懂中国语言，就难以真正理解中国艺术。亲王殿下，请原谅我的直率，我们英国的收藏者一向不是仅仅收藏古董，我们更看重其真正的艺术价值，中国乾隆皇帝时期以后，有许多收藏家转而选择同时期意大利的雕塑，法国Impressionism（印象主义，印象派)绘画，甚至麦森的瓷器，有人还说，你们中国在乾隆之后，就没有真正的艺术品了，这话虽然武断，但也表明了一种遗憾的心情。"

他说这番话，黄秀和池田都在一旁听着，都在看玉田如何回应，玉田的目光却一直没有离开那个瓷瓶，海水龙纹线条清晰明朗，色彩雍容奇丽，在温和的光线中透出岁月的质感。这件所谓的银行抵押品，是南库[①]所藏，清室在庚子年为了借款将许多珍玩作为抵押，这是其中一件，而他，当时的谨贝子，就是经手人之一，所有抵押品是由他的手送往银行的库房，于他来说，这样的事做过不止一件，既是罪过也是羞耻。

大清早就亡了，算起来东西从抵押到拍卖，一共经过了二十七年，想来银行知道借出的款子是没办法再要回来，所以才拍卖出售。玉田看着它，忍着复杂的情绪，说道："我不知道斐西瓦爵士是否知晓，这个瓷瓶的督造者叫唐英，他历经两朝帝王，在雍正年，只是内务府造办处的员外郎，督制瓷器并不算熟手，而到了乾

① 南库：位于紫禁城养心殿南侧膳房以南，储存皇宫文物之所。

隆年间，唐英才升职成了专门的督陶官，在那个时候，他的本领和能力才真正称得上登峰造极。”

斐西瓦略惊：“这个官员在乾隆年间监造的瓷器，难道比雍正窑的还要好？”

雍正窑这样的词语，从这么一个金发绿眼的洋人口中说出来，是有一点点好笑的。

玉田道：“好与坏总有一个标尺，谁来定这标尺？以什么来定？一行字，哪怕是同一个人写的，也各有不同。中国是一个大国，如果仅以年代来断分好坏，并不一定准确。就像您在入口处放的那个青花扁壶，其实是元代的，而您却标注为明代，而您放在旁边展室的一只玉牛，是前清的玉作，您却说是宋代，虽然断代有误，可东西本身，依旧十分有价值。一切物件，不论贵贱，如果真代表着高超的技艺，说它是珍品那又何妨？而回到收藏上，贵国固然有很多权威，但被各种古董商随意愚弄或混淆视听的，也不在少数。”

黄秀听到这里，脸上不禁一热，作为一个圆滑的商人，即便知道外国主顾出了错，只要没硬伤，也不太愿意削人面子，玉田说的那两件展品，确在断代上存疑，看过的老行家心里都有数，只是没明说罢了。

斐西瓦若有所思，示意玉田看一眼他背后那个独立的展柜：“亲王殿下觉得那件东西怎样？”

玉田并没回头，而是笑了：“若说工艺，这位芹斋先生应该更了解，我没看错的话，这应该是东洋的伊万里瓷器？池田先生，您说对吗？”

斐西瓦扶了扶眼镜，这才注意到玉田身边不声不响的池田，后者欠了欠身："确实是伊万里烧，从口沿处的弦纹上可以看到连续的并排钱币纹路，间杂内饰的花卉，又有青花五彩加上描金，此技法被称为金襕手，源于中国宋代。实话实说，这是伊万里烧中的精品，只是不适于放在此处展览，和周围的清玩雅供居于一处，是非常无礼的冒犯。"

他向玉田和斐西瓦鞠了个九十度的躬，脸上带着歉意："万分对不起。"

斐西瓦眉目间似笑非笑："你是日本人？真是完全看不出来啊。这个东西是你们领事馆送来的，你为什么要道歉呢？欧洲的女子放在裙下的便器，被他们送来展出，用意应该很清楚。"

池田愤然道："我十分热爱中国，不愿意看到有任何侮辱中国的事情，虽是我的国人所为，我也深深感到气愤和羞愧。"

说完，他无比恳切地朝玉田看了一眼，希望得到回应，玉田却在端详着一件甜白小碗，背着手，头俯得很近，似要去捕捉只有光线透过才能看到的纹饰细节。

那天，池田一直不远不近跟在玉田身后，甚至跟着玉田，进了道儿南这家酒缸。

"原来载先生也喜欢来酒缸。"池田又给自己满了一杯。

玉田抿了口酒，慢吞吞道："这儿自在。"

"京城之大，自在的地方可多了。"

玉田又喝了一口，叹口气："唉，有些地方我可不敢去，菜市口那边的广和楼，墙上还留着骂我的诗呢。罢了，不提这些。"

池田道："正是饭点，您想吃什么？"

"有现成的。"玉田手一招，掌柜的过来："要什么您哪？"

"旁边羊肉铺还卖蒸而炸吗？"

“有，给二位爷端两盘来？”

玉田把钱递过去。

不一会儿掌柜的回来，两盘黄霜霜喷香的蒸而炸放到玉田两人面前，西葫芦羊肉馅儿，蒸熟透了再用烧羊肉的油炸得香脆焦嫩，池田吃得赞不绝口，周围酒客闻着也直吞口水，让掌柜的又跑了几趟，都吃了起来。

玉田连吃了几个，叹道：“难得十几年都没变味儿，不过京城好馆子倒闭了不少，再不抓紧，只怕这个也快断团儿啰。”

两人就着酒食海聊，甚是痛快，喝完酒，就此别过，临走时玉田道：“听说芹斋先生和贵国的军部往来密切，没想到也是一个性情中人，过去若有所得罪，还望见谅。”

池田道：“我虽是生意人，也一向读的是圣贤之书，懂得国家兴亡匹夫有责的道理。说到为国效力的心，和贵国的人并无二致。”

“为国效力，也包括买下我的宅子吗？”

池田没有回答，只是向他欠了欠身，目送玉田的背影，池田的嘴角带着一丝笑，这笑容有种赢家的意思，就像他细长的眼睛里透出的光，是志在必得。这个相貌平凡的日本人，通晓英文、中文和法文，学识渊博，家世高贵，头脑灵光，他对自己的要求是既要“ambitious”（有野心的），又要“humble”（谦逊的），野心和谦逊同等重要，这是胜者应该具备的最起码的素质。他对这个异国的城市是怀有深情的，他为能融入中国的文化与日常而感到底气十足，因为只有融入才能获得，只有获得足够多，才能完成征服。

池田回到住处，这是和平门附近的一个两进小院，屋内的陈设，除了房间之间隔着的暗蓝色白花东洋布帘，那宽阔的厅堂，古雅的家具，宛然便是地道的北平人家。

老仆妇给他拧了毛巾擦手擦脸，就去为他泡了茶，端到书房，茶壶是主人心爱之物，用了有十来年了，汪介眉的浅绛彩山水，自然神韵，浑然划一。嗒嗒的木屐声里，池田换了装束，走了进来，那是一身素色几何纹铭仙长袍，系着深灰色腰带，隐约可见腰带上的白鹤花纹，他挺直了背脊，就像哪怕稍微弯曲一个弧度，都会有损姿态的完美。喝了会儿茶，他将桌上放着的一本画册拿起来翻看，看一页，撕一页，有的揉成一团，扔到前方装垃圾的竹篓子里，有的则好好地放回去，拿个空茶杯小心压在角上。前些日子他从北平的日本古董商手里得到几本花鸟图册，有汪承霈的，有恽南田的，也有任薰的，都被这样拆了撕了，一些扔掉，他看得上的，则打算带回日本裱起来。这么多年，来来去去，除了做正经事，就剩下这样的小癖好陶冶性情。其实今天那个英国人说得没错，一个弱国，国力衰败，墙倒众人推，从里到外都被人看不起，他出主意让领馆送去那个便器，就是这个意思。过几日，听说北平政府的教育部缺钱，很可能会卖掉一部分清代内阁库存档案，他打算想办法拿到手，转卖给纸铺做还魂纸，中国人败家毁业的事儿，他乐意助力，想象着中国皇家密档被化为纸浆，池田的眼睛，慢慢地亮了起来。

东敞轩的凤丹白已长出花苞，连翘蹲在地上，用手一点点扒着杂草，很是利落，毓秀站在一旁，微笑道："你这性子倒是不让须眉。可惜到这儿来，倒耽误练真手艺了。"

连翘动作一顿，站起来，向她福了一福，回道："人得有口饱饭吃，才谈得上别的，是福晋给了机会，才让我能暂时有个安稳的着落。没福晋赏的饭，连翘哪儿有机会练手艺？”

毓秀笑笑：“如果我存了别的心呢？以你的样貌，当个手艺人就已经很可惜了，做个粗使丫头就更是糟蹋了。我让你到府里来，既不想白养着你吃闲饭，也不想仅仅让你当个丫头。”

连翘似早料到她会有此一说，并没有太过惊愕：“我只靠双手挣口饭吃，没别的奢望。”

毓秀似笑非笑：“哟，那这样多辛苦。”

“不瞒您说，我有时觉得，这才是最省心的路子。”

毓秀目光一冷：“以为你是聪明人，会懂我的意思，哪知道你揣着明白装糊涂。我倒问你，现在离了这儿，出去靠卖那几朵没人戴的头花儿，能吃几顿饱饭？”

“我有点儿积蓄，还能凑合过两天，除了做活计，粗活儿也会干。”回答得毫不犹疑。

毓秀正色道：“像你这样的女孩子，没父母亲人，也没家底，最后的路大多就是一条，我不妨跟你明说，第一眼看中你，是想给王爷寻一个可心的女孩儿，若你有造化，给个名分，也不是不可能。我不是悭吝狠毒之人，是好相处的，而王爷你也接触过了，要真能跟了他，是你上辈子修的福气，多少人求都求不来。”

连翘两手握了握，像是有点冷：“卖头花儿能不能活，是我该为自己操心的事。福晋，两年前有人要花钱买我当小老婆，我没卖，当时存了要死的心，实在逼得活不下去，大不了一死。我在韩家潭不会卖自己，也不会因为到了一个出价高的，更体面的地方，我就会把自个儿卖了。不管是卖给浑人还是卖给皇亲国戚，不愿意卖的人，怎么都不会卖的。”

按理说，这样的话听着该放心，但连翘越是这么说，毓秀心里越不稳当。这不是个顺从的人，不顺从的人，总是让人有点不安的。

近日堂里的鸟多是百灵，也有两只交嘴梧桐，喂食是玉田亲力亲为，偶尔也由老萨和连翘来做一点儿换水和清理的事。黄昏时，晚饭已毕，连翘去给鸟儿的小罐子里加了水，顺便打扫了一下书房，一阵风起，吹开桌上的书册，里面夹着的几片银杏叶被吹了出来，当是多年前便放到了书里，看着干枯脆弱，拾起的时候会很容易弄断细细的梗子，她听父亲说过，银杏叶可以防虫蛀。鸟儿们已经渐渐习惯她的出入，因她不对书房里的一切表示逾矩的好奇，保持着恰当的距离，但这距离并不代表“无心”，她非常小心地将银杏叶放回了书里，擦干净桌几，走了出去。

茶席摆到了近日堂外，庭院深深，清妙幽静，两棵近百年的紫丁香繁花盛极，满院清香，不远处是一棵西府海棠，也有近百年树龄了，花枝间的天空高悬一弯金色新月，融融月色浅浅敷落，淡粉的花朵变成了雪白色。

玉田和毓秀在树下喝茶聊家常，一盏光线柔和的灯置于席上，藤花未开，饽饽铺的藤萝饼已提早上了市，盘中便放着几个，也是浅紫淡粉的颜色。扎嬷嬷坐在一旁打盹儿。

这春天的夜晚，让人几乎忘记了身在乱世。

连翘脚步放轻，去扎嬷嬷身后站着，扎嬷嬷吓得一激灵，连翘忙扶着她，要不老太太得跌下凳子来。玉田忍俊不禁，毓秀也捂着嘴笑，扎嬷嬷埋怨道：“你们都是欺负我老不中用，还拿我取笑！”

连翘满脸通红：“对不起您老，我是怕吵着大家，所以才没敢出声儿。”

玉田道：“你这些天专心应付新差事。如果缺什么材料，写个单子，报给老萨，库里有就从库里拿，要没有，就去外头买。”

话出有因。离端阳节尚有两个多月，玉田忽然起念让悦昌银号以“宜夏”为题，赶制一份节礼，悦昌是首饰楼，自然是以首饰为主，不过做什么类型的首饰，可以由他们自个儿拿主意，定好之后再报给他。这天下午邱立云送修好的手链来，玉田便把此事跟他说了。

同样的名目，同样的节礼，玉田却要连翘也做一份。连翘和立云并不知晓，这所谓的端阳节礼，其实是送给英国人斐西瓦的，此人将于明年在伦敦，办一个中国民间艺术品的展览。

“明天我和福晋要回一趟天津，你如果想好了要做什么，可以画成画样，等我回来看。”玉田说。

连翘看看毓秀，毓秀道：“阿宝生了病。”

连翘想起那个小姑娘，说道：“王爷，福晋，我去一趟西院，马上回来。”话音未落，拔足便跑，扎嬷嬷回头看看，说道：“这丫头跟驴子一样鲁。”

毓秀忍不住笑了。

不一会儿连翘气喘吁吁跑回来，将一个小布囊双手交给毓秀：“福晋，这是我给小四格格做的。”

毓秀就着灯光打开布囊，那是一小束丁香，起初她以为是鲜花，还想说这新摘的明儿就蔫儿了，凑近一看，却是假花，竟跟真的一样。

玉田扫了一眼，眼中有光亮一闪。

连翘道：“这花可以别在发辫上，也可以别衣服上，我另外做了一个小花瓶，四格格还可以将花插在里面。”

“花瓶呢？”

“就在袋子里。”

毓秀咦了一声，往布囊里掏了掏，抽出一叠硬纸片，剪成了花瓶形状，表面绘着图案，却是拼贴在一起叠好的，向四面拉开，就是一个青花小瓶，难得的是四面图案都不尽相同，背景绘着各式锦纹，纤细精美。

待连翘离开，毓秀将通草花瓶递给玉田：“这孩子很灵慧，我还真不太敢留她了。”

玉田一笑：“福晋说话实在，从不藏着掖着。不过呢，人这辈子，谁能留得住谁？”

毓秀看过去：“我说话是实在，你说话却是噎人。”

次日，玉田夫妇去了天津，王府恢复了一贯的冷清，连翘待在屋里，整日冥思苦想，不知该做什么样的节礼，耗了两天，毫无头绪。立云却托人送了封信来，信中说，明日她若得闲，不妨随他去一趟香山。

去香山？连翘托着腮，大惑不解。

不过第二天天刚亮，她按立云说的时间去了悦昌，立云正在门口看鸽子起盘，头仰着，连翘走到面前他才发现，又惊又喜：“哎呀，没想到你真的会来，怕他们不让你出门呢。”

连翘抿嘴一笑：“主人不在，我又不是包身工，腿长在自个儿身上，难不成不走动了？”

立云笑道：“我也是这么想，就怕王府规矩多，连累你被人说。”

“跟管事请了一天假。”

立云这才放心，连翘进去跟小柱子他们打招呼，小柱子笑着递给她一个包裹：“连姐姐，这是中午吃的干粮，邱师傅一早买的豆包、糖油饼，还有都一处的烧卖。”

连翘回头看看立云，扬了扬手中的小布包，笑着打开，里面是一个羊皮水壶，却是王府杂物堆里捡的：“我泡了茶。”

立云在外头拍手：“谨王府的水井是出了名的甜水，不比玉泉山的泉水差呢，连姑娘，沾您的光啦。”

连翘短发飘扬，一双亮眼睛水汪汪的，娇羞之态只一闪而过，她的美丽，是北地姑娘那种阔朗敞亮的气势，濯濯如三春之柳。

她仍是没按捺住心中的疑问：“邱师傅，咱们去香山做什么呢？”

“踏青啊，”立云笑道，“谨王爷给悦昌出的那个题，既然和春天有关，我不出去走走，哪儿来的点子？”

连翘恍然，和他相视一笑。

路途远，立刻出发，到城外换骡车往西山继续行去，他们久未出城，这一路的心情均极是畅悦。纵目远望，翠碧如洗，松如玉笏，到香山山脚，村居鳞次栉比，又有僧屋饭蔬，宛如画中，载着游人的骡车渐渐多了起来，铃铛声此起彼伏，入了山中，在碧云寺小憩片刻，两人一人吃了一个豆包，立云道：“咱们自个儿带的茶到山顶再喝，山下就将就喝他们的吧。”

连翘道：“您说得有理。我去买！”说着站起来，飞快走向进门处的茶摊，立云见她如此迅速，不禁摇头直笑，不一会儿，连翘一手拿一个粗瓷碗，快步回来，茶汤尚泛着热气，虽是寻常粗茶，但在这山寺中，喝着也别有风味。

香客鱼贯步入殿中，钟声不时响起，连翘的目光落在人们高举的香束之上，轻声道："你说这些人都有怎样的愿望呢？"

立云心中一动，有涟漪泛起，将茶碗放下："既然进了庙里，咱们也去拜一拜。"

连翘跟他去请了香，拜的时候，她尤为虔诚，直起身来，郑重将香插好，又步入殿中，对着释迦牟尼的塑像，恭恭敬敬磕了三个头，立云也磕了头，出得殿外，问她："你向菩萨求了什么吗？"

她眼中闪过一丝羞赧："我爹曾说，到庙里心静就好，尽量别给菩萨添麻烦。"却也问他，"您呢？"

立云道："佛理有'以一灯传万灯'之说，我是行不了这样的大功德的，但愿自己能守好祖师爷传下的一技，就当燃灯一盏了。"

连翘向他轻轻鞠了个躬："邱师傅有大志向，我远远比不上。"

立云哈哈一笑："好啊，连姑娘在骂人呢。"

连翘直起身子，容光焕发，脸上是快乐的笑容。他此时觉得她很美，但她的美不是因为容貌有多么精致，是因为太阳光如此明亮，照亮她眼中的纯粹与真诚，太亮了，他在心中想。

到晌午，二人终于登上香炉峰，尽情远眺，山风猎猎，却又吹面不寒，不远处有几人，文人打扮，像是师生，用油布摊在相对平坦的地方，放了食物茶水，赏景休憩。十数米开外的一个岩石上，也坐着三两游人，就是从那个方向传来了笛声，是一人吹起了横笛，清越悠扬，荡涤凡尘，宛如仙乐。

这一切如梦似幻，却又真切无比，连翘心潮澎湃，畅望远方，大声说："邱师傅，今天是我这辈子最高兴的一天，谢谢你！"

这时，那几位师生中的一个年长者，也是被笛声所感，似要与之相应和，朗声颂道：“望林抟抟，望塔芊芊，望刹脊脊，青望麦朝，黄望稻晚，畠望潦夏，绿望柳春。望九门双阙，如日月晕，如日月光！”

立云粗通文墨，只觉远方帝京之瞻美，真如句中描绘之意，说不尽的气势恢宏，层叠浩荡，似能与天地不朽，而此时此刻，此情此人，又何尝不珍贵如日月晕、日月光呢？

第十九章 江亭

天禄送完晚饭回库房，闻到一股肉香，一进去，原来关大馒头在屋子中央架了一口锅，锅里汩汩冒着泡，热气腾腾，地上散落着几根白羽毛。

天禄瞧那锅里，心里一凉：“老关，这是什么？”

关大馒头说你眼睛没瞎，不会看啊，这是小车。

“小车被你宰了？！”

“总归是一个死，别便宜了别人，给你吃我不心疼。”老关拿长勺在锅里搅了搅，抬了抬额头，几道褶子变得深了些，“我说话算话，你要是出去，我炖鹅给你践行。”

天禄愣住：“什么？我出去？”

“‘王八楼’太小，不够住啰，这库房得腾出来，我呢，得跟着典狱长到昌平去，不给这帮王八做馒头了。到昌平住炮筒楼，没办法伺候小车，所以给了它个痛快。你呢，听典狱长说，明天就会放你走。”

天禄坐到一个麻袋上，觉得自己整颗心都是麻木的：“真的假的？”

“小车在锅里，这总是真的吧？”

天禄道：“嗐，您哪，您真是！”

两人盯着锅，都发了好一会儿愣，老关眼里好像有点儿泪光，天禄特别怕他这时候犯病，但他擦了擦通红的鼻沟，说：“天下无不散的宴席，吃了这顿，明天各走各路。”

天禄兀自还跟做梦似的，觉得老关很可能是在说疯话，但还是道：“关大哥，蒙您照顾这些时日，以后有事您说话，天禄把您当亲哥哥。”

老关点头：“差不多火候了，吃吧。”

这鹅肉是清炖，连桂皮之类的香料都没放，就只扔了点儿盐和姜块在汤里头，老关夹起一块：“小车，老哥对不住你了，你来世做人，下辈子老哥当鹅，你宰了我吃吧。”

天禄本也夹了一块，被他这么一说，吃也不是，不吃也不是，老关瞅着他：“不吃了它，小车可就白死了。”

次日，“好运气”到大厨房去找天禄：“刘天禄，回家吧，你那铺盖不能带走，得留着。”

天禄看着他。

“好运气”道：“那铺盖本来就是这儿的。”

天禄大叫了一声，然后连连向他鞠躬：“谢您哪！我不要了！那铺盖我不要了！”

说着便要往大门跑，“好运气”还没说话，天禄却掉了个头，又拔足往仓库奔去。

老关在井边收晾着的鹅毛，见他回来，笑道："我没骗你吧？"

天禄道："关大哥，我就住在半步桥，你从大门出来，往北走几步就是我家，我不会换地方，您安顿好带个信儿给我，要么我上昌平看您去，要么您常回来坐坐。我给您做炖牛舌。"

老关递给他几根长长的鹅毛："相识一场，留个念想吧。"

天禄接过，脑中浮现出那只大白鹅的机灵样儿，倒有点儿伤感，老关说："一早我给你卜了一卦，卦象还行，但说给你听，你未必懂。你只要知道离散聚合，自有天定，一切顺其自然，自会圆满。柴门闻犬吠，风雪夜归人。"

似有禅意在里头，可惜天禄高兴得糊涂了，没琢磨，估计也琢磨不懂，毕竟没读过什么书。

"好运气"在半道儿上候着："我领你出去，你自己是出不去的。"

天禄想说一声多谢，但不知怎么，没有开口。

"大脑袋的死，你不要怪我。""好运气"欲言又止，还是说了这么一句话。

天禄热血上涌，想问他那个方脸狱卒到哪儿去了，是否还在半步桥，但想着好不容易才获得自由，别多话生事，所以强忍着一声没吭，待出了监狱大门，他回头看了一眼"好运气"，这一眼包含着太多内容，"好运气"别过头，转身走回"王八楼"长长的甬道里。

天禄看着前方，他的家就在不远处。

"妈，翠喜，"他在心里喊着，"我终于回来啦！"

天禄娘装束行装：一口烂锅，一根擀面杖，写着"冤"字的破布一块，一个砖头。收拾好了，出门去，到菜市口大街路口，草奶奶和斗二爷自来会合。可今天她定在门口，不动了。

“妈，您这上哪儿去啊？”天禄看着母亲。

天禄娘将手中的东西咣当一声扔地上，揉揉眼，又揉了揉，啊的一声哽咽了：“小王八蛋，真的是你啊。”

“是我，我回来了，妈，您没做梦，您摸摸，是我！”天禄拉着母亲的手，放到自己脸上。

天禄娘哭了：“儿子，儿子你回来了！谢天谢地，你平安无事回来了！”

天禄将母亲拥在怀里，虽然泪眼模糊，但他看到自家的小院儿，篱笆倒了，满地碎砖头，房子塌了半边。

天禄娘站直了，抬起衣袖擦擦眼：“走，进屋去！那小姐送了些菜和面来，厨房里剩了半块豆腐，妈给你做小白菜炖豆腐，弄点儿面条。”

天禄没让母亲做饭，而是倒了杯水，吃了个剩窝头，天禄娘将这段时间发生的事，跟儿子一一说了。讲到半道儿上，在街口没等着天禄娘的草奶奶来了，斗二爷也跟在后头，见到天禄回来，一人一狗都惊着了。草奶奶赶紧跟邻居们报信去，一刻钟差不多，金四爷、斗大爷，包括那小姐，都先后来了一趟，再晚些时候，瘦骨伶仃的秦爷也来了。

街坊们都觉着，天禄的目光是散的，从牢里出来，身上原有的那股子精神气儿没了，他们坐了一会儿就告辞，斗二爷在天禄脚边嗅了嗅，跟在斗大爷后头也走了。

天禄娘犹豫了一会儿，手指在掌心里挠了挠，还是说了：“翠喜为了躲瘟猪偷偷跑了，怕瘟猪找麻烦，她哥一家也搬走了。我让金蛋去打听他们搬到了哪儿，没打听出什么。”

天禄说：“妈，我脑子里乱，先眯瞪会儿。”

天禄娘知他难过，给他把被子打散，又掸了掸灰：“我去院子里晒会儿太阳，万一又有街坊们来，先应付着，你睡吧。”

“您刚才是要去哪儿啊，拿着烂锅破砖头。”

天禄娘道：“嗨，每天都得去虎坊桥给温贝勒请安，现在你回来了，娘歇两天。”

天禄嘿的一声笑，躺到床上。

天禄娘搬条凳子坐到院子里，春天的阳光热烈，哪怕闭着眼睛都觉得明晃晃的，她狠狠掐了下胳膊，好几次走到屋门口看了看，儿子在呢，她没做梦。

天禄睡得不实，睁开眼睛，看着母亲。

“妈，咱们家被烧成这样了。”天禄道。

“嗯。”

“什么也没有了。”

“没了，”天禄娘走进去，从床底下拉出一个竹篮子，取出一个包裹，放到床边，“但它们还在。”

天禄坐起身，打开布包裹，一下子眼睛就热了。

虽然叠在了一起，但他一眼都能认出来，那是“牛肉刘”墙上挂着的洋绉幛子，那写着“南城第一香”的幛子，浸透了他和母亲辛酸血汗、寄托了多少他对未来美好向往的幛子！

天禄娘道：“它好好地还在呢。还有它。”她从幛子下又拿出一个用手帕包好的东西，打开来，却是翠喜的那枚点翠钗子，蜂蝶拱寿，如意吉祥。

“翠喜这傻孩子把它当了，是我赶在封当前给赎回来了，”天禄娘缓缓坐下，“你不在的时候，我脑子里尽是过去的事。娘儿俩从山东逃荒来北平，叫花子似的，你小小年纪，连双鞋都没得穿，给地主看庄稼，收棉花，小手儿被划得全是伤。有一家人操办红事，我们去打下手，你饿得说话都说不利落，却想着帮人吹唢呐吹得越喜庆越响亮，得的赏钱就越多，憋着气儿拼命地吹，得了四角钱。那天吃的是棒子面大窝头，你一口气吃了仨，还记得吗？”

天禄揉了揉肩，微笑道：“记得，怎么不记得。那顿饭吃得真饱，原本觉得日子苦，苦得挨不下去了，可一吃饱了，却还是乐得跑到外头捡人家不要的鞭炮放。”

天禄娘给他披上衣服：“一步步走到今天，有了屋，有了业，什么苦没吃过？光脚来的也不怕光脚去。妈知道你能干有出息，废墟里也能拾得柴火，靠一双手冻不死饿不死。说这么多，也是让你心里有个谱儿，饭铺没了可以再开，身外之物罢了，咱们这些人，最知道世上什么东西最重要。把翠喜找回来吧，她是我们自家人，这孩子的心我是明白的，去找她吧。”

天禄发着愣，没吭声。

门外一群小孩子风一般跑过，远远地，传来清脆的童谣……

“槐树槐，槐树槐，槐树底下搭戏台，人家姑娘都来了，我家姑娘还不来。”

第二天金蛋过来，天禄朝他鞠了一躬：“多谢金少爷救了我。”

金蛋往后跳了一步：“妈呀刘叔，别给我行礼啊，我可当不起。街坊邻居谁有困难就应该帮谁，我要是倒了霉，您一样会帮我的不是？”

“我全知道了，这次你为了我四处求人，还瞒着你爹，冒了很大的险，这不是简单帮个忙的事儿，你现在就是我刘天禄的大恩人。”

金蛋道：“您真别这么说，我受不起。我没什么能力把您救出来，也是托我同学找的刘议员，全靠刘议员面子大，加上您本来就是被冤枉的，再和着运气，这几样凑到一块儿，您才能全须全尾地出来了。”

天禄道：“我都记住了。对了，刘议员家在哪儿？你带我去一趟。”

金蛋道：“那可不行，人家是大人物，哪能随便去拜见，这种忙估计人家帮了，也没想图你回报，说不定这么一走动，反而还给人添麻烦了不是？您哪，别折腾了，好好挨家待着，缓两天。”

“我不进他家，就想到人家门口看一眼，知道人家住哪儿，免得以后连上哪儿报恩都不知道。放心，如果我要去拜见这刘恩人，也得先请你去问问合不合适我再去。不会添麻烦。”

金蛋拗不过，只好带他去虎坊桥，路上金蛋问：“刘叔，你有什么打算？”

天禄道：“没什么打算，该干吗干吗。从明儿起，重新挑担子，卖点儿杂碎吃食，挣了钱才能说别的事，一家人总得吃口饭，这是天经地义的。”

金蛋叹了口气，见天禄神情平静，在牢中受的冤屈和苦楚都好像过去了似的，或者根本就没过心，不禁有些诧异。

既然说到天经地义，金蛋便问：“刘叔，什么叫天经地义？”

天禄道：“弱肉强食，天经地义。没本事的人被有本事的人欺负，天经地义。善有善报，恶有恶报，天经地义。”

“无缘无故关了你的饭铺，不让你做生意，断了你的活路，这叫天经地义？天经地义就是这样没天理？！”

“我没能力反抗，他要真灭了我，天经地义。但这世上天经地义的事多了去了，护城河的水冬天结了冰，开春儿就解冻，一切照常，天经地义。路边的杂草，铲完了烧完了，该长的时候还是会疯长，天经地义。我呢，只要不死，就得吃饭，要找饭吃就得干活儿，就得做生意，等有能力了，再去报恩或者报仇，天经地义。”

金蛋嗯了一声：“也是，野火烧不尽，春风吹又生。”

天禄道：“我不是读书人，你们念的八个字儿的诗我不懂。我只知道人该干吗就干吗，老了病了谁都会死，受了难，不能一直窝囊下去。鹅吃草，鸭吃谷，各人各享各人福，各人该遭各人罪，遭完了罪，得让自己别白遭那份罪。”

金蛋恍惚了片刻：“不是，我什么时候念了八个字儿的诗啊！”

天禄哈哈一笑，在他脑袋上轻轻拍了拍。

到了湖广会馆附近，金蛋往前方一指：“刘叔您瞧，就那个院子。”

天禄看着街对面的四合院，点点头：“原来就在那儿啊。过两天我做点儿酱牛肉，麻烦你给人送去。”

“不用吧。”

“得表个谢意，就送这一次。你跟议员说，我是微不足道的草民，他和我非亲非故，却救了我，我会将这恩情记一辈子，万一有一天他家有什么需要我做的，我一定没二话，全力以赴。”

“得嘞，我一定把话带到。”

天禄道：“你的同学我也不会忘了去谢人家。行了金蛋，多话不说，赶紧回学校吧，我去看看王叔和大力。”

金蛋应了，犹豫了片刻，说：“刘叔……翠喜丢了，您知道吗？”

天禄不禁笑：“那么大个人，怎么能丢呢。”

金蛋难过地道：“一开始她在前门附近卖过烟啊洗脸水啊什么的，后来那温梦榆老爱叫人去她哥家找麻烦，你知道这帮人有多混账的，她怕连累大家，就偷偷跑了。她哥找过她，刘大妈和我也都找过，找不着。刘大妈说翠喜机灵勤快，应该有她自己的打算。刘叔，您别太担心。”

天禄点点头，催金蛋快走，金蛋便往北去了，不放心地回头看了他一眼。

天禄回转身，看着湖广会馆的围墙发呆，脑子里是空的，又像是满的。他记得曾在这儿买了一大锅白米饭抱回去给翠喜吃，他现在就只想，翠喜在哪儿呢，北京城这么大，究竟躲到哪里去了？她在做苦工吗？小身板受得了吗？她会去搓煤吗，那双小手搓坏了吗？但是翠喜啊，你可得好好活着，等着我，我一定要找到你。他想对她说，大喜子，其实我煮饭煮得可香啦，你最爱白米饭，等我找到你，咱们天天吃白米饭。

他捶了捶胸口，把那阵刀绞般的痛楚压下去，该做的事得一件件去做，去跟老王父子打个招呼，再到鲜鱼口的羊肉庄看看，自己蹲局子里这么久，马爷交代过让他照看的人，不能就不管了。

“燕云北望”的撒掌柜引他进去，后院卸了羊，白常顺正在磨刀，抬头看了他们一眼，又转过头去继续磨刀，显然早将天禄给忘了。天禄问了问常顺的近况，又问马爷是否有信儿，撒掌柜一张老脸皱成一团：“来过一封信，说快到归化城了，后来就再没音信。

前几日跑外的人回来，说库伦那边还乱着，杀抢华商，归化城也不安生。以马巴的性子，没找到白掌柜是不罢休的，但他这一去，我担心凶多吉少。唉。”

天禄道：“马巴要我记挂着白大哥，我是绝对不会辜负他的托付的。我家刚出了些变故，我也没什么大用处，但力气总是有的。如果有什么用得着的地方，您尽管开口。”

撒掌柜道：“多谢您记挂，我们哪，小本生意，还过得去，您没事儿过来喝喝酒，吃吃饭，我们直当自己人来招待。但要是给您添麻烦，那是万万不行。”说得很客气，但眉宇间似甚有难为之处。

天禄猜想他言外之意：来这儿蹭吃蹭喝，人不跟你计较，当你是马爷的熟人，欢迎。但要借着帮忙来这儿蹭活计，用生人也比用这半吊子熟人更好，人家不愿使唤你。

因而也就笑笑，并不计较，抄着手，瞅着常顺一下一下磨刀，心里叹口气：唉，从今儿起，一切都从头开始吧。

清明前后的陶然亭，水洼里的积水还算干净，不像夏天，带臭气还招蚊子，那满塘苇草也尚未变成白头的芦花，新叶秀发。从慈悲庵的高台远眺西山，依稀能见群峰如簇，翠色照眼。

陶然亭以“亭”为名，却并不见亭，世人只知道那个亭子曾经存在过，由康熙年间的工部郎中江藻在古刹慈悲庵的园内修建，借白居易“一醉一陶然”诗句之意得名，原为江氏监管烧制琉璃瓦的窑厂时休憩之所，所以又叫“江亭”，后来拆除了亭子，在原地高台上改建敞轩数楹，留存至今，二百来年中，“陶然亭”便成了此地的代称。这样的旧事于连翘来说，并不十分清楚，她每年清明来这里，倒不为游春，而是因父母的坟就在前方萧旷的洼地中，她是来上坟的，陶然亭的这片洼地，也是南城许多穷人的埋骨之所，荒坟义冢无数。距离慈悲庵最近的一处斜坡上，亦有无名孤坟一座，墓碑前插着纸幡，看来是有人来拜祭过。

成群的燕子齐齐清唳，如细密的雨点落入檐下，屋梁的空隙里列成了黑白相间一小排，啾啾地挤在一起，像在一起等待一场盛大的表演。连翘看看燕子，再将身子微微探出高台的栏杆，闻那空气里湿润的气息，近处高大的垂柳，万千嫩绿的柳条正如丝绦左右飘拂，鸟儿们很兴奋，比麻雀要漂亮的燕雀儿，有着一副小冠子的太平鸟，好多不太常见的鸟儿，在芦苇丛里和柳树的枝丫间嬉戏，天上浓云厚重，是要下雨了，缺水的北方，春雨贵如油，所有的生灵都似在欢迎雨水的到来，可这个北方姑娘担心某人在来的路上会淋到雨，在心里不断默祷，不要下雨。

春雨哪里会听她的话，细细密密，像竹筛子里透出的砂子散下来，高台角落处还残存着一些玉兰的花瓣，是从准提殿的一侧吹来的。

立云来了，打着伞，伞下却不止他一人，那人缩着身子，脚步轻盈，穿着蓝衣黑裙的学生装束，朝她喊道：“连翘姐姐！”

“九如。”连翘微微一笑。

赵家小姐朝着她的方向向她使劲儿挥了挥手。

他们上了高台来，立云一边收伞，一边抬头朝连翘看了一眼，目光甚是温柔，连翘的脸一热，但也并不忸怩，而是笑道：“来了。”

立云微笑道：“幸亏半路遇到赵家小姐，要不来的就是只落汤鸡了。”

“连姐姐，你瞧！”九如故意将头转了一下，鬓边乌黑的秀发间有柔润银光一闪。

连翘咦了一声，走近细看，原来九如戴着的发卡，却是由自己半月前画着玩的画样打制的：憨实的圆球是水仙的球根，底部伸出短须，恰似生长的幼根，花茎顶端是两朵花，一朵盛开，一朵半开，相依相偎如同姐妹，发卡材质简单，就是成色一般的银，为了防止变形，起好固定的作用，可以看出掺了铜，因而颜色并不扎眼，做工平凡中更显灵秀。连翘自然猜到工匠就是立云，心道：我是无心所作，你却是有心而为。突然有点惘然，却说不清是为什么。

“连姐姐画的画样，做出来比邱哥哥的好看。”九如抬手摸了摸发卡。

连翘从不接这样的话，尽管这姑娘总是在赞美她。

九如好奇地问：“连姐姐，听说你爹和邱伯伯都曾在宫里待过？大家搭伙干多好，怎么后来失散了呢。”

连翘道：“日子过得艰难，要各寻出路，想来才失散了吧。”

“是邱伯伯手艺更好，还是梁伯伯手艺更好？”

这个问题直截了当，立云的心一跳，不知连翘会如何回答，目光落到连翘放在墙边的竹篮，里面透出杯盘的蓝白花色，知道她刚拜祭完父母。

连翘却似没有听到九如的问话，走到篮子前，弯下身子，拿出两个大苹果，这是冰窖存的去年秋从昌平农庄里摘的果子，海三听说她要去给父母扫墓，做主让她拿了两个做供果，仍是清香扑鼻。连翘将苹果给立云和九如一人一个，立云不接，说：“你没有。”九如立刻也说不要，连翘只好撒谎道：“我刚刚已经吃了一个。”

立云便道：“我这个还是先放篮子里，一会儿再拿吧。”仍是没有接。九如倒是不再客气，咔嚓一声咬了一大口，这声响有点大，她愣了片刻，扑哧一笑。

他们走进敞轩中，天气不好，这南城有名的宴集之所，显得格外清净，连翘说：“你们先坐。”自去旁边慈悲庵的僧房要了一壶热茶，给了茶钱，又要了一个茶杯，拿着到敞轩那儿，用热茶烫了烫那个杯子，倒了茶递给九如，再从竹篮里拿出适才用过的两个杯子，给自己和立云也倒了茶，立云没什么，九如握着茶杯，嘴角轻轻弯了一下。

立云从随身的布包里拿出他平时画画样的本子，这是为谨王府端午节礼所作的，他很重视连翘的评价。

“打完草稿，重新誊到了这本子上。”

连翘郑重接过，很专注地看起来。

他和柏涛商量过如何设计，柏涛却说，你是年轻一辈，不必太在意老人的想法。又说：“五月虽是恶月，但国人在这个月里能过得喜庆热闹，言必吉祥，图必有意，既然是节礼，立意自要吉祥，可也不能太直给那意思，要俗要雅又要巧，不能拘谨，也要庄重，配得上王府的身份。所谓‘意到笔不到’，琢磨透了这几个字，做人做事，就更清楚明白了。”

在立云看来，要最发挥邱氏手艺的长处，这节礼要融打作、镶嵌、掐丝、累丝为一体，只是究竟做成什么式样，究竟怎样才能“意到笔不到”，还真是颇费思量。

累丝如意短簪，用金丝金片攒焊，簪头垂着流苏，流苏做成剑、戟及五毒的形状，用料珠装饰五毒眼目，这簪子也可以变为胸针，整体不过数寸大小，要展示精细的功夫。

金累丝老虎挂饰，嵌以多色宝石，缠以五色璎珞及宝石缀饰。

打作的细节在画样旁边备注得清清楚楚，连翘一看就知道成品大概会是什么样。她抬起了头。

立云早就注意到她表情的变化，笑道：“怎么，有什么问题？”九如也充满期待地看着连翘，想听听她怎么说。

连翘揣摩这问话的真意，犹豫要不要回答，咬咬牙，说：“看着繁杂了些。”

立云释然一笑：“繁杂不怕，再麻烦我也能做。更何况这些样式都是从过去给宫里做的老样式里出来的，不会出错。”

“大着胆子出点错，说不定能出点新意来。”

立云的笑容渐渐地淡下来：“在过去，出错是会被杀头的。”

连翘道：“早不是过去了，邱师傅。”

立云道：“没错，皇帝是没了，可掌握生死的，却也不是谁自个儿的性子。”

连翘一惊，完全没料到他会这么说，凝视着他，眼中神情复杂，气氛陡然间变得十分尴尬，九如也不敢说话了，把目光移开，瞧着远处。

立云将画样拿回手中，轻声道：“对不住，我知道你是好意。”

连翘道：“邱师傅，我不知道该怎么说了。”

立云点点头：“我太小气，明明想听你的意见，却变成了只想听恭维话。”

连翘道：“我的意见并不重要，但邱师傅，您是为谨王爷做的，他想要什么，您得揣摩透了才行。”

立云不解：“谨王府财大气粗，对手艺要求很高，精细繁复，一向是悦昌投其所好之处。”

连翘道：“佳品难得，贵在以其形取其神，夸而有节，饰而不诬，蓄而不炫。邱师傅技艺精湛，但容我说句冒犯的话，画样中的物件，似乎其形夺了其神。您为照顾主儿想得周到，但如果能再往自个儿的心思靠靠，做起来也许反而更顺手。过去的东西虽然好，但日子一变，也会有新的东西出来。”

有什么东西在立云心里凝聚，越清晰，越残酷，但他仍抱着一线希望，说道：“新的东西可不一定长久，过去的物件耐看，直到现在仍有人喜欢，不是没道理。”

连翘道：“新的会变成旧的，若说无常，再没比匠人更懂得什么叫无常了，但懂了无常，就有能力打破一些界限。”

立云笑笑：“打破了，就乱了。”

他的笑意让连翘的心有点慌，但她还是硬着头皮道：“我爹曾跟我说：心之所系，天长地久。他让我记住这八个字，人心是安定的，变化的是人心之外的东西，心定就能专注，就能做出好物件。”她的手不自禁往篮子里靠了靠，似乎想拿什么东西，但立云打断了她的动作。

“雨停了，”立云忽然道，站了起来，那架势就似要立刻离她远一点，“多谢连姑娘，我回去再琢磨琢磨。今天来了这儿，按理，我该去向梁叔叔和伯母行个晚辈礼的，那就劳您驾带个路。”

连翘觉得腿有点软，像有什么东西从她身体里将力气拽走了，或是失去了什么很重要的东西，心变得空荡荡的，同时眼睛有点酸，可她并不是爱流泪的人，于是也站了起来，答应道：“好，也多谢您了。”

九如担心地看看他们俩，想说点儿什么，嘴皮动了动，但还是打住了，直到路过那个孤坟，坟上的纸幡被春风吹得扑扑作响，九如道：“以前有老师带我和几个同学来过这儿，说起这个坟，好像很有些故事呢。”

他们站在墓碑前，上面是斑驳的碑文：

> 浩浩愁，茫茫劫，短歌终，明月缺。郁郁佳城，中有碧血。碧亦有时尽，血亦有时灭，一缕香魂无断绝。是耶非耶？化为蝴蝶。

连翘轻声道：“里面埋着谁呢，也不知道每年来祭奠的是什么人。”

九如道：“听我老师说也许是谁的侍妾，香消玉殒后被葬在这里，也可能是一个青楼女子，每年总有些文人墨客来这儿祭奠她。反正提到这座坟，人们都叫它香冢。想来里面肯定是一个女子。”

连翘忽道：“也许是一只鹦鹉呢？”

立云暗想：你为什么总是要和别人想得不一样。已然有点不悦，便道：“从‘香魂’这两字，我也认为里面确实是一个女子吧，有这么多人来祭拜她，一定也是个传奇的人物。”

他这么一说，连翘便不再发表意见了。

他们缓缓走在湿润柔软的土路上，避开积着雨水的小坑，看到萌发的春草青青，九如好奇地问道：“连姐姐，听说你曾住在韩家潭，服侍那个八大胡同鼎鼎有名的那个……那个什么？”

连翘本来一直低着头走路，听她这么问，便抬起头看着她：“那个什么？这‘那个什么’，是不是吴先生？”

九如笑了笑：“姐姐叫她先生……”

连翘淡淡道：“怎么了，不能够吗？”

“嗨，干她那行的……”

连翘瞅着九如粉桃子似的脸蛋儿：“干她这行？九如，你知道吗，搁过去，像你们这些正经人家的姑娘天天挨家缝鞋底，干她那行的可是连诗都会做了呢。”

“不是，我是说……”九如急了，想解释，大眼睛一转，笑道，“我是好奇。”

连翘也笑：“我琢磨着，怕不是好奇，是看不起人家吧？”

九如被犀利的眼神刺得一跳，举起手：“我发誓，真没看不起她！嗨，实话说吧，我是觉得她们这样的女性，是被迫害和欺负的，我希望这个社会能有人站出来，拯救她们。”

连翘道：“吴先生不需要人拯救，谁也不需要谁拯救，只有自己救自己。”

立云蹙起了眉。

九如鼓掌：“连姐姐，你说话倒是像个革命家。”

连翘不接她的话，只道：“吴先生是个很好的人，对我们一家很照顾，我爹当年也叫她吴先生。九如妹子，我不像你读过书，认得许多字，吴先生平时也教我读书认字，我叫她一句先生，也没错吧。我跟她这样的人亲近，你不用觉得奇怪，她曾经说过，在八大胡同讨生活的女孩子，也不都是自甘下流的。”

九如说：“是啊，出淤泥而不染嘛，总是有不一样的。姐姐和她是亲戚吗？”

“吴先生是我家的照顾主儿，我爹曾给她做首饰，我也给她做过头花儿。”

九如问：“你平时跟这吴先生怎么相处啊？听说，这些妓……

她们都是裹了脚的，她们每天洗脚是不是很麻烦？”

立云怒声打断：“还缠七缠八！”

九如和连翘都停住脚，九如嘟嘴道：“随便问问，你急什么。”

立云脸都气白了。

连翘平静地凝视着他，眼中是令他时常懊恼的坦然，他不喜欢她这么坦然。

他不知道此刻该说什么，猛地向前走了几步，沉沉地呼吸，又不太放心地回头，他也认为自己的反应太过失常，而当他与她再次对视，看到她的眼神已变得悲凉时，怒气也罢，羞辱也罢，全都化为了惆怅。人没有期待，就不会失望，他的期待落了空，但他不是对她失望，也许她也知道，他只是对自己失望罢了。

他在连翘父母的坟前，恭恭敬敬地行礼，将身子弯下，九如也向墓碑鞠了三躬。梁氏夫妇的名字自上而下从立云眼前扫过，碑旁长着一簇堇菜，开了几朵紫色的小花，正在风中颤抖，向阳的一朵颜色偏淡，背阴的则是深紫。

连翘清亮的声音含着伤感：“爸，妈，这是邱师傅，爸，您一直惦记着邱叔叔，现在邱叔叔的儿子来看您了。”

立云直起了身子，对着墓碑道：“梁伯伯，我爹临死前对我说过，他的手艺比不过您，他从未怨过您，他对您心服口服。”

他说完，连翘两道热泪夺眶而出，将头垂下，默默拭泪。

立云柔声道：“中午回一趟悦昌吧，赵伯伯等着我们。”

连翘重重点了点头。

九如道：“那我陪你们俩走到前门，我得回学校去。”

进了悦昌，立云跟柏涛打了招呼，便去作坊看着徒弟们做活计，柏涛在小厅里喝茶，气色不太好，脸是蜡黄的，但见到连翘，依然很高兴，吩咐小柱子端茶递点心，又问连翘近日情状，连翘待小柱子出去，想了想，还是忍不住道：“赵伯伯，我对邱师傅说错话了。”

便将在陶然亭的事跟柏涛一五一十地讲了，柏涛听得呵呵一笑：“少年意气！你们什么都好，就是心不宽！”

连翘也笑，但眉间一直浮着忧色，柏涛瞅着她：“你是在想你爹和他爹当年的过节？”

连翘点点头：“梁家其实对不住邱伯伯一家，邱师傅又于我有恩，我不该扫他面子。”

柏涛摆摆手：“都谈不上，你也别这么想。立云有他的短处，你看到了，说了出来，是不把他当外人。不过……”他叹了口气，“当年那些事，他心里有疙瘩，毕竟他父亲因为你父亲挨了打，罚了俸，也是为的输赢二字，好坏输赢，搁谁又能不介意呢？立云从小跟着他爹串宅门走大户，心气儿还是高的，你那番话，换我说什么事儿没有，但从你口里出来，他不一定解得开[1]那理儿。”

连翘有点发怔，柏涛微笑道：“你脑子很灵，若去谁家当学徒，只怕难出师。”

连翘一笑。

“要做匠人，脑子里有千百种念头、千百种想法，不一定是件好事，你必须要把所有的念头合为一个，立云这点做得就很好，百里归一，做到了，才能当师傅。”

连翘说：“我不想做师傅。”

---

① 解得开：此处为解（xie）得开，意为想得开。

柏涛笑道："现在时代不同，女孩子也可以……"

连翘斩钉截铁道："我不是那意思，赵伯伯，我只想做我自个儿，我想做什么东西就做什么东西，不一定照着规矩，不一定依着范式，做出活计来有人喜欢，挺好，没人喜欢，也不怎样。不够吃饭，没事儿，我洗碗，做苦工，捡煤球，老老实实过穷日子，有空儿了再做活计，做好了，做出花儿来，做出个不一样。"

柏涛凝视着她："你性子跟梁子真是像极了。他总说：'师古而不泥古，范式不能框着人的心，即便是唱戏，到了见本事处，也是那些脸谱外的功夫。'你们啊，都是性子孤拐，熬得出头倒还好，要是运气不好，一辈子少不了吃大亏啊。"

连翘道："我爹将范式和规矩当作悬梁刺股，应该有，被它勒到被它刺到，仅仅是提醒他到了什么时候了，手和心得懂得脱离它们，手里的工具应该是由自个儿做主的。"

"他和立云他爹就这点不合拍，所以两人纵然情同兄弟，最后还是闹崩了。"

连翘的心往下狠狠一沉。

立云已从作坊里回来，在过道站了会儿，那儿有面镜子，光映在脸上显得青白得发亮，人却是被裹在晦暗的阴影中，他对着镜子整了整衣领，走进厅里，微笑道："刚小顺子拿着个大拉翅儿拆着，上头簪子工料极好，我看像是皇家物件。"

柏涛道："涛贝勒家拿来的，送挂货铺没面子，让我接手。我见上头的点翠和几颗珠子不错，便留下了，那大拉翅儿难得保存完整，虽说没什么用，但也是一个年月的标记之物，说不定有洋人喜欢，买去当摆件呢。"

立云道："洋人的喜好稀奇古怪，别说还真有可能。唉，这些皇亲国戚，把家底差不多都快倒腾干净了，便宜了打鼓儿的[1]，三两分给钱就卖。倒是谨王爷那边，硬架子还挺着，还当着咱们的大主顾。”

柏涛道：“都想挺着，都不容易，王府也罢，铺子也罢，散摊子都是迟早的事。运气不好，饿得你眼珠子发蓝，也有那一天。”

他近日总说这样的话，立云和连翘下意识地对看了一眼，但两人都各有心事，目光一碰，便立刻移开了。

午饭就在悦昌吃的，小顺子去买了盒子菜，又单独从小厨房拿出一盘酱牛肉，看着就香，柏涛对连翘笑道：“这是白纸坊‘牛肉刘’掌柜亲手酱的。”

连翘道：“就是那个被抓进半步桥的刘掌柜？他被放出来啦？”

“是啊，运气也还凑合，出来了。为了答谢九如，特意酱了两斤牛肉送来，还说只要他能把生意再做起来，咱们想吃牛肉，就不会断顿儿。”

连翘微笑道：“也是一个厚道人，不知生意又做起来了吗？”

立云道：“饭铺没了，挑着挑儿[2]串街，再来一次白手起家，难得他有那心气儿。”

柏涛笑道：“这牛肉昨天送来后，立云看得很紧，生怕小柱子他们偷吃，就是要给你留的。”

连翘心里又暖，又难过，对立云笑道：“谢谢邱师傅！”

立云将牛肉往她面前推了推：“你多吃点儿。”

---

① 打鼓儿的：收破烂的。

② 挑儿：担子。

午饭后，连翘告辞回去了，立云去柜台收拾东西，发现连翘不知什么时候将那个苹果放在他平时常坐的位置，他心里很乱。

柏涛在里头道："立云进来，我跟你说点儿事。"

立云过去，柏涛道："你整日心不在肝上①，中邪了？"

"画样还没给谨王府送去，怕谨王爷那边着急。"

"他才不会计较这一天两天，他要的是东西好。你以前从来都不发虚的，傲得连徒弟都不愿意收，现在怎么跟变了个人似的。"

立云道："现在也挺好。"

柏涛道："你并不是为交个活计就犯愁的人，是心里想的事儿太多了。你哪，要相信自个儿的长处，也要承认短处，这样才能精进。"

"您老教训得是。"

柏涛道："立云，人一辈子真正要紧的事不多，就那么几件，数得过来。一件件去做，完不成那是命数，随它去。记住，不争一时之气，不逞一时之强，不图一时之快。慢慢来。"

立云心里震了一震，点点头，道："我这两天再好好琢磨下，把画样再改改。"

连翘没有往北走，而是折往西南，去了趟韩家潭，绮湘独自一人在家，开门见是她，默了一瞬，微笑道："不是说了别回来了吗？"

"您是我的恩人，老不来看您，我心里过不去。"

"没有过不去的事儿。"绮湘道，让她进了屋来。

---

① 心不在肝上：心不在焉。

却是没见到冯妈，绮湘道："冯妈走了。"

连翘愣了愣："她去哪儿了？"

"死了。"绮湘道，"没几天的事儿，咳嗽上不来气儿，呛死的。"

连翘惊得半晌无语，足足站了好一会儿，方坐下长叹一声。

绮湘道："你也别难过，人都有这么一天，她跟着我大半辈子，虽然糟心事遇到过不少，但并没有太过吃苦，走得也痛快，就难受了那么一下子。丧事给她办得也算体面。"

连翘注意到绮湘衣衫大襟二纽上曾系着的珍珠手串没了，嘴唇动了动，绮湘见她目光，说道："没错，那串珠子拿去换了钱，给她买了口好棺材。她喜欢的那个藤镯子，合着你之前那床被子，都给她随葬了。你那位邱师傅，偶尔托人送点儿米面杂粮过来，知道冯妈的事，还给了十块钱，我让他别告诉你，他果然守了信。"

连翘擦了擦眼角："您为什么不让我知道。"

绮湘一双眼睛仍是炯炯有神，容色清淡，隐着不惊不愁的安详。

"就是怕你心思不定，又要回韩家潭来照顾我。我啊，一个人也挺好的，冯妈在的时候虽说有人做伴，就是唠叨不停，吵得慌，我陪人说了一辈子话，难得清静了。倒是你，挺让我惦记，连翘，我瞧那邱师傅人很不错，你们什么时候办喜事呀？"

连翘黯然道："我跟邱师傅……我哪里高攀得上他，他是那么好的一个人。"

"他对你是什么心思，我可是一眼就能看出来，怎么，你们闹别扭了？"绮湘微笑道，"跟我说怎么回事，对付男人，我有的是招儿。"

连翘声音一哑："我跟他之间有道坎儿，他过不去，只怕我也过不去，这道坎儿没过去，我俩就没戏。"

绮湘端着茶碗正要喝茶，听她这么说，动作顿住了。

两家人的恩恩怨怨，于连翘，只是父亲口中的往事零星。

立云的父亲邱茂春和连翘的父亲梁子曾经情同骨肉，在年少的岁月，一同挺过最艰难的学艺时光，一同以南匠的身份进入宫廷造办处，成为拿饷银的御用匠役。

梁子张扬，直言直语，不似茂春沉默而谨慎，在作坊里，两人的技艺不相伯仲，茂春一度曾为领班匠人，梁子是其副手，二人一静一动，是极好的搭档。从做活计来看，茂春本分细致，手艺精湛，从不出差错，梁子则心思灵巧，是个多面手，屡有脱出范式的新颖之作。按内务府法令，匠役是不允许私作活计的，为此茂春和梁子屡屡发生争执，好在梁子先绘画样，再用简单材料稍作打样，呈予司库及首领太监，得其肯定后再做实物。彼时是光绪三十二年（1906年），庚子之乱平息没几年，清室宣布预备立宪，厘定中央官制，宫廷内外都在求新求变，所以梁子虽行事大胆，却幸运地得到了内务府管理者的宽谅。重阳节，造办处为老太后及宫中女眷做各式头花，正值茂春患了眼病告假回家养病，梁子挑起大梁，用一匣戴花获得了老太后的青睐，得赏了钱粮，被提拔进位于隆宗门西面慈宁宫的作坊，成为"花儿作"的领衔匠人。

对于出身卑贱的匠役来说，这是一项殊荣。隆宗门距离养心殿最近，紧靠皇帝居所，地处宫廷要害之处，这些位于慈宁宫的作坊，统称为慈宁宫群房，与常规的内务府匠作处最大的不同在于，它们只承制帝王所需之物，级别高于他处作坊。梁子这一去，惹来众多匠役眼红，有人不免多嘴，说梁子趁茂春养病抢其风头，不是忠厚之举。茂春回来后，对其亦渐生嫌隙，两人的关系慢慢疏远了。茂春默默发力，以其擅长的累丝錾刻手艺，被选入白虎殿的作坊，同属养心殿造办处。

在紫禁城，不少宫人被陆续遣散，造办处更是捉襟见肘。本来匠人们收入就不高，工钱只够糊口罢了，生活十分拮据，慢慢地，待遇越来越严苛，动则被厉言斥责，倘若请个丧假病假，钱粮立时停发，或者干脆被变相革退。只有少数技艺极其精湛的南匠，平日除了事食费之外，尚能多拿一点儿钱粮补贴家用，梁子和茂春就是日子还算过得去的那拨人。

老太后七十寿辰到了，按惯例还是得恭庆一番。为了迎接寿诞，三织造[①]早就开始准备各式新衣。宫里这边呢，各大殿加紧修缮装饰，各匠作也都紧锣密鼓地忙碌起来。

也是，该有件喜庆的事儿了，尽管自上而下都知这不过是粉饰太平一番罢了，到了造办处这里，却仍不能敷衍了事。甭管大活儿小活儿，干不好，说得严重点就是掉脑袋的活儿。再巧夺天工的活计，看多了，主子也不觉得稀奇可贵，更何况彼时国库空空，虽仍要硬着头皮大操大办，工料不足却是事实，要讨得主子欢心，造办处真得操碎了心。

隆宗门与白虎殿的两拨匠人，专门负责做太后的头饰。库里倒是有一些金簪，可将它们熔了打造成其他物件，所需其他工料，也可从库存中支取。按往常规矩，上头会分配一些样簪下来，给个明确的交代，但这一次并没有样簪，只传来三字谕旨：第一香。

---

① 指苏州、杭州、江南三大织造府。

原来管理造办处的王爷请老太后过目寿诞所需物件的画样，到头花儿配饰这一项，让老太后给个点子，其实也就是借机讨老人家高兴。太后道："说到四时皆有花开，万紫千红，争奇斗艳，倒不太容易单拎出来一种，说它是最香的，若每朵花儿都长了颗人的心，只怕也忍不住要比一比。这次就让匠师们来比比手艺吧，图个乐子。"便提笔写了"第一香"三个字，又道，"不是让他们开香料铺子，谁要真拿比起香气来，那可就是呆子了。做的玩意儿形神兼备即可，也别依着那些旧的样式，谁做的头花儿最切中题意，谁就有赏。"

匠师接到这样的活儿，怕是历朝以来少有。若以花为题做成头饰，单靠形与神，怎能做出花的香气来呢？何况是"第一香"。领头的两个工匠，就是梁子和茂春，这一次，他们成了彼此的对手，最终也决出了个胜负。

"一定是梁师傅赢了，让那邱师傅伤了心，所以你们两家人就有了芥蒂。"绮湘听到这里，恍然道。

连翘苦笑："胜负其实难说，用我爹的话来讲，谁做得好谁做得不好，全凭主子心情来定。皇家匠人，谁的手艺会不好呢？给老太后定的时候，司库呈上的是样簪，邱叔叔做的是金累丝点翠嵌珠石四季花，金丝拉得比头发丝儿还细，每朵花瓣尽其形状，被风吹皱的，含着露水的，刚打开花苞的，开得正当好的，都做出来了，兰花、牡丹、桃花、杏花、秋天的菊花等，一共九朵攒在了一起，的确是巧夺天工，也的确形神兼备。我爹做的，相比起来倒并不太过贵重，论材质，金银珠石用得极少，除了象牙用了一些，主材只是极普通的绫绢、通草、羽毛和绒线。"

“那就奇了，梁子做的是什么？”

连翘道：“主花是太平花和白兰花。太平花是仲春开的花，京城里随处可见，白兰花是南方初夏的香花儿，我爹听造办处的官员说过，老太后最喜欢白兰，闺名中也有个兰字。邱叔叔想的是帝王之家，太后要的定是富丽高贵，体面大气，所以将头花儿往最有排场的路数去做，而我爹却想老太后也不过是个平常老太太，当年做闺女的时候喜欢什么，现在应该也差不离，所以先决定要做白兰花，可太后的地位又和寻常老太太不一样，她最大的心愿会是什么呢？我爹想，老百姓的心愿是什么，也许太后的心愿就是什么吧，那就再做几朵太平花吧。这也是我爹的心愿。将心比心，用在哪里都一样。”

绮湘点头道：“太平花开得热闹，虽然不太香，但寓意好，白兰花却是极香极清的花儿，我从小就喜爱，只怕没有姑娘会不爱白兰花吧，现在一想起白兰花的香气，真的就像回到十几岁的时候。可是你爹即便把头花儿做得再像真花儿，却哪里能做出香气来呢？”

连翘默了默，从身边的竹篮里拿出一个匣子，放到绮湘面前。匣子颜色暗淡，没有任何装饰，只是在表面錾刻了一个“梁”字，是抽拉式的，绮湘将指甲嵌入缝隙，轻轻往外一拉，便将小屉拉出来，里面端端正正放着一枚头花儿，白如雪的太平花，花瓣上停留着一只碧蓝的点翠蝴蝶，触须是银丝做的，朝向旁边的两朵白兰，似动非动，像是不敢动，不忍动，又想要飞去采花。白兰有一朵尚未开放，花瓣紧紧包裹着，花身到花尖隐隐透着一丝青绿，另外一朵已经完全绽放，花瓣裂成细长的四片，纹理清晰，有一片的边缘染了一点点的赭色，表示花朵已开放了一些时日。白兰的另一侧，是一簇紫色丁香，细金丝穿过花茎，一头从花间穿出，系着金累丝游蜂两只，均不过小指头大小，正是敛翅将飞而未飞之时，而它们的身子也是朝向那两朵白兰。簪柄上系着黄签子，写着“真色生香”四字。

绮湘叹道：“要单只看花儿，说它香还是牵强，但有了这粉蝶儿和蜜蜂，一看便能‘闻’香了，真色生香，说得真好，原来这白兰花就是第一香啊。”

连翘道：“这就是当年那支样簪，老太后将它赏给了我爹，之后按这簪做的那些簪子，做白兰使的是象牙，不像这一朵，用的是寻常的菩提根。”

绮湘忍俊不禁：“也就只有你爹的胆子才那么大，用菩提根来打样！？”

“那时库里其实已经没什么好材料了，只是赶着太后寿辰，各处只能打肿脸充胖子，贵重的金银宝石几乎都分给了邱叔叔他们那边，所以他们用料很放得开，我爹就节俭许多，精打细算，看起来形状大，分量却很轻，做白兰是不得已才用的菩提根，倘若样簪也用了象牙，只怕老太后也不一定会将它赏给我爹那样的匠人。‘真色生香’是太后赐的字。”

“还有别的赏赐吗？”

“给了二十两银子，够一家人用大半年了，大多工匠的工钱都还领不着呢，我爹一下子就拿了这许多，上头还选了两个小苏拉给他当徒弟，隆宗门的匠人每个人也都赏了好饭吃。”

“所以那邱师傅就跟你爹更生分了吧。”

连翘黯然道：“邱叔叔运气很不好。他的样簪是累丝为主的物件，平填堆垒，很耗时日，可呈上去，上头没下旨就不敢依样配做，便只能等着，一等三天，等来谕旨说不必另行配做了，除此之外还有一道谕旨，说工匠邱茂春滑懒怠慢，有违圣意，罚三个月薪俸，杖责二十大板。那二十大板，差点把邱叔叔的命都给打没了。这责罚真来得毫无缘由，只听说老太后因邱叔叔的金簪子十分生气，可究竟为什么生气，大家都不知道。邱叔叔做人做事都兢兢业业，说他滑懒，他是到死都不服的。其他人被这件事吓到，人人自危，对我父亲忌恨起来，想着他在这当头反而得了赏赐，一定是使了坏坑了邱叔叔，这种坑害同行的事儿，是最遭人恨的。我父亲性子傲，不屑于辩驳，没过两年作坊散了摊子，大家都出了宫去，他更是跟谁都没再来往。可惜邱叔叔到死都没和他消解这误会。”

绮湘愣了半晌，道：“可现在这小邱师傅对你可是掏心掏肺的好啊，哪里看得出你们两家有过节。”

连翘道：“按理，邱师傅是我的恩人，但我总拗不过自己的性子，总说些没分寸的冒失话得罪他，您说我是不是傻？”

绮湘微笑道：“女孩子要点儿小性子无妨，只要你们俩对彼此真的有情义，这都不是事儿。男人都是要面子的，你只记住，凡事做低伏小，柔顺一些，就什么问题也没有了。”

连翘陪绮湘坐了会儿，去打了满满一缸水，又把屋子打扫了一下，便告辞，绮湘道：“我陪你走几步。”

连翘犹豫了一下，想到绮湘那双小脚，连站都站不稳的。

绮湘立起来，移步去里屋拿了样东西出来，却是根拐杖，微笑道：“我知道你在想什么，怕我走不了路？没事的，有它。”

连翘哈了口气出来，微笑道：“这就好啦。”

她看到的绮湘年轻时的样子，是在那些旧相片上，敛容静坐或独立的少女。花如雪，人如月，纤纤小脚尤为醒目，靴弯子上绣着绿色兰花，花枝蜷曲缠绕，脚腕上挂着珍珠藕霞，更有月色的光润，而那双脚，多少人给它们写过诗谱过曲，于男人是痴情销魂，于女人是残缺痛楚，若是靠那双金莲站立，是站不稳的，相片上，凡是绮湘站立的时候，都手执一把黑色雨伞支撑，那是最时新的样式，红颜鼎盛，就靠那把伞撑起来。

可现在，雨伞变成了一根再普通不过的拐杖，两鬓已有白发的绮湘，脸上也有了青春时不太常见的舒展。

上午阴沉沉的，到下午这个时候，水气收尽，天空又蓝又清透，前门大街一如既往的熙熙攘攘，在明亮的天光下，路边新发芽的槐树绿得耀眼，平日里脏兮兮的角落，也都显得干净多了。走到正阳桥五牌楼下，绮湘站在路边，仰头看了牌楼一会儿，对连翘道："庚子年，班子里有个老妈子可怜我，带我到怀柔乡下她老家躲了两个月，等回来的时候，只见前门大街早被烧了个精光，唯独这牌坊不知为何好好的什么事儿没有，竟然幸免于难，除了上头那个大匾没了，对面那箭楼子整个儿烧塌了。后来两宫回銮，为了面子，请搭天棚的工匠用杉篙、苇席在箭楼废墟上搭了个彩牌楼呢，绕着绸子，好生漂亮。没过几年，大街上的房子也都又盖起来，箭楼重修，修完了就是太后的七十寿辰，五牌楼上插着龙旗，悬着'普天同庆'大匾。如今二十多年过去，朝代变了，紫禁城成了故宫，连北京也成了故都，龙旗变成五色旗，又变成青天白日旗，而这条大街上，也不知多少人离合聚散，多少店铺关的关，起的起。"

连翘道："五牌楼还在这儿哪。"

绮湘笑道："你信不信，指不定哪天就被拆了。这世间的事，总是翻来覆去不新鲜。"

两人说说笑笑，又走了几步，火车站附近人多了起来，乞丐簇拥着要饭，小摊小贩扯着嗓子吆喝，绮湘见拐角处一摆摊老者，瘦骨伶仃，破烂的幌子随风招摇，“吉凶先卜”旁，又有“代写家信”四字，心念一动，想起江南老家尚有一个姨妈，不知是否仍健在，姨妈的孩子此刻也应该是壮年人了，便要让老者给自己写封信。

连翘奇道：“吴先生又不是不识字，干吗不自个儿写？”

绮湘笑道：“我从小都不能写家信，一写就哭，写不下去的。现在老了，也一样。”

连翘恍然，道：“其实您现在想去哪儿就可以去哪儿，怎么不回家和亲人相聚呢？”

绮湘道：“家？我的家就在北京城，我可哪儿也不想去。”

便走到老者那边，说了意愿，老者应了，两手一搓，又在眼睛上抹了抹，醒了醒神，急忙研墨，想来是干坐了许久，终于来了个生意，动作格外麻利，问绮湘家乡地址，亲人名姓，绮湘一一作答。老者忽然顿住，放下笔，将她仔细打量，瞪着眼睛大声道：“你是……你是吴姑娘？！”

绮湘惊了惊，端详老者，呀了一声道：“徐大人！”

老人一张脸通红，声音都抖了，站了起来，躬了躬身，只道：“哎呀，惭愧啊，真是惭愧啊。”

当年在京的清廷大员，绮湘几乎都认得，这徐大人是直隶总督座下数一数二的人物，当年也是英俊威武，没想到今日在这儿遇到，神气全无，和个要饭的糟老头没什么区别了，可见人生这大轮子，经其碾过，谁都一样。

绮湘心中阵阵悲凉，脸上却强装笑颜，对连翘道：“你先走，我一会儿慢慢溜达着回去。我这封家信，估计一时半会儿写不完了。”

连翘微笑道：“那不妨碍您叙旧了。”便要走，绮湘又伸手将她拉住：“徐大……徐先生懂易理和玄学，要不你让他帮你算算？”说着从衣兜里拿出钱，交给那徐先生，连翘眼尖，见是大银四角，能买四斤好猪羊肉或四十个大油鸡蛋了，便知绮湘是想找借口接济那落魄官员，本来她是不愿意算命的，当下也就不便拒绝，道：“请先生帮我算算。”

老人缓了好一会儿才定下神，问了连翘生辰八字，掐着指头算了算，点点头，说：“人活一世变数极大，姑娘年纪太轻，心性又果敢刚强，我断言你将来如何，一来未必准，二来你未必听得进去。”

说到这儿，绮湘和连翘都笑了，绮湘道：“你说她心性刚强，听不进去，这倒是说准了。”

老人道：“不如让姑娘给个字，我就随句话罢了。”

连翘想了想，道：“北平的‘北’。”

老人沉吟片刻，抬笔写了个北字，又多添了几个。

绮湘和连翘看去，写的是：

“西风紧，北雁南飞。”

此时却吹着东南风。谨王府东敞轩的那株凤丹白长出十数个花苞，个个儿饱满结实，向阳的几朵，花瓣都有点张开了，一层层重重叠叠，白得欺霜赛雪，没过几日就接二连三地开放，白牡丹花大如碗，仙骨珊珊。

谨亲王从天津回来了，似乎并没有什么时间去赏花。他忙着听戏，会客，外出，一心要和他套近乎的日本人池田消息甚为灵通，也常常往王府跑，玉田对他越来越客气，留池田喝喝茶，聊聊天，还一起去庆云楼吃过饭。玉田是个很好的倾听者，池田在经过多日观察后得出结论，这末代王爷并没有外面相传的那般桀骜孤僻。他们最常去琉璃厂，偶尔也去日本人在北平开的古董铺，交流那些东西洋的古物，武士的名刀、盔甲，织物和数不清的书法绘画，天气好，也会去中山公园喝茶，“来今雨轩”门前摆出了最美的芍药和牡丹，地上凋落的海棠花故意不扫，点心和清茶也有了应时的新样，池田对王爷说，他爱这样的雅舍，说杜子美诗中小序言：“秋来卧病长安旅次，多雨生鱼，青苔及榻。常时车马之客，旧雨来，今雨不来。”“来今雨轩”之名正是由此化出。

玉田道：“芹斋先生真是性情中人。”

池田几乎以为自己将要成为谨王府永远的座上宾，直到一天，谨王爷坦言：“我和芹斋先生就像泾水和渭水，是很难混到一块儿的，要是时机一变，指不定就是敌人了。”

池田不自觉地攥了攥手中把玩的玉佩。

玉田瞥了一眼，微笑道：“中国人自古就认为美玉包涵万有，温润有德，仁、义、智、勇、洁，五德也。不张扬不显摆，恰如君子抱璞自爱，出门不佩玉，无异于小人。芹斋先生这块玉佩，想来是铭心之物，可恕我直言，玉或许是真的，可玉佩，却是仿的。”

他脸上那笑容是坦然的，没有任何尖刻与鄙夷，直截了当，甚至带着和煦的暖意，池田的心里却有点凉。

肯定有什么地方出了问题，且绝不仅仅是手上这块古玉。

“王爷说玉佩是仿的，有什么依据呢？”

“廊坊头条悦昌首饰行的大掌柜赵柏涛，芹斋先生听过吧？”

“不止听过，鄙人见过赵老先生，他确实是鉴赏古玩和珠宝的高人。”

玉田道：“一会儿他来，让他给你说道说道。不过现在呢，我跟芹斋先生说些别的事。”

“您请说。”

“听说你们日本军部最近对我的宅子很感兴趣，你是替他们出面来游说我的吧？”

池田失笑道：“我只是一个普通的商人，对政治可不感兴趣。”

玉田嗯了一声：“那就好，我呀，当年也是被政治搞得伤了心，丢了脸，那种东西，还是不碰最好。还有件事，前阵子，西单牌楼凤翔纸铺收了些来头不明的旧纸，据说放在彰仪门的一家货栈，您猜有多少？整整三十间屋子，五个院儿，全堆满了，有买主去买，您猜买来做什么？拿去西山化成纸浆！亏得那纸铺没有砂锅捣蒜，做一锤的买卖，这事儿被琉璃厂古玩行的一个老经理得知，辗转找人跟我说了，原来那些纸是宫里内阁大库里流出来的，纸是寻常的高丽纸，也就好在拉不断，有韧性，不值几个钱，可上头印的东西贵重多了，那是清廷内阁的档案，原本是被现在这政府用来放到档案馆的，要不是教育部财政短了钱，开不出官员工钱，也不会将这些档案卖给纸铺，弄出这么一档子事儿来。我后来牵线搭桥，找了些旧交，以前的学部参事与一些遗老，凑了点儿钱，把那些档案又给买走了。唉，不管它们将来去向如何，至少比化成纸浆要好些。”

玉田淡淡地盯着他，细长的眼睛里并没有太多波澜。

“芹斋先生应该认识这些废纸的买主吧？”

池田眉骨高，眉心凸出，这个时候他整张脸皮都绷紧了，加之毫无血色，双目圆瞪，额头间青筋跳动，要刺破那青白的皮肤，倒像是眉骨多长了一截出来。

隐隐的一声响，温润的石头似在掌心发出断裂的声音。

第二十章 芳草碧连天

柏涛将玉佩凝神看了片刻，抬头说了句王爷恕罪，侧过身子，对身旁跟着他的小徒弟顺子低声吩咐了几句，顺子点点头，将手中捧着的首饰匣子交给立云，朝玉田深深作了一揖，转身出了会客厅。待他离开，柏涛正色道："王爷，这块玉佩是仿的，仿它的人手艺不错，保不定就在廊房二条。"

闻言，池田的脸色红了又白，白了又青，难看得不得了。

玉田自然一点都不讶异，替池田问道："怎么断定是仿的呢？"

"现时的人仿制古玉，貌丽而神竭，以鱼目混珠。这块玉佩是仿汉代的羽人天龙鸡心佩，琢工流畅精细，龙尾姿态灵活，拧转有力，如果不求其高古，东西是好东西。但，真的假不了，假的真不了。熟坑的老玉，玉性会有所恢复，盘玩时间长了，会渐渐有一种极滋润的光泽，就跟和尚的光头皮一样，所以叫‘和尚光’，也可叫‘宝光’，这块玉佩从光泽上就不对，甚至有点儿生硬的涩气。再看沁色，高古玉即便白化严重，但也有窥见原本的玉质之处，我们叫开窗见地，从那儿能看到细密水纹一样的痕迹，如胶冰，如蔓草，有的则是沁裂的结晶。这块玉的出筋颜色含糊，很是可疑。再说工，高古的玉工直接犀利，自由不拘，所谓如切如磋、如琢如磨，是后来才有的，所以后世高手再有能耐，也难仿出其高古玉器质朴洒脱的神韵，就像这羽人衣袂上的阴线，虽刻意打破规则，但其细致有序的安排，还是能看出这是后世之人的手笔。新旧工的差别，就在于脑筋动得不一样，古人看似不动脑筋，手艺却能接近天之造化，而后人很会动脑筋，却失去了一份自然的神韵。”

一番话这么不打磕绊说下来，池田面如死灰，紧抿着嘴唇。柏涛只是专注于解释，并不太在意听者的表情，将玉还给了玉田，玉田并未立刻转交给池田，而是道：“赵先生刚才为什么说这玉是出自廊房二条？”

柏涛一笑：“要不是因为正好自己也有类似的玉佩，老夫不会如此断言。怕王爷笑话我老糊涂瞎说，刚才我就叫我徒弟回柜上去把它拿来，在北平，廊房二条玉珍斋的经理潘冠祥是仿汉玉的高手，无人出其二，血沁，土锈，白化，仿得几乎可以乱真，我那块就是出自他手。一会儿小顺子将它拿来，王爷一看便清楚了。”

玉田这才转向池田，伸出手去，将玉佩递予他，池田上前两步，本能地伸手去接，却又突然将手收了回去，玉佩落在地上，裂成两半，发出脆响。

厅中众人皆看着地上，一时鸦雀无声，也不知道过了多久，也许仅仅只是一瞬，但这一瞬显然让时间胶着了。

池田缓缓弯下身子，将一块碎片捡了起来。

玉田细长的凤眼依旧冷淡而平静："芹斋先生，您看我看走了眼，看我的宅子，看走了眼，看那些废纸，看走了眼，这块玉，您还是看走了眼。可惜了。"

"没错，是打了眼，吃了药。"池田倒是很爽快地笑着道，说完，猛地将碎玉片在右眼上一划，玉田毕竟惜才，见他自毁，下意识伸手去拦，仍是晚了一步，一道鲜血已顺着池田的眼角流了下来。

玉田道："你何苦如此！"

"既然打了眼，要眼睛来何用？谨王爷，"这是池田第一次这么称呼玉田，"没用的东西，按我的习惯是不会留着的，可惜还有许多事还得靠它做，剩下这只眼睛，暂且留着它，就用来看王爷吧。"

血滴滴答答顺着他的衣领滑到银灰色丝麻前襟，一部分浸入衣衫，点点斑斑，更多的则滑落到青砖地上，假想中的掷地有声。池田仰起头，用手掌擦了擦眼角，速度很慢，像脑子长在手上，龇出记忆的舌头，贪婪地吸吮。所有人都不知道这个日本人此刻在想什么，池田的灵魂飞到一边冷笑，他在背唐诗，白日依山尽，黄河入海流，举头望明月，黄鹤不知何处去……他是被唐诗引到这个国度来的，他不后悔，他爱唐诗，也恨唐诗。

海三上前一步，将一张手帕递给他，池田不理，挺直了身子，向众人抱拳一礼，转身快步离去。

诸人噤声不语，都被这始料未及的场面惊吓到了，哪里敢插嘴说什么，连柏涛也担心自己多嘴闯了祸事，心里有点翻腾。玉田的脸色薄而白，虽然保持着镇静，但败兴烦躁的神情已在眼中显露，像被一只耗子破坏了茶宴。用人来打扫厅堂，尽量不弄出动静，柏涛等人甚是尴尬，走也不是，不走也不是，只等玉田发话，玉田却缓缓坐下，端起了茶杯喝茶，喝了一口，想起悦昌诸人还站着，便做了个手势，柏涛等人便悄无声息坐下。

不知过了多久，小顺子终于拿着柏涛那块假玉佩赶了回来，玉田抬起头，这才道："早知道那东洋人如此急躁烈性，就不该要你辛苦跑这么一趟了。"

小顺子一头雾水，本想呈上那块玉佩，看柏涛眼色，柏涛缓缓摇了摇头，他伸出来的手只得缩了回去。

"王爷……"柏涛打算告辞。

玉田打断了他，问："赵先生有没有觉得我做得太狠了？为一块玉佩，激得人破了眼睛。"

"老夫不明就里，但从这池田先生的行事看来，是他个性太过刚烈。"

玉田叹口气："日本人，心思太多，喜欢暗地里谋算，谋算中国的江山、物产、玩意儿。琉璃厂你是经常走动的，别说古玉，多少名家遗砚落入他们囊中。这池田性子怪，要烧了清廷密档，我是得了消息后不忿，才想在言语上教训他一下，没料到他这么绝。"

柏涛恍然。

玉田叹了口气："江山之败，我是有份儿的，多少人骂我，我不言语，一句不应！广和居墙上的诗，到现在还留着。我啊，能不臊得慌吗？想着赎罪，晚了，现在也就能捞点儿废纸回来了。"清了清嗓子，道，"杂事一多，就差点把正事忘了，还是看点儿该看的东西吧。赵先生，画样拿来了吧。"

柏涛拱手道："就等着王爷您过目。"向立云点了点头。

可立云有了不太好的预感。适才大厅里闹了这么一出，王爷的心情定是很差，今天这时机不对。

玉田道：“邱师傅和连丫头都是造办处匠役的后人，想来今日我也会像当年那样，看到隆宗门和白虎殿两派各自拿出自家绝技。”转头对海三道，“去把连丫头叫来，把我让她做的东西都带着。”

立云脸色变了一变，他很希望连翘不会出现，如果时间能倒流，他甚至都不会带连翘入谨王府。他是在害怕吗？究竟害怕什么呢？他不愿意去想，也不敢去想。

“说说你们要做的东西。”

立云的手指摩挲那绫子封皮的纹路，恭恭敬敬地回道：“是金累丝短簪和金累丝艾虎儿。短簪可以改成胸针，流苏是五毒和刀戟样式。另有一个点翠龙船簪子，应的都是端午的礼儿。”

玉田微笑道：“你们就爱做这些费工夫的东西。也罢，点翠是悦昌的强项，不露一手，倒是可惜。”

柏涛笑着插话道：“骨刺红罗被，香沾翠羽簪，唐代就有诗可证，从古至今传下来的手艺，不用自然可惜。”

立云将画样册子双手送上，玉田接过细看，翻开时目光亮了一亮。邱家累丝的手艺是不必说的，北京城找不到第二个了，如意簪头和那艾虎儿，自会做得精细灵巧，点翠龙船，必然做得热热闹闹，又能将每片翠羽细密铺展，一丝不乱，各宝石按贵贱程度依色安排，华美其形，清丽其境，更体贴地照顾到了谨王府的身份和日益缩水的开支。

可是不过一会儿，玉田眼中燃起的亮光便被一种暗沉的东西所替代。

那是失望。他合上册子，了无兴味地道：“匠气十足，我看来意思不大。”

这话一点儿情面都没留，柏涛为之变色，忍不住站了起来，试图解释一下，立云却道：“王爷，邱家从祖辈就是匠人了，匠人有匠气，怕是难免。”

柏涛暗道不好，更纳闷这小子平日里一向谦和有礼，怎么今天突然犯了犟，忙打圆场，连连鞠躬道：“王爷，小邱为了这节礼，寝食不安，真是用尽了心血，生怕您不喜欢。倘若这画样有让您不如意之处，您尽管指出来，我们回去再细细琢磨。”

玉田只是摇了摇头。立云僵僵地站着，魂儿是飘的。

玉田瞥了他一眼：“今天不妨跟各位明说，这端午节礼，原本是为了给一个外国公使送去博览会展出所用，但现在即便真要你们做，修修改改，也只能留在谨王府了。”

留在谨王府，言外之意，是这东西送不出手。

金银在坩埚里融解，被拉成发丝细的线，一缕又一缕，立云从未想过它们会疼，但此刻，他充满了疼的感觉。

“请王爷明示，我是哪里做错了？”

玉田冷淡一笑：这人是真不知道还是装着不知道?

道：“手艺精，不一定心思精，邱师傅应该是很清楚的。”

这时有人进屋，行了个礼。立云将头轻轻转过去，目光触及那双熟悉的黑眼睛，那双眼睛凝视了他一瞬，里面有他不愿意直视的内容。

其实，玉田话中的道理，他清楚，她也清楚。

“小邱师傅，这虽是端午节礼，我还定了一个题，你记得吗？”玉田问。

“不敢忘，王爷，您的题是宜夏。”

“你们的画样指哪儿打哪儿，讨了端午的口彩，却漏掉了‘宜夏’的意味。你想说很多话，最重要那句却被咽在了肚里，你们竟然不觉得不对劲儿？”玉田的目光冷冷扫去，最后落到连翘的手上，定了下来。

悦昌拿来的仅仅只是画样，但看来谨王府连成品都有了，就在少女的双手之中，用碧水色的丝帕捧着。

“走近点。”

连翘硬着头皮上前，只用目光跟立云打了个招呼，但他将脸别开了。

“你手里是什么？”玉田问，其实他早已看清楚。

连翘轻声道：“就是些不值钱的小玩意儿。”

她故意做的“不值钱”的东西。

不过就是纱绢、染布、通草做成的鲜红榴花、奶白色蒜头、黄色牡丹、粉紫芍药、白色蜀葵、五彩粽子。再寻常不过的玩意儿，却又那么不寻常，或色彩明丽，或清秀温柔，或憨态可掬，纤浓浅深，层次分明，偃仰向背，各具姿态，明明是有心做成这样，却像是信笔草草，不失浑然天成的生活之趣。

玉田脸上的笑意很容易让人误解为嘲笑，其实并不是。这个女孩子在手上用的是闲心，做出来的东西却有韵，那回旋了多少年，转过多少调子，依依不绝，却又像自然生发的韵。他是激赏。

“就这么简单？”他问。

连翘道：“蒜头、粽子里有符箓，取避恶之意，花可以是戴花，也可以作佩花，牡丹虽是春天的花，但晚春有姚黄迎夏，芍药、榴花和蜀葵，便是地道的夏花。”

如此宜夏的意思也有了，连当学徒的小顺子也懂了。

“为什么不用金银珠宝？”

“因为……”连翘顿了顿，犹豫了须臾，道，“有些东西太过贵重，反而不好物尽其用，怕狼怕虎，不如平凡小物件每日相伴亲近。节礼就是人心，是给人送去家族昌盛安乐喜庆的企望，不是炫耀。北京岁时，女孩儿家剪彩叠福，用软帛缝老健人，角黍、蒜头，简简单单的，几百年都这样，有些东西用钱买不着。”

玉田看着她。这女孩儿素衣站在那儿，身处在这些人之中，显得尤为孤单，眼神镇定无畏，却给人一种错觉。玉田年轻时也曾是爱凑热闹的，跟着玩伴去刑场看杀人，连翘此时的样子，有点像在等待处决。他立时有一种奇怪的想法，浮光掠影般的想法，当然不是杀了她，而是让她走，让她离开这个地方，离开王府，离开北平，彻底地离开。去哪儿呢，玉田也不知道，也仅仅只是一个闪念，他只是感觉，谋生于这孩子固然重要，但谋一种和讨生存不太一样的东西，于她才是成全，而在这一点上，她太硬了，若不小心就会碎掉。

沉吟片刻，玉田对立云道：“累丝短簪和艾虎儿不必做了，如果你们能找到好的点翠，龙船簪可以做。小邱师傅，记住，去繁就简。”

“是。”立云向他轻轻鞠了一躬，接过画样本子。

玉田正色道：“邱师傅，在我看来，你父亲和你都是一等一的匠人，可梁子，还有他女儿连翘，跟你和你父亲不一样。”

此话一说，柏涛、立云和连翘，都震住了，但又同时恍然，玉田知晓连邱二人父辈身世并不难，当年的谨贝子就是内务府造办处的大臣，往事也罢过节也罢，他自然都清楚。

玉田道："梁子他们做匠人，也许永远做得不会比你们好，因为他们不听话呀！他们的东西，时好时坏，没个准儿，有时候做得完全不对你的意，有时候却会让你大吃一惊：怎么会那么好，巧夺天工！一开始我也不知道为什么，后来我想了想，有点明白了，因为匠人做的是纸上的，是以遵命为目的的，是别人眼里认为好的，而梁子和他女儿，做的是他们自个儿心里的。纸上的东西再好，也有千篇一律的一天，变不出多大花样儿，可每个人的心不一样，能做出心里的东西，且有本事做得好，毕竟是不一样的。"

柏涛心情极是复杂，玉田的话，他是认的。他不知道该如何形容梁子和茂春的区别，正如他在见到连翘的东西第一眼时，捕捉到其与立云的不同之处——今天，这不同之处，全在玉田的话里。

他无法找出准确的一个词来形容这不同，他不知道在西方国度，在离他们说远不远说近不近的将来的时代，有人会将这不同定义为"工匠"与"艺术家"的不同。他哪里会知道呢，立云和连翘就更不知道了。

玉田的指尖在桌案上轻画："你们找人做点儿托架和匣子，把连丫头做的这些东西，装裱一下，这事儿就交你们悦昌来办了。"

柏涛应道："好，好。"

立云和连翘都僵着，柏涛吩咐立云："小子，还不快把花儿都接过来。"

立云说："连姑娘，劳您驾，把花儿给我吧。"

她拿给他。

立云认认真真地用手指在每一朵绢花上丈量，睫毛低垂，不动声色，没有表情，一边量一边默记，片刻工夫便完成了，再将它们包在锦帕里，捧在手中，微微笑道："好了，多谢姑娘。"

连翘的心慢慢变得冰凉，立云就像回过神来，向她鞠了一躬：“连师傅，您手艺好，邱立云拜服。”

玉田似笑非笑，又似不耐烦，拿起茶喝了一口。

连翘的眼圈儿红了。连柏涛都知道，立云这一拜，是将他和连翘的将来断了。

悦昌的人离开王府，连翘追了出来，急急忙忙朝柏涛行了个礼，跑到立云面前。

“邱师傅！您等等。”

立云瞅着她，微笑道：“怎么了，连姑娘？”

她被汹涌的泪意催逼着，只能硬生生忍，伸出手，像要伸向远处去够一个东西，那东西永远够不到。她将手里捏着的小布囊朝他伸过去：“这是我做的小玩意儿，送给您。”

他当然没有接。

她解释道：“是绿牡丹和黑牡丹，您说过要跟我一起去崇效寺看牡丹，可是没能去成，我就做了两朵绒花。”

她颤着手，那颤抖只有她知道，打开布囊，将两朵绒花拿出来。

立云的眼睛直直盯着这两朵花，道：“连师傅手艺好，我真是被你比下去了。”

连翘道：“邱师傅，我一直记得我们第一次见面时候的情景，您对我真的很好……”她的声音哽咽，几乎说不下去，“隆宗门和白虎殿，原本就是一家儿的，不分高下，请您收下……我的一片心意。”

柏涛发话道：“立云，小里小气，拿着！”

立云摇摇头：“这花，邱立云不配拿。”朝连翘拱拱手，转身走了。

连翘胸腔发麻，双脚像是被钉到了地上，竟是一步都挪不动。

柏涛见立云走得急，只得对连翘道："他小心眼儿，你别计较，我回去教训他！"走了两步又退回来，"闺女，不论怎样，自个儿的出路要紧，你得有个数，想好走哪条路，这可是一辈子的事儿，知道吗？"

连翘听了这话，嘴角抽了一抽。

她回去，萨叔在等着她，他站在西院的门口，平静地看着她。

"王爷让我问你，你这头发，要不要留长了？现在就给个回话，只问这一次。"

她也很平静，一如以往的坚定，摇头道："不留，短头发好。"

老萨的嘴角，很缓慢地倾斜了一下。

车夫的脚踩着地上的尘土落叶，沙沙地响，车轱辘飞快转动，碾着春风。

小顺子双手抱肘，小心翼翼地瞧瞧柏涛，又瞅瞅立云。他或多或少有点儿预感，因而觉得非常可惜：邱师傅和那连姑娘，只怕得绷[1]了。

柏涛责备立云，语气严厉："今天犯什么牛脖子，鼻儿脸儿的，敢跟王爷顶杠[2]，这些年规矩白学了？要小心眼儿，和连翘一小姑娘斗什么气儿？"

---

① 绷：断交情，断关系。

② 顶杠：用于成人之间言语不和时，顶嘴的意思。

立云没表情，不回应。他看着前方车夫的肩背，磨得发白的衣服，车夫就是车夫，车夫是没有耳朵没有嘴的，对着他们说什么话都可以，车夫是只有脚的动物，会跑路就可以了。而他们是只有手的动物，会做东西就可以了。

“知道你别扭，不过，该认就得认。”柏涛继续说，他也看着车夫，看那双在地上奔跑的大脚。

立云嘟哝了一句：“认什么？”

“认命，”柏涛道，“知道自个儿的根底，才清楚以后该往哪儿使劲儿。小子，你是我看着长大的，我能不知道你心里想什么？不就是觉得自个儿费尽了心思做的东西，不如别人一心两用打发出来的，你心里发着酸劲儿，是不是？”

立云的脸涨得通红：“没有，我只是觉得世道变了。”

柏涛哼了一声：“世道没变，要真变了就好了，梁子和连翘他们这样的人就会有好日子过了。连翘没你想得开，你心里清楚，所以你是守规矩的，你的日子差不了，而她，将来还不太好说呢。”

立云听到这里，转过脸，正视着柏涛，眼中露出惊愕。

柏涛道：“宫里的作坊散摊子没几年，梁子来过一趟悦昌，那时候连翘刚出生不久，他来的时候还带着徒弟，你父亲也在，你也在，但那时候你还小，应该不记得了。梁子当时很落魄，以他的性子，即便想让我们接济他，也开不了这口，他混得不算好，手艺虽精，但太过任性，做的东西不对很多人的胃口，除了几个老主顾照顾他，但也是饱一顿短一顿。”

立云道：“我印象里好像有这么回事，记不太清了。我爹跟我说过，他挺后悔，说那次以后，再没见过梁伯伯。”

“当年在宫里，两派匠人争斗，太后寿诞大庆，你爹因制物不合圣意，被罚俸挨打，引为毕生之辱，一直怨着梁子，梁子来，其实是想解释当年的事，但你爹没给他机会。梁子明白，如果要投靠悦昌，你爹势必是不会相容的，这样也会让我难做，所以只让我跟他徒弟认了个熟脸，托我以后照看他徒弟生意，然后便走了。他那条路子在那年月没什么出路，为了他徒弟好，也跟那徒弟断了联系，让他安安分分做手艺人，我后来把他徒弟的儿子带到悦昌来，你也知道他是谁吧。”

说到这儿立云已明白是谁，小顺子也忍不住说了出来：“是小柱子！”

那个机灵质朴的孩子，天天鼓着劲儿要学手艺，但柏涛嘱咐所有人，小柱子还没定性，让他先打好基本功，再说拜师的事。原来他竟然是梁子的徒孙。

柏涛看着立云，目光慢慢转凉：“你心里不痛快，是你觉得可惜，就像你父亲为她父亲觉得可惜一样。梁子一家人过得那么惨，连翘呢，要不是碰到我和你，只怕还在韩家潭给妓女当下人，他们过得不好情有可原，谁叫不按规矩来呢，但这不是因为傻，不是因为他们不怕挨饿挨打，他们只是比我们胆子大，就大那么一丢丢，只想做自个儿愿意做的东西。你们本该可怜他们，最后却变成了嫉妒。今天的‘宜夏’，何尝不是当年的‘第一香’！咱们走的路是条老路，指不定哪天就走不通了，他们走的路，是他们自个儿的，谁知道会走多远呢？你和连翘，钟鼎山林，各有秉性，怕是有缘无分。罢了，早看清早好，男女之间的事，最怕牵扯不清，互相拖累。”

这番话击中了立云心中最不可说、最不愿触及的地方，他猛地叫住车夫，让车停下，硬声道：“对不住，您老先回去，我走几步。小顺子，把大掌柜的伺候好。”

下了车，他走得很快，胸中如万流奔涌，他苦苦地想，怎么偏偏还是到了这一步。

他是懂连翘的，他明白她，知道她哪怕被搁在世间最惨的境地，也还是会一头扎进去，这情深一往倒不是为谁，只为成全她自己的性子而已。除非他愿意伸手搭救。他从韩家潭搭救过她，但不能改变她的性子。

没收下那两朵牡丹，却忘不了它们是多么美，淡绿色与深墨色，那飘曳之姿是清风习习而来，花瓣随时会与之起舞，天真赤诚，无所畏惧，像少女的心。

在她一双手中，在她脑子里，在她心里，存在着一个世界，既清净平和，又动荡壮阔，有许多的不确定，又有许多的确定。而他邱立云深谙世道，却永远做不了她能做的东西，因为他守规矩。

但他坚信自己是没有错的。工匠的本分就是守规矩，守那千百年的规矩，最后让自己也变成那个规矩。

他进不去她的世界，因为他太害怕孤独了，父亲死后，他孤身一人，但从未认为自己是个孤儿，有柏涛的照拂，也有谈得来的伙伴。而连翘，或许梁子一死，于人生也罢于志趣也罢，她彻彻底底成了一个孤儿，从他的角度，那是十分可怕的。他现在就能感受到她那份少有人懂的孤清，而最终正是这孤清会成为上天赐给她的最大的恩德，可它是那么荒寒，光靠勇气可扛不住，还要运气。

他们看似是一类人，却完全不是一类人。

反正他不是她的同路人。

立云茫茫然走着，从内城西北角的王府，一直走到了南城，似乎有人在叫他的名字，他浑当听不见，也不理，不知道走了多久，闻到淡淡的枣花香，一堆堆、一簇簇的香气扑过来，这才醒豁了，前方门楼挑檐尖尖，屋檐重叠，香烟缭绕，却是他和连翘未曾同去的崇效寺。牡丹已经谢了，赏花人也不在，香客提着寺僧揉了牡丹花瓣做的面饼，那也只是春天的余味了。

立云哑然失笑，又有点想哭，站在此地，为所有的偶然与所有的必然注定，生起一种近乎悲哀的喜悦，近乎解脱的怆然，近乎碎裂的新生，近乎满足的空虚。

“邱师傅！”

声音清晰起来。

立云回头，看到一个挑着担子的大汉，几乎高他半个头，一双炯炯有神的眼睛担心地打量着他。

“你是……刘掌柜？”立云想起了他是谁，

“哎，哎！”对方见他记起，很是高兴，放下担子朝他行礼，“邱师傅您还好吗？怎么今儿个到这儿来啦？是来看花吗？”

立云应付道：“嗯，是。”

“牡丹花谢啦！”

“是啊，谢啦。”

“那您可白跑了一趟。”

“可不，白跑了一趟！”立云随口说着话，思绪也渐渐理顺，见刘天禄对襟褂子的领口袖口一尘不染，整洁利落，裤腿上好几个补丁，但也挺括，鞋子毛了边儿，脸上精气神儿还足，想来日子艰难，仍勉力支撑。他对这汉子生起了佩服，扫了眼担子，笑道：“刘掌柜过得可还好，酱牛肉卖完了？”

天禄笑道：“做得少，所以卖得快，还得靠街坊们照顾。”掀开担子上盖的白棉布，香味长了翅膀，四处乱飞，顿时有路人停步，喊道：“刘掌柜的，牛肉还有吗？”

天禄抬首应道：“卖完啦！”

那人道：“给我点儿汤回家拌面成不？”

“您拿碗过来。”

“得嘞！”那人乐呵呵跑了。

立云微笑着指着瓷盆，酱红的卤汁里尚浸着点儿杂碎，腱子肉却仍剩有一块：“这不是还有吗？”

天禄拿长筷从大瓷盆子里捞出仅剩的那一小块牛肉：“给您带走的。”说着从另一边担子放的砧板下抽出一张油纸，就要将牛肉包起来，立云赶紧拦住，“不能够！我这一路溜过来，就为了吃这白食啦？不成不成。”

天禄几下包好，把肉送到立云面前：“您别跟我客气，我今天还能好好活着，全靠你们这些好人帮忙，请您把这牛肉带回悦昌，让大家都再吃一点儿，我知道，你们不差这一口，这北平啊，也大都兴吃羊肉，南城串街卖牛肉的现在不多！可您今儿要不拿，就会有好些日子都吃不着啦。”

立云十分不好意思，却又疑惑：“这是为啥？”

天禄没多做解释，只笑了笑道：“要出趟远门，这生意得撂下了。”

立云只得将牛肉收下，另一只手立刻就要往衣兜里掏钱，天禄一拦：“给钱就是跟牛肉刘断交情，您可想好了。”

立云苦笑摇头：“行，您说了算！”但再怎么也想为刘天禄做点儿什么，灵机一动道，“您怕是也空着肚子吧？咱们找个地方坐坐？”

天禄知他想请客吃饭，不愿立云破费，但又确实早过了饭点，该垫点儿了，就道：“邱师傅还记得我饭铺里那抻面的小子吗？他呀，干不了棚铺的活儿，从天棚上摔下来，腿断啦！前些日子养了过来，换了个活计，就在前面不远处一家切面铺，您要不嫌弃，咱们去那儿凑合凑合？”

立云道：“那敢情好，正好看望一下小王师傅，那老王师傅还好吗？”

“身子硬朗着，就是耳朵更聋了。”天禄笑道，见立云也不过只在“牛肉刘”吃过一次，却依然还能记住老王父子，不禁极是感激。

之前那个路人端着碗来，天禄给他舀了满满一碗酱肉汤，那人喜滋滋地道：“回家一见开儿，几大枚的面条一下，就根黄瓜，那滋味神仙也尝不了！”

天禄笑道：“您就是神仙！”

“托您福，今儿我还就当一回神仙，哈哈！”

天禄将担子重新挑起，引立云去切面铺，沿路枣花香越来越浓郁，是崇效寺的枣林正繁花初绽，阳光暖暖洒下，真是夏天要来了！

“牛肉刘”的人，按理都是倒了霉的，可他们脸上还是那么光亮，一点儿霉气也没有，就像冬天的火炉子，亮堂堂地暖，瞧着心里就安定。王大力跟人打招呼，语声还是那么响，而他切面的功夫，真是越来越炉火纯青了，擀得薄薄的面，几下一折托在左手，右手拿着大刀唰唰几下就切完，双手提着一抖搂，是琴师的弦带着回旋的颤音，霰雪轻雾一般喷腾，有吸去喧嚣的力量。

“猴儿，来个一斤！”

王大力放下手中的刀，抓了面条，用秤盘称了一斤：“大哥，您是带走还是跟这儿吃？”

“借俩碗，就这儿了。”

“得嘞！”面条被扔进切面铺一直冒着热气的大锅里。这一次立云抢着把钱给了，又让大力再给切两斤包好让天禄带走，天禄没客气，大大方方地收了，放进了担子里。不一会儿，锅里的面煮得了，立云一碗，天禄一碗，热腾腾的面条就着酱牛肉汁儿一拌，两人就在切面铺外头，顶着槐树荫筛下的阳光，捧着碗站着吃。

“邱师傅，您今儿看着心情不太好，怎么了？”

“没大事儿。”

“哎，就是，有的吃有的穿，还有身好本事，不用愁！”

“您呢，饭铺就这样歇啦？”

“马尾巴穿豆腐，别提啦！一年半载没戏。”天禄笑道。温贝勒虽然暂时没找他麻烦，但这大街小巷，多的是不省心的。有名的两个，一个叫“遛一块”，是巡警，只找拉车的麻烦，光着膀子拉车，逮着就罚五角，穿着衣服也不行，得穿警署发的号坎儿[①]，要没有，逮着再罚个五角，所以当面叫“六爷”，背着都叫“遛一块”，遛一趟可不一块钱就没了嘛。另一个则是“雨露均施”，姓侯，人称“炸街侯”，是广安门一带的水霸，也算是天禄的同乡了，是个山东人，霸着几口甜水井，有一帮喽啰跟班儿，脾气不好，爱骂人，骂得别提有多脏，声量还大，响彻四方，所以叫“炸街侯”，不挑人，连温贝勒也被他炸过几次，谁让你喝人家的水呢？让人弄不明白的，是草奶奶每日送的水，也归“炸街侯”管，但“炸街侯”似乎一次都没难为过草奶奶。总之，巡警，水霸，路

---

① 号坎儿：专门的衣服。

霸，挑粪的都有粪头子，作恶起来，花样百出，做小买卖的遇到他们，只能忍气吞声。经过“王八楼”这一遭，天禄算是被“打回了原形”，再糟糕的境况也都熬过来了，这些本不算什么，忍过一阵肚子疼！但要“牛肉刘”重新开张，他知道也就做做梦吧，更何况他的心思还不单单在这一件事上头。

立云忽然想起来：“咦，你饭铺里那小姑娘呢？”

天禄将面条吸溜吸溜吃了，擦擦嘴：“跑了。”

“跑啦？！”

“有个混账王八蛋要霸占她，这丫头片子机灵，溜了。”

立云松了口气：“哦……那跑了好，跑了好！”

“我呢，上天入地也得把她找回来。”天禄斩钉截铁道，拍了拍前胸，又道，“邱师傅不信？”他看到立云表情有变化。

立云笑道：“当然信。”刘天禄完全不必这么高大，因为即便他不是这么高大，立云也觉得比他矮了一截。立云想到连翘，心里很痛。

“望您早日找到她。”立云说，无比诚恳。

天禄挑着担子往家走，心里念着邱立云的好儿，不单为他给的那两斤面。在天禄的心中，为搭救他奔走过的，替他说过好话儿的，照应过他生意的，他一笔笔记着恩情账。他也不是不记仇，坑他的害他的，他自此不搭理，不招惹，但也没想过去报仇，比如那个钱大学生，他知道这人告密坑了他，添柴送火，把他弄进了“王八楼”。但当金蛋跟他说，那个吃白食心眼坏的钱大学生也被当作乱党抓进了监狱，他也只是愕然半晌，哦了一声。

“这是我平时认识的那个刘叔吗？”金蛋半闭着眼睛，斜睨着他。

“难不成我还豆腐渣擦屁股，跟他没完没了啦？”天禄道。

“哎，这就对了，有点意思了……叔，你高兴不？”金蛋笑道。

天禄点头：“他活该！”

“听说也是被人告密弄进去的，报应，他可算尝到被人冤枉的滋味了。”

“冤枉？难道他不是那什么党？”

金蛋摇摇头：“这种混混也配？”

天禄听这话的意思，心里一紧，盯着金蛋：“你怎么知道？莫非你是……”

金蛋往后跳了一步，摆手道：“您别想多了，我什么都不是，但我告诉您，反正钱正光这样的人渣，是不会有革命的胆量的。”

“毛孩子一个，胡思乱想，当心你爹揍你。”

金蛋眼睛都在放光：“不是胡思乱想，那是伟大的理想！是为大多数人着想的信仰。一个人有了这样的信仰，如果能坚持下去，慢慢就能看到方向，如果有一个正确的方向可以前去，那更多的人就有希望了。也许有一天，好人都能过上好日子呢！”

被金蛋的言语打动了，天禄也振奋了一瞬，但对于将来日子会怎样，他脑子里其实并没有太具体的形状，蝼蚁一样的人，能看多远呢？但他知道，只要不放弃，只要还有口气，被水冲垮的蚁穴也可以一点点垒起来。

但现在……好不容易有点起色的家业，又要散了。但这一次是他自己做出的决定。半步桥的破屋子，最终还是卖了，还了欠债，剩下的家当能带走的带走，带不走的，全部扔掉或卖掉，连这牛肉挑子，今天也是最后一挑。

十天前，“燕云北望”的撒掌柜来到半步桥的天禄家，带了些羊肉羊骨头，面条面饼子，还有一个铁塔一般的大汉：白常顺。

见过礼后，撒掌柜对常顺说：“这是你刘大哥，你见过他的，记得吗？”

“不记得，”常顺摇摇头，却叫了一声，“哥！”

他这么一声，天禄娘扑哧一声笑了出来，天禄连连鞠躬：“您抬举，您抬举，白大哥，我当不起这称呼，您这不是折我寿吗！”

撒掌柜脸上一丝笑容也没有，很严肃：“刘爷，常顺虽然比你年长，但他的心智跟七八岁小孩儿一样，您哪，就受了他这声哥吧。”又对常顺道，“那位是刘大哥的亲娘，你快叫声大妈。”

常顺像小羊羔一样温顺，乖乖吼了一声：“大妈！”

“哎哟，哎！”天禄娘只得笑着应了，但还是警觉地看了儿子一眼，感觉撒掌柜此行必定有用意，天禄也有一种不太对劲儿的预感。

但他们绝对料不到撒掌柜接下来的话：“唉，马巴走的时候留过话，说刘爷您是仗义人，‘燕云北望’有了麻烦刘爷不会不管。刘爷，我今儿个厚着脸皮来求您和老太太：能不能收留常顺？他虽然脑子不太好使，但干起活儿来可是好手，人又听话，老太太，您只当捡个儿子。”

如同空中凭空响了一声雷，刘家母子都被震住了，天禄娘瞅着常顺的身量，低声道：“捡个儿子倒是便宜，可我……哪里养得起啊。”

天禄摊手：“撒巴，您开玩笑吧？说实话，常顺哥要真跟我们家过日子，咱们……咱们也吃不到一块儿啊。”

他指的，是自己一家并不是回民。

撒掌柜眼里本闪着一点光，一下子就熄了，抱拳道：“我一时着急犯糊涂，丢人了！”说着拉着常顺准备走人，天禄拦着：“甭价，您先别走，究竟出什么事儿了？”

天禄娘也急着招呼：“别走别走！喝口热茶！”

常顺砸摸了下嘴唇，跟着天禄娘去厨房，撒掌柜看着他的背影，一声长叹，眼睛红了：“当年带着常顺逃出归化城，兄弟们开了这个羊肉庄，原本就是想在京城留一块地方，续住天生魁的根脉。但现在……和那边早就断了往来，总号那边的人是死是活，生意怎么样，一概不知，硬撑了这几年，靠口内外一带的分号，做点小生意，寅吃卯粮，拆东墙补西墙，但跟不上时势，举步维艰，免不了让新的财东加入进来，谁知引狼入室，把分号蚕食殆尽不说，还投机倒把，惹出不少是非，欠一屁股烂债，连累所有人。现在，就连羊肉庄也快干不下去了。我们没办法，只能让‘燕云北望’暂时歇业一阵子，北京城的家业，也打算卖了替天生魁还债，几个老兄弟卷起铺盖，拿着鞭子，重操旧业，到口外赶羊去！可常顺……他就跟一孩子一样，我们走了，他怎么办？”

他说着，之前还没什么表情的一张脸皱成了一团，眼泪落下来。

马爷告诉过天禄，这几个羊房掌柜全是老光棍，在北平风霜雨雪熬过来，就为了信守当年给总掌柜的承诺，天生魁就是他们的家，总掌柜一家人就是他们的亲人，保住天生魁和常顺，就是保住他们的家和亲人。

天禄也为他们忧心，但又忍不住疑问：“撒巴，您即便要歇业，即便要重新去赶羊房子，可为什么不把常顺大哥带在身边呢？他以前也跑过羊房子，手艺又好，跟你们一块儿，好歹也有个照应。”

撒掌柜含泪摇头：“路上凶险，万一出意外绝了白家人，我们就成了罪人。这个险，冒不起。”

原来如此，天禄觉得腿有点软，坐了下来：“你们这一去，是上哪儿呢？”

“过昌平，出居庸关，一路沿着怀来、宣化，再过张家口，一直到召河的牧场。越早走越好，羊庄太多，我们争不过，只能去召河的分号，把最好的羊弄到京城来，有了好货，就什么都好说了。”

“您老先喝点儿茶，常顺哥这件事，给我一两天琢磨个办法。”

“费心了您！”撒掌柜向他深深鞠了一躬。

他们一走，天禄娘去找了几张旧床单，开始收拾东西，打包裹。

天禄看着母亲忙碌的背影。

天禄娘没回头：“别叹气，也没什么多说的，你娘懂你，你心里想什么我都明白。动换动换也好，半步桥这儿也就这样了。”

“我答应过马爷，不能不管羊肉庄的事儿，能帮多少忙，就得帮多少忙。现在羊肉庄歇业了，让常顺大哥到咱这儿来，不行，咱家也会被拖垮，两全其美的办法，是咱们去鲜鱼口。”

“我知道，咱们去那儿照顾他呗，你就是这么想的呗！”天禄娘回转身，坐到床边上。

天禄点点头："您去那儿，我还得走。"

天禄娘愣住："你走？你上哪儿去？"

"我想跟撒掌柜商量，跟他跑一趟口外，咱们这点儿家当，本来就不值几个钱，能卖就卖了吧，把手头能集齐的钱就投给羊肉庄，不一定管什么用，但能帮撒掌柜他们还点儿债吧。"

天禄娘急道："你不想娶媳妇儿了！跑口外，不想找翠喜啦？钱给了他们，咱们断粮了怎么办？"

天禄的声音一哑："能找的地方都找了，连永定门外的乱葬岗都找过了，可就是找不着呀。跑外的各路人都有，拉骆驼的也多，万一能遇到吴贵成呢？妈，树挪死人挪活，得换个活法。若不能好好活着，做什么都没戏。"

天禄娘默然许久，没有反驳他，只是心疼。

"你可得好好照顾自个儿，那边又苦又险，得记住妈等着你，盼着你。"

天禄走过去，将母亲的手握在自己手中："妈，我开小饭铺十年，做吃的，我自以为过得去了，其实差太多了，都还没摸清门道，我想再长点儿见识。离了北京城，再苦也不会比当年逃荒苦，再险也不会比在牢里险，何况口外的牛羊都比京城好，这条路，错不了。"

临走，天禄去找金蛋，让他帮个忙。

"金蛋，帮我顺顺。"

一张高丽纸上写了一大篇，字迹可以说很难看，是张呈子。

大概写道，从哪年哪日，他交的厘金是多少，因何名目，一条条写得清楚，再到温所长上任后，又征收了多少厘金，名目为何，也写了。温所长对“牛肉刘”的茶堂吴翠喜动手动脚，几次三番到吴家骚扰，直到将吴家人逼得逃走，又勾结警署，冤枉他刘天禄是乱党，把他抓进了监狱，派人殴打，连累无辜狱友铁英被打死等。

金蛋说：“这是呈子，您要告温梦榆？”

“我能咽下这口气，暂时离开北京城，但姓温的王八蛋不能就这样作恶多端没人管。没处击鼓鸣冤了，南城这一带管事的，大多跟温贝勒是一个姥姥家养的，差不了多少。金蛋，你是读书人，你见识多，能不能跟叔说说，这呈子递到哪儿去才管用？”

金蛋发了会儿怔，叹了口气：“要么是北平市政府，要论官大，还得去南京。可说实话，叔，您这点事儿，比芝麻大不了多少，他们真不一定过问，他们的心思，不在小老百姓身上。”

“难道就没人管温梦榆这种浑蛋吗？”

“叔，您这呈子有路子可去，那就是报社。即便政府不管温梦榆，任由他乱来，但只要把他的恶迹告诉大家伙，温梦榆的日子也绝对不会好过，但……这也许只能起到一时半会儿的作用，可，可我更担心的是……”

天禄听得一喜一忧：“担心什么？”

“您能被放出来，是刘议员使了力帮忙，我怕您这么一闹，会连累到他老人家。”

天禄噢了一声，拍了拍脑袋：“是！我这猪脑子，没想到这茬儿！那算了。”说着伸手要把呈子拿回去。

金蛋没放：“要不就先放我这儿，什么时候不会连累到刘议员，我就什么时候送到报社去。”

天禄道：“你也别让人知道这事儿跟你有干系。”

“嗯，我邮过去。”

天禄向金蛋鞠了一躬："长风少爷，您的情义，刘天禄记一辈子。"

金蛋急忙还礼，眼角发热："您这一走，什么时候回来？跟街坊们也不吃顿饭道个别，秦爷斗爷，还有我爹，都会惦记着您的。"

天禄飞快地揉了下眼角，道："不用惊扰大家了，更不想再连累大家。何况我还有这张呈子，指不定就闹大了呢？我是想，如果不把温梦榆弄下来，翠喜就不会敢再回来的……"他突然停下没再说，原来前方槐树后头，一人探出头，正看着他们，看起来有一会儿了。

天禄先是一惊，又松了口气，给金蛋使了个眼色，金蛋回头，也看到了那人，以及那人手上扶着的板车。

是草奶奶。

天禄摸摸裤兜，从里面掏出两块钱，又将自己身上的马甲解了下来，朝草奶奶走过去，金蛋也跟着过去。

"您拿着。"天禄把衣服和钱递给草奶奶。

老人不接，混浊的眼睛愣愣地看着他。

天禄知道，他一走，草奶奶的日子必定会更艰难，可他无法跟老人解释，甚至也无法告诉老人自己即将远行。

"金蛋，多照应照应草叔。"天禄又向金蛋鞠了一躬，将钱和马甲硬塞到草奶奶手中，几步作一步跑了。

金蛋去找了刘议员两次，刘家门闩紧锁，似无人在家，某日在学校碰到赵九如，问起刘家的情况，九如有点心不在焉，说："她一直在家歇着，明天会来上逻辑课，她爸爸应该还是老样子吧。"

次日，金蛋等到那堂“逻辑课”下课，亲自去找到了刘家小姐，说了揭露温梦榆一事。

刘小姐听了后，把头摇得拨浪鼓一般，板着脸，严厉地道：“不行！不能让人知道我父亲掺和这件事儿。我不能跟你说理由，但这是为你好，也为你那刘叔好。”说完径自走了。

金蛋讪讪地站着，猜测刘家有什么顾忌，他本就不愿给他们惹麻烦，刘小姐既然直言拒绝，他当即便打消了去报馆的念头。可刘小姐适才过分严肃、冷若冰霜的样子，让他也颇为意外，下意识跟着刘小姐行去的方向走，刚刚散课，人来人往，金蛋走了几步，见校舍一侧有两个着装形容迥异学生的男子，不近不远跟在刘小姐身后，鬼鬼祟祟，不像是保镖随行保护，倒像是来监视她的。

金蛋心中疑云顿起，咬咬牙，小心翼翼跟在他们后面，果然确认那两人确实是在跟踪刘小姐。刘小姐似也知道，想摆脱他们，低头快步走着，脚步一转，索性折返，这一下很快便与那两人迎面相视，那两人只得硬着头皮继续往前走，而金蛋也来不及躲藏，灵机一动，往右侧小路拐过去。刘小姐仍看到了他，两人目光交会，她露出一种惊讶和复杂的眼神，像是求助，又像是责备。金蛋心头一热，嘴型比了个“大讲堂”，不再看她，加快了脚步，而刘小姐也往相反的方向去了。

“大讲堂”其实是一间大的教室，在图书馆的二楼，只有学生才有资格进去，要查验证件，少有外人进入，是相对“安全”的。金蛋不敢确定刘小姐是否看懂了他的示意，拿了本书，焦灼地坐在椅子上等着。过了七八分钟，刘小姐终于也进来，这个时候，她的眼中没有了伪装，被忧色填满。

“金同学，你让我帮忙，其实，我更想让你帮个忙。”她的声音有点哽咽。

“那两人是在跟踪你吗？他们是哪儿的？”

“是宪兵。”

“啊？！是你出了什么事吗？”金蛋想着前些日子被抓的钱正光，以及好多被冠以“乱党”之名的学生。

刘小姐摇摇头：“他们想抓我爸爸，怕我去报信。”

“刘姐姐，有什么需要我做的，尽管说吧。”金蛋很干脆地道，“您父亲帮过我朋友，现在是我们报恩的时候了。”

刘小姐苦笑了一下，但仍道：“之前的事是我爸举手之劳，其实不需要你们报恩的。只是……只是……”她心中仍然非常纠结，“我既想让你帮忙，也害怕会连累你。毕竟，毕竟说不定会有危险。”

“刘议员是个了不起的人，我是个小人物，他要遭遇的危险和我要遭遇的不是一码事，我愿意为你们做点儿事。”

刘小姐感激地看着他，眉头微蹙，认真思忖了几分钟，终于下了决心，拿出钢笔，写了一张字条递给金蛋：“我想请你去一趟天津的国民饭店，把这张条子想办法交给我父亲，他认得我的字，所以你什么都不用说，交给他就好。”

金蛋接过，说：“我能看吗？”刘小姐点头。

字条上写着：“勿归。”金蛋郑重地道：“我一定会把它交给刘议员的。”

刘小姐凝视着他：“金同学，你就不问一下我家出什么事了吗？”

“大概能猜到几分，不问也罢。”

“也许你猜错了呢？也许你这一去，会倒大霉呢？”

金蛋笑笑：“不会，我也不怕！”

刘小姐脸上终于露出一点儿笑容，但眼泪在眼眶里打转：“谢谢你。我真的没有办法多说什么，我只想告诉你，我爸爸是个好人，是个很好很好的人，他总是爱帮助别人，这一次遇到危险，也是因为帮助别人。我希望他平安无事。”

金蛋点头：“我一定尽力。这样，刘先生就可以帮助更多的人了。”

没来得及告诉家人，金蛋当天就离京去了天津，揭露温梦榆的事，只能暂待他日再想办法了。

金蛋当然不会知道，数日之后，刘公馆确定是一个联络点，但公馆的男主人不知所踪，去向不明，原本想用来跟上头邀功的一个抓捕行动就此宣告失败。

金蛋也不会料到，几天之内，温梦榆被人打了。

“背了爷”运气背，大多因为喝了酒，遇到的那些离奇的状况，除了刘天禄那一遭，就是某年夏天去八大胡同打茶围，叫了个姐儿，约了间房，也是因为太醉，腆着肚子去关门，把裤裆里二两肉给夹了，那个疼！这一次倒是和裤裆没关系，就是挨了顿狠揍。

自他上任后，税所有了些新规矩，要不定期将片区调查一遍，看是否有“没薅过毛的羊”，刘天禄算是一个，薅过了，但薅得不爽快，还惹了麻烦；另外几个，什么豆纸铺的，铃铛铺的，打丝线儿的，连卖破烂儿的也都收拾了。一向跟在他屁股后头的窦浩跟他提起了南城太狮会，占了鸭子桥边一片地，由一个半瞎的老人守着，可以去瞧瞧。温所长脑子里嘀嗒一响：老婆的点心铺子关了张，家里进项少了，若能盘块地放放租，当是美事一桩。

温梦榆调过来后，其实早就听过秦瞎子这个人，据说此人背后还有点儿门道，对有门道的人，他是不敢轻易动的。观察了数月，得出结论，秦瞎子半老不死，当年就是个跑江湖的老混混，太狮会的地，也就是秦瞎子在鸭子桥边那破宅子周围一圈儿，可以想办法“要”过来。

“秦爷，近来好？”

“好！好！请进，请进。”

温梦榆和窦科员去了秦瞎子家，看到了南城太狮会那张著名的狮子皮，大红金边，怒目白须，玻璃罩子罩着，铁架子撑着，放置在大厅中央，像个展览品。

他们围着狮子皮转了一圈，啧啧赞好。威风！漂亮！老爷子独自一人生活，连个做饭的老妈子也没有，温梦榆很同情，感叹连连。秦瞎子眯缝着眼，跟他们客套。

宅子不算小，东房西房都空着，没放租，可惜了！院内石榴花冒着火红的骨朵，喜气。北房有着充足的日照，敞亮！温梦榆走进正屋，被里头盘的那台东北大火炕吸引住了，足足占了大半间屋，秦瞎子招呼他们脱鞋，上炕：“来这儿就是自己银（人）儿，整一斤再说。呀，快到饭口儿了，没菜啊。”

“您想吃什么？”温梦榆赶紧问，“窦科长，哪家饭庄子好？”

秦瞎子道：“我老身子骨，走不动了。”

“让人送来。就看您今儿个想吃什么。”

“哎呀，哪有便宜事儿啊，想吃什么我就能吃什么？您逗我玩儿呢。”

“温某人保证：绝没跟老爷子开玩笑！”

秦瞎子揉揉鼻子："好久没吃船菜了，就想整点正中（宗）船菜。"

"船子菜？鱼菜？"温梦榆没反应过来。

还是窦浩机灵，已经往外走了："我知道我知道，正宗川菜么！得嘞，我跑一趟四川会馆！"

天黑透，菜送过来，借着酒劲儿，以及秦瞎子渐渐放松的心情，温贝勒提醒他，太狮会房子太空，一个人住着可惜，秦瞎子便说，您来住，您来我就欢迎！温贝勒又说，房契税单都得收好了，别查的时候找不到。秦瞎子道，一会儿我就找，年深日久，早不知道搁哪儿了。温贝勒又问，有没有想过把房子换点儿钱，找个好山好水地方养老。秦瞎子说，守着这儿挺好，不动换了，好山好水不如好宅子。对答很实诚。温贝勒的心一放，高兴起来，多喝了几杯。喝多了，话题更是撒开了。温贝勒问，秦爷觉得这儿的人怎样？秦瞎子不是纯正的北平口音，带着浓重的乡音，他爱吃辣菜，吮了吮手指，有气没力地说："嘿，老尿性了，看谁不顺眼就削谁，搁过去杀人也指不定，白纸坊嘛，做那么多白纸给谁，还不是给死人！我瞅这旮旯儿跟我老家有得一比，有杀气！"温贝勒的酒意淡了点儿，想到了刘天禄和凶神恶煞的刘家老娘。

走的时候天已漆黑，跟窦浩相互搀扶着，秦瞎子在门口掌灯目送。过鸭子桥往白纸坊东街走，前方枣林槐树夹道，阴影重重，两人偏偏倒倒，兴致高昂，温梦榆道："狮子会，就是个老猫会！老头子还没他屋里那张狮子皮威风呢！这房子得拿下。"

窦浩打个酒嗝："拿下！"

目视前方，温梦榆指着南边高高的岗楼："那是'王八楼'不是？"

“没错。”

“刘天禄那小王八蛋在里头。”

“您忘了，早放出来了。”

“哦，我都忘了。他家在前边儿不是？”

“搬家啦！”

“嘿，这小子总算是明白过来了，惹不起终于知道躲了。”

嘻嘻哈哈说着话，后头有板车的轱辘声，嘎吱嘎吱从远到近，他们往旁边让了让，推车人走过来，并没有直接越过他们而去，而是停下，拦在他们面前，直起了身子，脸黑黑的，稀疏的几根白发在空中飘着。

温梦榆酒气上来，半眯着眼睛：“谁呀？边儿去！给老子让路。”

那人愣愣的，没反应。

温梦榆道：“儿子，能听懂话不？”

那人便退了一步，突然回身从板车上抄起一根扁担，呼地一下就打过来，洪钟般的声音吼道：“×你奶奶的我就！”

窦浩认得他，那是平日在这一带收破烂捡破烂，送水、窝脖儿，什么杂活都干的傻老头。他本能地喊出这老头的名字：“草奶奶！”一喊就后悔了。

“×你奶奶的我就！”果然扁担也朝他抡了过来。窦浩尖叫一声，屁滚尿流地跑了。

温梦榆像条软虫，被困在扁担一样坚硬的蛛网里，那蛛网通了电，是烫的、麻的、刺的。他杀猪般叫着，捂着脑袋拼命挣扎，只想找个漏洞扭出去，可他就是出不去。蛛网打红了眼，非得要把这条软虫绞死不可，不死也得绞残了。扁担不认人，也不认道理，或许打的就是道理，打那种恃强凌弱、没良心的道理，扁担不会巧舌如簧，就像草奶奶一样，不会说一句好听的话，但今天这扁担就是公道。

温梦榆被打醒了，酒气被打散了，他都忘了自己喝过酒了！他吐得哗哗啦啦一地，告饶、央求、装可怜，威风了大半辈子，从没有今天这样㞞包过，虎坊桥的温贝勒今天被打成了一摊烂屎，臭大街了。他感觉自己这条命怕是真得撂这儿，意识到这一点，他像孩子一样哭号起来。

有人拦下了草奶奶的手，月亮自东边升起，光洒下来，温梦榆看到秦爷一双眼精光四射，那双拿酒杯都在颤的手，此刻稳稳地扣住草奶奶比扁担还结实的双臂，一压、一抬，扁担像片叶子，轻轻地就飘下来了，秦瞎子脚尖一踮，将扁担弹起来夹在膝间，双膝前后一错，微微向下一屈，啪嗒一声，扁担断成了两截。

草奶奶呼哧呼哧喘着气，双手往外挣，秦瞎子不放，身子铁塔一样钉在地上，道："也是一条人命，不至于。"斜着眼瞥了下脚边，"贝勒爷，我跟您说过这儿的人惹不起，您还不信不是？您还等着缺根胳膊断条腿儿吗？！"

"背了爷"过了一会儿才回过神，连滚带爬地跑了。

草奶奶要追，秦爷始终不放手，杵着他道："老哥哥，差不多得了。"

放开一只手，从裤兜里掏了钱，塞到草奶奶手里："当年您犯了事，我是怎么跟您说的？恶人由恶人收拾，别脏了手，装傻充愣这么多年，人怎么真糊涂了？您不能待在这儿了。"

草奶奶挣脱了他，无声地喘气。

秦爷挥挥手："走吧。"

老人转过身，推着板车走了，从第二天起，白纸坊一带没有人再看到过他。至于温梦榆，也真被这一带的“刁民”弄怕了，自己又确实没有毁灭这个地方的能力，所以养伤的时间被他匀了一半去想如何调职，秦瞎子手头太狮会的宅子，他没什么心思去觊觎了。温贝勒认为这个地方只怕在五行上跟自己有冲撞，后来终于想办法搞到调令，广安门的人得到消息，便立刻翻脸不认人了，温所长虽然还是所长，但说话就已经不太管用，窦科员不再对他点头哈腰，迎面走过，也会慢三拍才招呼一声，可见世态炎凉！温梦榆调到新税所，第一句话就是：“还是咱们安定门有人味儿，厚道！”下面人听了，暗暗冷笑：“可不是有人味儿么，能不厚道吗，沤了百来年的大粪，寒碜谁呢，你大爷的。”

北平的粪车都从安定门进出，沿途道旁全是粪厂，自然有着北京城最厚重的大粪味道。

白纸坊发生的事，天禄是不会知道的。旅蒙的商号一年就赶两次羊房子，冬赶“冬羊”，六月是赶“热羊”，安顿好母亲与常顺，天禄跟着撒掌柜一行人，要先去坝上处理天生魁牧场的杂事，再继续往沿途羊道走，与各羊庄分号接应，迎接从召河而来的“热羊”房子。

马车连日赶路，到这一日，地势越来越高，凉意袭来，众人都换上了厚衣服，待越过一个山头，车夫一声吆喝，就像在宣告目的地到来，天禄往前看，前方没有下坡路了，就是一片无涯的高地，漫漫青草随风飘曳，山丘的弧度变得柔和。

天色是沉闷的白，浓重的灰浆似的云，没有一点儿空隙。风是突然间刮起来的，夹杂着雷声。打尖儿的时间，他们坐在草地上，炒米就着白水，对付着吃一顿。天禄从怀里掏出一件东西，摸了摸，又放回去，是“南城第一香”的幛子。马歇在近处，泼水似的撒了泡尿。天禄有种做梦的感觉。

撒巴微微侧着身子，手拿毡帽指着远方：“要下雪。”

可这才刚过端午，怎么会下雪呢？天禄不信。

撒巴大概猜到他心里想什么，笑道：“坝上地势高，现在的气候跟京城的早春差不离，一会儿会路过一个山包，全是芍药花，我们叫它芍药山，那山带着仙气儿，闻着却是一股臭，其实是芍药的药香，马过的时候都不忍踏，真漂亮啊，白色的芍药花。”

同行的羊倌儿，唱起了老家的民歌，高亢的歌声在云天徘徊。

“三十三棵荞麦九十九道棱，妹妹长得真喜人，三十三棵荞麦九十九道棱，哥想妹妹想得折磨人，三十三棵荞麦九十九道棱，妹妹干好[1]是人家的人？荞麦开花粉团团，比不过妹妹的脸盘盘……”

天禄无法想象这样的场景，在一群新的同伴之中，在一个完全陌生的旅途，这是他二十多年的人生里从未经历过的。还有那初夏草原的雪，满山白色的芍药花，蔓延到天边的青草。

但他似乎能看到，真的，慢慢就会看到了，细雪飞撒飘舞，空气一点都不冷，雷声也将变得可喜，芍药花的茎脉在尽力向上伸张，等他们去到那座“芍药山”，马蹄声都会变得轻缓，这些花儿会迎接他们，一如深藏在四季背后那种恒久的等待，这等待里有孤独，残酷，也有希望。

这种具有神秘色彩的感觉，天禄哪里会理解，他哪里会知道这

① 干好：此处的“干好”为“干吗”“为啥”的意思。

是苦难人间里复杂的诗意，一般人品尝不到的，但他能看到希望，也就足够了。

歌谣仍在空中飞旋着，青草的香味一阵阵飘来。

第二十一章 北雁南飞

一眨眼的工夫，秋天都结束了，金黄的银杏叶堆在地上，又几天过去，树上残余的银杏果也全掉下来，风一吹，全滚到路边。霜降过后，足足下了两天两夜的雨，天气骤然变得很冷。

柏涛的病是突然来的。聚宝斋的大徒弟拿了一串珍珠去给他掌眼，他只说了句：“好东西，这是海水珠，难得颗颗一个大小，莹润。”说完人就倒了，立云抢过去抱住，老爷子昏迷了好几天才醒过来，说中风又不像，人不糊涂，但就是什么事儿都干不了了，也没心思了。

赵家一团乱。悦昌那边，只能是立云来主事，他还得在赵家和铺子两头跑，九如不再去上课，留在家照顾父亲，柏涛眼瞧着一天比一天气色差，有一天，把女儿叫到身边，说：“亮马河那宅子里放着的棺材，明年倒是不用再上漆了。”九如一听就哭了。柏涛叹口气，“唉，你的终身大事还没着落，我怎么放得下心。”九如说：“爸爸别说胡话。”柏涛抹抹眼角：“我也希望我是说胡话，现在连你买的铁排鸡都没胃口吃了，我知道我日子快到了。咱家没个顶梁柱，你姐姐不管事，我一走这个家要垮，悦昌也要完。”九如揉着手绢儿：“家里有我，悦昌有邱哥哥。”柏涛看着女儿，没应声。

夕阳西斜，照人影在地，垂直如塔，蓟门树色，天衢丹阙，这苍老的阆苑燕都，渐渐没入烟霭。

玉田近日爱在城里闲走，这个城市的一切都在发生着巨大的改变，连记忆都似垒在流沙上，挽不住，正是那生之来不能却，其去不能止[①]。颓败的古城墙倒了一大片，东华门以北的皇城根大墙几乎被拆光，先农坛卖给政客，再分段拆卖，坛墙的砖土售往四处，日月两坛，外城门楼、角楼，似都能听到轰然分解的声音了。总之无人在意。城墙下，碎砖石块或许还带着帝国的威严，真是又骄傲又褴褛。玉田看着地上的破砖，琢磨着，一切都是会毁坏的，他也曾是毁坏这一切的一员，一切也都在毁坏中，会有新的人不断加入进来。我们，他们，都是这座城的业障。可一直在流传的是什么呢？想来也是有什么一直留存着，它们是永恒的，不仅仅是业障才会永恒，有些好的、让人有盼头的，兴许也是会一直在的。

回到王府，玉田决定将大部分的鸟儿放走，独留下几只百灵。鸟笼一个个拿出来，老萨微微抬了抬身子，轻轻举起一个，打开笼门，鸟从笼中飞出来，在半空打了两转，似醒了醒神，便振翅而

① 出自《庄子·外篇》，《秋水》篇。

飞，奋力四散开去，玉田看着，毫不留恋。

连翘站在毓秀身旁，目光紧跟着其中一只鸟纤小的影子，它似乎颇为留恋，又或者是胆怯，瑟缩着立在院子的石桌上，黄色的蜡嘴轻轻开合，发出试探的鸣声。

毓秀道：“交嘴梧桐认家，得带到远地方才不会找回来，罢了，一会儿它要还不走，就还是留下吧，冬景天儿把它放出去，怪可怜的。”

玉田道：“你等着瞧，它一会儿还是会走，便是冻死也会走。”

老萨抖了抖空笼子，回忆道：“记得王爷小时候还养过一只麻雀，跟猫似的，又馋又野，什么都吃。王爷也是狠，给它吃了辣子，辣得它在那棍儿上杠嘴，咔咔响，后来也被训得听话了，让干吗就干吗，打弹子接弹子一套下来，那伶俐劲儿。王府里养了这么多鸟，就那只麻雀我印象最深，当年换笼子的时候飞了，我还以为养家了的鸟不会跑，结果还是溜了。”

毓秀道：“可惜！”

玉田道：“小时候玩这种小鸟儿，怎么狠怎么来，圈它在笼子里，拴着套着，每天凉水喷它，也给吃的，几天下来野性就褪了，可笼子门一开，它照样儿往外飞，这是鸟的天性。鸟不是人，对人若是用真心，自然有应得的回报，除非那人没有心。”

毓秀听到这里，露出意味深长的表情。

连翘的目光，仍是落在石桌上的那只梧桐身上，她紧紧盯着它，心里说快飞，快飞呀！梧桐啄了啄桌上的灰尘，跳了两步，抖索几下翅膀，终于下定了决心，猛地振翅腾空，飞到海棠树上，在枝头停顿片刻，再越过院落屋顶，消失在众人眼中。

连翘的脸庞亮了起来。

在谨王府，她穿着下人的衣服，吃着下人的饭，干着下人该干的活儿，夜间入睡前，和几个女仆一起洗煤油灯的油烟，因为主人不爱电灯，爱使煤油灯。但下人们并不认为她是下人。大春起初跟她挺热络，尽管她也努力交好，但渐渐地，大春跟她也疏远了。

“聊不来，不是一路。”大春说。

一个仆妇道：“能是一路人吗？眼睛瞅的地方不一样，图的也不一样。”

大春也是这么想的，越是这么想，便越是不自觉地厌恶起连翘，但大春是个厚道人，如果连翘能跟她是一路人，她还是很愿意放下成见的。

连翘所处的境地孤立又尴尬，她清楚和其他下人并不在一条道儿上，但她也很清楚，她不是大春她们判定的那“另一路人”。她够不到上头，上头人认为她不识抬举，也摸不着底，下面人讨厌她格格不入野心勃勃，但她也没个中间路子可走，日子过成了件窘事，最终可能很糟。

尤其是她和立云断了联系。也许也正是因为：不是一路人。

厚厚的三本，每一页都是她精心描绘的画样。镯子，项圈，头花，帽花，领花，甚至小座屏，花插，梳篦。算起来，百来页。每一天她都在画，这是她脑子里的东西，画出来就像一个学生交了功课。

玉田要她把画样给他看，让她留在王府的用处，这大概也算一个吧。至少在某一些瞬间，他可以回到青年时做那个前程似锦的员外郎，指点一个任性的匠师。

多年以后她会记得他的话："你现在一无所有，其实挺好，还这么年轻，完全不用着急，如果运气足够好，缺的那些，会慢慢补起来，以你的资质，生计不会有太大问题。但话说回来，人所有之物，再多又怎样？能舍下一切的人最令人佩服。把念想抛了，把手艺也抛了，敢扔掉全部重新再来，那才了不起。谛毫末者，不见天地之大，不扔掉手里抓的，也不能见天地之大。"

也许他是在说给自己听，只是没有用处了。

有时他也撩她："不留发，干吗不剃光了当姑子。"

她表情很硬，不知是恐惧他的撩拨，还是恐惧去当姑子。

她说："王爷，广和居墙上的诗是骂您的吗？"

玉田说："哈！你识字吗？"

她硬着头皮道："认得几个。"

"那是诗，不是一般的字儿。"

"骂人的字儿是看得懂的。"

老萨会进来打岔，算是给她解围，她隐隐觉得这或许是毓秀的授意，但老萨其实只听从玉田的命令，老人是可怜她的吧，像可怜那只会衔飞弹的麻雀。

毓秀对她说："你太满，不安分，年纪又轻，只怕以后会吃很多亏。这话本不该我来说，不过，你这样的女子不好嫁人。"

连翘看着她。

但毓秀补了一句："男人不一定会喜欢你，但假如你真有本事，他们也不会小看你，女人不让男人小看，这样也不错，对吧？要安生，好歹得拣一样。"

连翘说："谢谢您。"

"过得再苦，还可以换着滋味苦，总是自己可以做主的。拣尽寒枝不肯栖，那也是自个儿乐意。我这一辈子差不多就这样了，你的才刚刚开始。”福晋纤细的手指夹着一朵绒花，想起年轻时，她和姐妹们争着戴绒花，绒花就是荣华，到底是有用处还是没用处？

年长的人是寂寞的，所以他们夫妻俩才会跟她说这些话吧。

连翘盼着能看到立云，她想着等立云来找她的时候，两人的芥蒂一定就没有了，她如此笨拙，总是很轻易就得罪他。他俩快半年没见了，她去过几次悦昌和赵家，最近的一次是去探望柏涛，但每次立云都不在。她盼着见他，又怕见他。

立云是在雪天来的，天上飘着粉末似的小雪，他穿着灰色的袄子，高领口，显得脖子长，人精神，肩头堆了薄薄一层，倒像是盐霜。他在院里和海三说着话，见她出来，点点头，笑容还是那么暖，但很快就消失了。她才知道柏涛的病越发重了，有点无措，抱紧了手里的包裹，她每月的工钱跟大春他们一样，因为管了吃住，所以是四块钱，她用两个月的工钱去瑞蚨祥买了块好料子，给立云做了件深蓝色绸袍。

万芦萧槭，疑有欸乃声在飞雪之中，天地虽大，也有小小的角落在发出叹息。立云想起春天，也是这样，他和她一同坐在人力车上，那时烟柳蒙蒙，春风细细，好像上辈子的事儿了。

他告诉她，赵家这几天客人不断，青山居的、琉璃厂的、花市的、翠花作坊的掌柜经理，都去看望柏涛，百来个人得有，也不过多叨扰，坐坐便走，哪怕就窗外看一眼，当是见一面了。柏涛为人厚道，在行内的德高望重，可见一斑。

“赵家走动的人多，赵伯伯再累，也会撑着应付一会儿，”立云有点哽咽，“这两天他一直催着我来找你，他惦记着你，放心不下。”

连翘自认不是多愁善感的人，甚至有时是硬心肠，但预感到柏涛的离去，她有种失怙的痛。初雪往往让人喜悦，但这雪下得不是时候，雪花是传递噩耗的信使。

“悦昌的事儿一定够您忙的吧。”她说，嗓子有点干。

立云嗐了一声，说其实也没多大变化，本来柏涛就不怎么管生意，只是赵家的事他也得帮忙张罗，加上结婚前的杂事也多，所以确实有点累。

连翘哦了一声，待车夫跑过一个街口，这才雷击般反应过来。

她惊得说不出话，看着他。

立云嘴边带着淡淡的笑，也许是强装的笑，他看着前方，没继续说下去，她一直盯着他，要不看着他，只怕会断了气。

终于她还是忍不住问：“您刚才说结婚，谁，谁结婚？我听错了吧？”

立云道：“就当听错了吧。”

她的声音在抖，肩膀也在抖，是天太冷了：“是您要结婚了吗？”

他点点头。

“邱师傅，邱……邱师傅。”她语无伦次，平日里向来喜怒不形的脸庞，这一次写满了伤心。

立云心下不忍，转过了脸去：“你瞧，吓着你了吧，非要我说，是，怪我没早些跟你说，其实……”

其实他不敢跟她说吧，是怕打击到她。但他还是这么狠，还是打击到她了。

“是跟哪家的姑娘，我认识吗？”

“是九如。”

她脸上的惊笑，简直可以称为惨笑，嘴角都在抽搐，立云十分不忍，但也不知该说什么话安慰她。他没有撒谎。娶九如是赵太太明示的，更是九如自个儿无数次暗示的，他接受了，这是成家立业最好的选择，悦昌毕竟是赵家的。

两人一路沉默，情状难堪，总得说点儿什么。立云嘴唇动了动，似要开口，连翘将身边包袱拿到膝盖上打开，指着里面那件袍子：“邱师傅，这是我给你做的衣服，料子很好，就当是给你新婚的礼物吧。我们情同兄妹，你不要见外。”

忽然便想到那些去探病的客人，多半也是为去道喜的，既然都道喜了，那喜事就是早就公之于众了，而她是最后知道的那单独的一个。

攒了工钱买的衣料，一针一线细细缝制，却是送晚了，雪花像飞蛾，在睫毛上捣着乱，她的眼睛模糊了，只能拼命睁大，她想她现在的样子一定很难看。

立云接过衣服，低声道：“怎么会见外，多谢你。”

她没再吭声，呼吸渐渐急促起来，一会儿又试图站起来，似去拿什么东西，可又想起这不是她的地方，这人力车上，有什么好拿的呢？她又能要什么呢？所以她低头看着手，她的手抖得厉害，她恨这双手。她坐不住了，让车夫停下，自己下了车，快步往前走。

“连翘！”

其实他有些惊慌失措，有点想逃，因为他看到她哭了。他以为她是个不会哭的人，可看到她哭，他的心很慌，又有点害怕，也不知道怕什么，只有些狠心地想赶紧结束这尴尬的场面。但他追上了去，说：“你何苦！”

“邱师傅，我想不到你会定亲，我确实是被吓着了。”连翘说，声音里带着哭腔，嘴角却仍在挤出笑来，“不过没什么，我真的没什么。我啊，活该！”

立云颓然叹了口气：“你别这样。”

连翘使劲儿摇头，泪水一颗颗滚下来，她又哭又笑似的说：“我现在好后悔啊，真的，邱师傅，我后悔死了。”

“后悔什么？”他的声音仍是那么和气温柔。

“早知道就早些给你这件衣服，现在……晚了。”

“你要给我，随时都可以，哪里会晚。”

“是啊，不晚。”她喃喃道，吸了口气，就像想通了什么，大声道，“我不会求人，尤其不会求男人。哪怕干粗活，挨打挨饿，哪怕冻死在大街上，也没想过卖身，没想过从男人那儿讨钱花……我没想过去讨好谨王爷，没有歪念头。邱师傅，我喜欢您，这没什么害臊不敢说的，我知道您打心底里是嫌弃我，我不愿您再多嫌我一点儿。这些日子，有小半年了，咱们没见面，可我想您，跟害相思病似的想您，也仅仅是想想，绝不会来找您的，因为……因为我太矫情，我怕害臊！那么想见您，却从不跟您说，也不来找您，实在挨不过去了，就在脑子里把咱们俩相处的那些事儿在心里过一遍，一遍不够就再顺一遍。对我来说，您就是那开春的好天儿，有花，有柳树，只要它们在，我就要拼了命地珍重着，但……现在，要说我没了这些个东西，也能活下去，所以我没事，邱师傅，我没事。”

他万分不安，“坠石崩云”地惊，她把心都剖开给他了，但他甚至品尝不到令他振奋的东西，像个养鱼的人突然得了一条大鱼，本来只要小鱼就行了，没有养大鱼的池塘，所以大鱼来了，只能要么把鱼给片了、剁了、分解了，或者把它放了。养鱼的向往有一条大鱼，但大鱼朝他游过来了，他觉得骇然。

连翘摆摆手，表情又是羞耻，又是决绝，这些话，此刻不说，这辈子怕也是没机会再说。眼泪在她眼圈儿里打着转儿，但她硬是忍住没让那晶莹的东西滚落下来，她微微仰起头，尖尖的白下巴在阳光下泛着柔光。立云看着她，一句话也没说，两人就那么静静地凝望着彼此，过了许久，立云说："我从来没有嫌过你，我……我也动过心思，有过念头，但我认了命，因为我知道我们可以当朋友，当兄妹，就是当不了夫妻，我们没法过在一起。"

"为什么就这样断定？"

"夫妻就是夫妻，可我和你在一块儿，会总觉得你是个对手。我配不上你。"

她双腿都是软的，觉得浑身的力气都没了，只剩下脑子还勉强在动，他说他配不上她，因为她手艺比他好？可九如呢？九如是个女学生啊，九如是掌柜千金。他配得上九如吗？

不，连翘摇着头，不是配得上配不上的问题，是他根本就不爱她。他曾经怜悯过她，或许有过一丝爱怜在里头，但那不是爱，而她自己，因着那该死的性子，也把一点点让他爱自己的机会给掐灭了。更可怕的是，她或许也不曾真正爱过他。他们都爱自己。

她这才哭了，像个幼稚的、蠢兮兮的小女孩子，像脱掉了一层壳，将疼痛暴露出来，连看着她的人都痛了。

立云说，对不住。她摇头，不停擦泪，可眼泪就是止不住。没事，我没事，她说。

立云苦笑道："我对不住你，我会有我的报应的，我知道。"

连翘说：“不，邱师傅，我认命，我们的命是不一样的，我现在这样，跟您没关系。您放心，以后我还会这么哭的，但是没关系。邱师傅，我不会忘了你，但是，我会忘了你的。”

这样颠三倒四的话，他在很久很久后才会真正懂得，现在只是以为她被伤得太狠，说的是胡话。

暮色袭来，雪让市音变弱，屋内点上灯，窗外天光却仍亮着，如此就有点不辨晨昏。柏涛气色看着倒好，就是人缩了一圈，他让连翘单独留下说话，注意到她红肿的眼睛，大概知道缘由，所以脸上的表情有点儿歉疚。

柏涛说：“连翘……”

可能也不知道如何说下去吧，要交代什么话，无从交代，嘱咐什么呢，也好像没什么，只是担心这个性格古怪的孤女以后将如何生活。连翘也没办法跟他说虚假的客套话，说那些过两天又会硬硬朗朗之类的，她只道：“您该早让我过来，好歹能帮忙干点儿活儿。”

柏涛觉得这话或许另有所指：莫非是说来给九如的亲事帮忙？便更尴尬了，连翘其实并不是那个意思，但也意识到，所以两人默了一阵。

彼此心照，索性就不再回避。连翘说：“我回去好好想想，得给九如妹妹预备一份好礼。”

“别破费，是个心意就行。”

越发铁板钉钉的事实了，连翘不认也得认，真的是没退路了。她嗯了一声，说：“我过两天再来一趟。”

柏涛说：“丫头，伯伯对不住你，没把你的归宿安排好。”

连翘摇头："赵伯伯，遇到您和邱师傅，是我天大的福气。"

"有些话你现在不一定能明白，但伯伯今天趁还能说出来，就说来劝劝你吧，你且听听，"柏涛说，"立而不倚，和而不同，这是君子之交。可是夫妻之间，这却不一定行得通。你和立云，钟鼎山林，各有秉性，原该各有所成，各行其是，合在一起，只怕两人都废了。现在这情状，我为你们觉得可惜，但暗地里又觉得这未必不是一件幸事。"

她表情是钝的，是的，也许将来才会明白吧。

"伯伯的日子不多了，这几天把该见的朋友都见了，你，我是放心不下，又放心。放心不下，是因为你性子硬烈，不肯屈就逢迎；放心呢，也是因为你这性子，一个人若图的就是自个儿心里的志愿，有这性子，倒能持久。"

连翘喃喃道："您说我心里有志愿，我自己也说不清是什么志愿。"

柏涛枯槁的眼中闪过一点儿光，是过往年岁的返照。他们这一行，时间是最公正不倚的，名噪一时的被扔掉，被扔掉的又被拾起来，被低估的又总会被放回原位。学艺的时候就知道，匠师不被人尊重，哪怕久远以前有"墨家"，定出各项法式，传经布道似的传下去，最终也图个有人听话就好。师兄弟们，也有做画师的，连署名的资格也没有，和人合绘，留名的是那些或出名或无名的文士墨客，或者士绅官僚。做首饰的匠人，好歹还能刻个款，算是留名了，这就够了吗？也有许多人不知足，觉得不够。眼前这女孩子是其中之一，难得这份不知足。

念及此，喉咙痒起来，猛咳了一下，待平息下来，说："给不了你什么好建议，只想起苏东坡的话：'惟江上之清风，与山间之明月，耳得之而为声，目遇之而为色，取之不尽，用之不竭，是造物者之无尽藏也。’你有心，不妨将所经之事所看之物，收在眼目心脑之中，再外化出来。知者创物，是有识者创造典式；巧者述之，是有技者将其实现。遵循旧法的人没有错，打破旧法的人也没有错。人生如梦，天工开物。立云没想通的，你要想通，想通了，就不会计较了。”

这番浮泛的说辞，心虚得打脸。一边是九如和立云，柏涛让他们走的是安稳不出差错的路；一边是连翘，他把这番话给了她，让她去走什么路？柏涛显然高看了连翘，或者干脆把她当作了傻子、痴人，但他说的是心里话，说这番话或许比给她安排一种生活更管用。

连翘是揣着沉甸甸的“想不通”走的，立云要给她叫车，她没让，说下雪天走走路也好——其实是落荒而逃。

满天飞雪，不如说是急坠的桃花，无边无际撒下来，绘出梦碎的画样。她一路走着，心乱如麻，天很快黑下来，浓云散去，街头灯火映照雪光，四处都是亮堂堂的。走到后海河边儿，听到有人吹唢呐，凌乱高昂的音调，谈不上什么曲子，完全没有腔调，可是无比清澈，比雪和月光还清澈，她闻声而去，见那吹唢的竟是个十六七岁的少女，女孩背后是冰厂刚搭的工棚，光从棚里透出来，纤小的身影在雪地上微微晃动，或许是个工人的女儿，衣着极是寒素。女孩一双大眼睛灯光映照下显得很亮，竟有点泪盈盈，可那张红红的小脸上没流露出喜怒，她只是忘我地吹着唢呐，那么瘦弱，力气却不小。连翘站在一旁静静听了许久，脑子里是空空的，竟暂时忘记了寒冷，也忘记了许多事情。女孩终于停下来，舒了几口气，一双大眼睛亮闪闪的，回工棚的时候才发现有人在看她，是个陌生的姑娘，高瘦，表情忧郁，她本都已经快进去，又踏了半步出来，问道：“你冷吗？是没东西吃吗？”

连翘不禁笑了，这个年纪比她还小的女孩，竟像个大姐姐一样来关心一个陌生人。她摇了摇头，向女孩说了声：“谢谢你！”缓缓离去。

连翘推开书房的门，玉田见她猛地进来，略有些错愕。

“王爷，要是我把头发留长，您会要我吗？”

玉田沉默，无半分表情。她没有直视他，只是将目光落到他的肩头，他晚上穿的衣服其实和白天并无二致，差别就在于肩头绣的暗花不是盛放而是闭合。

“他们都说我来这王府是要图什么。我除了图王爷，还能图什么？”

他习惯性地冷笑了一下：“谁说的？”

“所有人。王爷不是这样想的吗？我不是鸟儿，我是人，我是有心的，我现在有心还来得及吗，王爷？”

玉田修长的剑眉微微一扬，他用手指着外头，说：“滚出去。”

连翘慢慢低下头：“我没地方可去。”

玉田朝她走过去，那双曾纵马扬鞭、拉弓射箭的手，那双曾把玩过珍玩珠宝、绝世名卷的手，那双有力的、修长的、风流的手，那双祸害朝纲、惹来骂名、铁一样的手，这双手紧紧攥住了连翘的胳膊，痛得她双眉蹙起，但她抿着唇，并不反抗。他们对视了许久，她毫不回避他的眼光了，如此大胆，她有什么资格这样看他，毫无尊卑之分，赤裸裸地直视？这让他勃然大怒。他拽着她，将她拖到门口推了出去，大声道："来人，海三儿，海三儿呢？！"

海三急匆匆从耳房跑出来，手里捧着茶盘，见连翘跌坐在门口，玉田满脸怒容，暗暗心惊，忙应着过去。

玉田说："把这疯丫头拉走，我瞧着烦。"

反身进屋，将门关了。

海三瞪着连翘，低声道："你疯啦？！敢去龇王爷。"

连翘一手撑在地上，已经破了皮，她扶着墙站起来，胸口起伏，浑身都在抖。

海三尽力压低声音："回你屋里去，得亏今天福晋休息得早，惹了她不高兴，就有你受得了。明天……明天指不定把你怎么着。我看你还是早些收拾东西吧。"

连翘低着头往外走，一张脸死白死白。海三心道：这丫头眼里没星儿，心里没数，整个儿没救了。

只有雪粒子打在纸窗上，簌簌作响，整个世界就像只剩下了雪粒子和寒风。连翘抱膝坐着，毫无困意，这漫长的一夜啊，她直坐得浑身冰凉僵硬。

于她来说，退路断了，兴许活路也断了。

次日一早，照常先去毓秀屋里，扎嬷嬷在门口拦住她，冷着脸："别地儿忙活去。"

连翘知道昨晚闹的那一出已被毓秀知晓，又是羞惭，又是愧疚。她对不住毓秀，却连道歉的资格也没有，向扎嬷嬷行了礼，轻声说："我去给福晋打洗脸水，再回来伺候福晋洗漱。"

"格格让我传话给你：既然已经想通了要拣一头抓着，那就抓到底吧。这段时间你不必过来了。"

却是老萨，把她叫去：王爷要你见他。

她着实震了一震，说："萨叔，我先回西院拿件东西。"

近日堂的鸟儿放走了不少，剩下的百灵，这时候是不叫的，是"万籁希声"那样的静。

待连翘进去，老萨就把门合上，退出去站在门口，佛像般立着，眼睛盯着庭前的雪，晨风寒彻，他并不觉冷。

玉田瞥了她手中的册子："搁那儿吧。"

连翘将它们放到桌上："您的画样，我每一页都看了无数遍，已经记在心里，不会忘了。"

"你也用不着了。"他笑笑，"以前我曾羡慕过你们，说来你可能不信。你和你爹那样的人，心巧，日子虽艰难却也简单，要成事是容易的。我呢，空有一些没大用的心思，动荡，算计，人这辈子，往往去一个地方，就是被卷入一个旋涡，所有好的坏的，都会扑到你身上来，印到你骨头里。其实在造办处那几年，如今想来是我最没烦心事的日子。若没我在那儿待的那几年，你今儿也就没运气站在这儿了。福晋把你弄进来，是这意思，我耐烦留你，也是这意思。"

他起身，站到窗前，面向朦胧的纸窗，早起时点的檀香，被他的衣风扫得缭绕。

"我还没去商部时，宫里的用度已削减了许多，好工匠也越来越少，我的点子好，画样画出来，拿给当时管理造办处的亲王看，极受赏识，让匠人依着稿子做了一些，老太后很喜欢，匠人里，就有你父亲。我很看重他，有心提拔。他去隆宗门那边，我是使了力的，也怨不得其他匠人不服气。"

连翘看着他的背影，被天光勾勒出清瘦的轮廓，听他继续说下去。

“老太后七十大寿时，我已升迁，所以作坊里那些事，我不是特别清楚。但邱立云的父亲当年触了霉头，我是知道的。”

连翘一凛，一颗心被提了起来：“邱叔叔触的什么霉头？您是说他当年和我父亲比试的事儿吗？”

玉田回头朝她笑笑：“你是说那‘第一香’？也算吧。邱茂春手艺不差，但比不过梁子是事实，输了理所应当。但即便如此，不至于遭杖刑。其实是外头有人写了一首诗，讽刺老太后做寿。老太后要面子，气得要命，恰好邱茂春的打样呈上来，本就是一贯讨好上头的样式，各种用材都是最好的，最贵的，却恰好证明老太后奢靡成风，挥霍无度，老人家将怒气便借机发了出来，连带着邱茂春和许多宫人都受了牵连。他触的就是这霉头。所以，他倒霉和你父亲其实没太大关系。”

连翘心里轰然一声，紧紧咬着牙关，掌心冰冷，背脊却冒出汗。已然太晚。即便告诉立云又如何？他会信吗？他信了又能怎样。他和她之间，也不仅仅是因为这件事才出了问题。热泪被逼到眼眶里打转，她硬生生忍住。

“你可以告诉你那邱师傅，如此，便没有心结了吧。我瞧他受不得委屈，跟他父亲一样。”

连翘看着他，脸上表情似哭似笑。

“昨儿晚上发疯，怎么回事啊？”他问她。

她说：“邱师傅要成亲了。”

如此，于他就近乎是羞辱了。她料到他脸上会出现怒意，但那只是一闪而过，两个人地位不同，像隔着一片海，他不是会为她发怒的那类人。

玉田在窗边椅子上坐下："你昨晚上闹这么一出，是知道后果的吧？"

"知道。"

"你要是真把头发留长了，在这王府里，也是不会有什么名分的，你知道吗？"他的声音严厉起来，"你一辈子好吃好穿，说不定有机会给我生儿育女，但就是没名分。你认吗？"

这样的安排是不稀奇的，连翘是认的，但她抱过幻想，以为自己会是个例外。她没有回答，过了许久，只说："我昨儿晚上没想太多，但我很清楚，至少我还可以走。"

"姑娘，人要过的日子，不是拿来投机取巧的，你要清楚。"

连翘只觉得无地自容："王爷，我错了。"

玉田揉了揉手，有点倦怠："行了，偶尔投机一两次，也没什么紧要的。我的表妹麟平格格，性子和你是一样的，还有我的四妹，甚至我的四女儿，你们都很像，是喜欢无拘无束的女子。麟平在庚子年殉国而死。我四妹碍于父命，离开相爱的丈夫，进宫去陪老太后，大好年华全被葬送了。我女儿，虽然过得还算平顺，但幼时被我过继给她姑姑，说来，也是个可怜人。你和我没半点儿关系，但你的性子，是让我觉得亲近熟悉的，你们这些女子，天性都不受羁绊，宁折不弯，能为所欲为是一种任性，能有所不为，却是骨子里的自由。我愿意成全你，不管是用哪种方式。

"当然，我的安排自然也会是福晋的安排，你能遇到我们夫妇，于你而言，吉凶难说，你的结局如何，其实还是在你自己手里。人这辈子说长也长，说短也短，我们于你也不过是过客。有时候人独一点，未必是坏事，做什么，不做什么，自有老天爷来看着。现在你有两个选择：要么留下来，要么走。杭州新成立了一个艺专，专门讲授绘画，我多给你两个月工钱，除此之外，也会写一封信给艺专的校长，他跟我有些交情。你如果愿意离开北平去南方，离开你熟悉的一切，甚至抛下已有的技艺，安心专注，愿意从头学起，或许能给自己辟出一条新路子。当然，你也可以留下来，谨王府即便再怎么衰败，也不会太亏待你，但还是如我刚才所说，你不会有名分。”

连翘一字一句听进去，如同听到钟声，一阵阵地震动。

他朝她招招手，似在示意她过去，走近他，靠近他，走近那属于他的时间的回廊，混沌的过往，混入那些重叠的袅娜的影子里。

但他又说：“不过连丫头，如果你要像昨天晚上那样，轻易卖了自己，破罐子破摔，就不是我看中的那个连丫头了。你想好怎么选了吗？”

老萨站在外头，看着天渐渐明亮起来，亮得耀眼，油松的叶子上挂满冰珠子，灰喜鹊在海棠树枝头跳跃。门声响，门帘动，连翘走了出来，向他深深鞠了一躬，似是告别，然后径自走出了近日堂的院子。老萨连头都没侧一下。过了一会儿，听到里头叫人，他便进去，玉田仍旧坐在窗前椅子上，桌上是茶碗，剩了些残茶。

“王爷。”老萨说。

玉田用手掌缓缓抹了下鬓角，清了清嗓子，缓缓道：“一会儿她收拾好东西，给她叫辆车。让海三儿给她算算工钱，再多给俩月的。”

老萨点点头，眉间隐隐一丝笑。

玉田看到了，哼了一声：“你是在想，我到这岁数才终于有些长进了？”

“奴才不敢。”

“你哪是奴才，你跟扎嬷嬷是谨王府的一对儿金刚，谁都不敢惹的。”

“王爷您说笑。”

玉田叹口气：“谁一辈子敢说自个儿不曾浑过，不曾有过恶毒的念头，我憋屈大半生，所有恨哪，毒哪，怨气哪，总得找个机会撒出来。毓秀看到这孩子，把她找了来，原想着给我撒气的，我心里再清楚不过，指不定也是给她自个儿撒气，我们倒是夫妻一条心。我不是个好人，过去被钱权蒙了心，为些个女人失魂落魄，害得连阿玛都替我背了骂名。”玉田说着笑起来，“这连丫头要真跟了我，从了我，我便弄死她也说不定，她活得费劲儿，我看着也费劲儿。但到这个地步，这孩子我没错看，让她走了更好，左右是个成全，不如让她有机会按自个儿意愿活着，生生死死，由她自己来做主，谁都做不了她的主。”

老萨想了想，说：“王爷抛其光保其璞，我瞧她是有情义的人，不会忘记您的恩德。”

玉田摇摇头，笑了一笑：“那是她的事儿了，跟我可没关系。”站起来伸了个懒腰，“今儿天气其实还不错。”

毓秀刚梳完头，听到玉田脚步声，还以为是扎嬷嬷，说：“您老慢点儿走道儿，别滑了。”

“我还没老呢。”玉田说。

她回头，眼睛瞅着他，却又很快转过头去。她后颈的发髻抬得高，看到脖根处已有些微的白发，玉田走过去，手放在她肩膀上，这是夫妻多年很少有过的亲昵举动，玉田说："太太，跟我出去遛遛，天儿好着呢。"

毓秀有点想哭，却硬着声音道："有什么好，这么冷。"

将他的手往下一扫，人却从椅子上站了起来。

去哪里？她问。

午后，他们到达夕照寺。

昔燕昭王置千金于台上以延天下名士，得名金台。日薄崦嵫，茫茫落落，登斯台者，常作千秋灵气之想，是为金台夕照。其实金台究竟在哪里，谁都不确定，有人说在教子胡同，也有人说，就是夕照寺北面数里外的土台。

他带她去看寺中的壁画，墨气淋漓，风烟汇聚，如入万壑松涛，气势磅礴，是陈寿山所绘的高矮双松，题诗铁画银钩，狂草雷奔电掣。玉田说起壁画来历，乾隆年间，右安门弘善寺也有两幅壁画，香客簇拥观之，夕照寺住持恒吉法师欣慕之余，请求陈寿山为夕照寺也画两幅，当时陈已年近八旬，思虑多日，毫无灵感，直到某雷雨之夜，寿山连饮三杯酒，解衣赤身，提笔作画，一气呵成，待寿山画毕，云开雨停，而满庭风雨已皆在画意之中。

毓秀赞叹不已，又道："可惜你今儿才带我来看。"

他笑笑："都说夕照寺的壁画让人心目清凉，过去我来过数次，却并无此感……可见那时还是没悟出来。今日带你来，却像是第一次来，有醍醐灌顶之感。"

他们在庭中缓缓走着，地上积雪未化，寺内香烟缭绕，阳光移到红色的影壁上，炫目生光。玉田道："其实也没悟出什么，只是觉得我这一辈子，也不知道该不该用倒霉来形容，就像有一双手，费尽力气织了一片锦，又不得不将丝线一点点抽出来，最后又变成了一堆线，早知道会这样，何必那么费心思折腾。”

毓秀道：“谁活着都得遭这么一番折腾，不折腾怎知道是白白折腾？”

玉田低头瞅瞅她，笑道：“唉，也是这么个意思。”

天暗得早，毓秀早禁不住冷，说：“回家吧。”

玉田却没动，向西方天空努了努嘴，晚霞非常美。

“毓秀，北京城早就不是家了。”

这是他第一次直呼她的名字，毓秀别过了头，有一滴泪落下来，没让他看到。

她笑着道：“你在哪儿，家就在哪儿。”

玉田看着绚烂的晚照，一个时代的某些细节好像真的断掉了，消失了，可又有什么在重新开始。他心里想，这座城，所谓的八百年皇都，是因为有那些他在乎的人，有了他的家，他才愿意待在这里。这座城，不一定是美的，不同的人看它是不同的样儿。这座城，也不一定会变，现在是什么样，以后成另一副模样，但骨子里仍是一样的，有好的有坏的，有香的有臭的，全看你在意它什么。这座城，也不一定和他有关系，不一定和所有人有关系，它只是一种存在，它留在这里，扎在这里，冷冷地看着人来来去去，它值得怀念，因为那怀念里头有你没有实现的梦，有和你相关的过去。它不值得怀念，因为你怀念的终是一个幻影，和这座城或许毫无干系。心有悲喜而作思维，生、老、病、死终可厌离。何况一座故城。

“黄鹤已去，故园乔木荡然无存，总是迟早的事。咱俩一起烟蓑雨笠，布衣白发，会不会太晚？”

“不晚，再怎么……”毓秀说，“再怎么也值了。”

她主动握住了他冰凉的手，也是平生第一次。

多年后，中国东北三省早已沦陷，卢沟桥上燃起硝烟。一个酒醉的浪人在谨王爷归家途中袭击了他，锋利的刀刺瞎了他的右眼，又过了一年，这个末代王爷在北京老宅逝世。他的死，和那时候许许多多人的死一样，悄无声息，没什么轻重可言。守了一辈子的谨王府，终是被占了，谨亲王在北平所有的亲眷，全部搬去了天津。

新主人是日本军人，在院子里栽树，养花，还辟出了一块田，试验寒地水稻，真是风水好啊，好像整个中国都成了他们的了，好像这风水都是为他们好的了。他们高兴得不行，要把北平当家呢。清理书房的时候，地上曾有好几具鸟尸。主人死了，鸟没人管了，可不知谁将它们从笼子里放了出来，却又关上了门窗不让它们飞出去。鸟儿是活活饿死的。

山河最无情。它一声不吭，对人最大的情分，也不过是安静地迎你来，又送你回去。

也许，总有一只鸟儿毕竟还是逃了出去。

故事再回到此时的北平，连翘去了悦昌。

数日没见，她看起来像瘦了一圈儿，人却精神，让立云想到初次见她的情景。和往常一样，他跟她使个眼色，让她去小厅等着，在柜上招呼了会儿客人，让小柱子来接班，自己快步进去，本要坐下，见没有茶，自去里间炉上将茶泡好，端出来一人一杯。连翘谢了，捧着茶焐手。

“我刚已经去看了赵伯伯，我觉着他能挺过去。”连翘说，喝了一小口茶，暖香入喉，苍白的脸上有了点儿血色。

立云本想说，冲喜看来还是有用，但嘴皮一动，只是笑笑。

两人喝茶，不再说话，像浸在故梦中，能在梦里多留一会儿也好。茶总是会喝完的，连翘侧过身子，将桌上放着的木匣子递给立云。

“赶做新的已经来不及，这个有些年头了，送给九如，是我的一片心。”

立云接过来，看到木匣子上刻着的“梁”字，心下已明白大半，他记得自已曾问过她，父辈可留下什么遗物，她当时说没有。现在她把这遗物给了他。他当然知道这就是当年那赫赫有名的“第一香”。拉开屉子，看到里面端放的花簪，太平富贵，生色真香，簪柄系着黄签子。能将御物带走，这是一个匠师无上的荣耀，她将这荣耀送给了他未来的妻子。

“寓意不用我说，您应该明白。最吉祥的意思全在里头。”连翘微笑道。

即便已尘埃落定，但他心中依旧有种痛，更有难以言喻的怅惘。

“连翘。”他颤声道，眼中分明是悔意。

“还有这个！”她忽然笑了，从衣兜里牵出一个红色的东西，却是个同心结，她捧在手中看了看，双手递给他。

“我爸曾给我说，以利相交不长久，私心如冰薄，有情相系，人生难得是记得。人心易变，人心也最恒久，同心结可不能轻易给人，把同心结当作礼送出去，就得给最值得托付的人。这是我连夜织的，送给你和九如，你们同声相应，同气相求，定能白头到老，幸福一辈子。但是……也请记得我这个朋友。”

他双手接过，十分不安："你要走？"

她没直接回答："去学点儿别的东西。"

"不做花活儿了？谨王府不要你了？"

她摇头："也不算。"

他为她着急："撂了手艺，就可能没了嚼谷，学新东西是不错，可你的手艺这么好，可惜了。"

她说："不撂下，只是先停停。"

"你怎么总是……怎么总是想得跟别人不一样！"他站起来，声音都有点变调了，他认为是自己毁了她的心智，却又无法说出挽回的话。

她见他焦虑，心中哀戚又好笑，却还是说："邱师傅，我的念头，我脑子里想的这些乱七八糟的，是我从小就带来的，我也不知道我为什么会和别人想得不一样。就像我不懂，为什么女人把心思多花点在自己身上就错了，为什么女人做事情，不能和男人一样被人尊重？您别摇头，您也别多想，我知道，我全知道，您觉得我这么想是错的，甚至我自己都觉得是错的，可我就是这么想的，我没办法，我每天每时每刻都是这么想的。我要试试，想看看我究竟会错到哪里去。"

立云的心灰透了："你，没活明白！"

她看着他，知道自己的回答他未必会懂，但还是说："图个痛快，图个心满意足，试试说不定就明白了，还是试试吧。"

立云一声长叹，认命似的，点了点头："那么连翘，你珍重！"

"邱师傅也珍重！"

连翘向绮湘辞行，去前门坐火车南下去杭州，这是她第一次离开北平，也许永远都不会回来了。同车厢有一些学生，个个清秀漂亮，他们轻声哼着歌，是四格格在王府里唱过的那一首，当时小女孩只唱了一小段，这一次，连翘将歌儿听全了。她听得十分入神，以至于目光随着铁轨往天际延伸的时候，耳边依然回响着歌声。

长亭外，古道边，芳草碧连天。
晚风拂晓笛声残，夕阳山外山。
天之涯，地之角，知交半零落。
一壶浊酒尽余欢，今宵别梦寒。
长亭外，古道边，芳草碧连天。
晚风拂柳笛声残，夕阳山外山。
长亭外，古道边，芳草碧连天。
孤云一片雁声酸，日暮塞烟寒。
伯劳东，飞燕西，与君长别离。
把袂牵衣泪如雨，此情谁与语。
长亭外，古道边，芳草碧连天。
晚风拂柳笛声残，夕阳山外山……

兔葵燕麦，向残阳，影与人齐。当古老的城墙终于远离视线，重叠的屋瓦翩翩的鸽影全都消失在眼中，她其实并不留恋。因为它们将永存心里。多年后的一天，她已经辗转过无数地方，经历了更多的变动，也做了她想做的许多事情，在南方的家里，窗边停留过一只鸟儿，她盯着小鸟儿黑色的颈圈儿看了很久。

“憨宝儿！”

突然想起那只百灵，想起清檐驻月、天音绕梁的那个清晨，想起玉田夫妇，柏涛，立云，还有绮湘。宛如大梦一场，她怀念着他们，心里很暖和。

鸟儿扬起翅膀飞向天空。

第二十二章 第一香

台子一搭好，大雪节气一过，河水一封，一场持久而艰难的工事就在护城河边、北海、什刹海、玉渊潭拉开序幕了。冬储夏用，北平夏天的冰全靠冬天。深夜，冷月照在后海边儿上，电灯映着坚硬的冰面，工棚的炉子冒着冲天的白气儿，宝泉冰窖的监工老枪头爬上台子，朝下面站着的力巴们喊道："掌柜的交代了，菩萨拜过了，河也涮干净了，今儿个起，开始打头儿茬冰啦！规矩跟以前一样！四更吃饭，五更点灯下河，天亮收工！冰上的，从远处开始打，窖里的，从最里头往外码！虽是头茬儿冰，也不能马虎！界大线的听小六子招呼，别乱窜！码溜儿的，划块儿的，别乱码乱划，长短宽窄，要一寸就得是一寸，多个孔缺个角就扣钱，悠着点儿！天寒地冻，弟兄们不容易，该穿戴好的，该护着的，预备着点儿！好好干这六十来天，挣点儿钱，回家给老娘买件新袄子，给媳妇儿买双新鞋子，给小儿子……”

下面有人喊：“我大儿子呢？！你管哪？”

老枪头乐了：“我只管我孙子！好啦，棚里备了酒，一会儿一人一碗，喝了开工！”

跳了下来，拍拍手，自去工棚里端酒，大口大口地喝，有人从人堆里挤过来，哀求道：“枪头叔，求您了，给我再派点儿活儿吧！”

“边儿去！”老枪头闷口气，被酒激的，“小丫头片子，别凑热闹。”

“我家揭不开锅了，我给棚里烧水这点儿钱，不够买杂合面。我奶奶饿了三天，快不行了！”

“哎我说翠喜，前几日你就说你奶奶饿了三天，怎么都是三天三天地饿啊，你干脆说她饿了十天不就行了？你啊，别跟大爷耍花招。”

翠喜快哭出来了：“枪头叔，求您再给我派点儿活儿吧，我……我一家人真活不下去了。”

“你老实说，你家几口人。”

“就……就我和奶奶。”

老枪头转身就走，招呼工人们干活儿，翠喜追上去，拽着他：“我还有个哥哥嫂嫂，哥嫂还有仨孩子！真揭不开锅了！”

老枪头眼珠子瞪得老大：“你有个哥？！这卖力气的事儿他怎么不来？让你这小丫头在这儿遭罪？！”

“他，他是个残废！”

老枪头终还是挨不过她央求，指着几个小叫花模样的孩子，对她道：“行了行了，你跟他们一起码溜子去吧！跟着学，干完一天领点儿嚼谷，干完一个月发一次工钱。”

翠喜连连鞠躬：“谢谢您，谢谢您！”

老枪头放下酒碗，从墙上把挂着的一个唢呐拿下来，走到外头：“兄弟们，今儿个开工，我给大家吹一首《正月十五闹雪灯》！咱们好好干，得过个好年！”

“好哎！”

“好！”

嘹亮的唢呐声中，熟练的把式小六子一声吆喝，开始“界大线”，他早已算准湖面冰层宽窄，能裁出多少块一样尺寸的大冰，将尖长的镩镐高高举起，狠狠往冰面一镩，快步一划拉，一条十几米的雪白直线在冰面显了出来，立刻有大工们上前来，一起沿着冰线镩，寂静的夜里，就听见锋利的金属与冰面相接的声音。差不多时候，力巴们全都上去，从划好的冰线那儿镩出冰块儿，一脚稳住，一手使力，冰块齐齐分离，再将冰块拉到一旁，冰块儿砰的一声飘在了水里，这时，就是“码溜儿”的人该上了。有杂工领头儿，带着翠喜和那帮穷人家的小孩儿，用铁钩子将冰块钩到跟前儿，有的用绳子绑好，拉到岸上，有的则被拉到卷扬机皮带上，卷到湖面与湖岸相接处的平台，再卸到台边的一溜儿骡车里。

翠喜拉着冰，身边几个小孩不过十一二岁，也是来这儿卖苦力捡饭吃，这拉冰的活儿需要力气，他们连说话、呼吸的力气都得省着用，西北风刮在脸上，眼睛冻得发疼，可不一会儿背脊里就开始冒汗了，真是内外夹攻。干到破晓，大汗淋漓，衣服里都湿透了，露在外头的眼睫毛、头发、眉毛上全是冰，有个孩子又热又冷，忍不住将破毡帽一摘，小光头上热气直冒，不一会儿人就往后一倒，晕了。老枪头在一旁监工，让人将这孩子抱去棚里暖和，骂道：

“哪家孩子不是家里的宝，当妈的也是缺了德，忍心让他出来遭这份罪，呸！”

翠喜在一旁立着，牙关打战，心里想，熬过第一天了，再熬三十天就能拿钱，过年好歹能让家里喝口肉汤吧。

东躲西藏这大半年，吴家七口人，是直到她在宝泉冰厂找了份烧水的工后，方暂时安定了下来。但吴贵成天天赖在家里不出门。翠喜知道，哥哥怨她，怨她给一家人带来了麻烦和灾难，但现在靠她烧开水打短工，靠嫂子出去捡破烂这微薄的收入，这个家是撑不下去的，哥哥得去干活儿啊。奶奶身体一向不好，他们住的地方，连枕头都是用砖头代替的，烧不起煤，吃不饱饭，孩子们又冷又饿，天天哭。终于，奶奶头一个病倒，接下来就是小毛，哥哥的三女儿，大毛二毛也跟着病了。七口人里头栽了三个，买不起药。

“要我出去找活儿？你想什么呢？”贵成指着翠喜骂，“我吴贵成就捡现成儿怎么了？我现在骆驼也不敢拉了，就怕那温贝勒找，过街老鼠一样满地乱躲，还不是为了你？！你不卖身，说得好啊，不卖身就卖苦力去！烧开水守棚子管什么用？我就跟你说，你要是还想回去找人家温所长，人家指不定不要了呢！晚啦！吴翠喜，我就跟你较这劲儿。别这么瞪着我，我没欠你，是你欠我！你现在就得还！哎，没错，一大家子饿死完事儿！”

他看一眼奶奶，咬牙切齿道：“看谁第一个！”

翠喜道：“谁都不会饿死。哥说得对，我不卖身还可以卖苦力，我现在就卖苦力去！您在家好好待着。哪儿也别去。”

贵成其实说的是气话，但就是想跟妹妹较劲儿，没料到她会去冰上干活儿。翠喜每天只有天擦亮的时候才回家一趟，送去一小袋杂合面，或者干窝头，放下就走，都顾不上跟家人说句话，就这么小半月过去，贵成终是心里不安稳，让大毛夜里偷偷去一趟冰厂，看姑姑在干什么。大毛去了，没多久回来："姑姑在玩儿冰，那里的人拦着我不让我上去。爸，我也想玩！"

这些日子，头茬儿冰差不多快打完了，等闸门放水，很快便又会上冻，二茬儿冰干净许多，将送到大饭庄和果子市，更讲究，要划得干净漂亮。老枪头把工人召集到一块儿，又叮嘱了一番。翠喜在人群最外头，被北风吹得背脊哆嗦，要钻到人群里，又钻不进去，只想找个背风的地方躲一躲，正愁着，有人揪着她后颈衣领，把她给拽到一边。

她回头，见是贵成，穿着件破皮袄，头上一顶烂皮帽，还是他往年冬天拉骆驼的装扮。

"叫你半天不应，想啥呢。"

"哥哥，你来干什么？"

"跟我回家去。"

"我不。回家咱们就都饿死。"

"跟我回南城找刘天禄！"

"要回去我就死给你看！咱不能再连累人家！"

"行！非要跟我犟是吧？！"贵成吼起来，"信不信我揍你！"

"我没犟。打女人不怕丢人啊你？"她顶嘴。

贵成的手扬到空中，停了半天，却是往自己脸上打了一巴掌："行！你行！"

不再理她，待老枪头从台上下来，他走过去，磕了个头："爷，吴翠喜是我妹子，蒙您照顾了，我给您磕头！"

“不是，她不是说你是残废吗？合着是骗我的？！”老枪头眼睛瞪起来，贵成仍跪在地上，老枪头骂他，“就看不惯你这种，一大老爷们，膝盖这么不值钱，起来！”

“爷，我叫您爷！您只要愿意，叫您祖宗也行！膝盖不值钱！跟一家几口冻死饿死比起来，下跪算什么？啊？您收了我吧，给多少钱随您，我拉过骆驼，有力气！这苦活儿我妹妹干不了，我来干！我求您了！这冰多硬，多冷啊，我妹妹哪干得了这划冰的活儿啊？！”

当着这么些人，他一个头一个头磕下去，冰地里，砰砰作响，翠喜站在一旁，无声地哭了。

老枪头拽贵成起来：“谁让她干啦？她自己愿意的。敢情我好心帮人，还被讹上了？得了得了，吴翠喜，你听你哥的话，下去吧，让你哥顶你。”

“不，我跟我哥一起干！我受得了苦！”翠喜擦擦泪。

老枪头手指晃荡着指了她半天，没说什么。

从那天起，兄妹俩便都在什刹海的冰棚子里干活儿，数九寒天，冰冻三尺，这一年应该是北平最冷的冬天了。初一到初五停了五天，发了一次工钱，够过年买点儿米面肉蛋，贵成去估衣铺，给奶奶买了件旧棉衣，老人受不住冷。路上看到卖花的小贩，挑着一担水仙花、南天竹，都是过节时的喜庆花儿，有些沤烂了的花球堆在一旁，贵成说：“烂的多少钱？”

“不要钱。”

贵成看着捡了一个，揣兜里走了。

那天晚上翠喜在桌上看到这个花球，贵成媳妇说：“你哥给你的。也不知道养不养得活。”

翠喜摩挲着花球粗糙的纹路，轻声说：“养得活！大毛二毛三毛，跟姑姑来。”

叫上孩子们，找了个破碗，舀了水，将花球放到里头。

“姑姑这是什么？”

“水仙花。”

“花呢？”

“过几天就能看到了！”

花球发了芽，泡活了，过了一段时间，伸出花茎，长出花苞。孩子们守着它，她也会经常看看它，一直到穗子上缀满了花苞。花赶在立春前一天开了，最先的一朵，嫩黄的花蕊像蝴蝶的翅膀，轻轻地张开，花瓣攒足了力量，熬过了寒冬，一点点蹿起，绽放，最后简直是一朵一朵都在挤挤挨挨朝她笑。翠喜很高兴，从来没有这么浓的春天的气息，让她如此充满希望。

这三年，没法说！

鸭子桥的秦瞎子死了，南城狮子会的人都来了，连曾经被他打败过的雷不动也来了，灵堂上挂着簇新铜铃铛，绾着白绸子，斗大爷做的，影像框下蹲坐着条大白狗，活的，就是斗二爷，斗二爷也老了，眼皮都耷拉了，有人逗它它也不凶了，完全不搭理，也许它也在悲伤地想，秦爷、斗大爷和它，再不能一起遛弯儿了。

大破孝，开吊三天，甭管认不认识，进灵棚拜祭就发个帽子，外加一根孝带三个馒头一盘肉，吊孝的人往来不绝，轰动了鸭子桥和白纸坊。丧事最后一天，刘天禄回来了，带着老母亲，还有一个汉子，身上背着个麻布口袋。仨人给秦瞎子的影像鞠了躬，上了香，自到一处喝茶。轰的一声老街坊们全围了上去，向母子俩问长问短，斗二爷也从灵堂那儿跑过来，在天禄娘脚边摇着尾巴转来转去。天禄没见着金蛋，金四爷道："小王八蛋毕了业，一会儿说做生意，一会儿又说要去教书，总之到处乱窜，没个正经。他一回来我就骂他，现在也不怎么回来了。我不管了！"又对天禄说起草奶奶的不知所踪，天禄心里十分愧疚。那个眼生的汉子站在一旁，瞧着比天禄年长，还高半个头，天禄娘说了会儿话，对汉子道："常顺，把包袱卸啦。"白常顺听话地哦了一声，将口袋放到地上，问："妈，放哪儿？"众人都奇了："怎么这一出去小两年，多了这么个儿子来？"

天禄叹口气："一言难尽！"转头对常顺道，"常顺哥，来，认识认识，以后这都是你街坊啦！"

从北平到召河这条羊道，一开始天禄是闷着头跟着撒巴他们走，分不清西东，当跑熟了，来来回回，三年就过去了。这三年，天生魁在口外关了几个分号，但保住了贩运羊马活畜的生意，危机算是挺过去了，撒巴和几个老掌柜都留在了张家口的分号，要天禄去北平将天禄娘和常顺也都接到张家口去。天禄回了北平，但却改了念头，托人带了封信给撒巴，说，他打算留在北平，并要借用马掌柜当年在南线阁的那三张门脸儿，租金照给，马巴一回来他立刻走人，原样奉还。

撒巴的回信很简单，四个字："事儿！拿走！"

"牛肉刘"小饭铺就这样在南线阁重新开业了，老王父子找来，问天禄："掌柜的，还要我们不？"

天禄让老王留下了，对大力说："切面铺的老掌柜对你有恩，你不能舍了人家，我这儿不能留你。"

大力道："哥，只要你招呼，我随时来。"

“牛肉刘”夜不封灶，为的是南线阁跑生意的人多，见门脸儿亮着灯，指不定就会进来。骡车马车，常顺自会牵去后院看着，生意人打个坐地尖，天禄亲自给煮个烂肉面，稀薄的卤汁再来点儿烂蒜，又烫又香。没够？还有老王烤得脆香的芝麻酱烧饼，再点点儿白水羊骨，将肉剔着吃，吸了脊髓，对于四处奔波的人来说，这是跟过年一样美的滋味。牛肉、羊肉，准管是顶好的，顶好的肉就得有好手艺来伺候，是啊，谁不记得“牛肉刘”的酱牛肉呢？可是这酱牛肉的味道，好是好，也许更好了。天禄好几次取出“南城第一香”的幛子，自己重整旗鼓，从绝境里走了出来，扬眉吐气，为什么不能挂？可他还是犹豫，想了很久，还是把幛子收起来了。

不眠不休干了一个月，生意还不错，开门红，老客新客都来，对头也来了，其中就有当年让天禄吃过亏的警察、收税员。天禄娘有一日忽然问：“你不是说‘王八楼’里那个关师傅很照顾你吗？怎么不给他带个信儿去？”天禄道：“您放心，我没忘了他。现在还不是时候。”

岂止是关师傅，其实金四爷、斗大爷、丈二姑娘这些老街坊，天禄也并没有特意招待他们一次。只有天禄娘，有一天问他：“妈只问这一次：是不是没找着翠喜，你就不成家了？”

天禄没言语，他不愿意回答，怕伤母亲的心。

天禄娘抬手扫了扫腿上的炉灰：“得嘞，那我张罗着给常顺找个媳妇儿去，总得有人叫我亲奶奶。”

常顺在里头听到她叫他的名字，应了声：“妈！”

“哎！”天禄娘进去。

天禄忍不住笑，但眼角有点发热。

他开始接一些跑大棚的活儿，行里管操办的叫“口子”，但凡有寿宴、红白喜宴，“口子”里的管事会给天禄带个信儿，天禄若应了，那这顿酒席的大拿之一就是他了，也就是说，酒席里的几道最主要的菜，得他来做。酒桌饭桌，其实就是一个个家庭的缩影，人情的聚集，什么样的人，什么样的命，什么样的命，什么样的饭桌。小半年，刘天禄跑遍了四九城的人家，他总会找机会看看能不能认识一些“有本事”的人，或许这些人能帮助他找到翠喜。

七月的一天，他接了金鱼胡同的一趟生意，警察厅一个官员的亲戚的婚事，婚棚早俩礼拜前就扎起来了，三十桌，“牛肉刘”暂停营业一天，天禄叫上所有能搭把手的人，要好好做这场宴席。

这些各色菜系混杂的宴席，天禄从不让常顺参与，但这一次，他请常顺宰了两只羊，烧、烤、酱、炖、炒，做主桌儿主菜。牛肉，也要最新鲜的，也是让常顺去牛街提前订好，婚宴头一天就送来，酱牛肉冷盘，这是他最拿手的，菜是简单，但味道不含糊。

头天中午，空地上黄土加碎砖垒成大灶台，高矮刚刚好，把通风口看好了，急火的高灶，慢火的老灶，菜做得好不好，全在火候上。连干通宵，先做最耗时的，亲自盯着火，通宵不睡，差不多了，休息一会儿，跟老王父子与“口子”里来帮忙的伙计喝点儿酒，吃个烧饼。天刚亮，荤素凉菜已按桌装盘码好，糖酒烟瓜子花生也上桌了。烧排骨、烧肉、烧鱼、四喜丸子，做得是个意思；炖牛舌、酱牛肉，这些“牛肉刘”的招牌菜，是绝对会让客人舌头一“醒”的。也有他跑棚子跑会的菜，几番细心琢磨，有了新意。酱肘子，正式上席前蒸透了，重新浇下酱汁儿，加点儿蜂蜜，每个肘子都倒扣盆中如一顶琥珀色的冠冕，端上桌，是扑鼻的蜜香。还有一道“芙蓉鸡片”，这是他在羊道的驿站，听一个四川人说起了做法，自己摸索着学会的：鸡肉剁成细蓉，裹蛋白，与木耳、香葱、细芹菜、百合爆炒，雪白的鸡肉片如盛开的木芙蓉，这将是一道下饭的好菜。

“客人里面请您哪！”

“三位啦，您哪！”

……

胡同里热闹起来了，迎客的茶房大声招呼，鞭炮也响起来，再晚些，新人就会坐着披红的马车来了。

看过了许多的婚事，早没有新鲜感了，只是当年在婚宴上讨剩饭吃的小叫花到现在的转变，让天禄每次都会有些许感慨。正值盛夏，虽然有凉棚，但灶边比火炉子里还热，炒菜是最后上的，鲜牛肉可不能坏了。他满头满身的汗，守着他的战场，席上没人知道他是谁，没人在意他有什么人生故事，他也不在意。等上主菜的时候，他会到席间跟客人们喝杯酒，那时候，主人和客人都会给予他一个大厨应得的尊荣。

冰车子来了，骡车没地儿停，送冰的伙计只得抬着两个大竹筐子，满头大汗绕了好一段路，才抬到后厨，当先一个将裹在冰上的棉布掀了，问：“搁哪儿？”

天禄掌着勺，用胳膊擦擦汗，让大力去帮忙，把两方三尺厚、一尺宽的白冰放到搁生牛肉的台子上，自己仍看着锅里，他松了口气，有了冰，做扒肉条的肉坏不了啦。过了一会儿，身后有凉气过来，想是风带来的，再一会儿，凉气倒是没了，是有人挡着风，在后头吸溜鼻子。

他回头，却是那送冰的伙计，一个身材瘦长的汉子，脸被晒得黝黑，眉目却是南方人的轮廓，那汉子眼睛是红的，面目扭曲。

“刘天禄？刘天禄！！你……你个……”吴贵成看着天禄，想开口大骂，话到嘴边却哑了，他啊的一声哭了。

天禄不动了，完全不能动弹了，他眨了眨眼，晃了晃脑袋，又咬了咬舌头，不是梦。他认出了吴贵成，翠喜的哥，一直站在自个儿面前呢，这真的不是梦！

“掌柜的！”王大力叫他，天禄没应。

大力把他从灶边推开，抢过锅铲在锅里翻了翻，那道雪白的“芙蓉鸡片”，糊了！

悦昌的大掌柜赵柏涛挺过了那年正月，是在二月去世的，紧接着，钱记粮铺的老掌柜也死了，但鸽子还在，少东家把最好的几只给卖了，余下的鸽子老是跟别家的鸽子“掰盘”，合成一起飞，鸽哨声乱了，杂了。立云每天早上看鸽子起盘的习惯多了一样：数一数哪些鸽子是哪家的。他现在是悦昌的大掌柜了，和九如成亲后，赵家人把生意全盘交给了他。日子过得平顺，只要是太平年月，就能把生意做下去，但不太平的日子实在太多了，风雨飘摇，苦日子像望不到头。廊房头条二条，倒了好些首饰楼，悦昌只是勉强挺着。

立秋那天，悦昌来了位客人，好久没生意了，立云热情地迎上去。

“邱师傅！是我！”天禄笑道，向立云拱了拱手，“您还好吧？”

“呀，刘掌柜！好久不见啦！请进请进。”

寒暄几句，天禄说起来意：“邱师傅，我来，是想让您帮个忙，您手艺是京城最好的……”

“不敢不敢，您抬举。”

天禄从兜里掏出一个布袋子，倒到柜台上，里面有钱，有些碎银子，和一个老金戒指。

“我钱不多，但给媳妇儿的礼也不能含糊，您看看就这些，能做什么。”

立云喜道：“呀，您要成亲啦，恭喜恭喜！是哪家的好姑娘？”

天禄哈哈一笑：“您认识！”又小心翼翼拿出一个小匣子，从里面取出一支簪子，立云一下子认出来，正是自己当年做的那支蜂蝶捧寿点翠双耳双足钗，翠色如新，只是钗柄有些氧化变黑了，点翠蝴蝶的右边翅膀脱了翠。

他接过，心里已经明白了新媳妇是谁了，不禁很为天禄高兴。天禄走到外头去，拉了一个人进来，乌黑的辫子，圆圆的眼睛，微黑的俏丽脸蛋儿带着机灵的笑意。

“邱师傅！”翠喜向立云行了个礼。

立云还记得这个姑娘，多年不见，她从小丫头已经长成了一个大姑娘。

“居家过日子，既要好看，也要有用处，我好好给你们做！这钗子得多放两天，我给你们补补！”立云说。

他将最美好的祝愿送给了眼前这对新人，他们历经千辛万苦重聚，终于有了属于自己的家。金戒指一对，男戒是素活儿，简单，包金戒指，女戒是对折的桃心，中间是一个石榴，尚带着枝叶，叶脉清晰，果实纹理细腻圆润，他錾得十分用心。剩下几钱的银子，用来打了一支双尖簪，也是精雕细作，亲自上手，这小簪子仅有四寸不到的长度，比少女的小指还要纤细，簪头按旧日形制，做的葫芦，錾刻的时候故意将葫芦身上的褶子做得随意，不囿于形制，再没了法式，完全任性发挥，所以这两个葫芦头倒像是小包子一样俏皮。簪身一边是一朵牡丹，每片花瓣均錾刻比发丝还纤细的纹路，舒展如生，另一边则是一朵盛开的兰花，那蹁跹自在之态，就像在随风起舞，花纹之下，刺成细密的连珠网纹做底子，整个簪子没使用一个模具，从整银块上锤炼錾刻而成，方寸间的天地，是精魂在手，变化多端。

最后是修补那支点翠钗子，他去翠羽作坊找了相同颜色的软翠，堪称完美的翠羽，用了小半天工夫，修剪，刮拭，重新铺上钗子，完工的时候已是黄昏。暮色和曙色有时是相近的，春风和秋风的味儿，也偶尔会有些相似的，比如在雨后，又或者在雨前，有点湿气儿，很快就会被劲烈的风吹走，但湿润的气息还会留一会儿，阳光一暖，风一吹，闻到风里的味儿。立云每当这样的时候，便会想起那个为师为友的美丽姑娘。他们早已失去了联络，他不知道她在何方。

柜上的玻璃箱子里，放着她送的那枚“第一香”花簪，九如说：“不如放柜上吧，它意义太重大了，这是梁家的传家宝啊。悦昌……对不住梁家人。”

每次只要悦昌来客人，都忍不住在花簪旁边流连，啧啧称赞，赞那天工巧夺。可这枚簪子，悦昌是不会出售的。

立云仍旧为连翘可惜，梁家这么好的手艺，她就真忍心丢了吗？她现在究竟在哪里？

她曾说，他起初对她很好。立云总是冥思苦想，也觉不出自己究竟好在哪里，也许是些微不足道的事，可她竟记得那般清楚，淡如水的情分，于她是这般珍重。而立云的记忆中，香炉峰上的短暂时光，是此生最美的画面，一切也早消散于江亭之约。他永远记得，那天连翘和他一同坐在人力车上吃着烤白薯，显得认真又温柔，忽然抬起头来朝他一笑：“邱师傅，您有没有觉得，吹来的风是很香的？”

此刻，风正拂过来，立云深吸了一口气，轻轻闭上了眼睛。

婚礼前几天，天禄去请老关，老关看到天禄站在大门口，他脸上的横肉全部变软了。

“小子！你还真出息了！”

天禄笑道：“关大哥，我说了要给您做炖牛舌！”

其实不止炖牛舌，在天禄家，老关还吃到了烧牛尾，筋头巴脑的炖牛肉，还有天禄在那次喜宴里搞砸的新菜“芙蓉鸡片”。

“好吃，香！”老关连连说。

翠喜给他斟酒，又行了个礼：“关大哥，多谢您照顾天禄哥。”

老关满嘴包着肉，瞅着她，又瞅瞅天禄，笑得眼睛都眯起来，他朝天禄比了比大拇指，将嘴里的东西赶紧吞了，站起来，双手捧着酒杯，将酒一饮而尽，却端正了脸色道：“天禄兄弟，还有你，小媳妇。咱们哪都是小老百姓，说起来，可怜人。曲子里是怎么唱的？既睹惊鸿，复睹惊鸿，然惊鸿皆哀鸿也！我辈就是哀鸿。你们苦尽甘来，真是好啊！一定要好好把日子过下去，守住你们的家业。”

这一番话，把天禄和翠喜都说出了眼泪。

天禄犯愁，告诉老关，给别人做了那么多喜宴，轮到给自个儿家做，却没主意了。老关又喝了口酒，夹了两筷子肉：“怎么会没主意？把今儿个用在招待我这顿上的心用在上头就行了，麻烦吗？

不麻烦！还有一样，你席上的馒头，我来给你做！”

很晚了，老关醉得偏偏倒倒，都不认路了，口里念着诗，唱着戏，哼着歌，天禄扶着他，听他这样似疯似狂地念叨，只觉恍如隔世，但他知道老关这次不是在说疯话，他是真高兴了。

关大馒头指着天上秋月，月光洒在他古铜色的脸上，映着槐树的影子：“七情入味碗里羹，参透酸辛是人生，欲知世上观台上，且看今人阅故人。一餐又一餐，一年又一年，一辈子就是这么过来的。一辈子，快着呢！”

天禄和翠喜的亲事，相熟的街坊们都来了，散席摆在路边，桌椅不够，各家拿出各家的。老关的馒头香极了，老王烤的烧饼绝对管够，过路的陌生人来给句恭喜，一口喜酒是喝得着的。菜的样式并不多，家常菜！和新娘子行完了礼，天禄便去厨房看着火候，新娘子盖头一摘，去厨房打下手，不一会儿，和帮忙的大妈大婶小姐妹们端着盘子出来，给各桌上菜，整个街坊在这一刻好像都成了一家人。

家人是客人吗？其实也是客人，是你这辈子最亲的过客。而把客人当家人，为他们做道菜，那味道是差不了的。因为这是做给家人吃的，是家的味道，没有输赢，没有计较，只有心。那才是无价的，也是无敌的。天禄想明白了。唯一有点遗憾，是金蛋没有来，金四爷的忧心藏不住，天禄已经猜到了几分，也许金蛋终于还是闹革命去了。

翠喜生了个儿子，孩子满月那天，天禄在护城河边种了一棵小槐树，他从妻子手里接过儿子，在孩子胖胖的额头上亲了一下：“南线阁的房子是马掌柜的，所以这棵树还是种在这儿吧，长长久久的，不管搬到哪里，它总在这个地方。”

翠喜走过去，抚摸着小小的树苗，两手握成一小圈，接着又比了更大的一个圈，又指了指天空的高度，她说：“等咱们的孩子是老头子的时候，这棵树差不多就这么粗、这么高啦！”

等孩子都变成老头子，他们夫妻俩估计早就不在人世了，这是两个人都很清楚的，但他们已经这样幸福地在一起了，哪怕明明知道今后自己会老，会死，却不觉得有什么害怕的了。

这是民国二十二年，1933年，这一年中国发生了许多事。北平的市民们只隐约有些不祥的预感，当故宫的文物开始陆续运往南京，有许多人反对政府的决定，他们认为北平即便遭受战乱，也不会被强寇所占，他们不信政府会失掉北平。更多的小老百姓，还是照常过着他们的小日子、苦日子。那年街上要饭的突然间比往年多了好些，有些是从关外逃来的难民，那年冬天，北平还下了好大一场雪，义地里又多了多少冻死的人。

腊月初，“牛肉刘”提前关张，打算过完年再做生意，实在是有点吃不消了。临到年关，家里进了一次贼，天禄平时谨慎，钱都放钱庄里存着，柜上的现银都藏在妥当的地方，小偷一无所获。一早，是天禄娘最先发现进了贼，赶紧拿着擀面杖四处巡视了一番，把天禄夫妇叫来，道：“贼怕门嘎吱响，撒了泡尿在门缝里！大雪天想是饿极了，把剩下的那半个窝头给顺走了。”

翠喜捂着鼻子去门那儿一看，果然有尿迹，啐了一口：“这臭机灵！”

天禄也不禁笑，随即又蹙眉道：“这几天大家都提防点，他没偷着东西肯定不甘心，还会再来！干脆我跟常顺睡铺里。贼要敢再来，我打他个屁滚尿流。”

翠喜道：“别打得太狠了，万一真的是饿极了呢？谁没个受难的时候啊，别打太狠。”

“那打还是不打？你是真好心还是假好心？要打就不是可怜他，要可怜他就别打。打不打？”天禄瞪起眼睛。

翠喜还真认认真真想了想：“那就……不打了吧？”

天禄哈哈大笑，翠喜白了他一眼，正要说话，有人却在外头喊：“刘掌柜在吗？刘天禄，刘兄弟在家吗？”

天禄听到这个声音，浑身震了一震，不可置信地转过身去，雪光和阳光很刺眼，院外的人背着光，看不清楚形貌，但天禄已经跑了出去。

是风尘仆仆的一男一女，女的已过中年，样子很不年轻了，绾着紧紧的发髻，头发却是乌黑发亮，她有一双十分有神的眼睛。而那个男的，头发一大半都是灰白的，但脸庞红光满面，天禄没说话，是天禄娘和翠喜认了出来，她们同时喊道：“马巴！”

是的，马爷回来了，带着他寻找了一生的人，白燕云，白常顺的姐姐！急景凋年，再没有比他们的出现更让天禄振奋的事了。

天禄冲过去抱着马爷的肩膀，两个汉子无声地凝望着，眼里充满了泪水，燕云站在一旁，也含着泪看着他们。

天禄的声音都哑了，他说：“马巴！还有嫂子！老天爷是公道的，我今儿是真明白了，哪怕日子过得再苦再难，老天爷也是公道的！常顺！常顺！快来看谁回来啦！”

燕云听到弟弟的名字，温柔的脸上露出悲喜交集的表情，常顺过了一会儿出来，他和姐姐已经失散快大半辈子了，但当重见的这一刻，他单纯如孩子的记忆仍无比迅速地辨认出了眼前的人。

“姐姐！”常顺哭着大喊，“姐姐！常顺想死你啦！”

燕云的泪水串珠般滚落，脸上却一直是微笑着："谁说我弟弟傻？我家常顺一点都不傻！"

大家回到屋里，天禄娘和翠喜忙着给所有人做了一锅热汤儿面当早饭。天禄和马爷叙旧，燕云和常顺在一旁听。

马爷道："找到我家大掌柜以后……"眼角扫了一眼燕云，后者给了他一个很严厉的眼色，所以马爷无比幸福地改口道，"找到燕云以后，我们本来打算就在库伦安家，可是那边实在容不得我们这些中国来的，又撵又杀，好一阵坏一阵，我带着燕云好不容易逃了出来，关外又成了日本人的天下，也不安生。到张家口找到了撒巴，他说常顺被你们照顾着，我们就立刻回来了，一家人毕竟还是得在一起，常顺给你们添了太多麻烦，我们是来带他走的。一会儿动身。"

"走？上哪儿去？"天禄站起来，"不能够！这房子是您马巴的，我只是暂借，就没有打算长待，我儿子满月我要种树，我都是种到护城河边上去，您不信就问孩子妈！刘天禄不是那种占便宜的人，马巴，您要是顾着我，不好意思开那口，我现在就收拾东西。翠喜，里屋收拾东西去！"

翠喜应了一声就往里走，燕云走过去，把翠喜拦住，拉着翠喜的手，笑着道："先听我们说。"

马巴笑着摆手："没跟你们客气，我们是要回山西，天生魁的根基在山西，我们是要回老家去！房子，你愿意用多久就用多久，租金爱给不给！如果真要搬，跟撒巴联系，他来过问。我和燕云一辈子没过过多少安生日子，带着常顺，我们回老家过好余下的日子，没错吧？"

天禄迟疑道："话是没错……可是……"坐了下来，"即便要走，也走得太仓促了吧。”

燕云忽然插嘴道：“这世道，好日子是数着指头过，得抓紧呀。常顺有什么东西我来收拾，小妹子，带我去吧。”

翠喜不动，看看天禄，又看看天禄娘，天禄娘和常顺“母子”一场，当然舍不得，但她还是擦了擦眼角，拍腿道：“去吧！咱两家都是有福气的人，看我们天禄，受了那么大的冤枉，也能平安无事回来，还能再遇到我儿媳妇。看马巴，和白掌柜失散这么多年，拼了命回去，也还是能再见到白掌柜，还能回来北平。没事儿！该是一家人，就是一家人，该见面的人，怎么着也会再见面！咱们都好好把日子过下去，再难都过下去，一家人在一起比什么都强。快过年了，让马巴和白掌柜一家早点回去过年！”

临走前，马爷忽然想起一事，问：“刘兄弟，你那幛子还在吗？”

天禄愣了愣，回过神：“当然在！”突然又有点不好意思，笑道，“您提它干吗呀！”

“我想再瞅瞅。”

天禄去把幛子拿出来，马爷和他一人牵着一角，将它展开。

马爷说：“铺里该有像样的好招幌，赶明儿找人做点儿穗子，挂上吧！”

天禄笑了：“今天厨房里什么都没有，您千难万险回来，我就招待吃了碗清水热汤儿面，连粒牛肉末都没给您尝，您哪，是在骂我。好歹也得再尝尝我做的扒肉条，再说这话吧。”

马爷看着他，微笑道：“不用尝就知道，火候早就到啦！”

“您这话，我不懂。”

“不懂就慢慢琢磨。但这招幌，别让它闲着了。”

天禄心潮起伏，瞅着幛子，伸手抚摸那五个金字儿，就像倾入了所有的情感，饱含所有无法言说的泪与笑。

许久，他还是摇了摇头：“不挂，时候没到！”

一家人目送马巴他们离去，翠喜抱着孩子，莹澈的天光照射着琉璃世界，孩子在睡梦中发出一声笑。

天高地阔，莽莽苍苍，大雪纷纷扬扬落下。

马爷、燕云带着常顺走了，茫茫的白雪中，马爷一直在想，天禄为什么执意不挂那幛子呢？是否还在介意他当年的话？他什么时候才会挂上去呢？

尾声

二十一世纪的某一天，是春和景明的好天气。

这里曾经属于宣武区，现在并入了西城区，从地理位置上讲，属于过去的宣南，以前全是胡同，如今快拆光了。眼前这家饭馆马上也要搬迁，它立在一大片水泥砖块断壁残垣中，显得有点孤零零的，但瞧里头是热闹非凡，坐满了食客，外头还摆了好几桌。

老板的儿子是一个白白胖胖的男孩，一双大眼睛就像两颗黑葡萄，骨碌碌转着，约莫五岁，正坐在一根长凳上，叽叽呱呱对埋头大吃的食客们说着话："哎，嗨，您瞧我这俩弟弟，这是我三叔家的，这是我二叔家的，一个三岁，一个两岁，大的那个有点儿皮，长得结实，小的那个吧，还算听话！您玩玩吧，没问题。想抱也可以，就是太沉，怕您抱不动。不信？要不您抱抱试试，哎哟还真抱起来了。行吧您就抱吧……"

食客们听得忍俊不禁，小男孩过了一会儿，又蹦起来去一张桌子那儿拿了抹布，东抹抹西擦擦，煞有介事。他人也只不过比桌子高那么一些，小手伸过去碍着食客的事儿，食客也不以为意，想是已经习惯，他一边抹桌子一边说：“您慢慢儿吃，别噎着，要茶吗，给您添茶。”

食客摸他脑门，他也任由他们摸，眼睛却还是监督似的盯着弟弟们，又指着墙上挂着的一幅老照片：“您看，那是我曾爷爷曾奶奶，他们在很久很久以前开了咱们这家店，有一百年了。”

“又算错了吧！”后厨有个女人声音道，“别打扰叔叔阿姨，带弟弟外头玩儿去！”

孩子嘟着嘴：“没有一百年，也得有个六七八九十年吧？！”

还是听话地走了过去，一边一个，牵着两个弟弟去外头，有熟人路过，打趣着叫他：“刘小哥哥好啊！”

他还真应了：“哎！好！好！都好！”

酱牛肉的味道飘出来，那人闻香回头。

日头正好，春风暖阳。因为店面要搬，门上的大匾已被摘了下来，贴墙放着，但旁边单支出了一根杆儿，绑着一张大红幛子，颜色却是很旧了，一阵风吹来，那幛子原本卷缩成一团，呼的一声伸展开来，迎风招展猎猎作响，五个大金字儿：

南城第一香！

（全文完）

后记

算起来，我为三个城市分别写了三个民国故事，为四川自贡写了《盐店街》，为湖北武汉写了《春雨落长河》，为北京写了这部《第一香》。也许在今后一段时间内，我不再会写民国题材了。

民国题材不好写。要将自己代入到那个时代，尽可能还原出各种角色的影貌，要让各种形象、生活环境、语言、性格接近真实，同时让读者能从一个侧面尽可能多地收获到那个时代传来的“信息”，或许还能在心中产生共鸣。因此对于我来说，每写完一部，就有将自己掏空的心力交瘁感。同时也是极为快乐的，这样的快乐，许多创作者会有同样的体会。

在《第一香》里，翠喜与天禄所处的南城，是老北京最穷最乱的所在；而立云和连翘在金街银巷，也用精湛的技艺为自身的命运探索着出路。他们的经历不尽相同却又殊途同归。天禄是否能与翠喜重聚，“南城第一香”的招幌是否有挂起来的一天？在给出答案的过程中，读者会看到一个个人物，他们是我十分喜爱的：金蛋、秦爷、斗大爷和大白狗斗斗、草奶奶、那小姐、关大馒头，甚至还有那只鹅——小车。他们是早春被冰雪覆盖的冻土上倔强冒出的野草，是一簇簇盛开的紫花地丁，是春风吹又生的生命。我刚来北京的时候，就住在书中所写的白纸坊、半步桥、右安门、菜户营一带，一共住了五年多，直到现在，仍然每年都会回去看望那里的街坊，他们始终给我家的感觉。“家人是客人吗？其实也是客人，是你这辈子最亲的过客。把客人当家人，为他们做道菜，那味道是差不了的。因为这是做给家人吃的，是家的味道，没有输赢，没有计较，只有心。”我将这份感情与怀念，写进了《第一香》中，这也是我第一次尝试去写市井故事。

《第一香》虽然主写市井百态，但也是两个匠人家族的恩怨之始。连翘是一个很特别的角色。本来一开始故事里并没有她，是在写翠喜的同时我突然想，是否可能会有另外的女性角色，与翠喜做一个对应？连翘的出身也是平民，但经济基础和技能、知识都比翠喜要好一些，她的眼光、格局、志向，与翠喜不会在一个层面。在写连翘的时候我想到了匠人与艺术家的区别，邱立云是典型的匠人，连翘则有一点艺术家思维，正如谨亲王玉田所说：连翘这样的人，可能今天做的东西好，明天做的东西特别不好，但他们总会做出让你意想不到的惊奇。

在一个理想状态的现代社会，应该又有技艺精湛的匠人，又有意志自由的艺术家，对两者都应该是包容与呵护的，连翘始终想做一些和陈规旧习不一样的事情，始终想放大她心里的那点儿念头，将注意力主要放在实现她“自己”的想法上，由此可见，她必然在她所处的时代遇到我们无法想象的艰难。我虽然给予了她一些小幸运，也让她吃了苦头，“错过”了本可以成为佳偶的邱立云，最后也没有明确她的结局（或者说“下场”，连翘这样的女孩子，不一定是招人喜爱的）。不论怎样，我认为自由的灵魂十分珍贵，所以在属于连翘的“北雁南飞”那一章中，我还是为她的未来点染了些许希望。

写完《第一香》的时候正好是小年夜，去超市买吃的，感觉哈气成冰。我看到好几个穿着黄衣服的外卖小哥，围在一个卖手抓饼的小摊前，一边聊着天一边吃着手抓饼，另一个角落里是一个麻辣烫小摊，摊主穿着厚厚的羽绒服，戴着帽子，真是雌雄不分了，蘸料盆子里面的蒜水已经结成了冰。我路过这些人，《第一香》里的皇室贵胄、市井小民、文人匠人、痞子流氓、江湖行客在我脑中纷纷闪过，更有那些勤劳的、在艰难中挣扎的人的音容笑貌，我虽然写的是过去的一些人和事，但漂泊的人在每个时代都有相似之处。

一言以蔽之，书中主人公的命运皆由“家”与“梦想”所贯穿，因为无论在什么时代，“家”是中国人永恒的图腾，是人生的根系。“好的时候你自然爱它，不好的时候，你不愿离开它，离它远的时候，你惦记着它，这样的地方，才可以被你当作家。”

故事总会结束，城市却永不完结，城市，这个容纳一切可能的载体，希望它能有更多温暖的角落，呵护那些美好的心灵与梦想。

希望你能成为那温暖的一部分。

江天雪意

2018年4月7日